Hedwig Dohm

Sibilla Dalmar

Roman aus dem Ende
unseres Jahrhunderts

Hedwig Dohm: Sibilla Dalmar. Roman aus dem Ende unseres Jahrhunderts

Erstdruck: Berlin (S. Fischer) 1896.
Zweiter (zuerst erschienener) Teil der Trilogie »Drei Generationen«.

Vollständige Neuausgabe mit einer Biographie der Autorin
Herausgegeben von Karl-Maria Guth
Berlin 2015

Der Text dieser Ausgabe folgt:
Hedwig Dohm: Sibilla Dalmar. Roman aus dem Ende unseres
Jahrhunderts, 2. Auflage, Berlin: S. Fischer Verlag, 1897.

Die Paginierung obiger Ausgabe wird hier als Marginalie zeilengenau
mitgeführt.

Umschlaggestaltung von Thomas Schultz-Overhage unter Verwendung
des Bildes: Fotografie um 1870

Gesetzt aus Minion Pro, 11 pt

Die Sammlung Hofenberg erscheint im
Verlag der Contumax GmbH & Co. KG, Berlin
Herstellung: BoD – Books on Demand, Norderstedt

Die Ausgaben der Sammlung Hofenberg basieren auf zuverlässigen
Textgrundlagen. Die Seitenkonkordanz zu anerkannten Studienausgaben
machen Hofenbergtexte auch in wissenschaftlichem Zusammenhang
zitierfähig.

ISBN 978-3-8430-9372-9

Bibliografische Information der Deutschen Nationalbibliothek

Die Deutsche Nationalbibliothek verzeichnet diese Publikation in der
Deutschen Nationalbibliografie; detaillierte bibliografische Daten sind
im Internet über www.dnb.de abrufbar.

Frau Dalmar lag in der zwölften Nachtstunde mit einem Buch in der Hand auf der Chaiselongue ihres Schlafzimmers, und las oder versuchte zu lesen.

Ihr Gatte war mit ihrer Tochter Sibilla auf einem Ball. Vor ihrer Rückkehr mochte sie nicht zu Bett gehen. Sibilla bedurfte ihrer beim Ablegen der Balltoilette, und dann – – auf diesem Ball entschied sich vielleicht das Geschick des geliebten Kindes.

Frau Dalmar war eine kleine unscheinbare Frau mit feinen Zügen und einer schüchternen Anmut im Wesen. Etwas leicht verkümmertes, dünnes, unausgewachsenes hatte sie. Sie machte den Eindruck einer verwelkten Knospe, die nie Blume gewesen war.

In der That verbrauchte sie all ihre geistigen und körperlichen Kräfte, um ihre Pflichten als Hausfrau, Gattin und Mutter, die nicht immer leicht waren, zu erfüllen. Es galt, bei den geringen Mitteln, über die die Familie zeitweise verfügte, den Schein einer eleganten Lebensführung aufrecht zu erhalten.

Ihre Ehe war eine freundliche, friedliche, obwohl der Gatte eine frischere, robustere Gefährtin vorgezogen hätte. So wie sie einmal war, behandelte er sie mit Humor, mit gutartigem Spott, und nannte sie, wenn er mit der Tochter über die Mutter sprach, unsre schwache kleine Mutti. Bezeichnend war, daß niemand den Vornamen von Frau Dalmar kannte.

Daß sie unbeachtet blieb, war ihr gerade recht. Ohne jede Bitterkeit hatte sie sich damit abgefunden, nur die Mutter ihrer Tochter zu sein. Ihrer Tochter Sibilla! ein so süßes Geschöpf! All ihre Gemütskraft concentrierte sich in der Anbetung ihres Kindes.

Darum konnte sie auch jetzt nicht lesen. Sie legte das Buch fort, streckte sich behaglich aus, schloß die Augen und malte sich die Zukunft ihrer einzigen Tochter aus.

Wie bezaubernd hatte sie ausgesehen, als sie zum Ball fuhr, in dem Kleid von Silbergaze, mit der blaßrosa Rose in den goldbräunlichen Zöpfen. Wie hatten die großen dunklen Augen aus dem alabasterzarten Gesicht geleuchtet.

Frau Dalmar begriff nicht, daß sich nicht jeder beim ersten Blick in dieses engelhafte Geschöpf verliebte.

Sie erhob sich halb von der Chaiselongue und nahm von dem Seitentischchen ein Album. Es enthielt nichts als die Photographieen Sibillens, von ihren ersten Kinderjahren bis zur Gegenwart, zu ihrem achtzehnten Lebensjahr.

Frau Dalmar vertiefte sich zärtlich in den Anblick dieser Köpfchen. Man brauchte nicht die Mutter zu sein, um in ihrem Reiz zu schwelgen. All diese Gesichtchen, mit dem wirren Gelock, das ein Oval von zarter, weichster Rundung einrahmte, trugen den Ausdruck schalkhaft holdseliger Lieblichkeit neben sinniger Klugheit.

Als Frau Dalmar an die zweite Seite des Albums kam, waren die Krausköpfchen verschwunden und lange Zöpfe traten an ihre Stelle, und allmählich änderten sich auch die Physiognomieen ein wenig. Einige der Köpfe zeigten einen fast grübelnden Ausdruck, mit einem leisen Hauch von schwermütiger Müdigkeit. Dann aber kam wieder ein lachendes Gesicht, das Schulmädchen mit dem Ränzlein auf dem Rücken, das Barett schief in die Stirn gedrückt, keck und übermütig. Die nächste Photographie mit einem Anflug von Trotz und Gelangweiltheit. Augenscheinlich hatte das Kind da dem Photographen widerwillig gestanden.

Was schon an den Kinderköpfchen auffiel, trat jetzt noch stärker hervor: der eigentümliche Kontrast zwischen den Augen, die wie aus geheimnisvollen Tiefen heraufblickten, und der schelmischen Lieblichkeit des Mundes. Lächelnder Mund und träumende Augen.

Dann verschwanden plötzlich die Zöpfe, und drei bis vier Bilder zeigten wieder den lockigen Tituskopf.

Frau Dalmar lächelte in sich hinein, während ihr Auge auf diesen Bildern ruhte. Einmal, ein einziges Mal in ihrem Leben hatte sich Sibilla vor der Mutter gefürchtet, als sie sich heimlich eines Abends die Zöpfe abgeschnitten hatte. Das Flechten und Zöpfen des Morgens war ihr langweilig und unbequem geworden. Am Morgen nach der Unthat war sie in die Schule gegangen, ohne der Mutter Adieu zu sagen. Sie hatte ihr aber auf der schönsten Schüssel des Hauses die abgeschnittenen, zierlich geflochtenen, mit rosa Bändchen geschmückten Zöpfe ins Schlafzimmer geschickt, mit einem drolligen Gedichtchen, das ihre Verzeihung erflehte. Und dieses Gedicht und der wehmütige Anblick der geliebten Zöpfe waren der schwachen Mutter so ans Herz gegangen, daß ihre quellenden Thränen den aufsteigenden Zorn im Keim erstickt hatten.

Frau Dalmar blätterte weiter in dem Album. Und da war das erwachsene junge Mädchen von so eigentümlich berückender, märchenhafter

Schönheit, daß ein Ausdruck leidenschaftlicher Zärtlichkeit Frau Dalmars Züge überflog.

Lange hafteten ihre Blicke an einer der Photographieen, die Sibilla in ihrem sechzehnten Jahr darstellte. Die Augenlider waren müde über die, wie in Träumen verlorenen Augen gesenkt. Um die feingeschwungenen Linien des etwas großen Mundes spielte wieder das halbe, kindliche Lächeln. Von der Nase zum Mund aber zog sich ein trauriger, fast bitterer Zug.

Dieser Zug, wie kam er in das Gesicht ihres so jungen und so glücklichen, so ganz glücklichen Kindes?

Frau Dalmar forschte in ihrem Gedächtnis nach einer Erklärung dieser seltsamen Traurigkeit. Sie regte sich dabei auf. Sie wollte der Erregung Herr werden und erhob sich aus der liegenden Stellung.

In dem geräumigen Schlafzimmer, das Sibilla mit ihr teilte, sah es ziemlich unordentlich aus. Ein Kommodenkasten stand halb geöffnet; auf dem Stuhle lagen allerhand Gegenstände, die das junge Mädchen für den Ball probiert hatte, ein Fächer, einige Paar Handschuhe, künstliche Blumen neben dem Karton, aus dem sie herausgerissen waren u.s.w.

Die Mutter begann die Sachen zu ordnen und in die Kommode zurück zu legen. Ein Schreibheft in Oktavform mit der Aufschrift »Tagebuch«, das in einem Winkel der Kommode lag, fiel ihr in die Augen. Sie selbst hatte es Sibilla an ihrem elften Geburtstage geschenkt, und das Kind verpflichtet, all seine kleinen Erlebnisse in das Buch einzutragen. Sie hatte ihr eindringlich vorgestellt, was für Freude sie in späteren Lebensjahren an diesen schriftlichen Erinnerungen haben würde. Im Grunde hatte Frau Dalmar noch einen anderen Zweck mit dem Tagebuch verfolgt.

Diese Frau, deren Leben kaum je durch einen Schatten von persönlicher Eitelkeit getrübt worden war, besaß eine krankhafte Eitelkeit in Bezug auf Sibilla, deren ungewöhnliche Begabung sie erkannt hatte. Das Kind sollte seine glänzenden Anlagen so vielseitig und so frühzeitig wie möglich entwickeln. In den regelmäßigen Tagebuch-Aufzeichnungen sah sie ein Mittel, den Stil und die Denkkraft der Kleinen zu üben.

Ein bis zwei Jahre lang hatte Sibilla mit größeren oder kürzeren Pausen das Tagebuch geführt. Dann war es ihr langweilig geworden, sie hatte es beiseite gelegt und vergessen.

Frau Dalmar hatte absichtlich, um Sibillas Aufrichtigkeit und Harmlosigkeit beim Niederschreiben nicht zu beeinträchtigen, nie verlangt, das Buch zu sehen, obwohl sie wußte, daß Sibilla ihr ohne weiteres den Einblick in dasselbe gestattet haben würde.

Nun fiel dieses Bedenken fort; sie nahm das Büchelchen, streckte sich wieder auf die Chaiselongue und vertiefte sich in die Tagebuchblätter, mit lächelndem Stolz über die Frühreife und die Aufrichtigkeit des Kindes.

Das Tagebuch begann mit dem 12. Oktober 1867. Sibilla war damals elf Jahre alt.

»Ich werde dies Buch heut mit dem Geburtstag des Königs einweihen. Sehr schmeichelhaft für den König. Also, lege los, würde Herr Vogel (unser Direktor) sagen. Am Freitag war ich bei Anna Reicher erst zum Kaffee eingeladen, nachher war Tanzstundenball. Beim Kaffee war es wirklich göttlich. Keiner that den Mund auf, außer um Kaffee zu trinken, oder um Konrad Reicher – der einzige Knabe, die andern waren noch nicht da – zu flüstern. Als aber nachher getanzt wurde, da thauten wir gleich alle auf. Wir tanzten auch Cotillon, und ich bekam natürlich die meisten Bouquets.

Ein Knabe aber, der Jesko von Stubnitz, der war sehr hübsch, tanzte aber schlecht. Alle Übrigen mir unbekannt. Was wäre sonst noch zu erzählen? Ach was – ich werde jetzt lesen.

15. Oktober. Am Sonntag waren wir bei Grünaus eingeladen. Nach dem Kaffee spielten die andern: ›wie gefällt Dir Dein Nachbar‹ und anderes, während Johanna und ich Theaterstücke von Körner lasen, was mir viel besser als das ewige Spielen gefällt. Ich habe eine himmlische Puppe bekommen, in die ich verliebt bin. – Ich wickle ihr den Kopf immer in ein Taschentuch, damit er nicht zu sehr verstaubt.

1. November. Heut waren wir wieder in der Schule, wo es mir schrecklicher vorkam denn je, so laut, und ein Geschwirr durcheinander, nicht zum aushalten. Wir hatten Schreibstunde, und ich wollte nicht schreiben; darum gab ich mir Mühe, unartig zu sein, um einen Punkt zu bekommen und den Kopf auflegen zu können, als weinte ich; aber ich hatte dann doch nicht den Mut zu der Heldenthat. Gestern habe ich nachbleiben müssen, bei Frl. Gerster in der Religionsstunde, woraus ich mir ebenso wenig gemacht habe, wie aus einem Kuß von ihr. Ich kann sie nicht leiden, weil sie sich an der Nase herumführen läßt wie das unschuldigste Kind, und Frau Hegel nicht, weil sie so heuchelt und fromm thut und es dabei gar nicht ist. Mutter sagt, ich schreibe gut, und darüber freue ich mich. Ich freue mich unsäglich aufs Examen, ich sage nämlich ein Gedicht auf: ›Das Glöcklein des Glücks‹, und ich werde mein blaues Kleid anziehen.

Den 3. November. Ich laufe alle Tage Schlittschuh und amüsiere mich himmlisch. Heut bin ich einem Herrn in die Arme gelaufen, und das finde ich so hübsch.

Wir waren bei Kreislers eingeladen und haben abends Chocolade getrunken. Ach, eine herrliche Erinnerung ist diese Chocolade. In der Schule fehlen drei Fräuleins; es ist große Not, da man die Lehrerinnen nicht auf der Straße findet. Wenn ich manchmal an das Leben in der Schule denke, so kommt es mir so vor, als ob das, was man sonst im Leben Klatscherei nennt, in der Schule am meisten gepflegt wird, als lerne man in der Schule erst die schlechte Denkungsart, als wäre alles Schlechte daselbst in großen Behältern aufbewahrt.

1. Dezember. Wie schade, das Eis, das mich gestern mit so viel Freude erfüllte, heut ist es gebrochen; man sieht wie alles Irdische vergänglich ist. Prinzens quälen immer so, daß wir zu ihnen kommen sollen, und ich möchte gar nicht gern, weil ich sie nicht mag.

Aus meiner Klasse aber möchte ich gern zwei Mädchen zu Freundinnen haben, aber ich weiß gar nicht, wie ich es anfangen soll, besonders Emmy Kaiser. Es kommt mir manchmal vor als gehöre sie gar nicht in die Schule, als sei ihr Geist zu groß für einen so kleinen Wirkungskreis. Camilla Weller ist ein reizendes Mädchen, sehr fleißig, aber sie hat nicht so viel Geist wie Emmy; Camilla ist der Liebling der ganzen Klasse, so sanft ist sie, während Emmy manchmal hart und stolz ist. Vorgestern waren wir wieder bei Kreislers, wo diesmal die Chocolade angebrannt war. Ich trank aber drei Tassen, weil die andern sie ganz verachteten, das that mir *so* leid. Wir verkleideten uns, und ich war zu nackig, da sagte die Mutter: ›aber Sibillchen‹. Das habe ich so übel genommen, daß ich mich gleich auszog; später versöhnte ich mich wieder.

Ich habe neulich mein ›Soll und Haben‹ in der Schule verborgt, ich meine das Buch; das hat Frau Hegel erfahren, die hat es der Frau Direktor erzählt, und nun dürfen wir keine Bücher mehr verborgen. Um Frau Hegel zu versöhnen, habe ich ihr das Buch geborgt. Ich lese jetzt ›In Reih und Glied‹ und bin ganz bezaubert davon. Ich denke immer bei mir, wem ich ähnlich werden möchte: Leo, Silvia, Amalie, oder Josepha. Ich möchte Leo ähnlich werden, da ich aber ein Mädchen bin, muß ich unter den drei Mädchen wählen, und da gefällt mir Silvia am besten. Ich werde wohl leider Gottes nicht so werden, aber wer kann die Zukunft lesen.

1. Dezember. Am Dienstag in der Religionsstunde war Frl. Peschke so sehr enthusiastisch und schlug immer dabei den Takt mit der Faust auf dem Klavier. In der Geographie sitze ich ziemlich weit unten. Als ich das vorige Mal mit der Straße von Piombino angriff, glaubte ich mit Bestimmtheit heraufzukommen, aber die Erste wußte es, und da sitze ich noch, wo ich saß. Es that mir sehr leid; ich thue dann immer so, als ob es mir gleich wäre, das ist aber nur Heuchelei. Mit Anna Prinz bin ich noch böse, und sie zeigt mir ihre Feindschaft durch verächtliche Blicke und Worte. Ich freue mich aber sehr darüber, denn es bringt uns immer weiter auseinander. Mutter möchte, daß ich mich versöhne, das kann ich nicht. Ich kann ihr nicht die Hand reichen, nachdem ich die ihre schon zurückgewiesen habe. Das kommt mir ganz furchtbar vor. Sie hat auch noch mein ›Soll und Haben‹; ich glaube nicht, daß ich es ganz wiederbekomme. Ich lese jetzt ›In Reih und Glied‹ zum dritten Mal und bin ganz hingerissen, und ich nehme mir fest vor, wie Leo oder Silvia zu werden. Das Ende ist so rührend, daß ich es gar nicht beschreiben kann. Als ich das Buch aus der Hand legte, kam mir unser alltägliches Leben so unwürdig vor.

Zu Ostern waren wir bei Dorns eingeladen. Wir suchten auch da Ostereier, aber wie armselig, nur ungefärbte. Zum Kaffee bekamen wir nur Zwieback und nur *eine* Tasse und – – Kochzucker. Gott wie *pauvre*.

Wir haben in der 2b einen neuen Lehrer, der uns Rechnen und Geographie giebt. Er ist ganz nett, hat mich gefragt, ob ich mit dem Komponisten Dalmar verwandt sei, und ob ich dichten könne. Das erstere habe ich bejaht, das letztere verneint.

3. Dezember. Am vorigen Donnerstag kam Tante Emma mit ihren beiden Kindern an. Lotte ist noch etwas magerer geworden, und Eva hat sich nicht zum Vorteil verändert. Eigentlich waren wir nicht viel zusammen, ich vormittags in der Schule, sie nachmittags aus. Am Montag reisten sie wieder ab. Eigentlich ist es besser so, alles in der alten Ordnung. Es ist doch nicht angenehm, wenn man immer und immer rücksichtsvoll sein muß, ewig thun, was der andere will, denn die Bitte eines Gastes kann man doch nicht gut abschlagen; und sie wird doch zum Befehl.

Ich habe jetzt Tanzstunde und amüsiere mich sehr dabei. Wenn ich sagen sollte, was mich denn eigentlich amüsiere, so wüßte ich nicht zu antworten. An dem Hopsen allein kann man doch kein Vergnügen finden.

Den 4. Dezember. Gestern, das war wieder schrecklich in der Schule. Bertha Giese ist ein armes Würmchen und immer so murklich angezogen, und ein schlimmes Auge hat sie auch. Sie bekommt immer nur eine trockene Schrippe mit in die Schule. Gestern aber hatte sie eine Schrippe mit Kuhkäse belegt, und sie schmatzte so recht vor Vergnügen beim Essen. Da ging Frau Hegel an ihr vorüber und schnüffelte *so,* und da entdeckte sie den Kuhkäse. ›Pfui‹, sagte sie, ›Übelriechendes gehört nicht in die Schule‹, und riß ihr die Schrippe weg. Die Bertha, die stand da mit so gräßlich hungrigen Augen und wäre beinahe an dem Bissen im Munde erstickt. Ich weiß nicht, mir stieg das Blut so in den Kopf und ich sagte zu Frau Hegel: ›Es giebt noch viel Übelriechenderes in der Schule.‹ Ich meinte damit ihr Benehmen, das wagte ich ihr aber nicht zu sagen. Ich mußte eine ganze Stunde nachsitzen. Es machte mir Spaß, das Nachsitzen, wirklich Spaß.

Ich hasse Ungerechtigkeiten. Darum thun mir immer die Armen so sehr leid. Ich weiß überhaupt gar nicht, warum es Arme geben muß. Es ist zu dumm. Wenn ich groß bin, entdecke ich es vielleicht. Am andern Tage kam ich auch mit einem Käsebutterbrot in die Schule; es war nicht gerade Kuhkäse, nur holländischer. Und ich aß es so recht vor Heglers Nase. Und sie schnüffelte nicht, und that, als sähe sie es nicht. Etsch, Frau Hegler, etsch! etsch!

30. Dezember. Lange, lange habe ich nichts eingeschrieben; ich will aber auch sagen warum, damit ich mich später über den langen Zwischenraum nicht ärgre. Das Tagebuch war weg. Ich habe Auerbachs Dorfgeschichten gelesen, sie gefallen mir himmlisch. Übrigens, was ich da neulich über die Tanzstunde eingeschrieben habe, hatte ich bloß aufgeschnappt; das Hopsen und Springen macht mir doch Vergnügen.

Den 1. Januar 1868. Ein neues Jahr hat angefangen, – jetzt schreibt man 1868. Das kommt mir ganz wunderbar vor. Wie schnell das geht. Und wenn ich erst darüber nachdenke, was habe ich denn eigentlich in dem langen Jahre gethan? Nicht einmal das dumme Büchlein konnte ich ausschreiben, und ich will Schriftstellerin werden. Ich will mich aber ändern und in diesem Jahr fleißiger werden.

6. Januar. Gestern nahm mich Vater zu einem Kaffee mit, wo nur Erwachsene waren. Ich habe mich sehr gut unterhalten; zwar unterhalten eigentlich nicht, sondern zugehört. Dann schmeckte mir auch der Kuchen und das Eis herrlich. Am Sonnabend bin ich in Englisch in die erste Abteilung gekommen. Alle Kinder murrten und meinten, sie hätten ebenso gut in die erste Abteilung kommen können; ich habe mich aber nicht daran gekehrt. In der Schule werde ich von Emmy Kaiser der angehende Blaustrumpf genannt. Unser Direktor, Herr Vogel, lobt immer Emmy Kaiser und Sibilla Dalmar, und die anderen müssen zuhören.

12

31. Januar. Meiner Treu! Bin ich aber ein Faulpelz. Über vierzehn Tage nichts eingeschrieben, Noch nicht das neue Buch angefangen! Aber was soll man denn eigentlich einschreiben? Richtig, ich war am vorigen Sonntag bei Prinzens. Gar nicht amüsiert. Wir thaten gar nichts, sondern mußten mit anhören, wie Herr Prinz ein Karnevalsfest beschrieb, Frau M.s himmlischen Nacken in den Himmel erhob und ähnliches. Herr Prinz ist immer so albern zu mir, ich kann wirklich seine Späße nicht anders nennen. Z.B. sagte er immer: ›Ich bete Dich an, Sibilla, Du machst mich unglücklich‹, und noch mehr solch Zeug, das doch, wenn es auch ein Scherz sein soll, ganz unsinnig ist.

Wenn Camilla und Emmy bei mir sind, kochen wir oft auf der Kochmaschine. Neulich kochten wir zuerst höchst wohlschmeckende Chocolade, dann ganz prächtigen Eierkuchen mit Apfelmus und Apfelschnittchen und zum Nachessen Chocoladencrême.

Nein, was kann ich denn bloß noch schreiben, denn später wird es mir doch nicht mehr interessant erscheinen, daß Frau Hegel fehlt und daß wir deshalb in der Stunde von 12–1 Uhr großen Unsinn gemacht haben, oder soll ich schreiben, daß am Sonnabend die Tanzstunde bei uns war und daß Cousine Anna, die gekommen war, uns so gut unterhielt, daß alle bis 9 Uhr blieben. So, nun steht es doch wenigstens hier und ich kann mich in meinem späteren Alter daran ergötzen. Anna ist 13 ein außergewöhnliches kluges, liebenswürdiges Mädchen, die ich mir zur Freundin wünsche, denn *eine* Freundin genügt mir nicht. Die eine, die ich habe, ist mein Camillchen. In der Schule gefällt es mir gar nicht, wenigstens nicht die Kinder. Es sind fast alle Strohköpfe! Sogar Emmy Kaiser, die ich früher anbetete, ist eingebildet und zänkisch, sie weiß nur mehr als die andern. Wäre ich doch nur erst aus der Schule! Ich kann es manchmal nicht aushalten, wenn die andern so jedes Wort herauswürgen, und dann sage ich es, und dann heißt es wieder: Gott nein, immerzu sagt Sibilla Dalmar vor, weil sie sich einbildet klüger zu sein als wir alle.

3. Februar. Heute rief mir ein Junge ›Judenschicksel‹ nach. Ich weiß nicht, warum, vielleicht weil meine Zöpfe sehr lang waren und mit roten Bändern eingeflochten. Ich lief ihm nach und wollte ihm etwas thun, er lief aber schneller. Wenn mich einer beleidigen will, so könnte ich ihn – totschlagen, nein, so arg nicht, aber ihn prügeln, prügeln, und mich freu'n, wenn er recht schrie. Mutter nennt mich manchmal kleine Furie.

Ich hoffe so sehr, daß ich nach der 2a komme. Ich könnte es gar nicht aushalten, wenn es nicht der Fall wäre. Ich bin so fürchterlich ehrgeizig. Dann werde ich wohl auch das englische Gedicht aufsagen, das heißt, *ich will*! Ich sollte eigentlich das französische mit zwei andern zusammen aufsagen, und Herr Vogel war auch schon einverstanden damit, und da wollte ich plötzlich nicht, ich glaube aus Eifersucht. Ich hätte mich so gefreut, das Ganze allein aufzusagen, und da wollte ich lieber gar nicht. Und nachher ärgerte ich mich so, nicht, weil ich nun das Gedicht nicht aufsage, sondern weil ich mich so albern benommen habe.

Am Nachmittag sagte mir Herr Simons, wenn ich das, was die erste Abteilung rechnet, nicht mit zu rechnen im stande wäre, so könnte er mich nicht in die 2a versetzen. Meine Stimmung war ohnehin schon nicht die beste, und ich weinte, ich weinte! Oh, ich Dummkopf! ich Dummkopf!!!!!!!!

5. April. Es war eine große und ereignisreiche Zeit, die letzte Woche. Am Donnerstag hatten wir das unsinnigste aller Examen. In dem Vierteljahr von Weihnachten an war uns alles schon eingelernt worden. Ich sagte das englische Gedicht auf, wie ich es mir in den Kopf gesetzt hatte. Die Martha Franz sagte dann das deutsche Gedicht; ich kann nicht begreifen, wie ein Mensch um solcher geringfügigen Sache willen so zittern kann, wie sie es gethan hat.

Abends kam Grete Stadler zu mir, die alle das Wunderkind nennen. Sie ist schon erwachsen, 16 Jahr alt; sie erzählte mir Geschichten, und sie und die Geschichten gefallen mir sehr gut.

Gestern war der große Tag der Versetzung. Nach einer langen Rede, die mich mehrmals zum Lachen brachte, wurde vorgelesen, wer versetzt würde. Als die Versetzungen nach 2a an die Reihe kamen, fing der Herr Direktor so an: ›Ich werde mit der letzten anfangen, die eigentlich noch gar kein Recht hat, nach 2a zu kommen, weil sie zu jung ist (man wirft mir bedeutsame Blicke zu), die aber meiner Meinung nach Euch alle übertrifft: Sibilla Dalmar!‹ Meine Freude war und ist noch grenzenlos. Emmy Kaiser wird jetzt nicht mehr mit verachtendem Stolze auf mich niedersehen. Sie äußerte neulich, ich wolle sie alle beherrschen. Pah, das will ich auch.

8. April. Gestern hatten meine Eltern Besuch. Die Frau von dem Dichter F. (ich schreibe keine Namen aus, sonst geht es mir am Ende wie meiner Cousine Anna; die führte auch ein Tagebuch, als sie zum Logierbesuch bei einer unangenehmen Tante war. Und das Tagebuch ließ sie einmal liegen, die Tante las all die schrecklichen Sachen, die sie über sie geschrieben, und Cousinchen wurde natürlich an die Luft gesetzt). – Also die Frau F. hatte ich mir viel jünger und hübscher gedacht. Sie hat so viel Falten um die Augen, besonders wenn sie lacht. Herr Tau … war auch da, ein großer Virtuose und der Abgeordnete Herr Las … Der hat mir sehr gut gefallen. Er spricht so interessant, kurz und klug, er hat mir von allen am besten gefallen.

16. April. Ich muß doch eigentlich auch in das Buch schreiben, wenn ich mich schlecht benommen habe, und mich nicht immer loben. Cousine Anna, die seit einigen Monaten bei uns wohnt, und ich, wir waren also am Mittwoch sehr ungezogen. Anna las im Bett aus einem verbotenen Buch. (Ich muß zu meiner Schande gestehen, ich würde es auch thun, wenn ich nicht mit Mutti in einem Zimmer schliefe.) Ich machte Anna heftige Vorwürfe, und als sie da weiter las, schlug ich sie und hielt die Thür zu, weil sie mich wieder schlagen wollte; da zerschlug sie das Glas in der Thür und that sich sehr weh. Vater war, ich glaube zum ersten Mal, sehr böse auf mich. Nachher bat ich ihn um Verzeihung; er ist so gut und verzieh mir. Ob ich Anna wohl geschlagen habe, weil sie das Buch las und nicht ich? So, nun steht doch wenigstens eine Schandthat von mir hier.

Ich lese jetzt ›Die Pickwicker!‹ Sie gefallen mir sehr gut, trotzdem Mutti lachte, als sie das Buch in meiner Hand sah, und meinte, ich könnte es unmöglich verstehen. Vorher blätterte ich in der Bibel, sie ist gar nicht so langweilig, wie ich immer dachte, sondern im Gegenteil sehr unterhaltend.

30. April. Seit 14 Tagen habe ich dich, holdseliges Buch, nicht in Händen gehabt. Damals waren noch Ferien, nun sitze ich schon seit 1 $^{1}/_{2}$ Woche in 2a. Es gefällt mir recht gut, wenn auch anfangs ein paar

Gänschen über mich lachten, was sie jetzt hübsch bleiben lassen. Die drei Lehrer sind recht nett, am besten gefällt mir Doktor Heckel, der ist am energischsten und weiß zu erreichen, was er will. Dann kommt Doktor Bender, der sich alles gefallen läßt. Höchstens sagt er: ›Sie bringen mich zur Verzweiflung‹ oder ›Ich bitte Sie um alles in der Welt, das geht nicht so.‹ Darüber muß ich immer lachen, daß er anstatt g, j sagt. Der dritte, der Doktor Schell – ein Murrkopf.

30. Mai. Ich habe hier ein Blatt ausgerissen, auf dem lauter Unsinn stand, und daher hat das, was ich jetzt schreibe, gar keinen Zusammenhang mit dem Vorhergehenden.

Was will ich eigentlich schreiben? Mir ist so wirr im Kopf. In der Schule reden immer alle über mich. Neulich war Frau Hegel sehr ungerecht gegen mich. Ich mußte mich die ganze Stunde in acht nehmen, nicht zu weinen. Als aber alle weg waren, außer Frau Hegel und Nette Günzer, da fing ich an fürchterlich zu weinen, und dann lachte ich wieder, und das Ende vom Liede war, daß ich Frau Hegel bat, niemandem zu erzählen, wie albern ich gewesen war, und ich glaube, Frau Hegel und Nette ängstigten sich etwas, ich glaube, das war mir nicht unangenehm. Warum war sie so ungerecht!!

17. Mai. Gestern feierten wir das herrlichste Fest, das vor 49 Jahren der Welt den großen Künstler Dalmar (mein Vater) schenkte. Grete und ich, wir hatten zu dem Geburtstag ein Theaterstück gelernt – ›Rotkäppchen‹ von Tiek. Ich war das Rotkäppchen, ich glaube ein recht hübsches. Wir spielten es vormittags, und nachmittags noch einmal, und Cousine Else war der Wolf. Sein Fell war aus lauter Pelzkragen zusammengeheftet. Else weinte erst, sie schämte sich herauszukommen.

31. Mai. Erster Pfingstfeiertag. Wir haben das Vorderzimmer ganz mit Maien geschmückt. Sieht das hübsch aus! und wie es duftet! Nachmittag fuhren wir nach einem Ort, der Lichterfelde heißt. An und für sich ist der Ort nichts weniger wie hübsch, ein paar kahle Villen und verkrüppelte Kiefern. Das Essen aber in der Restauration, das schmeckte mir sehr gut.

Dann aber kam ein Gewitter. Ich fürchte mich immer schrecklich vor Gewittern.

5. Juni. O, mein Gott, ist das heut' langweilig. Vater und Mutter sind nach Charlottenburg gefahren und wir können in der schönen Luft keinen ordentlichen Spaziergang machen. Ich war zwar unten, aber wo sollte ich denn hin? immerzu bei Milenz vorbeigehen, wo so viele Leute sind?

Im Hintergarten sitzen die Wirte, im Vorgarten ein altes Fräulein mit dem Gesangbuch in der Hand. Wohin? Ich wollte, ich könnte auch ein wenig spazieren fahren, oder in irgend einem Lokal wie ›Krugs Garten‹ oder ›Moritzhof‹ Kaffee trinken. Aber nichts. – Lesen mag ich auch nicht mehr, über uns klimpern die Kinder auf dem Klavier, und so heiß ist es, so heiß. Ach, ich habe schon solches Kopfweh, und bin so müde, trotzdem es noch ganz früh ist. Ich dächte gerade, ich hätte nun genug geklagt. Buch zu.

23. Juni. Ich habe schon wieder seit vielen Tagen nichts eingeschrieben. Heut vor 8 Tagen hat unsere ganze Klasse eine Partie nach den Pichelsbergen gemacht. Wir fuhren dabei über die Havel, die viel breiter ist, als ich mir gedacht habe. Ich habe mich sehr gut amüsiert, weiß aber doch nicht, was ich darüber schreiben soll. Ach, ich bin so müde, und es ist so heiß, ich habe so viel gearbeitet. Frau Hegel hat heute gesagt, ich wäre nicht mehr die fleißige Schülerin von ehemals, ich fühle, es ist wahr. Ich weiß gar nicht, wie das gekommen ist. Ich habe mir vorgenommen, nun ganz anders zu werden, darum habe ich auch jetzt in der Hitze so viel gearbeitet.

Ich wollte bloß, die Cousine wäre erst weg, denn es ist bald nicht mehr zum aushalten mit dem Kinde, ich hasse sie, und die anderen lieben sie auch nicht.

16. September. Wieder habe ich fast ein viertel Jahr nichts in das Buch geschrieben. Ich bin jetzt 12 Jahr. Als ich das vorige Mal einschrieb, war ich noch 11 Jahr. Wie schnell das wechselt, ich denke immer, ich bin noch 11, ich weiß nicht warum. Außer vielen Geschenken wurde mir zum Geburtstag noch etwas sehr Hübsches aufgebaut, und das war Gretchen. Am Tag vor meinem Geburtstag waren wir abends bei Günzers eingeladen gewesen, und so kam es, daß ich nicht merkte, daß Grete die Nacht über bei uns geblieben war.

Als ich am nächsten Morgen aufgebaut bekam, stand sie auf dem Tisch, in ein weißes Laken gehüllt, mit einem grünen Kranz über dem aufgelösten Haar.

Am Nachmittag kam Camilla, wir amüsierten uns sehr.

Ich bin so entsetzlich matt und müde, aber ich kann nicht schlafen. Ach, es ist so heiß heute und ich habe so viel gelesen.

22. September. Ach, ich bin jetzt so faul in der Schule, beim Aufstehen und überhaupt immer.

Heut war ich sehr ungezogen und bin in abscheulicher Stimmung, weil Vater böse auf mich war. Ich dachte, er wüßte von meiner Unart nichts. Ich begreife gar nicht, wie Mutter es ihm sagen konnte. Als er nach Hause kam, sagte ich ihm ganz ahnungslos ›Guten Tag‹, er aber antwortete mir gar nichts, auch abends nicht.

Ich muß nur schnell von etwas anderem sprechen.

Neulich an Annas Geburtstag war Grete da. Wie habe ich die eine Zeit lieb gehabt, doch jetzt ist die Liebe verrauscht und sie ist mir gleichgültig, manchmal kann ich sie sogar nicht leiden. Ich mag nicht, daß sie zu Muttern so zärtlich ist und sie ›Mama‹ nennt, überhaupt an Zärtlichkeit fehlt es ihr nicht, es ist das mit ein Hauptgrund, warum ich sie nicht mehr leiden kann.

Ich habe jetzt eine neue Freundin in der Schule, Hedda Rank, ein sehr kluges Mädchen. Sie ist erst seit Ostern in der Schule, und da sie klug ist, ist sie natürlich den anderen verhaßt, und wenn die Dummen dann über sie lachen, dann weint sie. Das ist freilich nicht klug.

Wir haben Ferien. Gott sei Dank. Leider nicht lange.

Ich habe jetzt keine Lust zum Schreiben.

13. Januar 1869. Mein Gott, wie lange habe ich nichts in dies Buch geschrieben, recht dumm von mir, denn welche kleine Mühe macht es mir, und welche große Freude werde ich später einmal davon haben, wie Mutter wenigstens sagt. Weihnachten war es sehr vergnügt. So viel Geschenke bekam ich.

Grete hat wieder vom 2. Feiertag bis gestern hier bei uns gewohnt.

Ich kann sie jetzt wieder besser leiden, ich liebe sie nicht, aber ich bin ihr ziemlich gut. Eigentlich glaube ich nicht, daß sie viel Talent hat, denn neulich las sie uns ein ganz einfaches Gedicht vor ›Das Grab am Busento‹ und ›Die Grenadiere‹, und sie las es so herzlich schlecht, daß alle sagten, ich hätte es besser gelesen, und das muß ich auch selbst sagen, ohne mich loben zu wollen.

Was aber Grete bei ihrem Lehrer durchgenommen hat, macht sie recht gut, manchmal sogar sehr ergreifend. Ich bin heut aus der Schule geblieben, weil mir nicht wohl war. Ich gehe so ungern in die Schule, ich kann gar nicht sagen wie. Ich will ja fleißig sein, will viel, sehr viel lernen, aber es geht ja nicht in der Schule. Frau Hegel hat uns die Bibel als das beste Buch empfohlen, in dem wir fleißig lesen sollen. Nun befolgen wir ihr Gebot. Grete, Anna und ich, wir haben uns neulich Abend hingesetzt und die schönsten Stellen ausgesucht von – aber nein, das ist zu häßlich, ich schreibe es nicht. Nun, so thun wir doch Frau Hegels Willen. Außer der Bibel lese ich jetzt Zschokkes Novellen. Zum Teil recht niedlich, zum Teil ein bißchen langweilig.

9. Februar. Ich erlebe jetzt sehr viel und doch wird mir die Zeit so erschrecklich lang, nein, eigentlich sehr kurz, denn wenn ein Tag vorbei ist, weiß ich gar nicht, was ich überhaupt die ganze Zeit gethan habe, ich bin so überdrüssig.

Prutz meinte neulich in seinem Vortrag, ein jeder Mensch müßte so eine Zeit einmal haben, in der er ohne Grund traurig wäre, in der er tot sein möchte.

Na, zu Grabe getragen werden möchte ich doch noch nicht.

Es thut mir sehr leid, daß die Vorträge von Prutz schon zu Ende sind. Sie haben mir sehr gefallen. Ich freute mich immer schon auf den Tag, und war ungeduldig; schade, daß es nun vorbei ist. Ich habe sehr viel dabei gelernt, ich habe einigermaßen einen Begriff bekommen von der Litteratur des 18. Jahrhunderts, von der ich nicht das geringste wußte.

Ich weiß nicht, mir schwebt immer ein ganz gleichgültiger Vorfall vor, bei dem mir aber unrecht geschah. Ich war erst 5 Jahre alt. In unserem Hause wohnte eine alte Frau, bei der hatte der kleine Knabe vom Wirt schrecklich geklingelt, die alte Frau lief auf den Hof, mir wurde die Schuld zugeschoben, und ich bekam eine fürchterliche Strafrede. Dieser geringfügige Vorfall ist mir nie aus dem Gedächtnis geschwunden; Kinder behalten ja immer, wenn ihnen unrecht geschieht. Jetzt bin ich nicht mehr so, im Gegenteil, ich behalte besser im Gedächtnis, wenn jemand etwas Gutes und Hübsches zu mir oder von mir sagt.

Neulich war Gesellschaft bei Löwes. Vater nahm mich mit, obgleich es Mutter sehr unrecht fand. Ich habe mich noch nie so gut amüsiert. Es war eine ausgewählte Gesellschaft, meist Schriftsteller und Kritiker. Fr … vertrat das letztere Fach. Mit dem habe ich Brüderschaft getrunken und auch mit Auer … Auer … ist ein reizender Mensch. Ich kann ihn nicht nur gut leiden, ich habe ihn auch lieb. Wolt … war auch da. Grete neckte mich eine Zeit lang mit Wolt … Zu dumm! Wenn man jemand gern mag, muß man darum verliebt in ihn sein?

Dann war Julius M …. da. Er findet mich sehr hübsch, er hat es mir gesagt. Es macht mich sehr, sehr glücklich, wenn mich jemand hübsch findet. Er hat mir immerzu Schmeicheleien gesagt, das macht mich verlegen, und ich gerate nicht gern in Verlegenheit. Uebrigens ist unser Gefallen aneinander gegenseitig. Ich finde ihn sehr nett. Nett ist ein dummes Wort, ich meine etwas ganz anderes, ich kann mich gar nicht ausdrücken Er hat uns auch schon einen Besuch gemacht. Er hat eine Tochter, ebenso alt wie ich.

Auerb... habe ich auch gebeten, uns zu besuchen, und er hat versprochen zu kommen. Ich habe ein Vielliebchen von ihm gewonnen und mir eines seiner Werke gewünscht. Ich hoffe, er wird's nicht vergessen.

Wie langweilig war dagegen die Geburtstagsfeier von Cousine Anna. Wenn man das Fest mit der Gesellschaft am Tage vorher vergleicht, muß man lächeln. Und ich lächelte auch, als Anna zu mir sagte, daß ich mich doch unzweifelhaft heut besser amüsierte als gestern. Das gute Kind kam mir so naiv vor mit seiner Frage. Sie kann sich nichts vorstellen, das über eine Punschtorte und ein Glas Champagner geht.

Ich legte gestern Prutz einen Lorbeerkranz hin zum Abschied. Nachher that's mir leid, daß ich es übernommen hatte, denn der Kranz sah schrecklich ruppig aus.

22. März. Was habe ich nicht alles erlebt in diesen letzten Monaten! Es war eine ereignisreiche, darum nur allzu schnell vergangene Zeit. Womit soll ich meinen Bericht anfangen? Ich werde mit etwas beginnen, was uns auch für die nächste Zeit wahrscheinlich viel beschäftigen wird. Vater wünscht nämlich, wir sollen Berlin verlassen. Ich fände es wahrhaft schrecklich, wenn wir in einer kleinen Stadt leben sollten. Vater ist zu einem Musikfest nach Weimar gefahren. Ich kann mir recht gut denken, daß es ihm dort gefällt, wenigstens für einige Zeit. Er wird bewundert, gefeiert, aber wir? Wir sind nicht berühmt, man wird uns kaum beachten. So egoistisch es auch ist, ich ärgere mich manchmal darüber, daß Vater sich so gut amüsiert, und besonders über eine Äußerung von ihm, daß er sich so wohl fühlt, wie seit 20 Jahren nicht. Wenn es ihm gefällt, wenn er sich amüsiert, gut, das thue ich ja auch, aber daß es ihm ohne uns besser gefällt, das kann ich ihm nicht verzeihen.

Gestern bekamen wir Censuren. Meine ist sehr schlecht, ich bin aber ganz zufrieden. Nämlich alle geben zu, daß ich erzfaul gewesen bin und zerstreut und unaufmerksam, aber meine Fortschritte loben sie alle. Das ist mir eine rechte Befriedigung, denn es beweist mir, daß ich nicht dumm bin, was ich übrigens längst wußte. Fräulein Glaser verließ die Schule mit einer rührenden Abschiedsfeier. Unsere Klasse hatte ihr den

Goethe geschenkt und ich hatte ihr ein Gedicht dazu gemacht, ein bißchen hat mir Mutter dabei geholfen. Es lautet:

Du scheidest, und Du wirst nicht wiederkehren,
Was *Dein* an Glauben und an reichem Wissen,
Du gabst es uns, in Beispiel und in Lehren.
Ach, Teure, schmerzlich werden wir dich missen.

(Na, na!)

Fahr wohl! Es lächle Dir zu allen Zeiten
Das Leben nur im heiteren Festgewand,
Und unsere Wünsche mögen Dich geleiten,
Hast Du Dich treulos auch von uns gewandt.

(Hier fing sie an zu heulen und sich zu verteidigen.)

Und wandelst Du auf Goethes Zauberfluren
Am Wunderstrom, wo nie versiegt die Quelle,
So denke derer, die jetzt Deinen Spuren
Nachweinen, *Vorbild* Du, uns leuchtend helle.

Und bist Du leiblich uns auch längst entschwunden,
Du lebst in unserm Herzen jetzt und immer,
Du wirkest fort – wir sind an Dich gebunden
Und uns umstrahlt von Deinem Geist ein Schimmer.

(Gut gelogen, Sibillchen.)

Dies Gedicht habe ich eigentlich nur eingeschrieben, um Raum zu füllen.
Ich habe mir nämlich vorgenommen, in möglichst kurzer Zeit dies Buch
auszufüllen.

Ich war in einer Gesellschaft bei Rosa Bär. Dort war auch Trudchen
Henning, die so fremd und herablassend zu mir that. Auch ihre
Schwester Alice hat, wenn ich ihr einmal begegne, ein eigentümliches
Wesen zu mir, so leutselig. Sie haben bei Vater Musikunterricht. Es
macht mir immer den Eindruck, als ob ihr Vater zu ihnen gesagt hätte:
›Seid recht freundlich zu den armen Dalmars.‹ Ich will ihre Freundlich-

keit nicht. Sie sollen sie für sich behalten, die geldstolzen Hennings. Geld! Geld! kommt mir manchmal so ordinär vor.

Heut, als ich mit Mutter im Tiergarten spazieren ging, sahen wir einen sehr prachtvollen Kinderwagen, in dem lag ein prachtvoll geputztes Kind mit dicken, rosigen Bäckchen, und eine noch viel prachtvollere Spreewälderin schob den Wagen. Als wir das Kind und den Wagen und die Amme bewunderten, kam eine arme Frau heran mit einem zerrissenen Umschlagetuch. Sie hatte auf dem Arm ein Kind, das war nur Haut und Knochen und nur in eine Art Lumpen eingewickelt. Das vermagerte Ding kreischte vor Vergnügen über den schönen Wagen und wollte dem prachtvollen Kind Händchen geben. Ganz empört stieß die prachtvolle Amme das magere Händchen – schmutzig war es ja – zurück und fuhr schnell davon. Was Kinder für sonderbare Augen haben können. Ich kann die Augen von dem Haut- und Knochenkind nicht vergessen. Ob es wahr ist, was in der Bibel steht: ›Der Herr, der die Lilien wachsen läßt u.s.w.‹ Frau G. ermahnt uns immer, recht bibelgläubig zu sein. Wenn nur die armen Kinder von Bibelsprüchen satt würden!

Eisenach, den 29. April 1869. Wenn ich nach langen Jahren dieses Buch überlesen werde, so werde ich mich natürlich fragen, wie kam ich damals so plötzlich nach Eisenach? Um dann nicht lange darüber nachdenken zu müssen, schreibe ich hier einfach den Grund.

Mutter ist im Winter recht krank gewesen: Gelenkrheumatismus; sie sollte früh aufs Land. Sie wählte Eisenach, weil da eine sehr gute Pension für mich sein soll. Ich passe doch gar nicht in eine Pension. Vater ist in der Nähe von Dresden auf den Landsitz eines Freundes gereist, um, wie er sagt, die letzte Feile an seinen Merlin zu legen. Es ist recht häßlich von mir, aber wie ich Vatern kenne, legt er die Feile doch nicht an.

Die Gegend um Eisenach ist sehr schön. Jeden Tag entdecken wir neue Schönheiten. Die Wartburg haben wir immer vor Augen. O, es ist wundervoll, wenn sich die letzten Strahlen der untergehenden Sonne in ihren Fenstern wiederspiegeln. Es scheint dann, als ob ein flammendes Meer sich darüber ergösse, bis der Schein nach und nach matter wird und endlich die glühende Röte sich in ein dunkles Lila verwandelt und der Abendstern hoch und hehr darüber schwebt.

Unsere Wohnung ist hübsch und geräumig. Und die Schule – besser als unsere in Berlin ist sie jedenfalls. Auch eine Bibliothek giebt's hier und was für eine! Ein paar Novellen und Romane, hauptsächlich aber Ritter- und Räubergeschichten.

10. Juni. Als ich eben das Vorhergehende überlas, wollte ich die paar Seiten ausreißen, nur, um mich nicht immer über meine Albernheiten ärgern zu müssen; etwas schildern zu wollen, was ich nicht kann, und etwas empfinden zu wollen, was ich nicht empfinde.

Ich finde es ja hier recht schön, aber ich kann nicht sagen, daß mich die Natur sehr ergriffe oder rührte, wie ich mir in den letzten Seiten den Anstrich geben will.

Vater war hier. Wir haben eine kleine Reise durch Thüringen gemacht. Zu Haus konnte ich mich gar nicht wieder an das langweilige Leben gewöhnen. Tag für Tag in die Schule zu gehen, Schularbeiten zu machen und mit Amanda Schulz, meiner Freundin (weil ich keine andere habe), spazieren zu gehen. Ich möchte wohl noch etwas schreiben, aber da ruft schon wieder die dumme Schule.

31. Juli. Wie die Zeit so rasend schnell verstreicht. Schon wieder über einen Monat voller Langweile, seit ich zum letzten Male eingeschrieben habe. Viel ist seitdem nicht vorgekommen. Das vorige Mal sprach ich mit meiner *Freundin* Amanda Schulz, jetzt muß ich von meiner *Feindin* Amanda Schulz erzählen.

Ich konnte das Mädchen von vornherein nicht leiden, und habe keine Ahnung, wie so urplötzlich unsere innige Freundschaft gekommen war, denn wir passen gar nicht, aber gar nicht zusammen. Ich war sogar ihretwegen einige Mal recht böse auf Julie Herbig, von der ich es recht unfein fand, daß sie immerfort sagte, mit einem solchen Mädchen würde sie nie umgehen, und sie wußte doch, daß ich mit Amanda befreundet war.

Es ist wahr, Amanda ist ganz oberflächlich, es ist ihr unmöglich, etwas ernstes vorzunehmen. Ihre höchste Seligkeit ist, wenn ein paar dumme Gymnasiasten sich in sie verlieben und ihr nachlaufen.

Die Ursache unseres Zankes war nun folgende. Ich ging mit aufgelöstem Haar spazieren (offen gestanden macht es mir Vergnügen, wenn die Leute sich nach mir umsehen) und Amanda, die ganz Kleinstädterin ist, wollte so nicht mit mir gehen. Es ist unanständig, sagte sie, und flechtest Du Dir nicht augenblicklich die Haare ein, so gehe ich fort und komme nie wieder.

Ich ließ sie gehen, und bis jetzt hat sie, Gott sei Dank, ihr Versprechen gehalten! Doch genug von der langweiligen Amanda.

Ich habe jetzt Consuelo gelesen. Es hat mir einen tiefen Eindruck gemacht. Ach, hätte ich doch auch eine so schöne Stimme.

31. Januar 1870. Seitdem ich nichts in dieses Buch geschrieben – es ist ein halbes Jahr her, bin ich um viele Erfahrungen reicher geworden. Vater, der noch den ganzen Winter über in Dresden an seinem Merlin arbeitet, wünschte, daß ich in Eisenach in der Pension bleiben sollte. Ich wollte aber nicht, ich wollte nicht, ich sträubte mich dagegen mit aller Macht, warum, weiß ich eigentlich selbst nicht zu sagen. Ich dachte es mir entsetzlich in der Pension zu sein, ohne freien Willen, immer mit allen anderen zum Spazierengehen ausgetrieben zu werden, wie eine Herde Schafe, *pardon* Lämmer, dabei tödliche Langweile. Und ich setzte es durch, nach vielen Kämpfen und vergossenen Thränen. Wir kamen glücklich in Berlin an, und nach einigen Bummeltagen wurde ich in die Schule von Frau H. gesteckt, welche Dame wir mit Tante anreden mußten. Diese Schule nun ist süß, entzückend, balsamisch, berauschend. Ich gehe mit Entzücken hin. Wir haben aber auch reizende Lehrer. Zuerst mein Liebling, der Geschichtslehrer Dr. G. Er ist ein hübscher Mann von Witz, Geist, Humor, Ironie, kurz, er hat alle möglichen Vorzüge, nur ist er ein wenig, sagen wir sehr exaltiert. Dann kommt der Professor L., der Schwarm aller jungen Mädchen, gewissermaßen meiner auch.

Bei ihm haben wir Aufsätze, die mir teils gelingen, teils auch nicht. Lesen und Gedicht bezeichnet er in meiner Censur als talentvoll.

Professor H. unterrichtet, ist aber kein Schulmeister. Wir thun bei ihm was wir wollen.

Dr. K. Der unselige Mann unterrichtet in zwei mir verhaßten Gegenständen: Rechnen und Physik; das dient nicht dazu, ihn mir angenehmer zu machen. Professor L. ein orthodoxer Herr. Miß N. eine dumme Trine.

11. März. Nach langer Unterbrechung nehme ich den Faden meiner Erzählung wieder auf. Mutter ist fort, zu einer kranken Schwester nach Stuttgart gereist, sie bleibt vielleicht Monate lang fort, und ich bin *allein* hier, bei den Großeltern. Die ersten Tage glaubte ich es nicht ertragen zu können, ohne sie zu leben, heimlich vergoß ich bittere Thränen. Doch der erste Schmerz der Trennung legte sich. Wir schreiben uns ganz regelmäßig, teilen uns alle Erlebnisse mit, aber von meiner Sehnsucht schreibe ich kein Wort mehr, seitdem die kranke Tante aus Stuttgart an Großmama geschrieben hat, was ich für lamentable Briefe schriebe. Ich kann's nicht leiden, wenn eine dritte fremde Person das liest, was nur für meine geliebte Mutter bestimmt ist.

Zu Weihnachten habe ich mich hier so unglücklich gefühlt, daß ich aus Mitleid mit mir selbst hätte weinen können.

Mein einziger Trost war wirklich die Schule, wo ich mich durch Übermut und Unart für die häusliche Sittsamkeit entschädigte. Das wurde mir aber in der Censur eingetränkt, die vielen Einzelrüffel abgerechnet.

Gerade als ich 4 Wochen bei Großmama war, mußte sie nach Breslau zu einem verheirateten Sohn reisen, und ich kam zu der Familie Haller, mit der Vater sehr befreundet ist, und wo ich 4 Wochen blieb. Es gefiel mir hier ungleich besser als bei Großmama, doch glücklich war ich auch hier nicht. Marie Haller, meine Schulfreundin, und ich, wir sind zu ungleiche Naturen, um in Frieden nebeneinander leben zu können. Sie ist klug, aber sie ist ein Kind, und das bin ich nicht mehr, vielleicht bin ich es nie gewesen. Wir wurden nun auch wie Kinder behandelt, und daran bin ich nicht gewöhnt, weder von Mutter noch von Großmama.

In der Schule gefällt es mir noch immer ausgezeichnet, trotzdem ich meine Meinung in Bezug auf mehrere Lehrer geändert habe.

Zum Beispiel Professor L. ist nicht mehr mein Schwarm, sondern ist zu einem langweiligen Peter zusammengeschrumpft, der sich das Air unermeßlicher Gelehrsamkeit zu geben weiß. Die Tante selbst kann manchmal außerordentlich liebenswürdig sein und manchmal wieder das Gegenteil.

Von jemand, der mich ganz besonders interessiert, habe ich noch gar nicht gesprochen, das ist meine einzige Freundin Timäa Burg; ihre Mutter ist eine Ungarin, daher der Name Timäa. Sie ist mir ein Rätsel. Eins steht fest, sie ist sehr klug, sehr originell und sehr launenhaft. Ich habe mir schon mehr von ihr bieten lassen als von irgend wem, doch alles hat seine Grenze, und als sie sich neulich sehr unfreundlich benahm, war ich zum ersten Mal ernstlich böse; zu meiner Verwunderung fing sie am nächsten Tag an, die Versöhnung anzubahnen. Ihre Mutter habe ihr gesagt, sie müsse mich um Verzeihung bitten, und dabei sah sie mich so an, als wollte sie sagen: es thut mir leid, daß ich Dich beleidigt habe, aber ich kann nicht abbitten. Da fiel ich ihr um den Hals und sagte, daß ich ihr nicht mehr böse sei. Timäa ist nun einmal so sonderbar, gar nicht wie andere Mädchen, aber sie muß sich doch auch beherr- schen lernen, denn wie Goethe sagt: ›Wer sich nicht selbst befiehlt, bleibt immer ein Knecht.‹

15. Mai 1870. Am Mittwoch gehe ich für diesen Sommer zum letzten Male in meine vielgeliebte Schule. Meine Gefühle sind geteilt. Einmal zieht's mich nach Eisenach, wo ich Vater und Mutter treffe, und dann wieder möchte ich mit aller Leidenschaft hierbleiben, und der Gedanke an die Pension erfüllt mich mit Schrecken.

Eisenach, 2. August 70. Schon wieder hat sich alles gewendet und verändert, und wenn ich alles nachtragen wollte, was ich in diesem Zeitraum erlebt, würde ich Tage dazu brauchen. Ich will darum nur die wichtigsten Ereignisse niederschreiben. Berlin habe ich am 23. Mai verlassen mit unendlichem Bedauern, das sich natürlich nur auf die Schule bezieht. Der Professor G. hielt mir eine schöne große Abschieds-rede, bei der ich beinahe Thränen vergossen hätte. ›Wirken Sie nur auf Timäa‹, sagte er unter anderem, ›damit treten Sie ein in den apostoli-schen Beruf der Menschheit. Sie haben ein großes und gutes Gemüt, ich weiß es! Leben Sie wohl, Sibilla, Gott mit Ihnen!‹ Ein großes und gutes Gemüt habe ich?

In Weimar erwartete mich Vater, der sich dort zum Besuch einige Wochen aufhält. O war ich glücklich, als ich ihn sah. Was für ein anderes Leben mit jemand, den man lieb hat, zusammen zu sein, als immer nur mit gleichgültigen Menschen. In Weimar, hatte ich sehr viel Vergnügen, so viel wie nie zuvor, doch ich muß sagen, ich möchte nicht immer in diesem Rausche leben. Das ermüdet und stumpft ab gegen höhere Inter-essen. Ich habe berühmte Persönlichkeiten kennen gelernt, unter denen Franz Liszt die Hauptrolle spielte. Ich bin hingerissen von ihm, er war zu liebenswürdig, ich begreife, daß man ihn lieben kann. Ich glaube aber doch, daß hauptsächlich Eitelkeit mir diese Worte diktiert. Nach Liszt kommt Frau Viardot, die so mütterlich liebevoll zu mir war. Noch unendlich viel andere Leute lernte ich kennen, und alle fanden mich sehr hübsch und sehr klug. Soll ich's glauben?

Als ich nun nach einem achttägigen Freudenrausch nach Eisenach in die Pension kam, fühlte ich mich erst recht unbehaglich, aber was thut nicht alles die Gewohnheit! Jetzt fühle ich mich ganz wohl hier. Mutter kam eine Woche nach mir in Eisenach an. Als ich die Depesche, die ihre Ankunft meldete, erhielt, glaubte ich die Freude nicht überstehen zu können, nachher aber, als Mutter nun wirklich da war, wurde ich übel gelaunt. Warum? Weil ich sie allein haben wollte und sie doch mit so vielen andern sprach. Ich bin, glaube ich, sehr egoistisch. Ich soll doch aber ein gutes Herz haben?

Eisenach, 12. August. Wir haben in den großen Ferien ziemlich viel Vergnügen gehabt. Einmal eine Waldpartie mit Herren. Es kam aber an dem Tag zu viel zusammen. Vater telegraphierte mir am Vormittag, Liszt würde durchkommen, ich möchte an den Bahnhof gehen. Fräulein Hahn wollte mir erst keine Erlaubnis geben, weil sie es (lächerlich kleinstädtisch) unschicklich fand. Endlich durfte ich mit einer jungen Dame, einer Lisztschwärmerin, hingehen. Wir mußten sehr lange warten, während welcher Zeit meine Begleiterin aller Welt erzählte, daß wir Liszt erwarteten. Ich ärgerte mich darüber. Endlich kam er und brachte mir ein wunderschönes Bouquet mit und Grüße vom Vater, und dann – küßte er mir die Hand. Ich wurde dunkelrot. Einige Blumen des Bouquets ruhen gepreßt in diesem Buche. Ich mußte mich nun sehr beeilen, um die Partie noch einzuholen. Wir amüsierten uns sehr gut. – – Ach, ich kann heut nicht schreiben, mein Kopf schmerzt schrecklich und mir ist so wirr, gar nicht als ob ich lebte. Ich möchte wissen, wie lange dieser Zustand noch dauern wird. Ich wollte, ich wäre recht krank.

Eisenach, den 5. September 1870. Das, wovon alle Welt voll ist, vom Kriege, habe ich noch gar nichts geschrieben. Empfindungen darüber kann ich nicht schreiben, denn meine Feder kann diese wechselnden Empfindungen nicht schildern. Manchmal denke ich gar nicht an das grause Schicksal der Tausende und Tausende, die da zusammen in einem großen Grabe ruhen, mit der Wunde in der Brust, und ich bin dann ganz vergnügt. Durch irgend eine Gedanken-Verbindung aber werde ich dann plötzlich auf das Schlachtfeld versetzt, und ich bin dann ganz starr und staune nur so, daß man da so ruhig sitzt, ißt und trinkt und sich womöglich rühmt, zwei Paar Socken gestrickt zu haben für die, die da draußen ihr Leben lassen müssen. Wir haben bis jetzt nur Siege erfochten; der Krieg naht seinem Ende. Es nimmt sich gar nicht so wichtig auf dem Papier aus, wenn man da liest: ›Gestern wurde Napoleon III. gefangen genommen.‹ Und doch, welche ungeheure Wirkung haben diese paar Worte hervorgerufen – in ganz Europa. Und es ist wahr: ›des großen Dämons großer Affe‹, er sitzt auf Wilhelmshöhe gefangen. Auch in dem kleinen Eisenach regte sich endlich die Freude, wenn auch etwas lau. Nie werde ich die Scene vergessen, die in unserer Schule stattfand, als sich mit dem ersten Kanonenschuß von der Wartburg die Nachricht von der Gefangennahme Napoleons verbreitete. Jubel, tolles Lachen, heftiges Rotwerden begleitete den erneuten Kanonendonner. Mir stürzten die Thränen aus den Augen und eine Freude, wie ich sie wohl nie empfunden, durchglühte mich. Fräulein schloß die Schule; die Tagesschülerinnen stürzten nach Haus und wir stürmten in den Garten, wo wir im Lauf von zehn Minuten sechsmal die Wacht am Rhein sangen. Unterdes war auch Mutter herbeigeeilt, und ich und Julie Herbig, wir kleideten uns schnell an und nun ging's auf den Marktplatz. Ein ledernes Volk! Kein Gesang, kein Lärm, keine Umarmung, fast alles wie immer, nur wehende Fahnen verkündeten die Größe der Stunde. Auf dem Markt kaufte Mutter uns vor Freude Pflaumen und Birnen, schrecklich viel. Am Abend war ein großes Konzert zum Besten der Verwundeten. Aber auch hier stimmte kein begeisterter Patriot in die Vaterlandslieder mit ein, die ein Männerchor wunderschön sang. Eine wunderbare Scene war sehr geeignet, die Lachlust zu erwecken. Fräulein Dreier, ein Eisenacher Kind, sollte Herrn Wilhelm, dem Komponisten der Wacht am Rhein, einen Lorbeerkranz überreichen. Es war ein Riesenkranz, und Fräulein Dreier war ganz in weiße Gewänder gehüllt, und Herr Wilhelm, der in der Thür stand, blinzelte erwartungsvoll zu dem Kranz hinüber. Nach jedem Liede machte Fräulein D. einen Hopsversuch zu ihm hinauf, aber immer wieder traute sie sich nicht. Endlich, nachdem alle Lieder gesungen waren, kriegte sie Courage und – ›O hehre Stunde‹ – begann sie ihr Gedicht und stülpte ihm dabei den Kranz auf das ehrwürdige Haupt. Aber o Mißgeschick! Ihr bleibt das Wort in der Kehle stecken, ihm aber nicht der Kranz auf dem Kopf; er rutscht und umschlingt als Riesenhalsband seinen Hals. Er lächelt verlegen über die Lorbeeren fort, und sie läuft kirschrot auf ihren Platz zurück. Und ›die hehre Stunde‹ war vorüber.

Nach dem Konzert gingen wir noch einmal durch die Stadt, die spärlich illuminiert war und so duse und ledern wie nur je. Ich hasse dieses Eisenach und mein ganzes Sinnen ist auf mein Berlin gerichtet. Ich will nach Berlin! Ich will! Mutti muß!«

– – – – – – – – – – – – – –

Frau Dalmar ließ die Hand mit dem Buch sinken. Allmählich war sie bei der Lektüre ernster und zuletzt traurig und nachdenklich geworden.

Waren nicht in dem Büchelchen da Anzeichen einer herrschsüchtigen, herben, kapriciösen Eigenart? zugleich etwas Krankhaftes? diese immer wieder erwähnte Müdigkeit?

Sie besann sich. Ja, das Kind hatte eine Zeit lang gekränkelt, ohne bestimmte Ursache. Sie war nur blaß und unlustig und müde gewesen.

Der Arzt hatte die üblichen Mittel gegen Blutarmut verschrieben. Nach und nach war es auch besser geworden.

Sie las noch einmal die eine und die andere Seite des Tagebuchs. Allmählich beruhigte sie sich. Sie sah Sibilla vor sich in all ihrem Liebreiz, all ihrer Lebensfreudigkeit.

Nein, es war nichts auf diese Äußerungen eines frühreifen Backfisches zu geben. Trotzige Kindereien, aus dem Milieu der Schule heraus. Sie tröstete sich damit: wenn Kinder sich selbst oder anderen etwas erzählen, so übertreiben sie gern, unabsichtlich, auch ihre Fehler. Ein so junges Geschöpf war außer stande, sein innerstes Sein zu veranschaulichen. Nur für Gröberes, Äußerliches reichten seine Ausdrucksmittel hin.

Freilich sie, die Mutter, hätte strenger, konsequenter die Erziehung der Tochter handhaben müssen, anstatt in allzu zärtlicher Schwäche jeder Laune des Kindes Vorschub zu leisten. Streng sein! Konsequent! Sibilla gegenüber, die Augen hatte, die einem das Herz umkehren konnten! Vor diesen Augen, wenn sie sich mit Thränen füllten, hielt keine Pädagogik stand.

Hätte wenigstens der Vater mit ein wenig Energie die Schwäche ihrer Behandlungsweise ausgeglichen.

Der Vater als Erzieher! sie mußte lächeln.

Franz Dalmar war ein hervorragender Musiker, obgleich er eigentlich nie etwas anderes publiziert hatte, als Lieder, allerdings reizende, ergreifende. In keinem Konzert-Programm durften sie fehlen.

In seinem Pult aber lag eine Opernpartitur, seit Jahrzehnten vollendet, fast vollendet, deren Text er selbst gedichtet hatte: »Merlin«. Er glaubte an dieses Werk der Werke. Wenn mein Merlin erst heraus ist, pflegte er zu sagen. Seit Jahren schon legte er immer die letzte Feile an seinen Merlin.

Dalmar war lebensfreudig bis zur Genußsucht, leichtsinnig bis an die Grenze des gesetzlich Erlaubten, dabei ein berühmter Causeur, voll sprühender Laune. Einige Jahrzehnte hindurch war er der verzogene Liebling aller Salons gewesen.

Sorglos wie ein Kind trieb er auf dem Strom des Lebens einher. Sein Fahrzeug kenterte nie. Von jeder Sandbank kam er wieder los, an den gefährlichsten Klippen glitt er glatt vorüber. Trotzdem er zeitweise viel Geld einnahm, kam er auf keinen grünen Zweig. Die Familie lebte von der Hand in den Mund. Er war ehrlich genug sich einzugestehen, daß er eigentlich nur arbeitete, um die Mittel für seine Amüsements zu gewinnen. Er gab für hohes Honorar einigen Prinzen, Prinzessinnen und Millionären Unterricht. Kam er unregelmäßig oder gar nicht in die Stunden, er erhielt dennoch sein Honorar; es fiel ihm nicht ein, daß man damit nicht den Lehrer, sondern den bezaubernden Gesellschafter honorierte, der mit seiner Person die Gegenleistung bestritt.

Seine Verheiratung gehörte auch in das Repertoire seiner Leichtfertigkeiten. Er hatte seine Frau – die Tochter eines Landpredigers – auf einer Reise kennen gelernt, sich unter dem Duft einer Linde in das zierliche, feine Mädchen verliebt, und sie nach drei Monaten geheiratet, unbekümmert darum, ob sie zueinander paßten, und ob er die Mittel zur Erhaltung einer Familie erschwingen würde.

Der reservierten Haltung seiner Frau war es zuzuschreiben, daß das Bohémetum, zu dem er neigte, in seinem Hause keine Wurzeln schlug.

Sibilla liebte ihre Eltern, den Vater ein wenig mehr als die Mutter, den lieben berühmten Vater, der nebenbei auch als Persönlichkeit so charmant war, während die Mutter nur Mutter war. Sibilla kam es gar nicht in den Sinn, daß diese Mutter auch ein Leben für sich haben könne. Und in der That, sie hatte keins. Als Mutter aber besaß sie unschätzbare Vorzüge. Sie war wie geschaffen zur Vertrauten, zur Beraterin und Trösterin, Qualitäten, die das Töchterchen ausnutzte. Den Vater behelligte sie nie mit ihren kleinen Geheimnissen und Kümmernissen. Leidvolles, Unangenehmes hätte er wie eine Zudringlichkeit, die ihn beleidigte, abgewehrt. Sibilla pflegte selbst ein gelegentliches Unwohlsein vor ihm zu verbergen. Er, der Kerngesunde, glaubte nicht an Krankheiten und Kränklichkeiten.

Auf sein schönes Töchterchen war er über alle Maßen eitel, und diese Eitelkeit verleitete ihn, das dreizehn- und vierzehnjährige Mädchen ab und zu mit in die Gesellschaft Erwachsener zu nehmen, gewissermaßen zum Spaß.

Frau Dalmar, die immer Scheu trug, den Wünschen ihres Gatten zu widerstreben, ließ es zu, trotz der Opposition ihres Verstandes. Daß sie selbst eine geheime Freude an dem Entzücken hatte, das ihr Kind erregte, gestand sie sich nicht.

Die übertriebenen Huldigungen, die Sibilla erfuhr, hätten leicht dem Kinde das Köpfchen verdrehen können, wenn dieses liebreizende Köpfchen nicht einige Gran Verstand mehr beherbergt hätte, als die Köpfe anderer junger Mädchen.

Mit ihrem sechzehnten Jahr wurde sie regelrecht in die Gesellschaft eingeführt. Der Vater diente ihr als Chaperon.

Frau Dalmar hatte sich schon seit Jahren aus dem Gesellschaftsverkehr zurückgezogen. Ansammlungen vieler Menschen, und die heiße, dicke Luft der Gesellschaftsräume vertrugen ihre schwachen Kopf- und Herznerven nicht. Aber Abend für Abend erwartete sie auf der Chaiselongue oder im Bett liegend die Rückkehr der Tochter. War sie eingeschlafen, so erwachte sie regelmäßig einige Minuten bevor der Schlüssel in der Korridorthür gedreht wurde. Und immer von neuem klopfte ihr Herz, wenn die Lichtgestalt des jungen Mädchens auf der Schwelle erschien. 42

Sibilla pflegte sich dann an das Bett der Mutter zu setzen, und ihr bis in die kleinsten Einzelheiten zu erzählen, was sie erlebt hatte, und es war fast immer Heiteres, Belustigendes. Und sie erzählte so lebendig, so wahr, die Mutter erlebte alles mit, sie identifizierte sich mit der Tochter, ja sie genoß ihre Triumphe und empfand ihre Enttäuschungen noch intensiver als Sibilla selbst. Denn auch Enttäuschungen blieben ihr nicht erspart, wenn sie auch leichter darüber hinwegkam, als andere junge Mädchen. Hatte sich ein Verehrer von ihr gewendet, im nächsten Augenblicke war die Lücke ausgefüllt.

Die Erfolge dieses jungen Mädchens in der eleganten Welt waren phänomenale. Sie galten nicht nur ihrer zugleich poetischen und strahlenden Schönheit, Sibilla war auch intelligent, wissend, weit über ihre Jahre hinaus, in ihrem Denken, ihrer Ausdrucksweise von einer verblüffenden Frühreife. Dabei fehlte es ihr nicht an Koketterie, eine unauffällige, nicht nachweisbare, und doch unwiderstehlich anlockende, oft nur eine einschmeichelnde Flexion ihrer tiefen und weichen Stimme, eine Biegung des schlanken Halses, ein Blick. Süße magische Augen hatte sie, die bald schwarz erschienen, in sammtnem Schmachten, bald grünlich schimmernd, Augen von träumerischer Pracht wie Meeresleuchten. Ein Fluidum schien von ihnen auszugehen, das geheime Fäden von Seele zu Seele spann.

Ganz eigenartig war auch ihr luftiges, lockeres, leicht sich kräuselndes Haar, das verschiedene Farben zeigte, ein Streifen aschblond, daneben 43 oder darüber rötliches Hellbraun. Über der Stirn ein zartes aschblondes Gekräusle. Man wurde nie darüber einig, ob sie blond oder brünett sei.

Ihr Teint, von der Farbe des zartesten Elfenbeins, bei Tage oft von krankhafter Durchsichtigkeit, erschien abends oder sobald sie erregt wurde, wie von innen durchleuchtet, rosigem Abendsonnenschein auf Schnee vergleichbar.

Einen Mangel aber hatte das reizende Mädchen. Sie verstand nicht zu lachen. Ihr Lachen klang fast rauh. Es lachte etwas Fremdes aus ihr. Es disharmonierte mit der Poesie ihrer Erscheinung.

Die Gesellschaftskreise, in denen Dalmar mit seiner Tochter verkehrte, waren aus verschiedenen Elementen zusammengesetzt. Freidenkende Aristokraten, Finanziers, Beamte, die künstlerische oder litterarische Interessen hatten, Politiker, Attachés. Den Kern bildeten die Schriftsteller und die Bankiers. Letztere waren weitaus in den meisten Fällen die Festgeber. Sie waren es, die die Bilder und Bücher ihrer Gäste kauften, die in ihre Konzerte gingen, oder wenigstens die Billets dazu nahmen. Ihre Salons standen jedem offen, der durch Esprit, Schönheit, Rang, Reichtum oder Berühmtheit etwas war, oder etwas schien.

Skeptische und frivole Lebensanschauung herrschte in diesem Kreise vor, eine Atmosphäre, die die natürliche kritische Veranlagung Sibillas förderte. Und in einem Alter, in dem andere junge Mädchen nur für Tanz, Cotillonbouquets, Schmeicheleien und für diejenige Lektüre schwärmen, in der das Sichkriegen die Hauptrolle spielt, las sie die Aufsätze von Schopenhauer, las sie politische Zeitungen, oft mit der Landkarte in der Hand. Fade Schmeicheleien fertigte sie mit Ironie ab, das heißt nur die faden, andere besser fundierte behagten ihr außerordentlich.

In ihren ersten zwei Gesellschaftsjahren war das Leben Sibillas eine einzige Festfreude, die sich oft bis zum Rausch steigerte. Aber schon in der dritten Saison schwand bei der Achtzehnjährigen der Rausch und die ersten Spuren einer nervösen Erschlaffung machten sich bemerkbar.

Frau Dalmar hatte kaum Unrecht, wenn sie meinte, jeder müsse sich auf den ersten Blick in Sibilla verlieben. In der That war sie Grund und Ursache von viel Herzeleid, wenn auch immer in der zwölften Stunde die eigene Umsicht der Entflammten oder der Beistand anderer das Schadenfeuer glücklich löschte.

Da hatte unter anderen ein junger, vielversprechender Docent sein Herz so völlig an sie verloren, daß er sich gezwungen sah, plötzlich abzureisen, um nicht – wie er einem Freunde brieflich mitteilte (dieser trug die Mitteilung in weitere Kreise) durch seine wahnsinnige Leidenschaft seine Carriere zu untergraben. Ein anderer, ein Millionärssöhnchen, wurde Knall und Fall nach Wien, woher er gekommen, von seiner

Familie zurückgerufen, die Wind bekam, daß er im Begriff sei, mit einem armen Mädchen reinzufallen.

Massenhaft erschienen auf dem Plan Jünglinge aus der *jeunesse dorée* – Sibilla nannte sie die goldnen Grünen – die ihre Passion für den jungen »*star*« an die große Glocke hingen, ihre Augen gierig an ihrem Liebreiz sättigten und das süße Geschöpf wie Trüffeln, Champagner und Austern zu ihren Dineramüsements rechneten, natürlich ohne die entfernteste Absicht, eine junge Dame zu heiraten, die keine Partie war.

Daß ihre Herzen nicht brachen und die Sinne ihnen keinen Streich spielten, dafür sorgten leichte Dämchen aus andern Sphären.

Sibilla hatte durchaus nicht den Wunsch, sich früh zu verheiraten, sie amüsierte sich viel zu gut.

Daß in ihrem elterlichen Hause niemals Gesellschaften gegeben wurden, gab ihrer Position eine etwas unsichere Basis, und leistete der Vorstellung, daß Vater und Tochter sich durch den Glanz ihrer Persönlichkeit für die ihnen erwiesene Gastfreundschaft zu revanchieren hätten, Vorschub.

Jede einzelne der Treulosigkeiten, die Sibilla erfuhr, brachte ihr keine Enttäuschung. Als aber die Abfälle liebeseliger Jünglinge, die sich durch eine Heirat mit reichen Mädchen – mochten diese häßlich oder geist- und gemütlos sein – ihrem Strahlenkreis entzogen, immer häufiger wurden, da stutzte sie. Ihre harmlose Weltlust erlitt eine Trübung. Sie mochte auch wohl für diesen oder jenen eine leichte Neigung empfunden haben.

Anfangs litten ihr Stolz und ihre Eitelkeit ein wenig unter den Kränkungen, deren Ursache sie bald durchschaute. Dann aber bäumte sich dieser Stolz dagegen auf, er wuchs darunter. Sie wurde übermütiger, kälter, anspruchsvoller; sie ließ ihren Launen freieren Lauf. Sie wurde bewußtlos koketter – eine Art Rache: Wie Du mir, so ich Dir.

Aus diesem Milieu heraus entwickelte sich ihre Beobachtungs- und Urteilskraft zu größter Feinheit und Schärfe.

Freilich entging ihr nicht, daß unter den jüngeren Herren der Gesellschaft auch etliche vorkamen, die an der Frivolität des galanten Sports nicht participierten. Da war z.B. ein junger Offizier, der die mittellosen jungen Mädchen wie Geächtete floh – aus Ehrenhaftigkeit. Diese geldlosen Geschöpfe existierten für ihn nicht. Er tanzte nie mit ihnen, nicht einmal eine Pflichttour, selbst dann nicht, wenn sie Töchter des Hauses waren, in dem er zu Gast gebeten war. Sie hatten sich durch unheilbare Pauvreté jedes Recht an seinem Interesse verscherzt.

Sibilla mußte sogar zugeben, daß unter den vielen Minneschwätzern etliche andere es ernst meinten, nur waren diese Herren leider nicht acceptabel, beim besten Willen nicht. Da war ein blutjunger Maler, der absolut nichts besaß als seinen Größenwahn, nicht einmal Talent. Dazu schnüffelte er infolge eines Stockschnupfens. Ein anderer Bewerber war zwar Millionär, neutralisierte aber diesen Vorzug durch Altlichkeit und ordinäre Manieren.

Das Betrübendste war nun, daß diese Phalanx der goldenen Grünen gewissermaßen einen Kordon um Sibilla zog, so daß ernste, verdienstvolle Männer sich ihr weder nähern konnten noch mochten.

Indessen fühlte sich seit einiger Zeit die *jeunesse dorée* in den Hintergrund gedrängt durch einen noch ziemlich jungen Dichter, der bereits über ein ansehnliches Lorbeerreis verfügte, mit bester Anwartschaft auf einen späteren vollen Kranz. Denn er gehörte nicht zu denen, die über die Schnur hauen. Wohl aber versuchte er auf seichtem Sande den Ossa auf den Pelion zu türmen, ein echter, rechter Bourgois-Titan.

Frau Dalmar wußte, daß Ewald Born – Sibilla nannte ihn den Troubadour Ewald de Born – rasend in das junge Mädchen verliebt war. Sie sympathisierte mit ihm und sah seit Monaten lächelnd dem Gebahren dieses naiven, kraftstrotzenden Menschen zu, der außer stande war, seine Gefühle zu beherrschen. Daß er sich noch nicht erklärt, mochte an der kühlen Haltung Sibillas liegen, mit der sie anfangs seine Huldigungen – gereimte und ungereimte – entgegennahm. In der That waren ihr das naiv-feurige Temperament, die strotzende Robustheit des Dichters unsympathisch, und seine Nase fand sie komisch.

Indessen blieb sein feuriges Werben doch nicht ohne Wirkung auf sie, und allmählich war eine gute und bequeme Neigung für ihn in ihr gekeimt und gewachsen, ganz sicher die Neigung, ihn gern zu heiraten. Trotzdem bewahrte sie eine kühle Gelassenheit ihm gegenüber. Es ließ sie auch kalt, daß eine reiche Landsmännin (er war Sachse) und Verwandte des Dichters, die fünf bis sechs Jahre älter als er war, ihn minnte, mit der zähen Leidenschaft eines energischen, allzu reifen Weibes. Freunde und Verwandte liehen ihr Beistand, ohne in der Wahl der Mittel, wie es sich später herausstellte, wählerisch zu sein.

Bei Sibilla und Ewald Born waren jetzt alle Gedanken Frau Dalmars, als sie in stiller Nacht auf der Chaiselongue ruhte. Ob das liebe Kind als Borns Verlobte nach Hause kommen würde? Es war ja gar nicht anders denkbar.

Am vorigen Abend war ein sehr erfolgreicher Einakter von ihm im Schauspielhaus aufgeführt worden. Sibilla war ganz glücklich und erregt aus dem Theater nach Hause gekommen. Sie trank noch ihren Thee, die Mutter war schon im Schlafzimmer, als um 10 1/2 Uhr die Klingel gezogen wurde: Ewald Born. Ein Schreck, der nur halb freudig war, zitterte durch Frau Dalmars Seele. Sie zögerte eine Minute. Sollte sie die beiden allein lassen und ihnen Zeit zur Aussprache gönnen?

Ihr Zartsinn verneinte. Was mußte Ewald Born selbst denken, wenn sie ihn so spät absichtlich mit der Tochter allein ließ? Sie warf das Kleid, das sie schon abgelegt, schnell wieder über und trat in den Salon.

Sie wurde rot; ein Unbehagen beklemmte sie, als sie das Paar nebeneinander stehen sah, er so nah, zu nah bei ihr, ihre Hand in der seinen haltend, mit einer grellen Flamme in den Augen.

Er entschuldigte sich Frau Dalmar gegenüber, daß er so spät noch gekommen, er habe vergebens ihren Gatten und Fräulein Sibilla am Ausgang des Theaters gesucht, und in der Besorgnis, irgend ein Unwohlsein könne Sibilla verhindert haben, ins Theater zu gehen, habe er sich die Freiheit genommen u.s.w.

Er sprach abgebrochen, wie abwesend, und während er sprach, verschlang er Sibilla mit den Augen. Offenbar that er sich den äußersten Zwang an, um das reizende Mädchen nicht an seine Dichterbrust zu ziehen.

Frau Dalmar, die bisher in jeder Weise seine Werbung begünstigt hatte, wurde plötzlich in der Empfindung, daß etwas Ungehöriges vor ihren Augen geschähe, kalt und unfreundlich.

Nach zehn Minuten ging er, verwirrt wie berauscht.

Mutter und Tochter blieben in einer seltsamen Stimmung zurück; die Tochter, unzufrieden, daß die Mutter die Aussprache gehindert. Frau Dalmar, ihre Dazwischenkunft bereuend. Zwar begriff sie, daß der Dichter in seiner tiefen seelischen Erregung das officielle Wort nicht über die Lippen gebracht, und doch – – sie war mißmutig. Sie plauderten heut nicht wie sonst miteinander, ehe sie zu Bett gingen.

Auf morgen, hatte er gesagt, als er ging, und dieses morgen war heut. Also heut!

Frau Dalmar wünschte, daß Sibilla diesen Mann heiraten möge. Sie fühlte seit einiger Zeit eine Wandlung im Wesen ihres Kindes, ein all-

49

mähliches Verblassen ihrer strahlenden Weltlust. Und einmal würde sie ja doch heiraten. Als Borns Gattin blieb sie wenigstens in Berlin.

Diese Vorstellung war nicht ohne Einfluß auf ihre Begünstigung des Dichters geblieben. Sie hatte aber auch bessere, reinere Motive. Born war nicht nur ein guter Mensch, er war auch eine kerngesunde Natur, körperlich und geistig! Das würde die nervöse Veranlagung Sibillas ausgleichen.

Ja, sie war ganz und gar einverstanden mit dieser Heirat.

Plötzlich zuckte Frau Dalmar zusammen. Ein Geräusch da draußen, die Korridorthür wurde geöffnet, das Atmen wurde ihr schwer vor innerer Erregung. Im nächsten Augenblick trat Sibilla ein.

Frau Dalmar erschrak. Blühend, leuchtend war das Kind von ihr gegangen, und nun stand sie da, blaß, übernächtig, mit dunklen Schatten unter den Augen. Ein paar mißfarbige Rosenblätter waren in dem wirren Haar hängen geblieben. Die Silbergaze des Kleides hing schlaff an den zarten Gliedern nieder. Sibillas Köpfchen fiel kraftlos zur Seite, Frau Dalmar empfing sie zärtlich und begann ihr Kleid aufzunesteln. Ihre Hand zitterte ein wenig. Sie fühlte an Sibillas Bewegung, daß sie ungeduldig und gereizt war.

»Wo hast Du denn Deine Bouquets?« fragte die Mutter, nur um das Schweigen zu brechen.

»Verschenkt. Ich wollte sie nicht. Der starke Geruch hat mir Kopfschmerzen gemacht.«

Sie ließ sich, halb schon im Stehen schlafend, entkleiden. Und wie sie mit dem gelösten Haar, in dem langen, weißen Nachthemd, dem geneigten Köpfchen dastand, meinte Frau Dalmar, daß ihr nur Flügel und eine Lilie fehlten, um wie ein Engel auszusehen – ein kranker Engel.

Als Sibilla den Kopf in den Kissen barg, begegnete sie dem unruhig forschenden Blick der Mutter, die nichts zu fragen wagte.

»Sieh mich nicht so an, Mutti, ich mag's nicht. Ich weiß ja was Du wissen willst. Er war gar nicht da. Er ist verreist, auf lange. Er kommt nicht wieder, wenigstens nicht zu mir. Ich erzähl's Dir morgen – morgen. Brich Dir nur nicht mein Herz, arme Mutti – – ach, ich bin so müde.«

In der nächsten Minute war sie fest eingeschlafen.

Frau Dalmar hielt mühsam ihre Thränen zurück, sie zweifelte keinen Augenblick an der Richtigkeit dessen, was Sibilla gesagt.

Hätte sie als Mutter nicht vorsichtiger sein müssen! Wie konnte sie nur die jedes Maß überschreitenden Huldigungen des Dichters dulden, die man nun ihrem Kinde nachtragen würde!

Aber was hätte sie thun sollen? Das entscheidende Wort ihm abpressen? Mußte er sich nicht erst der Liebe seines Mädchens versichern? Er schien so anders als jene frivolen jungen Männer, deren Lebensführung er streng verurteilte. Er schien so ganz Gentleman, und nun hatte er ebenso gehandelt wie jene, nein, schlimmer als die gewissenlosesten unter ihnen. Hätte er nicht, ehe er innerlich mit sich einig war, seiner 52 Leidenschaft, seinen Gebärden und Worten Zügel anlegen müssen, anstatt förmlich mit Posaunenstößen der Welt kund zu thun, daß er in Flammen stehe? Und nachdem er das gethan, und in dem Augenblick, wo alle Welt seine Verlobung erwartet, geht er auf und davon, unbekümmert darum, was er dem jungen Geschöpf anthut. Sie fand es lächerlich, unerhört, daß die Sitte auf dem Gebiet der Liebe immer zu Gunsten des Mannes entscheidet, selbst wenn die Thatsachen sonnenklar Zeugnis gegen ihn ablegen. Er benimmt sich nichtswürdig, und das Opfer ist kompromittiert.

Sibilla schlief fest und sanft. Frau Dalmar weinte.

Als am anderen Vormittag Sibilla in ihrem hübschen himmelblauen Morgenkleid beim Frühstück saß – die Mutter leistete ihr dabei Gesellschaft – sah sie zwar etwas matt, aber keineswegs betrübt aus.

Die Mutter strich ihr das Brot mit Butter, schlug ihr das Ei auf, und freute sich an ihrem Appetit. Sibilla aß zierlich und langsam.

Frau Dalmar fiel ein Stein vom Herzen. Vielleicht war es doch so am besten. Im Grunde paßten sie ja gar nicht zusammen, er so schmiedeeisern derb, sie feinstes Filigran.

Frau Dalmar lief in die Speisekammer und kam mit einem Büchschen Orangegelée – einer Lieblingsnäscherei Sibillens – zurück. Lachend fiel Sibilla darüber her. »Mutti, willst mein krankes Herz mit Orangegelée 53 heilen? Eigentlich ist Dir die Geschichte ganz recht. Du hast sie mir eingebrockt, Du hast mir diese Neigung für den Troubadour eingeredet, ja, ja Du. Und da wärst Du nun zur Strafe um meinen Liebhaber gekommen, Du arme betrogene, hintergangene Mutti.«

Frau Dalmar war zu glücklich über die Heiterkeit ihres Kindes, um über den Spott empfindlich zu sein.

»Und nun, Mutti«, fuhr Sibilla in demselben Tone fort, »ich sehe ja, Du brennst vor Neugierde die Schauermähr zu vernehmen von der

Untreue des Ritters Ewald de Born. Ach, hieße er Bertram, nie hätte er solchen Verrat geübt. Nämlich: Frau Rechtsanwalt Barer schenkte mir reinen Wein ein, aus ›herzlicher Freundschaft‹, die herzliche Freundschaft mit Anführungszeichen.

Also eine Verschwörung gegen mich, Klatsch, Verleumdung, meine Koketterie, alles ist ihm hinterbracht worden.

Frau Rechtsanwalt brannten darauf, mir die Details dieser Verleumdung – pardon – unter die Nase zu reiben. Ich aber zuckte so abwehrend hoheitsvoll meine silbergazenen Schultern, daß ihr der Klatsch in der Kehle stecken blieb.«

»Und die Verschwörer?« fragte Frau Dalmar.

»Freunde, Verwandte, Mitfühlende jener Jugendgespielin Born's, die sein Bild schon seit einigen Jahrzehnten im verschwiegenen Busen tragen soll.

Augenblicklich weilt sie in Dresden, wo sie expreß erkrankt sein soll, um den Vetter und Landsmann an ihr Sterbelager rufen zu können. Gott schenke ihr ein langes Leben an der Seite meines Ex-Troubadours. Weißt Du was jemand neulich von ihm sagte? Er dichte mit geballten Fäusten.

So, nun weißt Du alles, Mutter. Ich grolle ihm nicht, und wenn das Herz auch bricht, denn wem anders als ihm verdanke ich dies köstliche Orangegelée.«

Plötzlich aber ließ sie den vollen Löffel mit dem Gelée fallen und wurde verdrießlich.

»Fort in die Speisekammer mit dem Gelée, ich verdiene es nicht. Das hatte ich ja ganz vergessen. Die Geschichte hat ja ein Nachspiel, ein schauriges, ein trauriges! Wehe! wehe! Rette mich, Mutti! rette mich! oder ich muß den schönen Arthur heiraten, Arthur Meier natürlich.«

In halb komischer Verzweiflung warf sie sich der Mutter in die Arme. Und sie erzählte: Über Ewald de Borns Abtrünnigkeit wäre sie doch wohl etwas verstimmt gewesen. Das Tanzen hätte sie gelangweilt. Darüber hätte sie sich wiederum geärgert, und da sie doch nicht auf den Ball gegangen wäre, um sich zu ärgern, hätte sie sich nun *à tout prix* amüsieren wollen. Der schöne Arthur – Mitternacht – ein Erker – rote Ampel, Palmen und Blumen, süßduftende, aus dem Nebenzimmer schmelzender Gesang: »Das Lied vom Asra«, und sie, erpicht auf etwas Extraes, Schlagsahnenstimmung. – Und da – hat er ihr sein Herz offeriert, und sie, in einer halben Verliebtheit, aus Champagner, Blumenduft,

Musik und Rachegefühlen notdürftig zusammengekratzt, habe nicht – nein gesagt. »Und nun, Mutti«, schloß sie ihre halb verdrießlich, halb neckisch vorgebrachte Geschichte, »nun wird er heut kommen, im Cylinder und hellen Handschuhen mit schwarzen Nähten, und Dich um meine Hand bitten. Rundweg abschlagen, Mutti, selbstverständlich. Ich kann ihn doch unmöglich heiraten, *pour ses beaux yeux*, die er wirklich hat. Komm, wir wollen uns auf Gründe besinnen, da ich mich nun doch einmal so schofel benommen habe.«

Mutter und Tochter hatten kaum ihre Beratung begonnen, als das Mädchen mit einer Karte eintrat: »Frau Kommerzienrat Moller.«

Die Kommerzienrätin war die Schwester des schönen Arthur. Mutter und Tochter stutzten. Was wollte die? Sie kannten sie nur oberflächlich und standen in keinem gesellschaftlichen Verkehr mit ihr.

Frau Dalmar ging hinaus, um mit der Schwester des schönen Arthur zu sprechen. Sibilla war doch etwas neugierig. Sie nahm die Zeitung zur Hand. Anfangs blickte sie nur zerstreut hinein, allmählich aber interessierte sie der Inhalt, und sie hatte den schönen Arthur und seine Schwester im Nebenzimmer fast vergessen, als Frau Dalmar wieder eintrat. Der Ausdruck ihres Gesichts, zwischen Ärger und Lachen schwankend, war so komisch, daß Sibilla sofort erriet. »Der schöne Arthur hat sich übereilt«, rief sie der Mutter mit drolligem Entsetzen entgegen.

»Ungefähr.«

Der schöne Arthur habe noch auf dem Ball selbst der Familie – und er hatte sehr viel Familie – seine Heiratsprojekte kundgethan. Vormittags, Schlag 10 Uhr, Familienrat im Hause der Kommerzienrätin. Allgemeines Lamento. Besonders Schwester Alice hatte so geweint, aber so. Nämlich: der schöne Arthur war gar nicht in der Lage ein armes Mädchen zu heiraten. Ein lockerer Zeisig war er. Erst im vorigen Jahr hätte die Familie seine Schulden bezahlen müssen. Fräulein Sibilla wäre auch viel zu geistreich für ihren dummen Jungen von Bruder, welcher Ansicht er selbst sich nicht ganz hätte verschließen können.

»Also, Du möchtest den schönen Arthur freigeben. Natürlich habe ich geantwortet, Du hättest die Galanterien des jungen Herrn überhaupt nur für einen Ballscherz gehalten und nicht einen Augenblick daran gedacht, Frau Meier zu werden.«

Sibilla lachte aus vollem Halse. Sie amüsierte sich noch eine Weile über den zurückgezogenen Heiratsantrag, dann aber wurde sie doch wieder unmutig. Sie warf sich müde in den Fauteuil zurück und verschlang ihre Hände über dem Kopf, den sie hin und her wiegte.

»Ach, Mutter, ich konnte mich gestern nicht ausstehen, und ich kann mich überhaupt nicht ausstehen, und die andern auch nicht. Alle diese Meiers und Borns und die goldenen Grünen, sie sollen mich in Ruhe lassen; dieses ewige Courmachen wächst einem ja zum Hals heraus.«

In ihren bösesten Stimmungen gebrauchte sie gelegentlich einen vulgären Ausdruck, was der Mutter jedesmal einen Stich ins Herz gab. Es kontrastierte zu stark mit ihrer poetischen Schönheit.

Und plötzlich erklärte sie, überhaupt nicht mehr in Gesellschaft gehen zu wollen. Sie müsse sich von all den Körben, die sie bekommen, erholen.

Frau Dalmar machte ihr sanfte, aber eindringliche Vorstellungen. Man würde ihr Verschwinden aus der Gesellschaft in Zusammenhang mit der Abreise Borns bringen.

Sibilla sah es ein, und sie ging nach wie vor aus, aber ihre Haltung änderte sich sichtlich. Jede Annäherung der goldenen Grünen wehrte sie mit süperbem Stolz ab. Denen wurde sie auch bald zu klug.

Fast ausschließlich wendete sie sich jetzt ernsten, meist älteren Männern zu, Männern, die in der Politik, Wissenschaft oder Litteratur eine Rolle spielten, und die entzückt und überrascht waren, mit einem jungen, schönen Mädchen ernste Gespräche führen zu können.

Sibillas Intelligenz gewann dabei, und in betreff der Huldigungen blieb es beim alten. Gerade wie die Lieutenants, die Referendare und die goldenen Grünen entdeckten auch Professoren und Geheimräte – sie nannte sie ihre Johanniskäfer – im Verkehr mit Sibilla ihr Herz. Auch ein Brackenburg war da, ihr rettungslos verfallen: ein junger Kaufmann, Benno Raphalo, der in einem der ersten Bankhäuser eine erste Stellung einnahm. Sie selbst aber, so schien es, sollte bei dem Neigen von Herzen zu Herzen immer zu kurz kommen. Dem Brackenburg konnte sie doch unmöglich Gegenliebe widmen. Er war ja amüsant und gutherzig, aber – Benno Raphalo!

Außerdem war sie ja in den Grafen Jürgen Planer verliebt.

Ganz im Gegensatz zu dem wortreichen, überschwenglichen, weißglühenden Ewald de Born verhielt sich der Graf in seinem Liebeswerben fast stumm. In seiner reservierten Haltung aber lag eine stille Inbrünstigkeit. Wenn er nach einem Besuch sich empfahl, so pflegte er langsam, wie zögernd, rückwärts der Thür zuzugehen, mit unheimlicher Intensität seine Blicke an ihr festsaugend.

Er blieb dann wohl auf der Schwelle stehen, als könne er sich nicht entschließen sie zu überschreiten. Zuweilen trat er noch einmal ins Zimmer zurück, als hätte er etwas vergessen, oder erwarte er, daß sie etwas sage.

Er sprach fast nie mit einer andern Dame als mit ihr, und mit ihr in so leisem Tone, als flüstere er Geheimnisse. Alles was er sagte war nur wie ein Andeuten, Hindeuten auf etwas Verborgenes, Tiefes, das in gewöhnliche Worte nicht zu fassen sei. Ein mystischer, krankhafter Zug war in seinem bleichen Gesicht, in seinen stahlblauen Augen. Gerade das zog Sibilla an.

Er erzählte ihr mit Vorliebe von Hallucinationen, die er gehabt.

Zuweilen konnte Graf Planer auch sarkastisch sein. Sein Sarkasmus richtete sich dann gegen Benno Raphalo, dessen Natürlichkeit ihm unbehaglich war. Der rächte sich durch harmlose Witze. Er meinte, der Graf schweige einem Löcher in den Kopf, seine Seele sei so flach, wie das Weltmeer tief sei u.s.w.

Nach einigen Monaten seiner stillglühenden Werbung kam der Graf seltener, und wenn er kam blickte er düster drein. Eines Tages erschien er ganz schwarz gekleidet, mit einem Trauerflor um den Hut. Er müsse zu einem Leichenbegängnis.

Wer tot sei?

Sein einziger Freund.

Woran er gestorben?

An leidenschaftlicher Liebe zu einem jungen, bürgerlichen Mädchen. Er dürfe sie nicht heiraten. Seine ganze Willenskraft habe er daran gesetzt, um die Einwilligung seines Vaters, von dem er abhängig war, zu erlangen – vergebens. Müsse er das Bild des engelhaften Mädchens aus seinem Herzen reißen, das Herz ginge mit in Stücke.

Bei den letzten Worten war er aufgestanden, und langsam, rückwärts, wie er pflegte, ging er der Thür zu, nur langsamer noch als sonst, seine Augen mit drohend hypnotischer Starrheit in die ihren tauchend, und er flüsterte vor sich hin: Komm!

Beim Hinausgehen ließ er die Thür offen, und sie sah ihn durch die offene Thür im Vorzimmer, immer noch rückwärts fortschreitend, die Lippen bewegend.

Ein Zug entstand von irgendwo her, und die Thür fiel krachend ins Schloß.

Sibilla hatte verstanden. Es war ihr erster wirklicher Schmerz. Zitternd, bitterlich weinend fiel sie in die Arme ihrer Mutter, der sie nun alles sagte. Ein Fieberanfall zwang sie das Bett zu hüten. Sie schauderte vor dem Anblick einer Zeitung. Sie sah nur ihre Mutter an, um in ihren Augen zu lesen, ob etwas geschehen wäre. Vierzehn Tage mochten vergangen sein, als die Mutter ihr eine Zeitung hinreichte. Der junge Graf Jürgen Planer war der chinesischen Gesandtschaft attachiert worden und bereits nach Peking abgereist.

Sibilla erholte sich ziemlich schnell von ihrer Nervenerschütterung. Der Kummer richtete mehr Unheil in ihrem Kopf als in ihrem Herzen an. Was sie noch an Illusionsfähigkeit besessen, ging unrettbar verloren.

Es dauerte nicht lange, und sie sprach ganz ruhig und kühl von ihrem »Vampyr«, dem chinesischen Attaché.

Vorherrschend in ihrer Empfindung war die Scham, eine bittere Scham, ein zitternder Zorn darüber, daß sie sich immer wieder zu den Abenteuergelüsten dieser Hochstapler der Liebe mißbrauchen ließ. Sie fühlte, wie unter dem heißen Hauch all dieser buhlenden Gebärden, die sie zu verstehen anfing, sich etwas in ihr abnutzte, welkte: die Blume der Empfindung.

Die letzte Erfahrung legte den Grund in ihr zu einer kalten Skepsis, zu einer Geringschätzung, die sie nicht nur gegen andere, sondern auch gegen sich selbst richtete.

Nein, sie hatte auch diesen nicht geliebt, wenigstens nur so obenauf, ein Nervenreiz, eine Lust, eine Neugierde am Ungewöhnlichen, Geheimnisvollen.

»Und weißt Du«, sagte sie einmal zu ihrer Mutter, »ich traue mir die unglaubliche Albernheit zu, daß der Grafentitel bei mir mitgewirkt hat, bei mir! Und ich halte mich für radikal. Ich gehe mit dem Plan um, Lassalle'sche und Marx'sche und andere soziale Schriften zu lesen – Dummkopf ich!«

Sie stellte auch Reflexionen an, die ihre Geringschätzung gegen die Abtrünnigen einigermaßen dämpften. War sie nicht ungerecht aus persönlicher Rancüne? Warum sollte das Weib diesen jungen Männern alles sein?

Sie hatte von neuem Lust, sich aus dem Gesellschaftsleben zurückzuziehen. Aber was anfangen im Hause! Da war es auch nicht mehr so behaglich wie sonst. Der charmante Vater neigte sich mehr und mehr dem Bohêmetum zu.

Sibilla war jetzt 21 Jahre alt, sie bedurfte seiner als Chaperon nicht mehr. An ihre Triumphe hatte er sich gewöhnt, sie interessierten ihn kaum noch. Er war bequem geworden, der Zwang des Fracks, der eleganten Haltung und des Geistreichseinmüssens fiel ihm lästig. Er zog es vor, halbe Nächte in Cafés und Restaurants zuzubringen, mit amüsanten Witzbolden und flotten Künstlern, bei einem Glas Wein- es durfte auch eine Flasche sein – und einem Spielchen – es durfte auch Roulette sein.

Sibilla konnte es sich nicht verhehlen, der Vater, der einst so süße Lieder komponiert, der der Lion der Gesellschaft gewesen, er verbummelte.

Mit dem Respekt vor dem Vater schwand auch ihre Liebe. Stolz und indolent, wie sie geworden war, machte sie keinen Versuch, ihn schmeichelnd oder mit ernster Mahnung zurückzuhalten. Sie zürnte ihm, daß er keine Rücksicht auf sie und die Mutter nahm. Er bemerkte die innere Auflehnung seiner Tochter, und da er Peinlichem stets aus dem Wege ging, entschwand er mehr und mehr aus dem Gesichtskreis der Seinen.

Die Mutter, ja, die war lieb und gut, sie war ihr, was ihr in den Kinderjahren das Tagebuch gewesen, das Blatt, in das sie ihre Geschichte schrieb.

Aber die liebe Mutter war doch eigentlich ein halbes Kind, so schwach, sie leistete ihr niemals Widerstand, nicht ihren ärgsten Launen. Sie fürchtete sich sogar ein wenig vor dem Töchterchen, wenn es schlechter Laune war. Schlief Sibilla bis in den Vormittag hinein, so schlich sie leise durch das Haus und sorgte dafür, daß kein Laut den Schlummer ihres Lieblings störte.

Hatte der Liebling Kopfschmerzen, so las Frau Dalmar ihr vor, und Sibilla kommandierte: »Leiser, oder schneller, oder: singe nicht so, Mutti.« Mit einem Wort, Sibilla war ganz Gebieterin, die Mutter ganz Dienerin, eine freiwillige, zärtliche.

Und Sibilla hätte jemand gebraucht, der sie auf- und zusammengerüttelt zu irgend etwas – ja – wozu?

»Die einfältigsten unter den goldenen Grünen«, äußerte sie einmal im Gespräch mit der Mutter, »sind am Ende doch noch mehr wert, als wir unnützlichen Mädchen, zwischen Morgen und Abend liegt bei ihnen

Arbeit. Aber wir? Was thue ich denn? Ich schlafe bis 10 Uhr, ich stelle meine Ballbouquets ins Wasser, ich lese die Zeitung, ein Buch, ich richte meine Toilette für den Abend, ich empfange oder mache einen Besuch, medisiere mit Timäa über Frau X. und Herrn Y. etc.«

Frau Dalmar bemerkte, daß andere junge Mädchen Zeichnen und Musik trieben, Vorträge im Lyceum hörten.

Diese Beschäftigungen wären Gummipfropfen, wie man sie hungrigen Kindern in den Mund steckte, um sie zu betrügen. Für eine solche Verschwendung von Lebenskraft, wie die Ausbildung ihrer Talentlosigkeiten, wäre sie doch zu klug.

Ob sie etwa Lust habe in Zürich zu studieren? Frau Dalmar fragte es etwas ängstlich, (damals hatte die Universität Zürich seit einem Jahrzehnt ungefähr ihre Pforten den Frauen geöffnet).

Nein! Sibilla wollte nicht. Wozu? Bloß um zu lernen, um sich Kenntnisse zu erwerben? Dazu brauchte sie keine Universität; aus Büchern konnte sie ebenso gut und ebenso viel lernen. Gott, wieviel Männer blieben trotz regelrechter Universitätsstudien lebenslang unwissende, borniertе Simpel. Sie hatte auch gar keine spezielle Neigung für irgend einen Wissenszweig.

Ja, wenn die Frauen die auf der Universität erworbenen Kenntnisse praktisch verwerten könnten, dann fiele wenigstens der Heiratszwang fort. Aber daran war ja in absehbarer Zeit gar nicht zu denken.

Allenfalls bot die Medizin einige Chancen. Trotz aller Hochachtung aber vor diesem Studium, hatte sie eine schaudernde Abneigung gegen die Ausübung dieses Berufs, ganz im Gegensatz zu ihrer Freundin Timäa, die halb und halb entschlossen war nach Zürich zu gehen.

Ihre Freundin Timäa? wirklich Freundin? Dem Titel nach. Ein komplizierter Charakter. Hatte Sibilla eine Enttäuschung erfahren oder war sie krank, so bewies sie ihr hingebende Zärtlichkeit. Je besser es aber Sibilla ging, je mehr man sie feierte, je kühler zog sich Timäa von ihr zurück.

Letzthin hatte sie die Herzensgeschichte mit dem jungen Diplomaten erraten. Sibilla wußte es und litt unter ihrer mitleidigen Zärtlichkeit. Sie fing an sich beinah leidenschaftlich nach einer Veränderung zu sehnen, mit der nörgelnden Sehnsucht aller Unzufriedenen und Kranken, die von einem Ortswechsel auch einen Stimmungswechsel erhoffen. Sie drängte die Mutter zu einer Reise nach Italien. Frau Dalmar wagte nicht, ihren Gatten ganz sich selbst zu überlassen. Es war auch kein Geld da.

Sibilla fühlte sich nicht gerade unglücklich, aber böse, verdrossen. – »Ach, Mutti«, klagte sie, »ich bekomme einen schlechten Charakter, ich fühl's. Ich will fort von Berlin.«

»Könntest Du nicht Benno Raphalo heiraten?« fragte nicht ohne Bitterkeit die zärtlich bekümmerte Frau. »Du brauchtest dann nicht in Berlin zu bleiben. Die Direktorstelle an der ersten Münchener Bank ist ihm angeboten, was die Anwartschaft auf den Erwerb von Millionen bedeutet. Er liebt Dich treu, und er ist ein guter Mensch.«

Sibilla zuckte geringschätzig mit den Achseln. Frau Dalmar sprach nicht mehr davon und sie schwieg gern. Nur nach einem schweren Kampf mit sich selbst hatte sie den Hinweis auf Benno Raphalo über ihre Lippen gebracht.

Indessen kam der junge Mann seit einiger Zeit fast täglich in das Dalmarsche Haus. Sibilla sah ihn gern. Auch gefiel ihr, daß er sehr soigniert in seiner äußeren Erscheinung war. Er war entschieden ein Original. Aus einer unbemittelten Familie hervorgegangen, hatte er sich seine Stellung im Schweiße seines Angesichts erworben, freilich auf Kosten seiner Bildung, für die ihm keine Zeit geblieben war; daher seine rührende, durch keine Intelligenz gemilderte Unwissenheit.

Aber er hatte Humor, und die Drolligkeit seiner Einfälle wurde noch durch gewisse kleine Angewohnheiten und Redewendungen erhöht.

Er stand insofern ganz jenseits von gut und böse, als er nie in seinem Leben eine Erwägung auf ethischem Gebiet angestellt hatte. Er handelte gut oder nicht gut, wie es die Verhältnisse eben mit sich brachten. Ein großes Kind war er, in Geschäftssachen ein schlaues. Wie er als Schuljunge es nicht als ein Unrecht empfand, wenn er seinem größeren Bruder den größeren Apfel aus der Mappe stibitzte, und ihm seinen kleineren dafür einschmuggelte, ebenso wenig hätte er sich ein Gewissen daraus gemacht, durch einen schlauen Börsencoup seine Mitmenschen zu schädigen. Dazu war doch die Börse da.

Benno Raphalo erschien Sibilla unter den Ewalds, Planers und vielen anderen verhältnismäßig brav und einfach. War er doch immer bereit, allen und jedem zu helfen. Daß er mit allzu leichter Hand, ohne Ansehen der Person, so gewissermaßen zum Pläsier seine Wohlthaten ausstreute, merkte sie nicht. Auch hörte sie nicht die Anekdoten, die er flüsternd, unter dem Siegel der Verschwiegenheit, lüsternen Herren zum Besten gab. Sie sah nur seine Güte und seine unverwüstliche Heiterkeit. Und sie sah, daß er sie auf ein Piedestal stellte, unter Rosen, von denen er ihr täglich einen vollen Strauß schickte. Und sie stand gern auf einem Piedestal.

Je weniger Franz Dalmar arbeitete, je knapper wurde das Geld im Hause. Sibilla sah, daß die Angst um ihre Zukunft an der Mutter nagte. Von Zeit zu Zeit wiederholte die immer Sorgende ihre schüchternen Versuche, das Töchterchen für irgend eine Berufsthätigkeit zu erwärmen.

Was der Mutter nur einfiel! Alle diejenigen Erwerbsthätigkeiten, (das Wort schon widerstand Sibilla) die einer Frau ohne einen allzu großen Aufwand von Energie zugänglich waren, widerstrebten ihr. Freilich, die Aussicht auf die schäbige Existenz eines alternden Mädchens war auch nicht gerade verlockend.

Eine entfernte Verwandte ihres Vaters pflegte alljährlich einige Male aus einem benachbarten kleinen Orte herüberzukommen, um eine kleine Unterstützung in Empfang zu nehmen. Ella Ried war ein altes, durch eigenen Leichtsinn heruntergekommenes Fräulein, mit zitternden Fingern, bläulichen Lippen, schwarzen Nägeln und zottligem Haar. Einen großen zerschlissenen Pompadour trug sie am Arm und einen schmutzigen Shawl um den Hals. Nicht anzusehen war's, wie ungebärdig sie sich freute, wenn man ihr ein abgetragenes Kleid schenkte. Sibilla fand, nicht ganz mit Unrecht, daß dieses armselige Geschöpf ihr ähnlich sähe. Es war ihr jedesmal unbehaglich, wenn es hieß: Die Cousine ist da.

Hatte sie wirklich nur die Wahl: zu heiraten oder Lehrerin zu werden, mit einem Gehalt, das nach Ablauf einiger Jahrzehnte die fabelhafte Summe von 2000 Mark erreichen konnte, oder – Ella Ried? Sie schauderte.

Diejenigen Männer, die sie liebte, oder hätte lieben können, die heirateten sie ja doch nicht. So war Benno Raphalo mit dem hübschen Gesicht, dem guten Herzen, den lustigen Geschichten und glänzenden finanziellen Aussichten doch am Ende ernst zu nehmen. Sie war ihm sogar gut, wenigstens beinah.

Wenn er da war, kam sie gar nicht aus dem Lachen heraus, Timäa auch nicht. Letztere suchte ihre Freundin an Mutterwitz und Munterkeit zu überbieten.

Sibilla hatte nicht die lustige Replik der Ungarin. Benno Raphalo und Timäa verstanden sich vortrefflich, und es schien, als ob sie wohl zu einander kommen könnten, Timäa wenigstens war dessen sicher.

Sie hatte aber ohne die Herrschsucht und Eitelkeit Sibillas gerechnet, die sie durch ihr ersichtliches Werben um den jungen Mann herausforderte. Wenn Sibilla wollte, so hatte sie einen Charm sondergleichen. Und sie wollte jetzt. Und eines schönen Tages fand sie sich mit Benno Raphalo verlobt. Vier Wochen später war die Hochzeit, die man auf Sibillas Wunsch im engsten Familienkreis feierte.

Das tiefe Weh, das bei der Hochzeit das Herz der Mutter zerschnitt, wurde durch die Sorge um Sibilla zurückgedrängt. Ein so sonderbarer Ausdruck lag in den umflorten Blicken der jungen Braut, etwas wie Verwunderung, ein Sichnichtzurechtfindenkönnen, ein in leere, weite Fernen Schweifendes. Und dann wieder blitzte es in den dunklen Augen auf, wie Wetterleuchten in schwüler Nacht, vor einem Gewitter.

Es war kein fröhliches Hochzeitsfest. Von dem Bräutigam war auch nichts zu erwarten. Vielleicht zum ersten Mal in seinem Leben war er ernst, ja feierlich gestimmt. Er liebte Sibilla wahrhaft. Glücklicherweise ventilierte die unbeirrbare Gutgelauntheit des Vaters, der Hochzeiten nicht feierlicher als andere Feste nahm, die bedrückende Atmosphäre.

Er ergriff gern die Gelegenheit, eine launige Tischrede zu halten und berauschte sich an seinen graziösen Worten und dem unbezahlten Champagner, und in dem Hoch auf das Brautpaar ließ er »seinen Merlin« mit einfließen, an dem er soeben die letzte Feile lege.

Gegen das Ende des Mahls fiel ihm plötzlich ein, daß er mit dem Musikalienhändler eine Verabredung habe, eine Viertelstunde nur, gleich sei er wieder da. Er schloß Sibilla in seine Arme, küßte sie mehrmals, schüttelte seinem Schwiegersohn die Hände, und fort war er und – kam nicht wieder. Sibilla hatte es im voraus gewußt. Er hatte die Flucht vor dem Abschied ergriffen. Er konnte Thränen nicht sehen. Und sie flossen in Strömen aus Sibillas Augen, als sie am Halse ihrer Mutter hing. Eine grenzenlose Traurigkeit und Mutlosigkeit war über sie gekommen, das Gefühl, als hätte sie etwas Unerhörtes, Ungereimtes, ganz Wahnsinniges gethan, und wenn die Mutter, die begriff, was auf dem Spiel stand, nicht mit zärtlicher Überredung, mit sanftem, aber festem Ernst Öl in die Wogen des aufziehenden Sturmes gegossen hätte, wer weiß, ob nicht der Anfang dieser Ehe zugleich ihr Ende gewesen wäre.

Der gute Benno ahnte nichts von dem, was in der Seele seiner jungen Frau vorging. Als sich aber Sibilla gar nicht von der Mutter trennen wollte, schüttelte er mit einem kräftigen Ruck die feierliche Rührung ab und riskierte ein Scherzwort. »Spaß beiseite«, rief er fröhlich, »und bringen wir unser Schäfchen ins Trockene.«

44

Und Sibilla lachte, lachte ebenso krampfhaft, wie sie vorher geweint hatte, und unter Lachen und Weinen reisten sie zu einer kurzen Hochzeitsreise ab.

Sibilla Raphalo unterschied sich in den ersten Jahren ihrer Ehe völlig von Sibilla Dalmar. Zu ihrem eigenen Erstaunen wurde aus dem verhätschelten Weltkind eine junge Frau, wie viele andere auch. Die Briefe an ihre Mutter aus dieser Zeit waren mit wirtschaftlichen Fragen angefüllt. Sie ließ sich zu einer ganz passablen Hausfrau an.

Da Benno auf einen guten Tisch hielt, studierte sie die Physiologie der Nahrungsmittel und stellte Menüs auf einer wissenschaftlichen Basis her. Sie verschrieb die Wurst aus Gotha, den Schinken aus Schlesien, Poularden aus Belgien, Kaviar aus Berlin und den Salat bereitete sie selbst. Es machte ihr sogar etwas Spaß, nicht viel.

Ihr Gatte, der sie auf Händen trug, hatte eine hübsche Wohnung elegant und nicht ohne Geschmack eingerichtet. Seidenplüsch und Damast, Ebenholzmöbel mit Bronzeverzierung, niedliche kleine Kunstwerke, antike und moderne, wie Zufall und Gelegenheit sie ihm in die Hände gespielt. In ihrem Salon war sogar eine Wandfläche mit einem Gobelin bedeckt, ein Gobelin von einer allerdings etwas groben Struktur. Er stellte einen Überfall aus der Ritterzeit dar, und Tote und Verwundete gab's darauf. Besonders ein Sterbender mit langen blonden Locken, dem eben ein Rittersmann einen Pfahl mitten durch den Leib stößt, zog ihre Blicke magnetisch an, sobald sie in den Salon trat.

Jedes Winkelchen in der Wohnung war ausgefüllt, so daß Sibilla, wenn sie die Absicht gehabt hätte, der Einrichtung eine andere, ihr zusagendere Physiognomie zu geben, das Vorhandene erst hätte beseitigen müssen. Aber sie hatte gar nicht die Absicht. Es war ja alles da, was sie brauchte. Sie mochte auch den guten Benno, der so stolz auf seine Einrichtung war, nicht betrüben. Und dann – sie war so indolent und bald auch zu kränklich, um auf irgend einem Gebiet sich zu einer energischen Thätigkeit aufzuraffen. Zu Hause aber fühlte sie sich niemals in diesem, von Benno Raphalo ausgesonnenen Heim.

Im ersten Jahr ihrer Verheiratung gebar sie ihm Zwillinge: Zwei Knaben. Sie starben kurz nach einander, ehe sie ihr erstes Lebensjahr vollendet hatten. Die schwere Geburt hatte der zarten Mutter Kräfte so erschöpft, daß sie Jahre brauchte, um sie nur einigermaßen zu ersetzen.

In der Münchener Gesellschaft hatten sie kaum Anknüpfungspunkte. Bald nachdem sie sich häuslich eingerichtet, tauschten sie Besuche mit einigen Kollegen Benno Raphalos aus und gaben die Empfehlungsbriefe ab, die Franz Dalmar seiner Tochter an eine kleine Anzahl von Musikern, mit denen er in Verbindung stand, geschickt hatte. Dazu kamen einige Maler, deren Bekanntschaft der junge Bankdirektor in der Künstlerklause bei einem Glase Bier gemacht, und die die finanzielle Verwertung der neuen Bekanntschaft im Auge hatten.

Ebenso wenig wie in ihrer Wohnung wurde Sibilla in dieser Gesellschaft heimisch. Die Musiker und die Kollegen ihres Mannes waren Leute einfachen Schlages. Sibilla war ganz verdutzt über diese neuen Menschen, die ganz andere Gewohnheiten und Ansichten hatten, ganz andere Gespräche führten und andere Toiletten trugen, als in der Berliner Gesellschaft üblich war.

»Wie weit, weit liegt Berlin hinter mir«, schrieb sie einmal an ihre Mutter. »Kein Mensch kümmert sich hier um einen. Das sollen sie überhaupt in München nicht thun, und wenn der Herrgott in Person vom Himmel herunterstiege, und der Herrgott bin ich doch noch lange nicht, nur die Frau von Benno Raphalo und noch dazu aus Berlin.

Eine komische Gesellschaft! Die Musiker sind meist ältere Herren mit dürren Hälsen, die auf unserem Flügel herumpauken bis der Hahn kräht, und sie rauchen und trinken und trinken und rauchen, so recht urdeutsch, und mitunter, wenn unsere Mädchen schon zu Bett gegangen sind, nehmen sie die Bierkrügel unter den Arm und holen sich über die Straße fort selber noch ein Maß.

Die Kollegen meines Mannes verhandeln nur Geschäftliches untereinander, und wenn es hoch hergeht, regaliert Benno sie mit einer seiner gemütlichen Anekdoten ›Für Herren‹. Und die zu diesen Herren gehörigen Damen! *ladylike* sind sie nicht, o nein.

Vor und nach Tisch hocken sie zusammen, machen Handarbeiten, und ihre Unterhaltungen drehen sich ausschließlich um Wirtschaftsangelegenheiten, und wie man kleine Kinder, Goldfische und Möpse am besten füttert, und Frau A. rühmt sich, daß ihr fünf Monate altes Kind schon ein Zähnchen hat, was Frau B. sehr demütigt, die ein sechs Monate altes Kind hat – ohne Zähnchen. Und so einfach sind sie alle angezogen, daß ich mich meiner Toilette schäme; ich fiel neulich mit meinem einfachsten Kleide ganz aus dem Rahmen, und sie können mich nun gewiß wegen dieses Himmelblaugestickten alle nicht leiden.

Die Frau des Musikprofessors Zeltinger, die ist aber wirklich sehr nett und so herzlich und natürlich mit mir. Darum verzeihe ich ihr auch, daß sie mich ›kleines Frauchen‹ nennt. Kleinbürgerlich, recht kleinbürgerlich sind sie alle. Denke Dir, sie haben noch ›gute Stuben‹.

Das Erstaunlichste aber Mutti, – Mutti Du wirst's nicht glauben, ich kann's Dir aber nicht ersparen – niemand macht mir den Hof, niemand! Die Männer, insoweit sie Maler sind, fühlen sich durch alles Weibliche, das das Niveau der Modelle übersteigt, geniert; die Musiker bekümmern sich nur um Musik, wozu sie die Frauen nicht rechnen, und die Kollegen meines Mannes, insoweit sie nicht verheiratet sind, suchen und finden ihre Ideale in irgend einer Viertelswelt.

Für Berlin bin ich – vielleicht – eine *beauté*, für München – Kaviar. Eine neidhammlige Dame verriet mir, daß man mich Blaßschnabel nennt. Freilich, ins Gesicht sagen sie mir nicht Blaßschnabel, aber doch ›Schöne Frau‹, was nicht viel anmutiger ist

Nur auf der Straße, da feiere ich Triumphe. Man bleibt plötzlich stehen, als wäre man von meinem Anblick geblendet, man läuft mir nach. Und wenn meine ›Würde und Hoheit die Vertraulichkeit nicht entfernte‹, würde ich selten ungeleitet nach Hause gehen.

Am Sonnabend war ein kleiner Tanzabend beim Musikprofessor Zeltinger, wirklich ganz anheimelnd. Die netten, sympathischen kleinen Wurststüllchen, sie kamen direkt vom Herzen der Wirtin, und die 300 Brötchen, die hatte die Frau Professor selbst gestrichen, und die vielen Zwiebeln im Heringssalat entsprangen sicher einer wohlgemeinten Absicht. Nur sah ich den Zweck der vielen jungen Musiker nicht ein, die an den Wänden herumstanden. Einer von ihnen tanzte allerdings später mit mir in des Professors kleinwinzigem Studierstübchen und nannte mich gnädiges Fräulein, was ich begreiflich fand, denn ich tanzte wie ein Kikelchen. Der Herr Professor tanzte auch mit mir, und drückte mich dabei so innig an sich, daß ich der oftgemachten Beobachtung mich nicht entschlagen konnte, daß die Männer, auch die alten Herren, durchweg ein Geschlecht von Schwerenötern sind.

Der Not gehorchend, nicht dem eigenen Triebe, muß ich ab und zu auch einige Leute zu mir einladen. Das macht so viel Umstände. Die Köchin will immer so viel feine Speise kochen, und ich muß das gute Silber herausgeben, und Benno braut eine ganze Stunde lang an der Bowle, und dann haben die Dienstboten immer die Idee, daß die Gäste lediglich zu dem Zweck erscheinen, um in den entferntesten Ecken

Staub aufzustöbern, und am Vorabend der Gesellschaft veranstalten sie ein großes Staubkesseltreiben, daß man gar nicht weiß wohin, und man atmet erst wieder auf, wenn das Silber wieder eingeräumt, die reingemachten Ecken wieder verstaubt und die Rester aufgegessen sind. Ich habe eine Idiosynkrasie gegen Rester und gegen Kleinbürgerliches überhaupt.

Im allgemeinen gleitet mein Leben so sacht, wie ein Schiff mit eintönigen Ruderschlägen über das Wasser gleitet, vorbei an duftigen Gärten, märchenhaften Wäldern, romantischen Felsen, – aber immer nur vorbei – vorbei. Ich steige nie aus. Ich möchte aber einmal ans Ufer. Ich bin neugierig. Ich will sehen, was da los ist.

Deine liebe, nicht ganz vergnügte *Sibilla*.«

Wie zarte südliche Pflanzen, die, in ein nordisches Erdreich versetzt, eingehen oder Jahre brauchen, um in dem neuen Boden Wurzel zu schlagen, so schien auch Sibilla in den ersten Jahren eingehen zu wollen. Sie blieb jahrelang in der fremden Stadt eine Fremde.

Niemand wußte ja, daß sie die gesuchteste, reizendste Dame der geistreichsten Gesellschaft Berlins gewesen war. Der Abstand war zu groß. Dort der verzogene Liebling, hier in inferioren Kreisen eine unbeachtete Persönlichkeit. Sie blieb dieser Thatsache gegenüber verständnislos.

Sie wäre nicht ungern mit der eleganten Gesellschaft Münchens in Berührung gekommen. Man kannte sie dort. Streifte man sich doch im Theater, in Konzerten, auf Spazierfahrten. Thatkräftige und ehrgeizige Frauen mit der Persönlichkeit Sibillas hätten leicht Mittel und Wege gefunden, sich Eingang in diese Kreise zu verschaffen. Sie war aber zu indolent und auch zu stolz, um für ihre soziale Position zu kämpfen. Wer sich ihr nicht gewissermaßen aufdrängte, blieb ihr fern. Und man drängte sich ihr vorläufig nicht auf. Was boten denn die Raphalos groß? Sie machten kein Haus. Frau Raphalo war zwar schön und graziös, aber ihre reservierte und doch anspruchsvolle Haltung hatte für den Süddeutschen nichts Anheimelndes. Und sie hielten nicht einmal einen Diener.

Sibilla hatte nie irgend welche Kräfte an die Erreichung irgend eines Ziels gesetzt, mochte dieses Ziel nun auf gesellschaftliche Erfolge oder auf ihr inneres Leben gerichtet sein. Sie las niemals Bücher, die im Dialekt geschrieben waren, – selbst mit Reuter machte sie keine Ausnahme, weil sie die Mühe des Sichhineinlesens scheute. Sie ging in Gemälde-Ausstellungen an Bildern, deren Glaseinrahmung die Besichtigung erschwerte, vorüber. Am allerwenigsten aber hätte sie einen Finger gerührt, um Menschen, die nicht von selbst kamen, in ihr Haus zu ziehen.

In all den Jahren war es wie ein Stillstand in ihrer Existenz gewesen; kein Stillstand in ihrer inneren Entwickelung. Sie las viel und mit Auswahl, nicht in bewußter Strebsamkeit, um ihren Horizont zu erweitern, sondern einfach, weil ihr diese Bücher Vergnügen machten. Und fast ohne ihr Zuthun, aus innerster Naturnotwendigkeit, wurde ihre Intelligenz zu einem klaren, stetigen Licht, das nichts Schattenhaftes duldete, auch nicht in den entlegensten Winkeln ihrer eigenen Seele. Ihr Zug nach absoluter Objektivität entwickelte sich immer feiner. Die sozialistischen Anklänge, die schon in ihre Kinder- und Jungfrauenjahre wie Glockentöne einer fernen Kirche hineingeklungen waren, wurden jetzt zu vollen Accorden. Sie gelangte zu einer radikalen Weltanschauung, zu einem Sozialismus der reinen Vernunft, ohne starke Gemütsbeteiligung.

Benno, der allezeit Heitere, huldigte einem ganz entgegengesetzten Geschmack. An den Büchern liebte er nur die hübschen Einbände und am Leben lustige Geselligkeit. Da Sibilla sie im Hause nicht pflegte, vergnügte er sich häufig auswärts. Er war nicht wählerisch in Betreff seiner Lustbarkeiten. In den Braustübeln Münchens, in den lustigen Künstlerklausen wurden seine Anekdoten mit Acclamation aufgenommen. Auch als Skatspieler war er berühmt und umworben.

Sie führten eine recht glückliche Ehe, eben weil jedes dem andern erlaubte, sich auf seine Façon zu amüsieren. Er – in den Varieté-Theatern, sie – in den Dramen Ibsens oder Hauptmanns.

Er betete seine Gattin an wie am ersten Tage ihrer Ehe, obwohl sie für seinen robusten Geschmack ein wenig zu fein, zu zerbrechlich war, nicht so recht für die Werkeltage.

Er wagte nicht in ihrer Gegenwart zu rauchen oder gar zu gähnen. Er fühlte sich nie »Herr«, was doch auch seinen Reiz gehabt hätte. Darum bedurfte er einiger Zerstreuungen, wie sie gewöhnliche Sterbliche gern haben. Darum pflog er auch ab und zu der unerlaubten Minne, ganz heimlich, wie er glaubte. Sibilla aber wußte immer, woran sie mit ihm war, trug aber nicht das geringste Verlangen, die Details seiner kleinen Aventüren zu erfahren.

Im vierten Jahr von Sibillas Ehe starb ihr Vater, Franz Dalmar. Er starb, weil er, wie er an die Krankheiten anderer nicht glaubte, auch an seine eigenen nicht geglaubt hatte. Von einer starken Influenza noch nicht ganz hergestellt, gab er seinen Freunden eine lustige Genesungs-feier. Sie wurde zur Totenfeier. Ein Herzschlag traf ihn inmitten einer launigen Rede, die er unter dem Applaus seiner Freunde hielt. Und er starb, ohne die letzte Feile an seinen Merlin gelegt zu haben.

Sibilla, obwohl schon seit Jahren eine Entfremdung zwischen ihr und dem Vater eingetreten war, betrauerte ihn tief und aufrichtig.

Frau Dalmar brachte nun oft Monate bei ihrer kränkelnden Tochter in München zu. Sie pflegte sie und wäre mit Sibillas Los zufrieden ge-wesen, wenn das geliebte Kind sich nur etwas kräftiger und lebensfroher gezeigt hätte.

Eins aber konnte die eitle Mutter nicht begreifen: daß Sibilla mit ihrem Geist und ihrer Schönheit die Stadt nicht auf den Kopf stellte.

Mutter und Tochter schlossen sich inniger als je aneinander. Die alte Frau blühte förmlich unter dem Einfluß der Tochter auf, ihre Intelligenz erfuhr einen Johannestrieb und entwickelte sich bis zum vollsten Ver-ständnis der gewagtesten und kühnsten Ideen Sibillas. Sie wurde die Schülerin der Tochter.

Inzwischen war Benno Raphalos Vermögen rapide gewachsen. Nach Ablauf von kaum sieben Jahren gehörte er zu den reichsten Leuten der Stadt.

Sibilla bekümmerte sich nicht viel darum und lebte weiter, wie sie es gewohnt war, in behaglichem Wohlstand, ohne besonderen Luxus.

Im Sommer pflegte sie mit der Mutter eine Wald- oder Bergfrische in der Nähe Münchens aufzusuchen, wo Benno sie ab und zu besuchte und wo sie kaum anders lebte als in der Stadt. Sie scheute weite Spazier-gänge. Den größten Teil des Tages lag sie auf der Chaiselongue, lesend oder mit der Mutter plaudernd.

Das eisenhaltige Wasser, das ihr die Ärzte verschrieben, trank sie nicht. Sie wußte ja im voraus, es würde nichts helfen. Sie hatte eine Abneigung gegen kaltes Wasser wie gegen die Kälte überhaupt. Schlechtes Wetter war ihr unerträglich. Sobald im September die ersten Regentage eintraten, kehrte sie in die Stadt zurück.

Ein finanzielles Unternehmen, die Gründung einer Zuckerfabrik, brachte Benno Raphalo in Beziehung zu einem Grafen Ferlani, der in Südbayern Güter besaß, sich aber den größten Teil des Jahres in Mün-chen aufhielt. Als der Graf eines Tages den Banquier in seiner Wohnung aufsuchte, sah er Sibilla. Ihr Wesen und ihre Schönheit machten einen tiefen Eindruck auf ihn. Er beteiligte sich sofort an dem Unternehmen und bat um die Erlaubnis, der Frau vom Hause seine Aufwartung machen zu dürfen.

Der Graf war sehr lebhaft, sehr geistreich, sehr frivol und sehr häßlich. Mit ihm kam die Welt wieder zu Sibilla.

Kurz nach dieser Anknüpfung ließ sich ihre alte Freundin Timäa, die einen hervorragenden Maler, Peter von Gregori, geheiratet hatte, in München nieder. Ihr Erstaunen, Sibilla in einer verhältnismäßig untergeordneten Position zu finden, war grenzenlos. Die Eigenschaften, die Sibilla fehlten, um ihr Leben zu gestalten, Energie, Ehrgeiz, Ausdauer, besaß Timäa im höchsten Maße. Sie begriff nicht, wie eine Frau von der Persönlichkeit Sibillas, die noch dazu immens reich war, wie eine *bourgeoise* leben könne. – »Du bist doch eigentlich die geborene Botschafterin«, redete sie auf Sibilla ein, »Dein Bankdirektor ist nur ein zufälliger Nebenumstand.«

Und sie ruhte nicht eher, bis Sibillas Bankdirektor ein wundervolles Haus mit einem großen Garten kaufte, eine Art Palast, dessen Ausstattung Sibilla mit Hilfe Timäas besorgte.

Diese Ausstattung, vornehm und behaglich, von künstlerisch phantastischem Charakter, trug Sibillas Gepräge. Ein Gemisch aller möglichen Stile. Die einheitliche Wirkung durch eine tiefe gesättigte Farbe gewahrt, die an verglimmendes Feuer erinnerte. Die Wandbekleidung: matte Seide oder Gobelins. Die Möbel: königlich altväterischer Hausrat voll feiner Skulpturarbeiten. Altitalienische feudale Marmorkamine, in denen riesige Holzscheite brannten. Säulen und Bilder, Marmorgruppen, Palmen, phantastische Landschaften, Glasmalerei an den Fenstern. Überall vornehme Formen und sinnlich süße Farbe.

Unter Ferlani's und Timäa's Einfluß regten sich wieder alle weltlichen Instinkte Sibillas und gaben ihr, wenigstens für einige Zeit eine Thatkraft und eine Daseinslust, die sie sich nicht mehr zugetraut hätte. Sie mußte auf Timäa's Veranlassung reiten, Schlittschuhlaufen, Spaziergänge machen. Die Folge davon war, daß sich ihr Gesundheitszustand in überraschender Weise besserte, so daß sie im stande war, den Anforderungen, die die neue Situation an sie stellte, zu entsprechen.

Aber sie vermied auch jetzt alles, was den Anschein erwecken konnte, als wolle sie sich in die elegante Gesellschaft drängen. Das war auch nicht nötig, Timäa und Ferlani waren ja da. Letzterer führte seine Nichten, erstere die hervorragendsten Künstler Münchens bei ihr ein. Die Verehrerinnen derselben, teilweis sehr aristokratische, folgten ihnen auf dem Fuß. Nach Ablauf weniger Monate bildete das Haus Raphalo eines der Centren für die Gesellschaft Münchens.

Timäa verfolgte bei dem, was sie für Sibilla that, egoistische Nebenzwecke. Zwar befand sie sich in einer bevorzugten Stellung, aber ihre Mittel waren beschränkte. Sie brauchte ein Haus, über das sie verfügen, und auf das sie, teilweise wenigstens, die Kosten und Umstände ihrer Geselligkeit abwälzen, ihre Vergnügungspläne zur Ausführung bringen konnte. Innerlich hatte sie Sibilla nie verziehen, daß sie von ihr in der Konkurrenz von Benno Raphalo geschlagen worden war.

Den ersten Winter der neuen Lebensgestaltung Sibillas hatte Frau Dalmar zum größten Teil in München zugebracht. Dann hörten ihre Besuche bei der Tochter auf. Ein Ischiasleiden, das in Zwischenräumen immer wieder und immer heftiger auftrat, erschöpften ihre Kräfte und bannten sie ans Haus Den Bitten Sibillas, nach München überzusiedeln, widerstand sie: ein Absterbender gehöre nicht in einen Kreis von Aufstrebenden.

Und als sie sich trennten, in schmerzlicher Zärtlichkeit, da mußte Sibilla mit Herz und Mund geloben, der Mutter rückhaltlos, in voller Wahrhaftigkeit alles zu schreiben, was ihr inneres und äußeres Leben bewegte.

»Und wenn ich einmal nur Betrübtes zu melden hätte?«

Gerade das vor allem wollte Frau Dalmar wissen. Freudiges würden auch andere mit ihr teilen, Betrübtes nur sie, die Mutter.

Sibilla hielt ihr Versprechen. Ihre Briefe waren ein Spiegel ihrer Seele.

1. September. Also, liebste aller Mütter, los wie Herr Direktor Vogel in der Schule zu sagen pflegte, wenn ich etwas aufsagen sollte. Ich berichte, ich beichte, ich rede frei von der Leber weg. (Warum man gerade die Leber mit dieser Funktion betraut?) In Deinen treuen Busen – Du hast's gewollt – schütte ich Leid und Freud', Thees und Soiréen, Gewissensbisse, Größenwahn, Toiletten-Fragen und Sorgen, und was sonst noch das Leben einer Mondaine (habe ich's wirklich schon so herrlich weit gebracht?) mit sich bringt. Alles was mein ist, ist Dein, Du Liebe, Einzige.

Wie anders hat sich nun fast plötzlich mein Leben gestaltet. Das ist auch ein Zeichen der Zeit: Frau Zeltinger nennt mich nicht mehr »kleine Frau«.

Ich war ja ganz zufrieden, so ziemlich zufrieden in der Windstille, die dem jetzigen Gewoge vorausging. Ich konnte ausschlafen, ausdenken und hätte nichts dagegen gehabt, mich so allmählich sanft und sacht in das Alter hinein und etwas später aus dem Leben heraus zu verlaufen. Und nun – keine Rast noch Ruh', Besuche bei Schneiderinnen, Digestionsbesuche. Haben Sie schon bei Frau X digeriert? fragt man, will sagen, den Dankbesuch für eine Einladung gemacht. Theater, Schlittschuhlaufen, Konzerte, Gesellschaften, überhaupt der Tag reicht nicht aus, um all meinem Nichtsthun zu genügen. Aber ich amüsiere mich, oft sogar sehr gut. Meine Erfolge in der Gesellschaft – Du eitle Mutter, hörst ja gern diese Preisnotierungen vom Markt der Eitelkeit – sind im Steigen. Leute, die mich seit Jahren kennen und nie beachtet haben, beachten mich mit einem Male sehr. Warum weiß ich nicht. Wegen meines neuen glänzenden Milieus? meiner Wiener und Pariser Toiletten? Ich trage fast nur weiße oder crême Kleider, sie dürfen silber- oder golddurchwirkt sein, oder so lichtes blau, rosa oder grün, daß es kaum wie das Echo einer Farbe wirkt, verklingend, verdämmernd, verblutend.

Er ist vom Stapel gelaufen am Montag, mein erster *jour*, mein *five o'clock tea*. Alle Welt hat hier einen solchen *jour*. Alle Welt, das ist nämlich die »Gesellschaft«. So nennen sich anspruchsvoll gewisse elegante und tonangebende Kreise Münchens. Der oder jener gehört oder gehört nicht zur Gesellschaft, ist eine beliebte Redewendung. Man spricht da weniger gutes Deutsch als bei uns, aber mehr französisch. Hervorragende Wissenschaftler und Politiker verlieren sich in München selten in die Salons, deren Zierde sie in Berlin sind, aber desto mehr Maler und Barone giebt's hier, oft beides in einer Person. Unsere Barone sind übrigens nicht alle so aristokratisch als man denken sollte, es giebt auch recht plebejische und unpräsentable darunter, aber es macht sich beim Vorstellen immer gut.

Geht es hier in den Gesellschaften oberflächlicher zu als bei uns oder scheint mir nur alles flacher, weil ich selber tiefer geworden bin? Anwandlung von Größenwahn?

Außer der »Gesellschaft« giebt es noch einen ganz exklusiven Kreis in der Stadt: die hohe Aristokratie, zu der bei weitem nicht alle Barone und Grafen der Gesellschaft gehören. Exkludiert ist von vornherein, wer nicht den Prinzessinnen vorgestellt worden ist. Diese Gesellschaft Nummer 1 parliert noch wie vor fünfzig Jahren ganz oder halb französisch. Ihre Allüren, hautaine und ridicüle, wie sie der norddeutsche

Großstädter nur noch aus gröberen Lustspielen kennt. Nebenbei haben sie den Ruf einer so steifleinenen Langweiligkeit, daß nur wenige Snobs aus der Gesellschaft Nummer 2 ambitionieren, in der Gesellschaft Nummer 1 *reçu* zu sein, wo sie allerdings die Chance hätten, sich eventuell mit einer Prinzessin in demselben Raume zu befinden.

Charakteristisch für diese beiden Gesellschaften ist, daß sie nicht die leiseste Ahnung haben von der Weltwende, an der wir stehen. Für sie giebt es keine soziale Frage, für sie nicht Dolch und Dynamit, nur Kleider, Liebe, Theater und persönliche Angelegenheiten. Sie tanzen auf einem Vulkan – Cancan.

Ich laufe hier keine Gefahr, wegen meines Radikalismus boykottiert zu werden. Man lacht über meinen Amateur-Sozialismus, und da ich 86 weder zum Malen, noch zur Musik, noch zum Spiritismus Talent habe, läßt man ihn als harmlosen Salon-Sport passieren. Höchstens beschuldigt man mich der Originalitätshascherei.

Also mein erster *jour*. Alle die ich rief, kamen zwar nicht, aber doch immer noch viel zu viele. Es ist hier nicht chic, wenn Mann und Frau zu gleicher Zeit auf einem *jour* erscheinen. Entweder kommt *er*, wenn *sie* geht oder gegangen ist, oder sie kommt heut und er in der nächsten Woche. Komisch, nicht? Darum hält sich der gute Benno auch in diskreter Entfernung von meinen Thees, nicht ungern, schon wegen des Französischen, in welcher Sprache sich zu äußern sein Bildungsgrad ihm nicht erlaubt.

Apropos Benno. Höre mal, liebe Mutter, Du weißt, daß ich immer zugestimmt habe, wenn Du mir den Benno in allen Tonarten gepriesen hast; singst Du aber, wie in Deinem letzten Briefe, sogar seiner Gattentreue ein Loblied, so muß ich ihn doch dieses falschen Heiligenscheins entkleiden. Freilich, er meint es nicht böse mit seinen kleinen Lüderlichkeiten. Wie er die Varieté-Theater oder irgend eine Sehenswürdigkeit im Panoptikum besucht, so verkehrt er mit einigen lustigen Dämchen, um sich bequem zu amüsieren. Es gehört eben dazu. Er würde einfach lachen, wollte man das Wort Ehebruch auf seine erotischen Späßchen anwenden. Ich thu' es ja auch nicht.

Mein guter Benno nimmt in meiner neuen Welt eine etwas isolierte Stellung ein. Stolz und glücklich ist er über den Glanz seines Hauses, 87 und möchte um alles in der Welt die illüstren Persönlichkeiten nicht missen. Die Langeweile, die er dabei aussteht, verkneift er sich. Er zwingt sich ein reserviertes Wesen an, und je vornehmer die Gäste sind, je

ernsthafter wird er und je drolliger erscheint er mir. Aber gewisse plebejische Angewohnheiten die er hat, reizen mich jetzt zuweilen, z.B.
wenn er plötzlich ein Federmesser aus der Tasche zieht und sich damit
die Nägel reinigt, oder wenn er jemand beiseite zieht, um ihm eine seiner
Anekdoten »für Herren« zu versetzen, oder wenn er, wie es einmal geschah, den päpstlichen Nuntius beim Rockknopf festhält und ihm »auf
Ehrenwort« versichert, daß wir sechs Grad Kälte haben.

In solchen Augenblicken kann ich ihn nicht ausstehen, und ich
schäme mich seiner, und dann schäme ich mich wieder meiner Be-
schränktheit, daß ich mich seiner schäme. Alles in allem ist er doch ein
Original, eine Persönlichkeit, ein Stück naiver Schöpfung. Vielleicht
gehört eine gewisse Horizontenge dazu, um eine Persönlichkeit zu sein.
Ich bin es nicht. Nach allen Seiten flattere ich und stiebe ich auseinander,
lauter Atome, die sich nicht zu einem Ganzen verdichten.

Aber mein *jour*! Mein Salon, Mutti – reizend! Eine entzückende
Komposition zwischen Oratorium und melodischer Lyrik: Leier und
Orgel. Heidentum, Romantik, Katholizismus, Buddhismus verschmelzen
sich darin. Protestantismus ausgeschlossen. Wie paßt da mein Böcklin
hinein mit der magischen, von geheimnisvollem Mondlicht überrieselten,
träumerischen Märchengestalt, die auf dem Einhorn durch den Wald
reitet. Und die Stucksche »Sünde« (leider nur eine Kopie) und Bücher
und Blumen, seltene hochragende. Unzählige Madonnen, gestickte, ge-
meißelte, gemalte, eine sitzt in einem bronzenen, von Säulen getragenen
Tempelchen als Hüterin eines Uhrwerks.

Die weiße Farbe fehlt ganz in dem Raume. Kein Marmor, kein Gold,
alles gedämpfte, süße, milde, tiefe Glut. Keine einfache, konventionelle
Form. Die Theekanne von getriebenem, dunklem Silber sieht wie ein
Weihgefäß aus. Die Decken über Tische und der Chaiselongue wie uralte Altardecken, die Wandschirme wie zum Versteckspielen für
Amouretten. Die Fenster haben zum Teil Glasmalerei; wo sie frei sind,
sieht man in einen Wald von Bäumen und zwischendurch das Siegesthor.

»Venus und Madonna reichen sich in Deinem Salon die Hände«,
sagte Timäa. Ferlanis Vergleich war noch ausdrucksvoller, indem er
meinen Salon einen Hörselberg nannte, in dem der heilige Gral umginge.
(Hörselberg! wenn ich die Wahl hätte zwischen Venus und Elisabeth,
möchte ich am liebsten zwischen beiden abwechseln.) In meiner Robe
empire von gelblicher Liberty-Seide, mit feinsten Silberspitzen garniert,
passe ich da ganz hinein, setzte er hinzu.

Und meine Gäste? Den Ferlani, der immer zuerst kommt und zuletzt geht, kennst Du. Daß er verliebt in mich ist *va sans dire*, daß ich es nicht in ihn bin, *va* auch *sans dire*. Ganz entgegengesetzt dem Cäsar, mag ich nicht dicke Leute um mich sehen, und auch nicht solche, die für Klassicität sind, und dabei nicht einschlafen können, ohne ein Kapitel aus dem neuesten lasciven Pariser Roman gelesen zu haben. Im Salon frivol und geistreich, verwandelt er sich im Abgeordnetenhause im Handumdrehen in eine phrasendreschende Hauptstütze für Ordnung, Sitte und Religion.

Ich reize ihn oft, und darum ist er bald böse mit mir, bald nur zu gut, und abwechselnd regaliert er mich mit Impertinenzen und Schmeicheleien. Er trägt gern Geschichten von einem zum andern. Gestern fing er damit an, mir eine kleine Perfidie Timäas zu insinuieren, die gar nicht begreifen könne, warum man von meiner Schönheit so viel Wesens mache, es gäbe doch so viel Schönere in unseren Kreisen, z.B. die und die u.s.w. Sie habe vielleicht recht, meinte er, nur verschwänden die Schönsten neben mir wie virtuos gemalte Portraits neben einem Bildnis von tief seelischem Charakter, ich wäre nämlich Psyche und Aspasia in einer Person. Das hörte ich gern, konnte aber doch nur mit Bedauern konstatieren, daß er so gar nichts vom Perikles habe oder vom – Amor.

Ach, Du lieber Ferlani, wir kommen ja nie zusammen. Alles, was mich interessiert und entzückt, verdammt er in Grund und Boden, z.B. jede neue Richtung in Kunst und Litteratur. Ich schlage ihm immer Timäa zum lieben vor.

Natürlich war sie auch auf meinem ersten *jour*. Die glaubst Du nun in- und auswendig zu kennen. Irrtum, Mutti. Ihre früheren Eigenschaften besitzt sie zwar noch, aber in vergrößertem Maßstabe. Alles ist raffinierter, berechneter geworden. Exotischer und unwahrscheinlicher als je sieht meine ungarische Schulfreundin aus, wie ein Überrest aus irgend einem chaldäischen Zeitalter, mit den übernatürlich großen schwarzen Augen und dem prachtvollen, pechkohlrabenschwarzen, ideal angewachsenem Haar. Sie trägt es jetzt griechisch, hochaufgebunden. Hier und da eine Locke. Freilich, bei den Augen endet ihre Schönheit. Die Nase – weniger als Durchschnitt. Ein Kinn – kaum. Sie braucht aber weder Nase noch Kinn. Die Augen genügen. Dazu hat sie sich neuerdings eine schloddrige Grazie angewöhnt, wie sie etwa die Cameliendame auf der Bühne haben könnte. Es lodert immer alles an ihr.

Intim sind wir noch wie in der Schule. Ich vermute aber, sie beutet unsere Intimität aus für ihre Medisance – gegen mich. Mag sie!

Ihr Mann war im vorigen Winter in Rom. Du hast ihn also gar nicht kennen gelernt. Ein stiller, feiner Mensch. So sind auch seine Bilder. Schöne Gegenden stören sein Auge. Sie kommen ihm wie ein Sensationskapitel aus einem Kolportage-Roman vor. Und da malt er nun grau in grau – silbergrau, lichtgrau – so fein, so fein! Sein Pinsel haucht, seine Töne lächeln und seufzen, so zart, so zart, und dann noch das Ganze eingeschleiert – der Traum eines Traumes.

Auf der letzten Ausstellung waren Zeichnungen von ihm, leis getönt wie Geisterhauch. Zuerst sah man gar nichts. Bei genauerem Hinblick entdeckte man eine Nymphe, die aus einer Wasserlilie steigt. Auf einem anderen Blatt ein Fisch unter dem Wasser über einem Korallenzweig, eine Libelle auf einem Blütenzweige. Wie verhallendes Piano beim Gesang wirkten die Blätter.

Meine liebe alte Musikprofessorin war auch gekommen. Du hättest sehen sollen, wie die anderen Damen moquant lächelten, als sie eintrat in ihrem schwarzseidenen Kleid, goldener Uhrkette, glattem Scheitel, und ohne Paletot und Hut, da es doch nicht chic ist, bei einem *jour* Hut und Jaquet abzulegen.

Sie war aber ganz unverfroren, stippte ihr halbes Dutzend Küchelchen in den Thee und fragte Frau Bürgens, ob sie denn in ihrem dicken Paletot nicht schwitze. Da der Paletot ganz neu und sehr kostbar war, schwitzte Frau Bürgens natürlich nicht, abgesehen davon, daß man überhaupt nicht schwitze.

Frau Bürgens, Hamburgerin, reich von Hause aus und Gattin eines sehr reichen Fabrikanten, strotzt von Eleganz und Einbildungen und führt ein beneidenswertes Phantasieleben, indem sie das immense Glück der Dummen, die sich für klug halten, genießt. Eine *fausse mondaine*, schwankt sie immer zwischen übertriebener Weltlichkeit und Peterson'scher (sie ist eine *née* Peterson) Spießbürgerlichkeit. Sie ist immer auf dem Wege, sich ein neues Kleid machen zu lassen, was ihr Mann – sie nennt ihn »mein Lamm« oder (von Dagobert abgeleitet) »Dagochen« – so sehr liebe. Drei neue Hüte hat ihr das eigensinnige böse Dagochen schon wieder aufgeschwatzt. Ihr Lamm sagt jedesmal, wenn sie sich etwas Neues, Hübsches angeschafft hat: »ich danke Dir.« Die *née* Peterson hat aber auch recht viel Sorgen. Nur entspringen sie alle aus verletzter Eitelkeit oder Hochmut, z.B. bedrückte es sie, daß in ihrer letzten Soirée niemand erst um zwölf Uhr gekommen war, was doch so chic sei.

Daß man sich außerhalb der eleganten Gesellschaft amüsieren kann, hält sie für ausgeschlossen; daß man Offiziere von der Linie einlade, ebenfalls. Kavallerie oder Garde – ja.

Sie teilte mir mit, sie gelte in Hamburg dafür, daß man ihr keine nichtadligen jungen Leute empfehlen dürfe. Aber das dächten sie nur so in Hamburg, es sei aber eigentlich gar nicht so, denn, sagte sie, warum nicht, wenn sie nett sind, dann ganz gern; nein wirklich, dann habe sie nichts dagegen, ganz gern, aber in Hamburg glaube man das von ihr.

Und der Stolz leuchtete ihr aus allen Poren, daß sie das in Hamburg von ihr glaubten.

Eine meiner Intimsten ist die kleine, originelle Traute Riedling, eine der reizendsten Persönlichkeiten Münchens. Unberechenbar, pikant, launenhaft, aufrichtig, oft von größtem Charm. Ihr Teint, weiß wie Schnee, das Haar schwarz wie Ebenholz, ihre Lippen rot wie Blut. Sie sieht aus wie ein Kind der Liebe, das Lucifer mit einem Erzengel gezeugt. Und Mut hat dieser süße Kobold! zu allem, zu den extravagantesten Toiletten, zu Liebhabern, zum Geistercitieren. Und sie reüssiert immer. Nimmt sie an einer Spiritistenseance teil, so tanzen und klingen und klopfen die Tische, Früchte und Blumen fallen ihr in den Schoß, einmal erschien ihr sogar der Astraleib eines verstorbenen Schwesterchens.

Daß sie nichts weiß, nichts denkt, thut nichts. Sie begreift nicht, wozu der Verstand da ist, er wirft doch keine Emotionen ab, und die sind das einzig Lebenswerte.

Sie ist reizend wie ein Kind, verliebt wie ein Käfer, nascht beständig Chocoladenbohnen, natürlich nur Firma Marquis. Und immer Arm in Arm mit ihrer Cousine, Eva von Broddin, die ebenfalls graziös und zerbrechlich ist wie sie, ein wahres kleines *bijou*, nicht mehr ganz jung, von mütterlicher Seite Deutschrussin.

Als Gattin kann ich mir die Riedling gar nicht denken, eher als die Geliebte eines Byron oder Heine.

Und doch hat sie einen Gatten. Friedrich Riedling ist auch Maler. Er geht fast nie in Gesellschaft, weil ihm das die Arbeitszeit kürzen würde. Er hat so viel gewaltige Ideen und ist – in seiner Meinung – unter den Lebenden der Einzige, der das Zeug hat, sie auszuführen. Besonders häufig kommt der Geist des Rubens über ihn. Nur findet er keine Modelle zu seinen Rubensschen Ideen. Schweninger ist schuld daran, der läßt kein rosiges Fett mehr aufkommen, alles vermagert.

Er spricht mit ebenso viel Enthusiasmus von seinen kühnen Entwürfen, wie von der Inferiorität seiner Kollegen. »Ist das ein Leib? Sind das Beine?« rief er neulich mit begeisterter Entrüstung vor dem Bilde eines unserer ersten Maler aus.

Natürlich besitzen wir auch ein Bild von ihm mit sehr viel Leib und sehr viel Bein. Ich habe schreckliche Angst vor ihm, weil sein Bild auf der Diele steht, noch dazu auf einer geliehenen Staffelei, und – in falschem Lichte.

Ach Gott, es ist so schwer mit Menschen umzugehen. Schriftsteller? Die wollen immer, daß man ihre Bücher liest und kauft. Das Kaufen ließe sich erschwingen, aber das Lesen und – Loben! Maler? Nicht nur, daß man ihre Bilder kauft, man muß ihnen auch einen guten Platz geben, gerade da, wo ein Renaissanceschränkchen oder ein nützliches Möbel hinkommen sollte. Am liebsten wären mir noch die Musiker, die komponieren doch selten, und über ihre Musik brauche ich nicht zu reden, weil ich absolut nichts davon verstehe.

Einer der eifrigsten Verehrer der Cousinen ist der französische Attaché Vicomte George de Hautbois, der auf seine mangelnden Sprachkenntnisse hin Dinge sagt, Dinge – ich wiederhole sie lieber nicht, wozu Deine lieben keuschen Ohren kränken?

Überhaupt Mutti, Mutti, Du Kind, ich habe Dich im Verdacht, daß Du nichts weißt, nichts ahnst. Du bist nicht nur in Arkadien geboren, Du lebst noch immer in diesem naiven Schäferland, vor Erschaffung des *fin de siècle*, der Decadence, des Naturalismus, Nietzschianismus u.s.w. Ich öffne Dir ein Gucklöchelchen. Uberwinde den ahnungsvollen

Schauder und schau! schau! Ich bringe die Welt zu Dir. Schaudere nur auch getrost über mich, Dein einziges Kind ist auch schon auf dem Wege der Entartung. Ach, Mutti, diese Wege wandeln wir alle, fast alle, wir begabten klugen Frauen, die wir in dem Zeitalter leben vor »der Umwertung aller Werte«.

Ich habe Dir nur einige Haupttypen unserer Kreise skizziert. Mehr kannst Du nicht bewältigen, darum ein ander Mal von Hilde Engelhart, dem Professor Hennings u.s.w. Wer nennt die Namen alle, die zum Jahrmarkt des Lebens in der »Gesellschaft« hier zusammenströmen.

Alle diese Damen wetteifern miteinander in der Dekolletiertheit ihrer Kleider und der Anzahl ihrer Verehrer, platonische und weniger platonische.

Jemand, ich weiß nicht wer, hat diesen Weltkindern den Kollektivnamen *Haut-goût*-Damen angehängt, nicht ganz mit Unrecht, und ich fürchte, Mutti, man wirft mich mit ihnen in einen Topf. Das Diner ist serviert Morgen Fortsetzung.

2. September. Gott, Gott, Mutti, etwas Hochinteressantes, das, fettgedruckt, gleich am Anfang dieses ersten Briefes hätte stehen müssen. Er ist hier! er! der Strotzende mit der wabernden Lohe, der komischen Nase, mit einem Wort: Ewald de Born. Schon seit einem Jahre leben sie in München und ich wußte nichts davon. Man sagt, daß Mangel an Anerkennung ihn nach München getrieben, wo die »Moderne« sich noch nicht so breit mache. Sie hatten schon vor acht Tagen ihre Karten bei mir abgegeben. Ich schickte ihnen eine Einladung zu meinen *jours*, 96 und da sind sie nun gekommen. Er und sie. Isolde heißt sie. Er ist der alte biedere Barde geblieben, aber man will von alten biederen Barden nichts mehr wissen. Er denkt, bloß in Berlin nicht. Irrtum. In München ist man auch helle. Er nimmt die Feder voller als *je* und dichtet und troubadourt drauf los, daß die Schwarte knackt.

Und sie? Eine kleine herzhafte Schadenfreude hatte ich doch bei ihrem Anblick. Nicht, als sähe sie nicht gut aus, im Gegenteil, sie ist sogar eine Straßenschönheit, richtiger eine Über-die-Straße-Schönheit. Sie wirkt aus der Entfernung. Ihr Hütchen ist so klein, so klein, ihr Härchen so golden, so golden. Wer denkt daran, daß sie mindestens fünfundvierzig Jahre alt ist. Und wie ihre Redeweise zu dem kleinen Hütchen und dem goldenen Härchen paßt, so ganz kindlich naiv.

Habe ich erst ihre nähere Bekanntschaft gemacht, erfährst Du mehr von ihr.

Die beiden andern Thees, bei der Bürgens und Frau von Gehrt, die ich, außer dem meinigen in dieser Woche mitgemacht habe, will ich auch gleich mit wenigen Worten abthun.

Frau von Gehrt, schön, elegant, parfümiert, cigarettenrauchend, ist ein mit allen Hunden gehetztes Kunstprodukt des *fin de siècle*, eine lustige Frau Flut, und liebedurstig, so durstig, daß sie trinkt, wo der Becher winkt.

Die Gehrts haben ein Gut in der Nähe von München, und sie bringt – um der Erziehung ihrer Kinder willen – jeden Winter einige Monate 97 hier zu. Sie ist ein Chamäleon, schillernd zwischen häßlich, hübsch und reizend, ganz wie ihre rote Toilette. Oder war sie schwarz? Undefinierbar spielten die Farben ineinander. Ultrakokett. Kaperte gleich mit ihren Basiliskenaugen den schönen Maler Raphael Fernmor, der aussieht, wie einer vom Stamm der Asra, welche sterben, wenn sie lieben, es aber nicht thun.

Das heißt, sie wollte ihn kapern. Er liebt mich aber. Sonst thut er den ganzen Tag nichts, träumt, liegt auf der Straße, zieht sich raffiniert an, immer eine Blume im Knopfloch, eine Rose, und besucht jeden Nachmittag eine hübsche Frau.

Da er von mir nichts zu erwarten hat, wird er sich wahrscheinlich nächstdem in Timäa oder Frau von Gehrt verlieben, die dazu nach jeder Richtung hin geeignet sind.

Bei der Gehrt ein echter, rechter *jour*, wie er sein muß, weltlich, oberflächlich, amüsant, sehr adlig, leicht flüssige Konversation, männerreich, was immer für besonders ehrenvoll gilt. Der Salon, capriziös eingerichtet, in allen Farben gedämpfte Lampenschirme, zu essen nichts, aber Cigaretten. Die Wirtin, ein reizendes grünes Sammetkleid und zu hübsch gefärbtes Haar.

Eine Mischung von Künstler- und Aristokraten-Atmosphäre, nicht ohne Charm. Einzelne Herren und Offiziere vorherrschend. Der bürgerliche Regierungsrat Hellschmidt erklärte die Adligen für bevorzugte Menschen, die nun aber auch zeigen müßten, daß sie wirklich aus besserem Stoff seien, und eine Frau Hahnemann, *née* Baronesse Fink, behauptete (natürlich *pro domo*) eine Adliggeborene bleibe immer adlig, möge kommen, was da wolle, (möge sie selbst auch aus sehr unnobligen Gründen einen reichen Banquier geheiratet haben).

Einen Baron, neben dem ich eine Weile saß, verletzte es sehr, Christus und den buckligen Märchenschneider in »Hannele« zusammen auf der Bühne sehen zu müssen, obschon er durchaus religiös-freisinnig sei.

Lebhaft wurde eine Theater-Affaire besprochen. Der alte aristokratische Intendant hatte seinen Abschied genommen. Ein bürgerlicher, sehr leistungsfähiger Direktor war an seine Stelle getreten. Kopfschütteln unter den Damen. Mein Gott, wer soll denn da nach oben vermitteln und verkehren? Etwa Excellenz Schmidt? Gelächter.

Und das im Zeitalter, wo die Erde dröhnt von dem Vormarsch der Millionen mit der schwieligen Faust. Da sind wir Berliner doch bessere Menschen.

Frau von Gehrt meinte unter anderem, der Winter ließe sich so langweilig an, man müßte sich aufraffen und irgend etwas Lustiges unternehmen; es fiel ihr aber nichts ein. Vorläufig hat sie sich aber zu dem Lustigen drei neue Kleider machen lassen, und unter dem moralischen Zwange dieser wertvollen Anschaffungen fällt ihr mit der Zeit gewiß noch etwas ein.

Als zwei veritable Fürstinnen Arm in Arm in den Salon traten, zog ich mich zurück, um noch *acte de présence* bei Frau Bürgens zu machen, deren *jour* auf denselben Tag fiel.

99

Kein echter und rechter *jour*, ein wenig *monde à côté* mit stattlichen titeln. Die Bürgens will nur den Salon füllen und nimmt die Leute, *où elle les trouve.* Darum einige Putzbaroninnen, auch eine *ci-devant* Schönheit, schlechter Ruf, kein Geld, gemalt, gefärbt, obgleich alt und auf »Figur« gekleidet. Sie soll aber amüsant sein. Das weiß ich nicht, denke mir aber, sie wird wohl unanständige Geschichten erzählen, das ist ja für die *monde* immer amüsant. Ein paar belanglose Bürgerliche. Das Prinzip mancher Salons ist ja: je *pêle-mêler*, je besser. Abenteurer in Moiréewesten neben Ministern u.s.w.

Die Wirtin, *née* Peterson, hatte ihren weltlichen Tag, drehte dauernd Cigaretten zwischen den Fingern, die nicht Feuer fangen wollten, und bediente sich ebenso dauernd ihrer langen Lorgnette aus Fensterglas, und über dem Ganzen ein unvertilgbarer Hauch hamburgscher Spießbürgerlichkeit. Dazu schlechter Thee. Die vornehme Alabasterlampe roch ein wenig, aber alles kann der Mensch nicht haben. Dafür reist sie in der nächsten Zeit auf zwei Monate nach Paris und hat sich bis an den Hals (teilweis nicht ganz so weit) mit Toiletten versehen.

Man sprach viel vom Cirkus- und sonstigen Gäulen, und die Konversation wurde französisch geführt, weil eine Baronin – die vollkommen gut deutsch, sprach – Ausländerin war. Die Bürgens schwoll vor Stolz obwohl kaum zwölf Personen anwesend waren, und zum größten Teil Damen.

100

An ihrem vorigen *jour*, renommierte sie, wären zwanzig Personen gekommen, da sie aber keine Namen nannte, wird es wohl Creti und Pleti gewesen sein.

Denke nur nicht, lieb Mütterlein, daß meinen Schilderungen Herzensbosheit zu Grunde liegt. Ich bin wirklich nicht medisant. Die Damen sind doch so. Ich gebe Dir in meinen flüchtigen Schilderungen nur schwache Reflexe der Wirklichkeit.

Ich erkenne ja gern an, daß alle, oder fast alle diese *Haut-goût*-Damen reizend, temperamentvoll begabt sind. Sie haben einen Überschuß von Herz, Phantasie, Thatkraft. Wohin damit? Ich weiß ja auch nicht, wohin damit.

Brachliegende Felder produzieren Unkraut. Über den Höhen mit ihren Sternen ist für Frauen die Lokalsperre verhängt. Da bleiben sie hübsch in den Niederungen, wo die Irrlichter ihre flimmernd gespenstigen Lockungen tanzen, und walten da als Nymphen, Nixen, Sphinxe, Vampyre, Melusinen, und wie die Fabelwesen alle heißen mögen, ihres unnatürlichen Amtes.

Ja, wenn sie Bismarcks werden könnten, oder Helmholzes, oder millionäre Banquiers, oder etwas ähnliches. Aber so! Keine Lorbeeren, kein. Eichenlaub, nicht einmal Titel und Orden. Bloß Dornen? Da kränzen wir lieber das Haupt mit Rosen, mit roten Rosen.

Jolante freilich, meine Jolante, die würde auch gegen Dornen nichts haben. Ja, weißt Du denn, wer Jolante ist? Gott war ihr gnädig, als er sie zur Baronesse machte. – Wäre Baronesse Jolante Mühlheim nicht Aristokratin mit einflußreichen und reichen Verwandten, man hätte sie längst an die Luft gesetzt. So begnügt man sich über sie zu kichern, gelegentlich auch laut zu lachen, sie für einen Spaßvogel passieren zu lassen und sie, wenn sie einmal gar zu deutlich wird, z.B. die Damen »faule Sündenknüppel« nennt, dahin zu wünschen, wo der Pfeffer wächst.

Meine Jolante! Eine Engelnatur. Aber ein Engel mit dem feurigen Schwerte, das dreinhaut.

Alle Kontrebande der Gesinnung spürt sie auf und schleppt sie auf die Anklagebank. Sie pflegt meistens wie eine Bombe in unsere Kreise hineinzuplatzen, mit irgend einer gedruckten Trophäe, die sie einem Täschchen von Rehleder entnimmt, das sie unentwegt am Arme trägt.

Sie ist immer begeistert oder empört, immer bringt sie Kunde von irgend etwas Herrlichem oder Schrecklichem, das geschehen. Sie haßt den Krieg, die Todesstrafe, den Antisemitismus. Was »Mensch« heißt, ist ihrer Sympathie würdig. Sie ist Vegetarierin, Mitglied des Tierschutz-, des Jugendschutz-, des ethischen- und vieler anderen Vereine.

Von ihren blauen Augen sagte Ferlani, sie wären so hell, weil sie überall Licht aufsaugten, während die meinigen so dunkel blickten, als kämen sie aus Abgründen.

Jolante wäre hübsch mit diesen schönbewimperten Augen und dem vollen, farbigbraunen Haar, wenn sie nicht einen ganz kleinen Höcker hätte. So klein er ist, aber der Liebhaber würde sich doch immer daran stoßen, trotz des dunklen Shawls, mit dem sie ihn bedeckt.

Ich glaube, so ist unter all den Menschen hier die Einzige, die wahrhaft Teil an mir nimmt. Und von dieser liebwerten Jolante sagt die boshafte Timäa, sie habe sich einen Charakter angewöhnt, um durch irgend etwas zu imponieren, da ihr die Grazien in den Rücken gefallen wären.

Ich habe zwar keine Grazien, wohl aber gute Freundinnen, die mir in den Rücken fallen. Ich soll herzlos sein und kalt, die Gehrt soll sogar geäußert haben, kalt wie eine Hundeschnauze, und gar nichts hätte ich als meine verdammte echt norddeutsche Kritik.

Es ist ja wahr, Imagination habe ich keine. Ein träumerisches Gemüt bin ich auch nicht. Zu keiner Kunst das geringste Talent. Ob zur Gattin? weiß ich's? Ob zur Mutter? meine Kinder sind ja gestorben.

Aber gelt, Mutti, Herz habe ich doch? Der Professor G. hat es doch schon in der Schule entdeckt. Und ich liebe *Dich* ja, und die Sonne liebe ich und die Blumen, überhaupt die Natur, und die Bücher liebe ich, etliche unter ihnen mit intimster Busenfreundschaft.

Merkwürdig, wenn ich nicht lieben, fühlen und denken kann, wie diese Damen, warum lebe ich denn so? Ist es eine undefinierbare Lust am Rausche, an herrlichen Bildern, an Grazie, Schönheit, flutender Bewegung? Die Lust, eine Schranke zu überklettern, über irgend einen Zaun zu sehen, oder der Schauder, mich andernfalls rettungslos ins platt Bürgerliche zu verlieren? Vielleicht auch, um von Benno ein wenig loszukommen? Dem guten Benno!

Ich weiß es ja, das Niveau dieser Gesellschaft ist niedrig. Man sieht gleich auf den Grund, und der ist trüb und schlammig, oder steinig. Kein Meeresleuchten, keine Perlen und Korallen, keine versunkenen Städte, keine Nixen und Meergötter.

Ich möchte ja gern nur mit ernsten, gehaltvollen Menschen umgehen, Männern und Frauen; gewiß, sie existieren. Aber wo? Wollen wir Palmen sehen, gehen wir nach Sizilien, suchen wir Orangen- und Citronenwälder, wir finden sie in Italien. Die Adelsmenschen aber, die sind über den ganzen Erdkreis zerstreut, und an keinem Merkzeichen sind sie erkennbar. Und hätte ich Jolante nicht, und könnte ich Dir, Einzige, nicht alles sagen und klagen, ich wäre längst zur klingenden Schelle geworden oder zum tönenden Erz. Erz? Nein – Blech. Ich küsse Dich zärtlich.

19. September. Schönen Dank, Mütterlein, für Deinen lieben, lieben Geburtstagsbrief und die Geschenke. Du ersinnst doch immer etwas, das mir Freude macht, und das ist nicht leicht. Ich bin ja so wunschlos, weil ich die Lendemains der erfüllten Wünsche kenne. Benno will auch immer, daß ich mir zum Geburstag und zu Weihnachten etwas wünschen soll. Da sagte ich neulich: saure Kirschen, nur um ihn los zu werden. Und richtig, er hatte irgend woher, aus dem Süden, saure Kirschen verschrieben – zu saure. Unter den Kirschen aber, wie der Dolch unter Myrten, lagen Perlenschnüre und allerhand andere Kostbarkeiten, wie sie ein anspruchsloses, wunschloses Gemüt braucht. Auch ein schönes Bild war aufgebaut.

Ich stehe mir so verlegen vor Geschenken, muß mich so bedanken für Sachen, aus denen ich mir im Grunde nichts mache.

Und so viel Blumen! Viel zu viel. Alles Massenhafte wirkt wie Lärm auf mich.

Ich hielt den Tag über förmlich Cour ab. In aller Morgenfrühe, um die elfte Stunde, als erster Gratulant natürlich Ferlani, der sich immer mehr zu meinem aristokratischen Brackenburg auswächst. Im allgemeinen, da er weiß, daß von mir nichts zu erhoffen ist, begnügt er sich mit der Rolle des liebenswürdigen und beratenden Freundes, zuweilen begnügt er sich auch nicht, besonders wenn ein anderer – – Sage ich es Dir, Mutti? sage ich es Dir nicht? Soll ich es an den Knöpfen abzählen? Nein. Entweder sage ich Dir alles, oder nichts.

Mutti, ich bin verliebt! verliebt! verliebt! In Deiner Überschätzung meiner wirst Du mindestens annehmen, daß ich es unter einem Ibsenschen Adelsmenschen oder einem Nietzscheschen Übermenschen nicht thäte. Weit vom Schuß. Er ist schön und er liebt mich. *Voilà tout.* Was er ist? Denke Dir – nichts; das heißt so halb und halb ist er Maler, unterscheidet sich aber vorteilhaft von seinen Kollegen dadurch, daß er einen nie auffordert seine Bilder zu sehen und zu – loben, woher es denn kommt, daß noch nie ein Sterblicher etwas von ihm Gemaltes erblickt hat. Vielleicht malt er auch bloß, weil er zufällig Raphael heißt.

Nun hast Du ihn erraten. Außer Maler ist er auch ein Vulkan, und immer mit einer Rose im Knopfloch. Und wie ein Vulkan liebt, kannst Du Dir denken. Und schön ist er, wie ein junger Gott. So einen goldnen Menschen hat noch nie ein menschliches Auge erblickt. Sein kurzgeschornes Haupt ist nicht blond, nicht braun, nicht rot, Gold ist's, eitel Gold, dito der Vollbart. Er spricht nicht viel, er denkt wohl auch nicht viel, er behilft sich mit Strahlen: Helios im Sonnenwagen.

Sage Mutti, hat die Ästhetik keine Existenzberechtigung in der Liebe? Findet man es doch ganz in der Ordnung, wenn der Mann im Weibe die Schönheit, und nur die Schönheit liebt. Irgend ein renommierter Schriftsteller sagt sogar: »Schönheit ist die Mission des Weibes, und nur unter dieser Bedingung existiert es.«

Wie? Den verstand- und vernunftstrotzenden Männern spricht man das Recht zu, um des physischen Vorzugs der Schönheit willen zu lieben, und wir schwachen Weiber, wir Oberflächlichen, Vernunftarmen sollen unsere Herzen nur an Charaktere und starke Geister hängen? Wir sollen die Liebe mittels der Vernunft, die Männer sie aber durch die Sinne empfangen?

Das ist ja umgekehrte Welt, Widersinn! Widersinn – ja. Wie komme ich dazu, von irgend etwas auf diesem Erdenrund Sinn zu verlangen!

Ich sehe ihn täglich, sei es bei mir, sei es an irgend einer unerwarteten Straßenecke.

Und den Ferlani sehe ich auch täglich, und ich treffe ihn auch sehr oft an Straßenecken.

Natürlich finden sich die Beiden häufig in meinem Salon zusammen, wo denn ihre Feindseligkeit recht pikant durch die höflichen Gesellschaftsformen hindurchschimmert.

Mein Raphael erduldet die geistreichen Tiraden Ferlanis, ohne mit der Wimper zu zucken. Er sieht mich nur an mit seinen glänzenden Augen, die sagen: laß ihn nur reden mit seinen kleinen Kalmückenaugen (das eine Ferlaniauge sieht sogar mit einem falschen Schielen verquer), vor der Hoheit meiner Gestalt zerfällt all' sein Geist in nichts.

Am Vormittag meines Geburtstages gab ein Gratulant dem andern die Thürklinke in die Hand. Ferlani hielt stand, Raphael floh, als Frau Bürgens mit einem enormen, auf Draht gezogenen Rosenbouquet *acte de présence* machte. Sie war eben erst von einer Reise nach Rom zurückgekehrt. Man fragte nach ihren römischen Eindrücken.

»O Gott«, seufzte sie als Antwort, »was ich inzwischen hier alles versäumt habe, die Marisson und die Spitzer« – – das sind, wie Du vielleicht nicht weißt, zwei berühmte Wiener Schneiderinnen, die in jedem Winter auf acht Tage nach München kommen, um Bestellungen der eleganten Welt einzuheimsen.

Auch römische Eindrücke!

Und nun wisse sie gar nicht, was für ein Kleid sie in der Gesellschaft bei der Baronin Burgdorf anziehen solle. Ihr elegantestes kenne alle Welt schon, das zweitbeste sei eine Imitation des Kostüms der Kommerzienrätin Meyer. Unglücklicherweise wäre diese Meyer auch eingeladen, und den Triumph dürfe sie ihr doch nicht gönnen u.s.w.

Timäa trat ein, und Frau Bürgens, die ihren Spott fürchtet, brach das Tiolettengespräch ab und suchte ihr und mir durch die Mittheilung zu imponieren, daß der berühmte Schriftsteller X. und der ebenso berühmte Maler Y. ihren nächsten *jour* besuchen würden. Sie hätte sich durchaus um diese Herren nicht bemüht, o nein, so wäre sie nicht, ganz von selbst hätten sie ihre Besuche gemacht. Übrigens sei sie gern bereit, wenn ich es wünschte, Herrn X. und Herrn Y. bei mir einzuführen.

Zu ihrem Bedauern wünschte ich es durchaus nicht, zöge es sogar vor, meinen Salon mit dem, was unsterblich von ihnen ist, mit ihren Büchern und Bildern zu schmücken.

Ich mache mir übrigens wirklich nichts aus berühmten Leuten im Salon. Man drängt sich immer um sie, die andern Gäste sind böse darüber und langweilen sich, und eine Gesellschaft soll doch für jeden Einzelnen fruchtbar sein.

Frau Bürgens empfahl sich etwas gereizt mit ihren refüsierten Berühmtheiten.

Es ist eigentlich unrecht, daß wir sie immer necken und ärgern. Wir haben doch alle unsere Schwächen. Und Timäa wohl nicht? Z.B. die hat nie Zeit. Sie ist immer erregt, immer aufs lebhafteste mit irgend welchen Plänen beschäftigt. Augenblicklich ist sie fest entschlossen, erstens: eine nicht mehr ganz junge Nichte zu verheiraten. Zweitens: alle Hebel für das Aufkommen einer verkrachten Familie in Bewegung zu setzen. Drittens: die protestantische Traute zum Katholicismus zu bekehren und viertens: singen zu lernen.

Durch all ihre feinen und großen Gespinnste aber zieht sich wie ein roter Faden immer irgend eine Herzensaffaire, zuweilen nur ein Funkenstieben, öfter aber eine Feuersbrunst. Ferlani hat sie Frau Venus getauft.

Da gerade unter den Gratulanten einige Unverheiratete waren, brachte sie geschickt das Gespräch auf ihre Nichte, deren Vorzüge sie pries.

»Habe ich nicht recht, lieber Graf«, wandte sie sich an Ferlani, der die Nichte kannte.

Er antwortete in seiner phlegmatisch süffisanten Art, er liebe Weintrauben nur, wenn sie gekeltert und junge Mädchen nur, wenn sie einige Jahre verheiratet seien, am allerwenigsten aber dann, wenn sie schon jahrelang verheiratet sein könnten.

»Oho!« rief Timäa erzürnt, »ziemen sich solche Dekadencewitze für den konservativen Agrarier; der im Parlament seine Reden für die Heiligkeit der Familie, Ehe, Religion u.s.w. mit Donnerkeilen und Pfuis würzt? Zweierlei Moral, mein Herr Graf?«

»Schöne und geistesgewaltige Timäa«, entgegnete Ferlani, »viele Dinge auf Erden und im Himmel sind Ihnen kund geworden, nur die Politik nicht. Staatsklugheit und Weltweisheit ist eben zweierlei. Gerade weil ich Volksvertreter bin, rede ich im Parlament nicht was mir, sondern was dem Volke frommt.«

»Gott, Sie Übermensch mit Ihrer schwächlichen Sophisterei«, spottete Timäa. »Das wird ein Spaß werden, wenn wir Frauen erst in den Reichs- und Landtagen sitzen, und Euch Blitzeschleuderer als komische Operetten-Jupiterleins entlarven werden. Wir haben die Sachkenntnis.«

Sie verfährt immer recht unglimpflich mit meinem Brackenburg. Weil es nicht der ihre ist vielleicht?

»Wissen Sie«, flüsterte Ferlani mir zu, »warum ich Timäa Frau Venus getauft habe?«

– »Wegen ihrer griechischen Haarfrisur etwa?«

– »Nein, weil immer ab und zu irgend ein Tannhäuser aus ihrem Hörselberg auskneift.«

Jolante trat ein, wie immer in Aufregung. Sie hatte wieder so viel Niedriges erfahren, und jetzt käme sie zu mir, um sich ein bißchen moralisch zu verschnaufen.

Na Mutti, eine große Menschenkennerin ist meine Jolante nicht.

Sie schwärmte von einem großen universellen Bund, den sie stiften wollte, einem Bund aller guten Menschen.

Na, meinte Ferlani, dann solle sie sich nur die Laterne des Diogenes anschaffen, um Mitglieder zu suchen.

O, es gäbe viele, viele gute Menschen, nur müsse man verstehen die Seelen richtig anzubohren, damit der Quell des Guten hervorspränge.

Ob die Guten etwa durch Selbsteinschätzung ihre Zugehörigkeit zum Bunde erklären sollten, fragte Ferlani mit überlegenem Spott.

Nein, nur gut sein wäre nicht genug. Durch Thaten im Sinn der Menschenliebe müsse die Mitgliedschaft erworben werden. Thaten wie

Trompetenstöße, die Schlafende wecken, auf zum Kampf! Oder Thaten wie Schalmeienklang, die in zerrissene Seelen Frieden tragen, oder Thaten wie ein Läuten an der Burg Gottes, daß die geharnischte Gerechtigkeit herausschritte, mit Palmen geschmückt. Allerseelen-Bund sollte der Name des Bundes sein; denn der nur habe eine Seele, eine Seele aus Gottes Hand, der zum Wahrspruch seines Lebens die herrlichsten aller Dichterworte gewählt: »Seid umschlungen Millionen, diesen Kuß der ganzen Welt.«

111

Was für eine inbrünstig Gläubige ist meine Jolante, Mutti. Nicht nur an die Menschheit glaubt sie, sondern auch noch an jeden Einzelnen. Heilig ist ihr der Mensch.

Sie sah in ihrer Begeisterung beinahe schön aus mit ihren hellen, hellen Augen. Ich fiel ihr um den Hals, ich nannte sie »Du«, ich küßte sie mit dem Kuß der ganzen Welt.

Reine Güte wirkt auf mich stark und befreiend wie Bergluft.

Als ich aufsah, bemerkte ich, daß Ferlani aus der Thür schlüfen wollte.

– »Mephisto, der vor dem Kreuz flieht«, rief ich ihm nach.

Er habe mit einer That den Anfang machen wollen, indem er als Böser sich den Guten aus dem Wege räume.

»Gehen Sie nur«, sagte Jolante, »was geht Sie auch das Elend der Welt an? Sie sitzen in Ihrer Bel-Etage in der Maximilianstraße bei Ihrem Diner von vier oder fünf Gängen, und gehen, wenn es kalt ist, in einem dicken Zobelpelz spazieren. Hunger und Kälte giebt's nicht, weil Sie sie nicht fühlen.«

»Irrtum, Baronesse, ich hatte einen Freund, der schoß sich todt, weil der Arzt ihm jeden Tropfen Wein verboten, und er verschmachtete danach. Das Leiden ist dasselbe, ob die Not oder ob der Arzt einem die irdischen Genüsse verbietet. Ich z.B. hungere und dürste leidenschaftlich, wenn auch nicht nach materieller Speise, ich verschmachte

112

nach – –«

Ein eisiger Blick von mir hielt seine Zunge im Zaum. Verdrossen setzte er hinzu:

»Bekümmert sich das Volk um mein Elend? Bedauert mich der Proletarier, daß ich nicht haben kann, was ich ersehne? Opfer hüben und drüben – Menschenloos, Baronesse! Menschenloos!«

Schon auf der Schwelle, wandte er sich noch einmal zurück.

»Wo sind Sie eigentlich geboren, Baronesse? Ich schwanke zwischen Utopien, Arkadien oder einem olympischen Hain.«

»Ich würde den olympischen Hain vorziehen«, antwortete sie, »da wohnen Götter.«

»Gleich mehrere?«

»Eigentlich habe ich nur einen Gott: die Gerechtigkeit.«

»Auf Dich, Sibilla, rechne ich für unseren Bund«, sagte sie, als Ferlani gegangen war.

Ich schüttelte wehmütig mein Haupt. »Ich und Thaten thun, Jolante!«

Ich solle nur erst ganz klein anfangen, meinte sie, z.B. in den nächsten Tagen mit ihr zu den Armen gehen.

Aber jetzt könnte ich wirklich nicht, wehrte ich ab, vielleicht später – nach dem Karneval.

»Nach dem Karneval«, sagte sie leise, und sah mich so eigen an.

Ich verstand sie, aber ich weiß, Mutti, ich bin unbrauchbar für diese kleinen Detaildienste. Ich weiß im voraus, ich werde Mitleid bis zum Grauen empfinden, ich werde entnervt – was der Franzose *écoeuré* 113 nennt – nach Hause kommen, und ein Bad nehmen, na – darum. Wozu solche Emotionen aufsuchen? Ich schäme mich ja auch so schon, daß es mir so gut geht, obwohl es mir eigentlich gar nicht so gut geht. Im Gegenteil. Ich bin nicht so grob geartet, daß ich nötig hätte, das Elend zu sehen, um daran zu glauben und zu helfen. Ich habe eine Art Püdeur vor dem Glorienschein der wohlthätigen Fee. Peinlich, der Dank der Armen, als bedankten sie sich für etwas, das ihnen von Rechts wegen zukommt, und als schmückte ich mich mit fremden Federn.

Das ungefähr sagte ich Jolante.

»Aber nach dem Karneval, da gehst Du mit mir?« Sie sagte es mit traurig-lieblichem Ernst.

Ich versprach's.

Die liebe, liebe Jolante! Du viel, viel liebere Mutter! Müßte ich nicht wie die Perle im Golde zwischen Euch beiden sitzen? Perlen sollen ja eine Krankheit der Muschel sein. Ja, Mutti, ein Krankheitsprodukt in der großen Muschel Welt – das bin ich.

Jetzt muß ich zur Schneiderin. Nachher Fortsetzung.

Also: Abends hatten wir zur Feier des Tages eine kleinere Gesellschaft geladen. Timäa und Traute mit ihren Gatten, Professor Hennings und Professor Krusen, Jolante. Ferlani und Raphael selbstverständlich, außerdem noch ein paar Maler.

Gegen 7 Uhr kamen uneingeladen Borns zur Gratulation, die wir gleich zum Abendessen dabehielten.

Professor Hennings ist eine wissenschaftliche Größe, mit dem Aussehen eines Waldmenschen, dem Cylinder eines Possenreißers und den Manieren eines von der Kultur noch unbeleckten Wilden. Seinen Thee pflegt er in die Untertasse zu gießen und dann hörbar auszuschlürfen. Eigentlich ist er sehr interessant, aber nur zu genießen, wenn man allein mit ihm ist, und dann bringt er einen um.

Die Feier fing recht lebhaft, wenn auch nicht gerade geburtstagsmäßig an. Daran war das Bild, das Benno mir geschenkt hatte, schuld, und auf das sich von vornherein die Aufmerksamkeit konzentrierte. Ein reizendes Bild. Der Maler – einer der jüngsten von den Modernsten. Rosenrote Wolken, himmelblauer Himmel. Frische Schöpfungsfreudigkeit, ein Paradieseshauch darüber. Zwei nackte Menschen in der Landschaft, keusch und frisch wie der junge Morgen, so unschuldsvoll, so selbstverständlich nackt, daß daneben bekleidete Gestalten einem unnatürlich, widersinnig vorkamen.

In dem Kunstgespräch, das sich daran entwickelte, platzten gleich die Geister aufeinander. Man haranguierte Benno, wie er ein solches Bild habe kaufen können.

»Aber ich bin doch Kunstmäcen«, verteidigte er sich ganz naiv, »und da dachte ich, ich müßte der neuen Richtung ein bißchen unter die Arme greifen.«

115 Man fand das Bild unmöglich, lächerlich, und hageldicht fielen die Stich- und Schlagworte von dem Mangel an Idealität, vom Kultus des Häßlichen, dem Verrat an Wahrheit, Schönheit u.s.w. Und die Rufe: Hie Uhde, hie Liebermann! Hie Rubens und Titian! schwirrten leidenschaftlich durcheinander.

Auf meiner Seite stand nur Gregori und natürlich Raphael.

Professor Hennings meinte, es gäbe heutzutage wohl noch Maler und Bildhauer, aber keine Kunst mehr. Höchstens wolle er drei Künstler gelten lassen: Thoma, Böcklin und Hildebrandt. Und die moderne Landschaft – vulgäres Handwerk. Kunst – nur die Landschaft auf den alten italienischen Bildern von Perugini und seinen Zeitgenossen.

Das fand Riedling denn doch sehr einseitig, wenn auch die Bestrebungen der Genannten immer noch besser seien als die moderne Leidenschaft, alte armselige Weiber zu malen, mit oder ohne Eimer, mit oder ohne Besen, mit welchen Requisiten sie über dreckige Dielen, über Felder oder am Meeresstrande einherzuschlurren für ihre Aufgaben hielten.

Jolante, die eigentlich von Kunst nichts versteht, spitzte die Ohren. Sie kann es nicht mit anhören, daß man irgend welche Armen und Elenden, wenn sie auch nur auf Bildern vorkommen, verunglimpft, und sofort warf sie sich zum Ritter der Armeleutemaler auf.

Ob der Herr Professor nicht bemerkt hätte, daß ein Zug durch die Welt gehe, alles, was man bisher mißachtet, ans Licht zu bringen, ein Zug ungeheuren, sozialen Mitleids! Sie halte das Herz für die Quelle aller echten Kunst, und darum, wenn diese armen alten Weiber nicht etwa nur angelerntes oder nachgeahmtes wären, sondern ihnen direkt aus den Herzen flössen (Jolantes Worte), so wären die Armeleutemaler sicher echte, recht Künstler.

Man lächelte und ihre Apostrophe wäre ohne Antwort geblieben, wenn nicht Isoldchen mit ihrer Flötenstimme Partei gegen sie genommen hätte.

Wie die Baronesse nur Mitleid und Kunst vermengen könne! Schmutz bleibe Schmutz und Kunst – Kunst! Es passierten jetzt aber wirklich unglaubliche Dinge in der Kunstwelt. In Wien z.B. (sie hätten sich dort auf der Rückreise im Herbst einige Tage aufgehalten) da stände auf einem der vornehmsten Plätze ein Denkmal von einem sogenannten berühmten Bildhauer. Am Sockel des Denkmals zwei weibliche Figuren, die Poesie und Philosophie darstellend. Und sie wisse es ganz authentisch, zur Philosophie habe ihm ein dem Trunke ergebenes Proletarierweib, und zur Poesie eine Kellnerin gesessen. Unfaßlich, wie man einem so sittenlosen Schlingel, wie dieser Apologet betrunkener Proletarierweiber, und der gewiß auch nicht immer nüchternen Kellnerin es notorisch sei, die Ausführung eines patriotischen Denkmals habe übertragen können. Da wäre doch in Wien der Bildhauer X. (ich habe den Namen vergessen), dessen Moralität über allem Zweifel erhaben sei –

»Ja, über allem Zweifel«, unterbrach sie Gregori trocken, »ebenso wie seine Talentlosigkeit. Der sittenlose Schlingel aber ist ein Genie.«

»Ach, Sie Spaßvogel«, zirpte Isoldchen und wandte sich dann an Timäa. »Nicht wahr, Frau von Gregori, Sie sind meiner Meinung?«

»Ach was«, wehrte Timäa ab, »ich bin in der Kunst für Feuerzauber!« (Zwischenrufe: »Aha, Wagner.«) Sie hatte sich in den Fauteuil zurückgelehnt, und aus ihren halbgeschlossenen Augen fuhr ein schwefelfeuriger Blitz, der auf Riedling gemünzt war und auch einzuschlagen schien.

Die gemalte Serpentindame, das wäre ihr Fall, durchseeltes Anilin. Sie sprach entzückt von einem Bild auf der letzten Ausstellung: »Der Maskenball«. Wie da aus Pantalons, Lampions und allerhand Fratzen brechende Feuerflammen, durch elektrisch geladene, glühende Lüfte gerast seien! Und die Bilder der Schotten, die wie brennende Kaleidoskope wirkten.

Jawohl – die Apotheose der Kleckse! schrie man durcheinander. Solche Bilder sollte man zum Reinigen zu Spindler schicken.

Riedling rief, er hätte augenblicklich ein prächtiges Modell für diese Kleckser und ihre grünlich-blaue Schule. Sein Diener sei die Treppe heruntergefallen u.s.w.

Traute drohte ihrem Mann: »Aber Georg!«

– »Die Schotten gehen Dich ja nichts an, liebes Kind«, beschwichtigte er, »ich lasse Dir ja Deinen Gabriel Max.«

Ja, das sei ihr Mann. Sie liebe in der Malerei das Verklingen, Verträumen, Verbluten, zartgebrochene Töne wie aus einem verzauberten Harmonium, oder mystische Schatten, hinter denen ein Neuland der Seele locke.

Sie wandte sich zu Gregori: »Sie, Gregori, nähern sich ja dem Geisterreich, indem Sie wenigstens das Irdische fast unsichtbar machen.«

Der arme Gregori ist in Traute verliebt.

»Möchten Sie mir nur ein einziges Mal sitzen«, bat er, »und ich würde das Überirdische schon sichtbar machen.«

Sie schüttelte den Kopf, sie möchte noch nicht ins Schattenreich. Die Worte thaten ihr aber gleich leid, als sie sah, daß er zusammenzuckte, und sie versprach ihm eine Sitzung, aber erst im Sommer, wenn er nach Berchtesgaden käme. In der Nähe ihrer Villa sei ein See, am Rand des Sees wolle sie für ihn, ganz Ophelia, in irrer Schwermut malerische Kränze flechten.

Eva Broddin saß immer irgendwo in einer reizenden Pose, und flüsterte mit irgend jemand zusammen.

Von den jüngsten Malerschulen zu den jüngsten litterarischen Richtungen war nur ein Schritt. Ewald de Born that ihn, indem er verkündete, daß er auch schwarz in die Zukunft der Dichtkunst sähe. Der moderne, widrige Geschmack vergifte den reinen castalischen Quell aller wahren Poesie, und was das ärgste wäre, diese Giftdünste lähmten allmählich auch die Flügel des Genies.

»Doch nur«, warf Gregori ein, »wenn die Flügel von Wachs und ihr Besitzer Ikarus ist.«

»Ob etwa ihr Ewald Flügel von Wachs habe?« fuhr Isoldchen auf.

Gregori, der den Einwurf überhörte oder überhören wollte, bestand darauf, daß Sterne nicht erlöschen, nur kleine Lichter blase ein frischer Windzug aus.

Wo wäre denn das große Werk der bildenden oder der poetischen Kunst, das die moderne Richtung unterdrückt, die moderne Kritik totgeschwiegen hätte?

Ein »Oho, oho!« antwortete ihm.

– »Namen nennen!« verlangte er.

Sekundenlanges Schweigen.

Born räusperte sich: »Hm! hm!«

Er stammelte, er wollte sagen: »Und ich?« und brachte es doch nicht über die Lippen. Riedling wollte auch sagen: »Und ich?« und brachte es auch nicht über die Lippen.

Schlankweg sprang wieder Isoldchen in die Bresche.

Ob Gregori nicht im Theater gewesen wäre, als man die »Hohenstaufen« ihres Ewald aufgeführt? Und wie habe sich das Publikum und die Kritik diesem – sie könne nicht anders sagen als Meisterwerk gegenüber verhalten?

Ablehnend, total ablehnend, nach der zweiten Aufführung beiseite geschoben.

Nach den Worten seiner Gattin sah sich der Dichter erwartungsvoll im Kreise um.

Schweigen. Endlich raffte Riedling sich auf. Born habe recht, tausendmal recht. Es seien nicht die Götter, die die Titanen (er meinte uns Titanen) stürzten von oben, sondern der Kunstpöbel von unten. Eine Schmach, wie jetzt die ältesten, bewährtesten Maler sich in das Fahrwasser der Moderne forttreiben ließen, und plötzlich anfingen violette Kohlköpfe und violette Kinder zu malen.

Ja, wer hätte früher gedacht daß es so viel Violett in der Natur gäbe, stimmte Ferlani zu.

Born rief, er würde nie violett dichten, er bliebe bei Purpur.

Inzwischen hatte man sich zu Tisch gesetzt. Und da die Streitaxt immer noch geschwungen wurde, bat ich, da doch mein Geburtstag wäre, um die Erlaubnis, auch einen kleinen Kunstspeech halten zu dürfen. Mein Vorschlag wurde mit Acclamation aufgenommen.

Und also sprach Sibilla Dalmar: »Riedling, Ewald de Born und die meisten von Ihnen meine Herren – und Damen natürlich auch – sind der Meinung, daß die moderne Richtung einen Despotismus ausübe, der alles, was anders malt oder dichtet als er vorschreibt, ecrasieren will?«

Ja, ja! schallte es im Chor. – »Nein, Nein!« kam es von meinen Lippen zurück. »Umgekehrt wird ein Schuh daraus. Die Parole, die die neue Kunstrichtung ausgibt, heißt: Gar keine Kunstrichtung! Sie heißt: Fort mit der Schulmalerei! Fort mit den Kunstdogmen! Fort mit dem Zopf des Sollens und Müssens! Freie Bahn für den Gott, der jedem Künstler im Busen wohnt, und wäre es auch ein Götze, und wären es auch nur ein paar lange symbolische Striche.« (Zwischenrufe: Aha, Trollope!)

»Mir scheint dieser Streit über die modernen Kunstrichtungen der überflüssigste von der Welt. Wo und was ist denn die von Ihnen bekämpfte neue Richtung?« (Zwischenruf des Professor Hennings: »Quatsch mit Sauce!«)

»Sehen wir nicht die entgegengesetztesten Richtungen mit gleichem Erfolg gekrönt? Giebt es größere Gegensätze als die mystisch schattenhafte, mondscheinbleiche Muse eines Mäterling und den schweflig feurigen Satanismus eines Huysman? Größere Gegensätze als die lodderig pikante Grazie eines Guy de Maupassant und den tiefen, wuchtigen Ernst eines Tolstoi? Die grandiose Frescomalerei eines Zola kommt ebenso zur Geltung, wie die feine, psychologische Zergliederungskunst eines Bourget oder Dostojewski. Soll ich, weil ich die Odyssee würdige, Heine'sche Lyrik verabscheuen? Brauche ich den Lorbeerkranz, den ich Uhde und Liebermann reiche, erst von der Stirn Titians oder Rembrands zu reißen? Nie hat man Böcklin mehr bewundert als heute, und seine herrlichsten Schöpfungen stammen aus einer Zeit, wo von Naturalismus noch nicht die Rede war. Ich selbst bin heute noch von den Heiligenbildern eines Giotto oder Ghirlandajo gerade so entzückt wie meine Voreltern es waren, was mich nicht hindert mit Uhde und Liebermann durch dick und dünn zu gehen, wobei ich die Schweineställe des letzteren ausnehme, weil ich Schweine in keinem Zustande, sei es ein gekochter, ein ungekochter oder gemalter, leiden kann.« (Allgemeines Zwischengrunzen.)

»Ob Realismus und Verismus, ob Klassicität, Romantik oder Mystik, ob Schönheit, Häßlichkeit, Wahrheit oder Phantastik – was ich mir dafür kaufe!« (Pardon Mutti, der Champagner, der zu kreisen anfing, öffnete meinen Berlinismen die Schleusen, aber auch dem Pathos, das jetzt sogleich folgen wird.) »Auf die Fahne, die ich im reinen Äther der Kunst kühn entrolle, schreibe ich: Subjektivismus! Persönlichkeit! Individualismus!«

»Und Kannibalismus«, ergänzte Riedling. Ich überhörte den Kannibalismus und fuhr unentwegt fort: »Willkommen in der Kunst jeder, dem ein Gott gab zu sagen, was er fühlt (es kann auch natürlich eine ›Sie‹ sein) und nicht was andere fühlen oder gefühlt haben, oder was er fühlen sollte. Willkommen ein Thoma mit seiner süßverdämmernden Schwermut, seiner sehnsüchtigen Landschaft – er hat sie mit der Seele geschaut. Willkommen Stuck mit der Fülle seiner Gesichter, seinen gespensterhaften oder graziösen Visionen. Sie sind Manifestationen seines Ichs. Willkommen vor allem mein Böcklin mit seinen Götterträumen, seinen blühenden Idyllen, seinen wildtönenden Requiems.«

»Alles, was aus der Tiefe einer Künstlerseele quillt, mag es sich in Wort, Stein, Ton oder Farbe verkörpern, es sei willkommen, gleichviel ob es verklingende Seufzer sind oder wilde Schreie, ob mystisches Raunen, ob phantastische Schatten der Nacht oder in jauchzender Lebensfreude Erblühendes. Ja selbst das Wahnsinnsdelirium eines mit der Hölle Liebäugelnden, die excatischen Hallucinationen eines von satanischer Brunst Berauschten, die Totentänze tollgewordener Gespenster, Seelenagonieen, sie sind immer noch besser als gar keine Seele, besser als die kalten, steifen Phrasen einer angelernten Schulkunst. Darum ein Hoch der Moderne, der Erlösung von der Autorität, vom Dogma, von der Phrase! Es lebe Psyche, die Schutzgöttin der modernen Kunst!«

Uff! das war eine lange Rede! Ich glaube, ich habe sie ein bißchen retouchiert für Dich, Du eitle Mutter.

Leider trat die gehoffte Wirkung nicht ein. Man rief mir zu, ich plaidierte für Ichsucht, für Größenwahn, meine Theorieen öffneten den Schmierern Thor und Thür. Man hörte gar nicht mehr, daß ich einige Schmierer zugab, daß ich technisches Können als selbstverständlich voraussetzte.

Ferlani, der fürchtete, ich könnte mich schließlich doch verletzt fühlen, schlug jetzt an sein Glas, indem er mir zuzwinkerte, welches Zwinkern ich so verstand, daß er Öl in die Wogen der wilden Bewegung gießen wolle. Das Öl war aber eine Mischung von Essig und Öl, in dem der Essig vorherrschte, und der Salat, den er damit anrichtete, mundete nicht jedem.

123

Mäuschenstille trat ein. Man erwartete, daß er mich durch seine Gegenrede ecrasieren würde.

»Wenn man den Ausdruck nicht zu hart findet«, begann er, »möchte ich sagen: *Tant de bruit pour une omelette*. Die *Omelette* ist die Kunst, der *bruit* der fanatische Streit um die Kunstrichtungen. Kunst! Warum überhaupt so viel Wesens von der Kunst machen! Kunst lockt in der sozialen Welt keinen Hund vom Ofen, höchstens ein Damenmöpschen. Die Kunst hat die Welt noch nicht um einen Schritt vorwärts gebracht. An dem massiven Gebäude der Kultur besorgt sie nur die Ausschmückung, die Ornamente. Hätte es nie einen Titian, Rubens, Raphael gegeben (die Anwesenden sind ausgeschlossen, sonst würde ich sagen einen Riedling, Born, Gregori), die Welt wäre wie sie ist. Selbst als Freudenspender und Sinnenweide finde ich die Kunst diskutabel. Kann sie uns mehr bieten als die Natur, die sie doch nur nachstümpert? Die Krone der Schöpfung ist das Weib. Wer möchte es nicht lieber lebendig besitzen, als gemalt! Und es ist sehr die Frage, ob es nicht lohnender wäre, durch – durch wissenschaftlichen Calcül (bitte anzuerkennen, daß ich hier das Wort Zuchtwahl unterdrücke) die Schönheit des Menschen in Fleisch und Blut zu veredeln, zu potenzieren, anstatt sie in Stein und Farbe uns vorzulügen. Mit einem Wort: die Kunst ist nur das Schmunzeln, das die großen Zeitereignisse begleitet.

Nun denken Sie sich aber einmal die Wissenschaft aus der Welt fort und diejenigen, die ihre Theorieen in Praxis umsetzen. Denken Sie sich die Erfindungen und Entdeckungen fort! Wir lebten noch heute in geistiger Wildnis, und den grünen Zweig, auf den wir gekommen wären, könnten wir höchstens als eine veredelte Affenart occupieren.

Die Malerei ist eine Illustrationsfrage. Erfindet aber eine Maschine mit der Kraft von 10,000 Pferden, die in einem Moment 100,000 Nähnadeln einfädelt – das ist grandios. Bewässert die Wüste Sahara, erfindet die Flugmaschinen und ich beuge die Kniee.

Mithin, den großen Entdeckern und Erfindern die goldenen Lorbeerkränze! Ein paar grüne Blätter den Herren Künstlern!«

Man war noch unentschieden, ob man lachen oder böse werden sollte, als Born unheilverkündend seine Backen blähte. Er wolle sich über die bildenden Künste kein Urteil erlauben, aber die Litteratur, die Dichtkunst, die Presse – das sei eine Macht.

»Ha!« fiel ihm Ferlani ins Wort, »die Presse! Die Künste seien wenigstens unschädlich und angenehm, die Presse aber sei ebenso unangenehm wie gemeingefährlich. Nicht bloß eine Macht, eine Tyrannei sei sie. Alles Unheil komme von der Erfindung der Buchdruckerkunst, ohne sie gäbe es den gottverdammten Journalismus nicht, dem er damit seinen Fluch nicht einen Augenblick vorenthalten wolle. Wenn heute einer von ihm drucken ließe, er wäre als Offizier wegen falschen Spiels infam kassiert worden, so sei er ruiniert. Er könne es dementieren, den Verleumder bestrafen lassen, er sei doch ruiniert. So ein einzelner Schuft würde nur ihm schaden, verleumdeten aber 25–30 Schufte der Presse die staatserhaltenden Kräfte, Minister u.s.w., so machten sie Weltgeschichte, eine miserable Weltgeschichte von Reporters Gnaden.« 126

Darum rufe er, nicht wie vorhin unsere anmutige Wirtin »Tod der Autorität«, er rufe: »Eine Axt an den Giftbaum des Journalismus! eine Bartholomäusnacht für die Presse!«

Jetzt lachte alles. Ferlanis Paradoxe hatten die Kampflust besiegt, seine Paradoxe oder der Champagner, den Benno immer schneller kreisen ließ. Es wurde fabelhaft lustig. Musikalische Talente wuchsen üppig unter dem Champagner ans Licht. Du weißt, daß der »Mikado« jetzt die ganze Gesellschaft beherrscht. Einige Gäste benahmen sich gegen Ende schon ganz mikadohaft, mit prickelnden Tönen, watschelndem Gange, gewagten Gesten und sonstigen Reminiscenzen aus dieser so reizenden, lustigen Operette. Es wurde Musik gemacht von Wagner herunter bis zur Fischerin und zum Schunkelwalzer, und je vulgärer es wurde, je größer war der Beifall. Die beiden letzten Nummern erregten Enthusiasmus, wurden mit Gesang und Geschunkel begleitet und *da capo* verlangt.

Jolante, die saß da wie ein Schatten der Freude, und ihre hellen Augen irrten suchend und ängstlich umher, als wären sie im Dunklen.

Ich ärgerte mich, blieb aber im Unklaren, ob über sie, oder über mich; über sie, weil sie so eine urwüchsige Lustigkeit mißbilligte, über mich, weil mir doch schien, als ob Champagnerlust und echter Frohsinn zweierlei seien.

Isoldchen ließ sich stramm von Benno den Hof machen, um mir ein Paroli zu biegen. Wenn sie wüßte, wie es mich freut, wenn der gute 127 Benno sich ein bischen amüsiert.

Plötzlich erlosch das elektrische Licht, so daß wir eine kleine Weile im Dunklen saßen, was als Gipfel des Bohêmetums eine rasende Heiterkeit hervorrief. Ich erschauderte, als ich den Hauch eines Mundes auf meinem Scheitel fühlte.

Als Licht gebracht wurde, stand Ferlani hinter meinem Fauteuil; unter dem Hauch seiner Lippen hatten meine Haarspitzen gezittert. Nicht einmal mehr seinen Nerven kann man trauen.

Da schreibe ich und schreibe ich, und habe vergessen, der Köchin zu sagen, daß wir heut eine halbe Stunde später essen. Schrecklich, wenn sie den Hammelrücken zu früh aufgesetzt hat.

Da bin ich wieder. Gott sei Dank, sie hat ihn noch nicht aufgesetzt.

So also endigte gestern mein Geburtstag.

Ja Mutti, ich bin verliebt. Ob mit wirklicher Liebe? Weißt Du etwa, was Liebe ist? Liebe und Liebe kann so verschieden sein, wie Wasser und Feuer, das höchste und das gemeinste, das tiefste und flachste, ein physischer Hunger oder eine dithyrambische Werdelust, ein flüchtiges Momentbild oder der Inhalt eines ganzen Lebens, ein Tropfen oder wie das Meer selber. In den meisten Fällen Selbstsuggestion, oft auch eine dürre Gegend, die Abendsonnenglanz oder Mondschein verklärt.

Und die meine? Mondschein? Abendsonnenglanz? Dürre Gegend? Autosuggestion? Wir werden ja sehen. Gute Nacht, einzige Mutter.

28. September. Guten Morgen, Mutti.

Schon wieder zwei Maler und ein Schriftsteller, die uns besucht haben. Und nun muß ich ihre Bilder sehen, ihre Bücher lesen. Freilich hat der Schriftsteller mir versichert, seine Bücher wären sensationell, und er hätte ganz neue Krebsschäden aufgedeckt. Ich hatte ihn letzthin bei Borns getroffen. Dort war auch Raphael. Der Schlaue hatte Isoldchen so lange den Hof gemacht, bis glücklich die Einladung vom Stapel lief. Das kränkte Ferlani sehr, der meinte, es gäbe nun bald kein Lokal mehr, wo man nicht diesen zuwideren Schatten von mir träfe.

Beinahe rührend war Isoldchens Ambition, es den eleganten Weltdamen gleich zu thun, in Toilette, Einrichtung der Wohnung u.s.w. Ganz unvermittelt sind an den Wänden ihres Salons hier und da bunte Läppchen angebracht, von Brokat oder Sammet, die etwas orientalisch-üppig-flottes vorstellen sollen.

Neben einem vulgären Mahagonischreibtisch ein Schränkchen italienischer Renaissance. An einer der Figuren fehlt der Kopf. Sie ist ganz stolz auf den Kopf, der nicht da ist, in der Meinung, Antiquitäten müßten kaput sein. Das heißt »kaput« sagt sie nicht. Als poetische Dichtersgattin drückt sie sich immer nobel aus, und der kopflose Rumpf ist natürlich ein Fragment.

Eigenhändig hat sie ein Stückchen Fensterglas bemalt, das mystisch, weihräucherlich wirken soll. Ein Blumentopf mit einer feurigen roten Blume (künstliche) mitten auf dem Tisch ist für das Poetische.

Und Isoldchen selbst! Ganz à la Troubadours Gemahl kostümiert: hochrotes Kleid, kurze, rote Tüllärmel und goldene Schuhe.

Komisches Abendbrot bei Borns. Makkaroni mit Leberchen, und dann Reis mit wieder etwas darin, vielleicht waren es noch einmal Leberchen oder etwas Ähnliches. Und dann etwas Merkwürdiges in *aspic*, keinesfalls Leberchen.

Ich saß zwischen einem berühmten Schriftsteller und einem berühmten Maler, was entschieden noch schöner klingt, als es in Wirklichkeit war. Der Dichter hatte überhaupt einen so sonderbaren gelblichen Klecks auf seiner bedeutenden Nase, von dem ich nicht wußte ob er Natur oder Butter sei, und der mich ungemein beschäftigte. Da er schließlich verschwand, wird es wohl Butter gewesen sein.

Nach dem Souper setzte man sich im Salon um einen runden Tisch zu einem Glase – ich glaube es war Rosinen- oder Stachelbeerwein, und Isoldchen bat den berühmten Dichter, doch einige seiner Gedichte vorzutragen. Ein Musenalmanach, in dem sie standen, wurde gebracht (ganz Goethe- und Schillerzeit, nicht?) und nun las er im Singsangton eine Anzahl Gedichte vor, so daß man keinen Sinn, sondern nur ein allgemeines Geklingle auffaßte. So viel aber hörte ich heraus, daß die Verse dem behäbigsten Optimismus huldigten.

Es scheint, der Dichter mit dem gelben Klecks auf der bedeutenden Nase schwankt noch zwischen alt und neu. Ich taxiere ihn auf Opportunitätspoesie. Er wird je nachdem dichten, aber immer so, daß er auf einen grünen Zweig kommt, wenn es auch kein Lorbeerzweig ist.

Darauf fragte Isoldchen schüchtern, ob es vielleicht interessiere, wenn Ewald seinen neuesten Einakter vorläse. Natürlich interessierte es enorm.

Und nun las Ewald von dem Dornröschen Poesie, das in tiefem Schlaf verzaubert lag, bis endlich, wie in dem Märchen, der Prinz (Ewald Born) mit dem Kuß die Muse weckte.

In einer kleinen Pause, die Ewald machte, um einen Schluck Wasser zu nehmen, fragte mich Isoldchen flüsternd, wo ich mein Kleid hätte machen lassen. Sie pflegt, wenn ich ihr die Adresse meiner Schneiderin gegeben, hinzugehen und sich ein gleiches zu bestellen, nur um einen Stich mehr ins Jugendliche.

Gott sei Dank, nachdem Born geendet, lieh sie sofort ihrem Entzücken Worte, so daß wir andern uns inzwischen zum Loben sammeln konnten.

Es waren auch wirklich schöne schwungvolle Verse. Das rollte und rauschte wie Wogenschwall und Donnerbraus, allerdings mehr Theaterdonner und Kolophoniumblitze.

Ich drückte ihm stumm die Hand, als beraubte mich die Erschütterung der Sprache. Er küßte mir mit der ihm eigenen feisten Inbrunst die Hände. »O, Sibilla! Sibilla!« flüsterte er, und ich las aus seinem Feuerblick das Bekenntnis: »O ich Esel – damals.«

Du siehst, Mutti: Rinaldo in den alten Banden.

Isolde warf einen langen Blick herüber und trat dann rasch auf uns zu. In diesem Augenblick schämte er sich der goldenen Schuhe und der feuerroten Kurzärmlichkeit seines Gemahls, das wirklich etwas nach Ballet aussah. Ich stellte mich neben sie in meinem elfenbeinfarbenen Atlaskleid mit dem breiten, im Muster venetianischer Spitzen ausgeschnittenen schwarzen Sammetgürtel, damit der Kontrast ihn frappieren sollte. Und er frappierte ihn. So bin ich, Mutti. Ein häßliches Spiel, das ich da spiele. Um Rache an meinem Extroubadour zu nehmen? Gott! in den heiligen Hallen meiner Seele kennt man die Rache nicht. Warum also? ach darum. Müßiggang ist aller Laster Anfang. Um so häßlicher mein Spiel, da er doch ein guter, reiner, vollblütiger Dichter ist, wirklich ein Dichter, nur dichtet er mit den Nerven, mit dem Gemüt – ohne Kopf.

Und er hat auch sicher sein Isoldchen nicht wegen schnöden Mammons geheiratet, ich habe das früher nur aus Bosheit gesagt. Daß sie ihn so sehr liebte, und daß alle es so sehr wünschten, und weil ich so kokett war, darum geschah es.

Ich glaube, im Grunde gefällt ihm seine Goldblonde recht gut, und er kann Gott danken, daß er mich im Stich gelassen hat. Wäre ich so Feuer und Flamme für jedes seiner Werke gewesen wie sie? Hätte ich wie sie Gift und Galle gespieen gegen jede böse Kritik derselben? Er schämt sich seines Ehegemahls augenscheinlich nur vor mir. Allmählich wird er auch an ihre Jugend, Schönheit und Eleganz glauben, wie eigentlich auch alle andern es thun.

Natürlich hoffte höflich ein jeder von uns, daß Borns Einakter auf der Bühne noch stärker wirken würde als bei der Lektüre.

Riedling und Professor Krusen traten ein. Sie kamen aus einer Première im Theater.

Ihre Kunde von dem großen Erfolg des Stückes, das man gegeben, war Wasser auf Borns Mühle. Das Stück heißt »Glück«. Ich hatte es gelesen: ein banales Machwerk. Spießbürger-Weltanschauung unter der Devise: »Freut Euch des Lebens, weil noch das Lämpchen glüht.«

Das Stück hatte Enthusiasmus erregt, nicht nur des Philisters, nein, auch ganz gescheuter Leute. »Ihr Ibsen«, rief mir der so kluge Professor Krusen zu, »könnte froh sein, wenn er je so etwas geschrieben hätte.«

Gott steh' mir bei!

Da man aber gerade am Werk war, geriet man in eine Max Nordau-Stimmung und that sich gütlich im Verhöhnen aller modernen künstlerischen Bestrebungen mit dem bekannten Hohnlächeln: eine nette Gesellschaft da beisammen.

Mir giebt's immer einen Ruck, wenn ich dergleichen höre. Vor den Klingerschen Bildern und Radierungen habe ich Leute stehen sehen, die sich den Bauch vor Lachen hielten. Andere grinsten wenigstens über »das verrückte Zeug«, »den Blödsinn«. Und bis zu Friedrich Nietzsche, dem einsamen Adler, der, über Bergwipfel kreisend, seine Schwingen in Morgen- und Abendröten taucht, blaffen sie hinauf. Sarcey, der erste Kritiker Frankreichs, nennt seinen Hund Ibsen, um dem Dichter die ganze Tiefe seiner Verachtung auszudrücken. Der berühmte Chirurg Billroth traktiert Nietzsche sogar als Kerl und Schuft.

Aber Billroth war ein ehrenwerter Mann, und Nietzsche sitzt im Irrenhaus.

O Mutti, wenn ich dergleichen höre, bäumt sich ein dämonischer Stolz in mir auf. Ich empfinde eine Art Shakespearesches Schimpfbedürfnis, etwas vom Nietzscheschen Herrenrecht, meinen Fuß auf den Nacken von Sklaven zu setzen (mit meinen netten, kleinen Schuhen würde es den Sklaven nicht gar zu wehe thun). Einen Durst nach Rache spüre ich und einen Hunger nach Manna, Götterspeise.

Manchmal kommen mir diese geschmähten Denker und Dichter wie edle Gladiatoren vor, die wilden Bestien (wobei ich natürlich weder an Sarcey noch an Billroth denke) vorgeworfen werden, wenn letztere auch meist ganz zahme Philister sind.

Man mag weder Ibsen noch Nietzsche oder Klinger verstehen und würdigen, aber nicht den Instinkt zu haben, daß ein Dichter oder ein Denker zu uns spricht, das verzeihe ich nicht. Es giebt einen Grad von seelischer Dickfelligkeit, der einen tief melancholisch macht, aus dem

133

134

der Ekel an Leben und Menschen erwächst. Ach, Mutti, es scheint, wir beide sind einsame Menschen.

Übrigens habe ich mich bei Borns, trotz der altmodischen Allüren der Gesellschaft, sehr gut unterhalten. In frohsinnigster Stimmung war ich und hatte doch kaum zehn Worte mit Raphael gewechselt. Aber wie in seinen Ätherwellen drang sein ganzes Wesen zu mir und vermählte sich dem meinen. Ein Nervenrapport fast spiritistischer Art.

1. Oktober. Ich stehe oft vor der Sünde von Stuck und bewundere das künstlerische Raffinement des Bildes: wie der weiße Leib aus dem dunklen Grunde leuchtet, das Gesicht mit den stillen, feinen Zügen ganz im Schatten bleibt. Unheimlich diese kleinen Augen, die zugleich kalt und heiß sind, trocken, lauernd, die Augen eines verzauberten Raubtieres, spähend und doch siegessicher. Sie wissen von dem weißen, leuchtenden Leib, um den die feiste, riesige, schillernde Schlange sich windet.

Es scheint, daß ein wunderschöner weißer Leib schon an und für sich Sünde ist und die wunderschöne rote Liebe auch.

Gott sei Dank, daß man wenigstens seine Mutter noch unbeanstandet lieben darf. Aber wer weiß, vielleicht wird auch diese Liebe noch einmal widerrufen. Bis dahin sei zärtlich umarmt von

Deiner *Sibilla.*

5. Oktober. Liebe Mutti! Von eigentlicher Gesellschafts-Saison ist natürlich noch nicht die Rede. Man behilft sich wohl oder übel mit Thees und *jours.* Da aber Frau von Gehrts Geburtstag, gerade wie der meine, in den Herbst fällt, und sie gern jede Gelegenheit zu etwas Lustigem bei der Stirnlocke ergreift, so ließ sie eine Abendgesellschaft los, mit der hoffnungsvoll romantischen Aussicht, nach dem Souper im mondbeschienenen Gärtchen zu lustwandeln.

Du erinnerst Dich doch der Gehrt? Du hieltest sie für eine so zärtliche Mutter, weil man sie immer Hand in Hand mit ihrem fünfjährigen Töchterchen auf der Straße trifft. Timäa behauptet, das geschehe nur wegen des hübschen, malerischen Effekts, den sie dadurch erzielt, daß sie und das Kind immer gleiche Blumen auf dem Hut und am Kleide tragen.

Es war eine sehr elegante, attachéenreiche, mit zahlreichen Baronen und Grafen verschnörkelte Gesellschaft.

Da ich unter all den Baroninnen und Excellenzen in absteigender Linie noch eine der jüngsten war, hatte man mich bei Tische zwischen zwei sehr junge Herrchen placiert, von denen der eine natürlich Baron, der andere Graf ist. Das Barönchen, ein guter Badenser, der längere Zeit in Paris gelebt hat, wollte mir durchaus nicht glauben, daß die Bälle hier, nicht wie in Paris, um elf oder halb zwölf, sondern um acht oder halb neun anfingen. Fatzke!

Und das Gräflein – als ich beiläufig erwähnte, ich wäre in den letzten Tagen nicht ausgegangen, weil sich mir der schauderhafte Nebel immer so auf die Brust lege, meinte er, das könne er dem Nebel gar nicht verdenken, denn – – u.s.w.

Daß mir Hautbois trotz der anwesenden Traute, die seine Coeurdame ist, den Hof machte, war ganz ehrenvoll, daß er aber, als er die Ärmellosigkeit meines Kleides lobte, hinzufügte, er fände es eine Gemeinheit, daß ich meine Schultern verhülle, ist wohl mehr auf sein mangelhaftes Deutsch als auf seinen schlechten Charakter zu schieben.

Überhaupt, Mutti, Du hast keinen Begriff von der unglaublichen Redefreiheit, die in diesen Kreisen herrscht. Sie sagen Dinge, Dinge, die echt bürgerliches Blut in echt bürgerlichen Adern erstarren machen. Und was sie blicken!

Der mir gegenübersitzende Gesandte, Graf Göll, erhob einmal sein Glas und toastete mir zu als der reizendsten aller Damen, worauf der Jüngling zu meiner Linken, der von Paris gekommene, zustimmte: »Ja, *charmante, bien ronde, bien potelée.*«

Und der Jüngling zu meiner Rechten machte mich auf eine Gruppe von Herren an einem Nebentisch aufmerksam. Da säße ein ganzer Hirschpark beisammen. Ich verstand nicht. Da explizierte er: die Herren da trügen sämtlich Geweihe. Und als von einer häßlichen Dame – sie saß in unserer Nähe – und ihren vielen Eroberungen die Rede war, und ich mich über die letztere Thatsache wunderte, sagte er ganz brutal ungeniert: »Sie haben sie halt immer nur angezogen gesehen«, und war ganz erstaunt, als ich mir in hochfahrendstem Ton solche Konfidenzen verbat.

Und das sind die Kreise, aus denen die Hauptkämpfer für Sitte, Ordnung und Religion hervorgehen.

Unter den Gästen fiel Hilde Engelhart besonders auf. Denke, sie hat auf einmal rote Haare bekommen, die ihr reizend stehen, behauptet, infolge eines ganz unschuldigen, ihr vom Arzt empfohlenen Wassers.

Sie wäre wütend auf den Arzt. Gut gelogen, rote Hilde. Nur immer den Leuten die Hucke voll lügen. (Pardon, Mutti, wegen der Hucke.)

Hilde Engelharts Gatte geht nicht mehr in Gesellschaft. Er ist über siebzig Jahr alt und langweilt sich in Gesellschaften, weil er sich absolut nicht daran gewöhnen kann, ältere Damen zu Tischnachbarinnen zu bekommen. Und die Männer machen sich damit nicht einmal lächerlich. Schreiende Ungerechtigkeit.

Die Krone des Abends waren zwei morganatische Gattinnen, Witwen irgend welcher Prinzen. Die eine, ehemalige Sängerin, der Gipfel grotesker Geschmacklosigkeit, beweglich, munter, *bohémienne*, ganz mit Schmuck behängt, kann ihre Theatertriumphe nicht vergessen, hört nicht auf am Klavier zu meckern. Die andere, eine einstige *beauté*, von seriöser Vornehmheit, mit einer gräflichen Gesellschafterin, ist hier, um ein paar Jucker zu kaufen. Hat sicher in ihrem Residenzschloß gallonierte Lakais und Speiseservice mit fürstlichem Wappen. Schrecklich dumm und langweilig.

Erwähnenswert auch die ganz neue Erscheinung einer eben aus Paris nach München verschlagenen Süddeutschen, einer Frau Charling, nicht einmal »von«. Ihre Allüren aber, ihr Auftreten, ganz Gräfin, nein, ganz *Madame la comtesse* vom Scheitel bis zur Sohle. Soll eine kolossale Vergangenheit haben, bedeutende Empfehlungen u.s.w.

Nach dem Souper saß ich erst lange Zeit auf einem kleinen Ecksofa mit Raphael, und er vertraute mir an, was für eine Schlange ich eigentlich mit Ferlani an meinem Busen nähre. Ein Spieler sei er und wegen Schulden oder weil er fahrlässig mit den Karten umgegangen, habe er seinen Abschied als Offizier nehmen müssen, und trinken thäte er auch, und seine politische Überzeugung verkaufe er an den Meistbietenden.

Und nachher saß ich längere Zeit mit Ferlani auf einem anderen Ecksofa, und von ihm erfuhr ich, was Raphael für ein Mensch sei: ein Gigerl, ein Schwindler, und krumme Beine habe er, und ehe er mir den Hof gemacht, habe ihn Eva Broddin gründlich abfallen lassen.

Na ja – eben – o jemine! Ganz amüsant, diese Erdichtungen der Eifersucht, nicht?

Als die meisten gegangen waren, blieb noch ein kleiner Kreis Intimer zusammen und es entspann sich eine jener Kauserieen, wie sie sich *au coin du feu* abzuspinnen pflegen, wo alles sich um Persönlichkeiten dreht. Pikanter, frecher, witziger Klatsch. Unter anderem stritt man, ob es statthaft wäre, Frau Charling zu empfangen, die ihre Liebhaber wie ihre Handschuhe wechsele. Man war geneigt, die Frage zu verneinen, als Frau von Gehrt die Diskussion mit den Worten abschnitt: »Kinder, habt Euch nicht so! Das ist ja alles nur korporel bei der Charling.« Alle 139 lachten. Ein brutal-cynisches Wort. Ein Körnchen Wahrheit ist darin.

Merkwürdiger Kontrast unserer Zeit. Auf der einen Seite zügellose Frivolität bis zur frechsten Unmoral in den höheren und höchsten Ständen, und auf der anderen Seite die unaufhaltsam vorwärts drängende Wissenschaft, Männer mit dem apostolischen Zug, wie Tolstoi, Egidy, politische Schwärmer, und der zu voller Lebensintegrität heranreifende vierte Stand.

Und ich stehe dazwischen, und halb zieht es mich *dahin*, halb sinke ich *dorthin*, und da wird's denn wohl um mich geschehen sein. Meine Situation ist ungefähr die eines Wanderers, der in kalter Nacht ein Feuer im Freien anmacht. Aber die Kälte aus der Peripherie dringt doch zu ihm, und im Mittelpunkt des Feuers kann er nicht leben. So pendelt er zwischen Frost und Hitze. Auf der einen Seite gebraten zu werden und auf der andern zu frieren, das ist unsere Situation. »Und so soll ich die Brahmane, – Mit dem Haupt im Himmel weilend, – Fühlen Paria dieser Erde – Niederziehende Gewalt.« (Ein indischer Spruch, den ich irgendwo gelesen habe.)

8. Oktober. Gestern war ich müde und abgespannt, ließ mich aber doch von Benno überreden, mit in die Oper zu fahren: Tristan und Isolde. In meiner Müdigkeit hörte ich nur klingende Schreie, abgerissene Töne, schmetternde hohe A's und dazwischen ein Gemurmel, das sich ins Orchester hinein verlief. Trotzdem war ich hingerissen mit dem allgemeinen Gefühl, daß ich mich in Poesie badete und daß die geist- 140 reichste Kauserie daneben – Pardon – Schund ist.

Raphael ist nicht geistreich – o nein – aber seine Erscheinung ist wie aus einem Roman geschnitten, von Poesie förmlich umflossen. Was er blickt, ist abwechselnd glutvolle Innigkeit und Melancholie, letztere wegen einer verstorbenen Braut. Er erweckt den Eindruck, als ob er nächstens – auf Grund dieser toten Braut – im Reigen der gespenstischen Willis mittanzen würde, um andern Tags unter einem Rosenstrauch als Leiche aufgefunden zu werden, von mir natürlich. Daß seine Braut, wie man behauptet, eine Geldpartie war, glaube ich einfach nicht.

Und Du mußt nicht etwa denken, daß er dumm ist. Er spricht wenig, aber alles, was er sagt, ist durchaus *comme il faut*. Und seine Stimme, sein Blick und ach, sein Händedruck (von seinem Kuß weiß ich nichts), alles so – so liebeheischend, so diskret, geheimnisvoll sich einem ins Herz hineinschmeichelnd. Mit einem Wort: er ist ein Charmeur. Man meint immer, daß ein bedeutendes Schicksal hinter ihm liege und eine Tiefe in ihm gähne. Ich glaube an diese Tiefe, ja, ich glaube daran. Und selbst wenn sie nicht gähnte – schwebt uns Deutschen nicht Goethes Gretchen als eine Idealgestalt vor? Und sie liebte doch ihren Faust auch mehr aus unbekannten Gründen als wegen seiner philosophischen Tiefe.

O Gott, was ich möchte, einzigste Mutti, etwas Schreckliches, unsagbar Entsetzliches! Nimm die Brille ab, damit Du es nicht lesen kannst – Du kriegst eine Gänsehaut. Ich möchte einmal, nur einmal an die Brust des Mannes sinken, in den ich verliebt bin, unsinnig verliebt. Niemals die Geliebte des geliebten Mannes sein – wie triste!

Hast Du mich auch lieb, Einzige?

Deine Sibilla.

10. Oktober. Ich habe Dich mit meinem letzten Briefe in den Harnisch gejagt, arme Mutter. Komme nur wieder heraus aus dem Harnisch; ich übe noch immer Treu und Redlichkeit und weiche keinen – wenigstens kaum einen Fingerbreit von Gottes Wegen ab.

Rein – keusch – ich! lächerlich! Und ich habe Kinder von Benno gehabt.

Ach, Mutti, unsere ethischen Anschauungen stecken noch in den Kinderschuhen. Die tödlich widrige Empfindung der Unkeuschheit, der bittern Scham haben wir doch nur bei der Hingabe an den Mann, den wir nicht lieben, mag er noch so legitim sein. Je mehr wir lieben, desto natürlicher, ja desto idealischer angehaucht ist unsere Hingabe. Erst die Reflexion, daß wir ein Sittengesetz gebrochen haben, befleckt unser Empfinden – hinterher.

Du schreibst, daß, ganz abgesehen von sittlichen Gründen, schon aus Rücksicht auf die Welt und meinen Ruf, ich nicht dürfte was ich möchte. Ja, selbst den Schein eines Unrechts müsse ich vermeiden.

Den Schein vermeiden? Fällt mir gar nicht ein, und wäre es auch nur aus Hochmut gegen das Urteil der blöden Menge, »das Rabenlied des Pöbels, das ich ganz verachte«. Es ist mir so gleichgültig, was Frau X. oder Frau Y. von mir denken. Und überhaupt ist's so ungeheuer gleichgültig, wie und was ich bin. Ob ich einen Liebhaber habe oder ob ich keinen habe, im Weltall kräht kein Hahn darnach. Und in fünfzig Jahren sind wir ja alle, alle tot.

Rücksicht auf die Welt? Welcher Welt? Der, in der ich lebe und in der die *Haut-goût*-Damen dominieren. Die thun mir nichts, Mutti, sie sind ja froh, wenn man ihnen nichts thut.

So lange sie Vorteile von mir erhoffen oder Nachteile fürchten, kann ich getrost über die Stränge schlagen.

Unter gewissen Umständen freilich kann man durch einen oder mehrere Liebhaber seinen Ruf verlieren. Diese gewissen Umstände aber sind seltener als Du denkst. Wüßte alle Welt von einer illegalen Liaison zwischen mir und Raphael, würde man meine Dinereinladungen refüsieren? Gewiß nicht, wenn Frau X. wüßte, daß sie Herrn Y. bei mir träfe, und die kulinarische Perfektion meiner Köchin unter meiner moralischen Imperfektion nicht litte, und wenn Benno, der gute, nicht etwa Lärm schlüge.

Wenn aber mein Ruf intakt bliebe und ich verlöre nur all mein Geld, mit dem damit verknüpften Zauber, und ich ladete meine jetzigen Gäste zu mir in die vierte Etage, in ein nettes Stübchen, zu einem falschen Hasen und einem Gläschen Moselblümchen, ob sie kommen würden?

In jedem Fall kämen sie widerwillig, und sie würden mir den liebevollen Nachruf widmen: sie soll sich Geheimsekretäre und Postbeamte und alte Jungfern zu ihrem falschen Hasen und dem sauren Wein einladen.

Ich habe Dir von Frau Charling und ihrem miserablen Ruf geschrieben. Als sie nach München kam, feierte der Klatsch förmlich Orgien über ihre Vergangenheit. Man beschloß, sie zu boykottieren. Da eröffnet sie ihre Salons, nachdem sie vorher durch die Heirat einer Schwester einen gräflichen Schwager und außerdem eine ausgezeichnete Köchin und einen französischen Diener acquiriert hat. Man macht Front gegen die Verleumdungen und drängt sich dazu, eingeladen zu werden. So ist die Welt, wenigstens die *monde*, aber Geld gehört dazu, viel Geld.

Und wenn ich nun wirklich in den Besitz eines so schlechten Rufes gelangte, daß die elegante Gesellschaft sich von mir zurückzöge, würde ich denn unter diesem Ruf sehr leiden?

Ein paar Dutzend Menschen, aus denen ich mir nichts mache, würden mich nicht mehr grüßen. Das Malheur! Der schlechte Ruf würde mir sogar einige Vorteile bringen. Ich brauchte nach der Welt nicht mehr zu fragen. Ich hätte sie gewissermaßen überwunden. Frei wäre ich wie der Vogel in der Luft, und anstatt mit Hunderten zu verkehren, die mich langweilen, würde ich der Wenigen schon habhaft werden, die

mich amüsieren und interessieren. Und mein blieben noch alle guten
und besten Bücher und die ganze holde Natur. Und der Roman der
Liebe, der doch das Buch der Bücher bleibt, wenigstens für uns, einige
Jahrzehnte zu früh geborene Frauen, die wir im Vorfrühling der großen
Frauenbewegung leben. Diesen Roman könnte ich auslesen bis zur
letzten Seite. Diese letzte Seite, die würde tragisch sein? Gott ja. Aber
ist das Ende nicht immer tragisch? Das Ende von allem?

Na Mutti, lege nur kein großes Gewicht auf das, was ich so herschwatze.
Es ist nur Niedergeschriebenes. In Wirklichkeit – nein, ich will keinen
schlechten Ruf, er wirkt häßlich, stände mir nicht zu Gesicht. Ein
schlechter Ruf wirkt wie ein Fleck, malpropre, unästhetisch, oder wie
ein Gewicht, das mich vielleicht tiefer und tiefer herabziehen würde,
bis zuletzt – Ella Ried! Und Timäa und Frau Bürgens, die würden mir
ein abgelegtes Kleid schenken – – *quel horreur*!

Wie ich das so dachte, fiel mir eine Vase in die Augen, auf der ein
nacktes, reizend freches Liebespaar abgebildet ist. Malen darf man das,
ja malen!

Ich schlug in zorniger Aufwallung gegen die Vase, nicht gerade, damit
sie fallen sollte. Sie fiel aber doch und zerbrach. Eine so kostbare Vase!
Hätte ich wenigstens die gegenüberstehende getroffen, auf der ein völlig
bekleideter Engel – er schien einen Choral zu singen – abgebildet war, –
die war nicht halb so kostbar.

Immer aufs neue staune ich über die Widersprüche, die uns allerorten
in der ethischen Welt begegnen. In Dramen, auf der Bühne, mit
Kunstwerken und Büchern dürfen wir für eine Sittlichkeit Propaganda
machen, der die Umwertung aller Werte zu Grunde liegt.

Im Drama: Ein hochedler Pole zettelt aus glühendem Patriotismus
eine Verschwörung an: »Bravo! bravo!« im Zuschauerraum. Jeder Busen
schmilzt in Sympathie für ihn. In Wirklichkeit wird er gehängt, der
edle Pole.

Die Frau verläßt (auf der Bühne) den ihr zwar angetrauten, aber
nichtsdestoweniger schuftigen Gatten, und folgt dem großherzigen, aber
nichtsdestoweniger illegitimen Manne ihres Herzens.

»Bravo! bravo!«

In Wirklichkeit wird die, wenn auch aus edelsten Motiven durchgegangene
Frau aus der Gesellschaft abgeschoben.

Eigentlich merkwürdig, daß eine Frau sich nur durch Liebschaften
einen schlechten Ruf zuzieht. Im übrigen kann sie von Schlechtigkeit

triefen, ihr Ruf bleibt rein; sie ist ja tugendhaft. Mein Ruf blieb auch intakt, als ich Benno heiratete, und ich wußte doch, was ich that.

Was mich auch ärgert, ist, daß kein Mensch mir meine Tugend als Verdienst anrechnen wird. Die Damen sind ja einig darüber, Sibilla Raphalo ist kühl bis ans Herz hinan. Die hat es leicht, nicht über die Stränge zu schlagen. Wir Feuerbrände dagegen, wenn uns einmal das Herz zu Kopfe steigt – wer wirft den ersten Stein auf uns? 146

Auf Dein sanftes Herz aber würde ich einen Stein werfen, wenn – – darum kein »wenn«. Ich will keine Schlange sein, die Dir am Herzen frißt. Ich küsse Dich.

Deine Sibilla.

13. Oktober. Aber Mutti, nun schließt Du gar noch den »armen Raphael« in Dein sorgendes Herz. Ich schwöre Dir, es wird alles ganz ungefährlich für ihn verlaufen. Wenn ich's nicht wüßte, nicht ganz genau wüßte!

Das Herz meines Adonis ist robust, nicht den kleinsten Sprung wird es davontragen. Erhöre ich ihn nicht bald – ich taxiere innerhalb der nächsten vier Wochen – so sinkt er in die Arme – die weitgeöffneten – der Dame Gehrt, welche Circe auch eigentlich viel besser für ihn paßt als ich.

Du kennst sie ja nicht, diese liebedurstigen Heißsporne. Lies nur die Romane unserer jungen und jüngsten Naturalisten – besser Naturalüstlinge – in denen diese vollsaftigen, wie frischer Most gährenden Jünglingsherzen uns sonder Scham und Scheu ihre Liebesfrühlinge singen, nein, nicht singen – kreischen.

Aus ihnen habe ich meine Menschenkenntnis geschöpft, was gewisse männliche Gefühlsregister betrifft.

Raphael ist auch so ein Naturalist in der Liebe. Und einen solchen Mann liebe ich? Ach ja, Mutti, leider. Wie Emilia Galotti schon sagte: »Auch ich habe Blut.« Und all diese üppigen Gelage, diese ganze dekolletierte Atmosphäre, in der ich lebe, und in der sich alles auf Liebe und Triebe reimt, sind Gift für mich. Es scheint aber, dieses Gift ist mein 147 Lebenselixier.

Ich werde mir öfter Jolante als Gegengift einladen. Warum eigentlich ein Gegengift? Diese starke, intensive Sehnsucht – – des Gemüts? und wäre es auch nur eine pathologische Sehnsucht des Blutes, der Nerven, warum – –

Die Schneiderin ist da, die darf ich nicht antichambrieren lassen, sonst fabriziert sie mir einen künstlichen Buckel.

27. Oktober. Guten Morgen, liebe Mutter! Zuerst die neueste Neuigkeit: ich bin mit Ferlani erzürnt. Eigentlich ist unser Diener, der Otto, mit seiner Bildung daran schuld. Ich fürchte, ich muß ihn abschaffen. Er spricht französisch, sieht aus wie ein Provinzialschauspieler, dichtet, läßt seine Gedichte zufällig umherliegen, oder steckt sie beim Decken unter die Teller. Haar natürlich gekräuselt. Gestern, im Beisein von Benno, Ferlani und Frau von Gehrt zündet er die Theemaschine an, wobei eine förmliche Feuersbrunst entsteht. Heldenmütig erstickt er die Flamme mit der Hand, und dem Zaun seiner Zähne entflieht das klassische Wort: »Da wäre ich beinahe zu einem Mucius Scävola geworden.« Wer ist Mucius Scävola? fragt Benno.

Ferlani lächelt unangenehm, und als ich später mit ihm allein blieb, erlaubte er sich einige leichte Spöttereien über Mucius Scävola.

Ich ersuchte ihn, sich gefälligst meines guten Benno nicht als Hanswurst zu bedienen. Der hätte ein Herz von Gold, einen Humor von Gottes Gnaden, und seine Erzählungen wären ganz reizende kleine Kulturbilder, mit einem Wort, er sei ein Unikum. Ich sah, wie tief ich seine Eitelkeit verletzte; was mir aber geradezu possierlich vorkam, er wurde eifersüchtig, eifersüchtig auf Benno!

Er nahm seinen Hut. »So, dann wäre es ja gut, und es würde wohl das beste sein ....«

»Ja wohl, es wird das beste sein«, sagte ich kalt.

Er grüßte kurz und steif und ging. Und seitdem sind vierzehn Tage vergangen, und er ist noch nicht wiedergekommen. Wird schon.

Raphael triumphiert über den Nebenbuhler, der auf der Strecke liegt. Er malt mich jetzt, vorläufig mit den Augen und der Seele. Ehe er der Hand die delikate Arbeit anvertraue, müsse er meine Züge studieren. Und da studiert er nun, bald mit, bald ohne Zeichenstift; bald zieht er die Fenstervorhänge so weit zu, daß nur ein einziger Sonnenstreifen über mein Haar hüpft und mich – seine Worte – in Glorie taucht, bald tritt er dicht zu mir heran, eine Locke aus dem leicht aufgesteckten Haar zupfend, die sich zärtlich von meinem Schwanenhals – seine Worte – abheben soll. Einmal stand er neben meinem Fauteuil und bog mit leisem Händedruck meinen Kopf hintenüber, so daß unsere Augen ineinander tauchten, tief, sehnsüchtig. Daß dieser Augenblick ohne – weiteres vorüberging – mein Verdienst, Mutti, meines ganz allein.

Er streicht und ordnet – im Interesse des Bildes – die Falten meines Kleides, er wickelt mich in Pelz und gräbt mich wieder aus den Pelzen heraus, und überhaupt – – – lauter verliebte Spielereien und voll gefährlichen Charms sind sie. Immer fühle ich seine warmen, feinen, zitternden Finger, ich fühle seine glänzenden, zehrenden Blicke, ich fühle den Pulsschlag seines schnell strömenden Blutes und meistens, ach, Mutti, sei nicht böse, strömt das meine in demselben Tempo und in derselben Richtung.

Zuweilen, wenn die Stimmung zu schwül wird, schlage ich einen Spaziergang im englischen Garten vor. So auch gestern. Die Natur will in diesem Jahre nicht sterben. Ende Oktober noch eine unwahrscheinliche Farbenpracht im Park. Raphael liebt vor allem die breite Allee hochstämmiger Bäume in der Nähe des kleinen Tempels. Dahin gingen wir zuerst. Ein himmlischer Tag. In ihrer rotbraunen Pracht schimmerten die Bäume wie eitel Gold. »Eine Allee für Liebesgötter« flüsterte Raphael, und er nahm meinen Arm. Und wir schmiegten uns aneinander. und die roten Blätter rieselten auf uns nieder, und der Herbstwind koste mit unserm Haar. Ab und zu kamen Menschen. Dann ließ er meinen Arm los, und wir gingen ernsthaft nebeneinander her, als wäre gar nichts los. Entschwanden die Leute unseren Blicken, so kehrten wir zu einander zurück mit leise schauernder Wonne. Was wir redeten? Nichtiges. *Er*: »Ist's nicht schön hier?« *Ich*: »Nicht wahr?« *Er*: »Sind Sie glücklich, Sibilla?« Ich: »Ja, Raphael.« Aber seine Stimme klang so weich, so weich, und die meine wahrscheinlich auch. Es war alles so kinderhaft lieb und traut und heimlich und süß.

150

Als wir ans Ende der Allee kamen, betrat ich schnell das Brücklein, das zu meinem Lieblingsweg führt. Den Opheliagang habe ich ihn getauft, den schmalen Weg zwischen grünen, grünen Wiesen, am strömenden Bach entlang, an dem die Weidenbäume stehen. Ein Schimmer der untergehenden Sonne fiel zärtlich auf das transparente, zartduftige Laub. In so lautloser Hast schießt der Strom dahin, eilig, eilig, als ob man ihn irgendwohin riefe.

Und unwillkürlich gingen wir auch lautlos schnell und immer schneller, und hastig strömten unsere Gedanken, und wir wußten, wohin sie uns riefen.

Daß ich Dir das alles schreibe, Mutti, gräßlich! nicht? Aber, *tu l'as voulu, Dandin*. Ach, Mutti, ich möchte sie auch einmal kennen kernen, die große schrankenlose Liebe, die wie die Posaunen Jerichos die dicksten Mauern der dicksten Vorurteile stürzt.

Gebiete Deinen Thränen, teures Weib, ich thu's ja nicht. Wie werde ich denn! so etwas Schlechtes! Böses! Das heißt eigentlich, Mutti, wäre es so ganz unvernünftig? Und Benno? Ach Benno, der würde ja durch eine wirkliche Liebe meinerseits in die größte Verlegenheit geraten. Daß ich schön bin, daß ich gut empfange, daß ein Prinz mit mir getanzt hat, daß man meine Toiletten nachahmt, das ist, was er von mir verlangt. »Meine Frau soll einen Nimbus haben«, sagt er. Übrigens erst vor einigen Tagen fand ich in seinem Zimmer eine Rechnung für ein Brillantkämmchen, das nie meine Augen gesehen. Nicht von Belang, nicht wahr? So ist nun einmal die Natur des Mannes. Und die unsere? – – – Aber nein, Mutti, ich bleibe bei der Stange der Tugend, vielleicht, wenn ich mich recht prüfe, mehr aus Ästhetik als aus Ethik. Die Reue, die ich möglicherweise nach der Untreue empfinden würde, die fürchte ich weniger, aber – vorher!

Ich anticipiere alle Schrecknisse, die ein Amant, ein Rendezvous mit sich bringen, all den häßlichen Apparat, die vulgären Heimlichkeiten. Ich ziehe mir ein so einfaches Kleid an, wie man es gar nicht hat; ich kann es mir ja von der Jungfer borgen, die es wahrscheinlich auch nicht hat. Der komisch dichte Schleier, den ich mir erst extra besorgen muß, die Droschke, und der Kutscher – wenn ich aussteige, gewiß, der wird grinsen. Und der Geliebte selbst – das Wort »Geliebter« degoutiert mich schon. Wie er schon an der Thür lauernd stehen wird, so erregt und verlegen, und wie er mich dann mit übertriebenem Zartgefühl und gespielter Passion ins Zimmer ziehen wird, das er zweckentsprechend parfümiert hat. Und auf dem Tische werden Blumen stehen – natürlich Rosen – und eine rosaverhängte Lampe. Ob auch Früchte und Champagner, wie es in den Romanen von Bourget und Maupassant zu lesen ist? Dieser imaginäre Champagner erkältet mich bis ins Mark.

Und die Freuden der Untreue? Ach, es würde auch wieder nichts sein. Und darnach würde er in meinem Salon, mir gegenüber, eine familiäre Haltung einnehmen, er würde rauchen und vielleicht sogar – gähnen. Er würde gähnen, der Elende! Ich hasse ihn dafür im voraus. Und o Gott, wie soll ich ihn später wieder los werden! Ich stelle mir das alles so sehr lebhaft vor, weil ich so sehr in ihn verliebt bin.

Du siehst, geliebte Mutti, Du kannst ruhig sein, ganz ruhig.

Gute Nacht, Einzige.

28. Oktober. Raphael ist jetzt einig mit sich, wie er mich malen wird: dekolletiert, in dem pfirsichfarbenen Sammetkleid. Vor der ersten Sitzung will er mich erst noch einmal in dem Kleide sehen, um eine Skizze anzufertigen. Ich hatte keine Lust, seinem Wunsche zu willfahren. Da ich aber kein Charakter bin, unterliege ich gewöhnlich dem, der mehr Willen hat als ich. Das Bild soll ja auch seinen Ruhm begründen. So gab ich nach. Morgen, um acht Uhr abends, kommt er mit dem Zeichenstift. Übermorgen schreibe ich Dir, wie die Sitzung abgelaufen ist.

Übermorgen. O Mutti, man soll doch nie den Tag vor dem Abend loben. Also, ich hatte gestern eben meine Toilette für Raphael beendet, als es klingelte. Ich sehe nach der Uhr: halb acht. Ich mag nicht, daß man früher kommt, als man erwartet wird. Er war es auch gar nicht. Ferlani war's, der reuige Sünder, der zu mir zurückkehrte.

Wenn Du den Brief zu Ende gelesen hast, wirst Du Dir Deine Haare ausraufen mögen über das Unheil, das diese Rückkehr angestiftet hat.

Er begrüßte mich steif. Er hätte gehört, ich sei nicht wohl (Lüge), er käme nur, sich nach meinem Befinden zu erkundigen.

»Und von nun an wollen Sie wohl ganz ceremoniell mit mir verkehren?« fragte ich.

»Freilich«, sagte er, »haben Sie nicht bemerkt, daß ich im Cylinder komme?«

Ich lachte. Da thaute er auf; das heißt, er wurde wütend und sprudelte alles heraus, was in der Tiefe seiner Brust brodelte: seine Qual, seine Liebe, meine Koketterie. Er hätte nie wiederkommen wollen, da ich doch fände, daß mein Mann alle und er gar kein Talent habe, und ich so weit gesunken wäre, sogar von den schönen Augen des geistlosen Adonis Notiz zu nehmen.

Wenn er wüßte!

Er rührte mich. Ohne Speer des Achilles zu sein, heile ich gern die Wunden, die ich schlage. Ich war ganz Milde und Güte. Vielleicht trug die dekolletierte Sammetrobe zu meiner Gemütsverfassung bei. Überhaupt lag an dem Abend über meinem Zimmer ein zärtlicher Hauch. Ich bin ein Stimmungsgeschöpf, immer von meinem Milieu beeinflußt. Ich merkte später, daß in dem Blumenstrauß auf meinem Schreibtisch Orangenblüten waren.

Ferlani gehört zu den Menschen, die, wenn man ihnen den kleinen Finger reicht, gleich die ganze Hand nehmen. In der That küßte er de-

und wehmütig meine Rechte, wobei er sogar den Arm in Mitleidenschaft zog und flehte: »Sire, geben Sie mir Redefreiheit.«

Ich nickte gnädig Gewährung, indem ich mich bequem in meinem Fauteuil *Henri quatre* zurücklehnte und auf die Boule-Uhr blickte, die auf der Rokkoko-Kommode stand und dachte: ach Gott, wenn er nur fertig wird, ehe Raphaels Stunde schlägt.

Er war so klug, sich in den Schatten des Wandschirms zu stellen, als er mir das Ansinnen stellte, mir einmal vorzustellen, daß ich seine Gefühle erwiedere.

»Ich will's versuchen«, sagte ich, hielt die Hand vors Gesicht und blinzelte ihn so schelmisch als es meine Mittel erlaubten an.

Er gab sich alle Mühe, so ruhig wie möglich zu bleiben, aber in seinen Augensternen flackerte es, und mit einer etwas heiseren Stimme machte er mir die Offerte, im Fall meiner Auchliebe den Zug meines Herzens mit der Stimme des Schicksals gnädigst identifizieren zu wollen.

»Was meinen Sie?« fragte ich naiv, mit gespieltem Erstaunen. Selbst wenn mein allzu weiches Herz in Liebe für Eure gräfliche Gnaden dahinschmölze, ich würde mich doch von meinem guten Benno nicht scheiden lassen. Oder wollen Sie mich auf den Weg drängen, der meistens bei der *monde à côté* endigt? Darauf könnte ich Ihnen doch nur mit einem der in Ihrer Partei so beliebten »Pfuis« antworten.«

Er fand meine Antwort unehrlich. Und er redete und redete mit einer
Wärme und Verve! Sein Gedankengang war ungefähr folgender: Ich solle doch unsere gefeiertsten und reizendsten Damen (er nannte eine Anzahl Namen, die ich diskreterweise verschweige) Revue passieren lassen, sie alle, fast alle hätten Liaisons oder hätten sie gehabt oder würden sie haben. Und alle Welt wisse es, und alle Welt scherze oder medisiere darüber hinweg. Und wenn ich diese Revue in der Geschichte und Litteraturgeschichte fortsetzte, könne es mir nicht entgehen, daß unter den erlauchtesten Geistern die echtesten Leidenschaften immer illegitim vor sich gegangen wären. Und er buddelte Abälard und Heloise aus ihrem Grabe, er beschwor die Schatten von Byron und seiner Geliebten herauf, dito die jenes spanischen Königs (Name mir augenblicklich entfallen) mit seiner Jüdin von Toledo. (Kainz war neulich entzückend als König.) Und noch eine ganze Reihe ebenso berühmter als unverheirateter Liebespaare schnurrte er herunter. Er verstieg sich sogar bis in den Olymp und langte sich den Jupiter vom Thron, dessen Amours doch von jeher Gegenstand der erhabensten Kunstdarstellungen

gewesen wären. Und wer sich für Tristan und Isolde begeistere, der solle einmal wagen, Sibilla und Engelbert zu schmähen – –

Er machte eine Kunstpause, offenbar von der kühnen Neuerung, seinen Vornamen (ich kannte ihn bis jetzt gar nicht) mit einfließen zu lassen, einen Effekt erwartend.

Der arme Ferlani! Wie er sich bemühte, seinen feurigen Worten durch einen sehnsüchtigen Liebesblick Nachdruck zu geben, bohrte sich sein verquerblickendes Auge anstatt in mein Gesicht, in die neben mir stehende Zuckerschale, was durchaus spaßhaft wirkte.

Er fand, daß wir alle, alle grobe Lügner seien. Und ehe wir nicht das schauerlich süße Mitleiden, das wir für Tristan und Isolde fühlen, dem König Marke – – –

»Aber wiederholen Sie sich doch nicht, Engelbert Ferlani.«

Ich murmelte noch etwas von Tartüfferie und Sophistik, aber mir fehlte der Brustton der Überzeugung. Er fühlte das heraus, seine Stimme wurde leiser, eindringlicher, von triumphierendem Ahnen durchblitzt, förmlich pathetisch.

Der kluge und normale Mensch, behauptete er, wisse in seinen besten, freiesten Stunden vollkommen, was gut und böse sei. Die gesunde Natur belehre ihn darüber.

Was spräche man nicht alles heilig! Den natürlichen Gefühlen der Liebe aber dichte man einen Schwefelgeruch und einen Pferdefuß an und nenne sie Laster.

Die Liebe aber sei das Herz der Natur, der Wille zum Leben selbst. Die Scheu und Scham vor diesem süpremen Willen der Natur sei doch nur wegen der Zuschauer da. Wir lebten und handelten auf Applaus. Abstrahierten wir einmal von den Zuschauern, von ihrem Beifall oder ihrem Zischen, wie würden wir dann handeln, Sibilla? wie dann? vorausgesetzt, daß wir uns liebten – daß wir uns liebten, wiederholte er langsam.

Er bückte sich, um ein Scheit Holz in den Kamin zu werfen, und wie die Flamme aufloderte, vergoldete sie seinen graugesprenkelten Bart, seine kleinen aristokratischen Füße. Er war nicht mehr häßlich, aber gar nicht, auch nicht alt. Da ich nicht gleich antwortete, benutzte er den günstigen Moment, um mir zu beteuern, ich sei so schön, so schön, und er liebe mich so sehr, so sehr, und »was wir von der Minute ausgeschlagen, brächte keine Ewigkeit zurück;« warum also den Tantalus spielen? Ein freiwilliger Tantalus wäre beinahe komisch. Und wenn ich

ihn nicht lieben könne, wie er mich liebe – er sähe ein, das ginge nicht –
ob das nichts wäre, gar nichts, einen anderen tief und unaussprechlich
zu beglücken. »Wäre das nichts, Sibilla? Nichts?«

Mein Herz klopfte. Einen anderen unaussprechlich beglücken! Ja,
vielleicht wäre das wirklich nicht so ohne. Eine Art Neugierde in Betreff
dieser Liebe à la Samariterin ergriff mich.

Der feurige Reflex der Kaminflamme traf die rote Zunge der Schlange,
die zu lechzen schien nach dem Herzen in der weißen Brust der Sünde.

Plötzlich trat Ferlani – der Ungeschickte – unter eine elektrische
Flamme von sechsundzwanzig Kerzen Stärke: ein Faun! Nein, ich hatte
entschieden keine Lust ihn zu beglücken, und meine Neugierde in Betreff
dieser Empfindung sank zusammen wie die Holzscheite im Kamin.

Er wollte meine Hände ergreifen. Ich hielt sie im Rücken, senkte die
Augen und schüttelte den Kopf.

– »Niemals, Sibilla? Niemals?« fragte er leise.

Ich schüttelte wieder und wieder den Kopf.

Aber in mir war alles elektrisch gespannt, hätte er meine Hand berührt – Funken wären gesprüht und – wer weiß – wer weiß – –

Mit langsamen, schweren Schritten ging er hinaus, so unbeholfen,
daß er im Vorübergehen das Stucksche Bild von der Staffelei riß, so
unbeholfen, daß er die Thür weit offen ließ.

Und durch diese Thür, die er offen gelassen, kam Raphael. Ich fiel
in seine Arme.

Mein Muttichen, ja, wir haben uns heiß geküßt, mit elementarem
Entzücken, ganz in purpurnem Glück. Wir saßen lange zusammen,
wortlos, Aug' in Aug', Hand in Hand. Um die Holzscheite im Kamin
hatte das Feuer langsam gezüngelt. Plötzlich aber hüllte es die großen
Scheite in prasselnde Umarmung, und die Flammen lohten. Er flüsterte
nur ab und zu: mein! mein! Und ich empfand, daß ich sein war, ganz
sein. Jauchzendes, Inbrünstiges empfand ich und – seltsam – auch Gutes,
Reines. Feuer, scheint es, ist immer rein, wovon es sich auch nährt.
Übermorgen gehe ich zu ihm. Wir haben es verabredet. Ja, ich will ihm
gehören.

Wie kann ich Dir nur das alles sagen! Aber siehst Du, Einzige, ich
muß es mir von der Seele schreiben. Ist es nicht eigentlich auch nur so
ein angestammtes Gefühl, eine Gewohnheitsmeinung, daß die Tochter
der Mutter – und in unserm Fall einer so geliebten Mutter – nicht sagen
darf, was sie etwa mit einer Freundin – meistens nur einer sogenannten –

ungeniert bespricht? Nicht ein Vorurteilsrest, der noch aus der Zeit stammt, wo die Kinder ihre Eltern »Sie« nannten und in äußerlichem Respekt vor ihnen erstarben? Freilich, Timäa, selbst die Gehrt und alle andern auch, sie würden indigniert sein, wenn sie meine Briefe an Dich läsen. Die andern sind eben die andern. Ich aber bin ich und Du bist Du. Das heißt, Johanna Dalmar und Sibilla Dalmar lassen sich nicht erschöpfend in den allgemeinen Begriff Mutter und Tochter zwängen.

29. Oktober. Gestern war's, und bis morgen – lange, lang' ist's bis dahin, und zwischen Lipp' und Kelchesrand läßt sich viel – sinnen und denken.

Ich muß immerzu an Dich schreiben, Mutti. Ich bin so unruhig im Gemüt. Die meisten Menschen machen wohl bewußt oder unbewußt, insgeheim oder vor aller Welt alle möglichen widerspruchsvollen Denk- und Gefühlsstadien durch. Bald lauschen sie dem Sirenengesang aus der Tiefe, der sie hinabzieht, bald den Harfentönen aus der Höhe, die sie emporheben. Ganz faustisch. Der uralte Kampf zwischen Himmel und Hölle. Wir Tartüffes verschweigen nur meistens die Hölle, den Himmel aber posaunen wir aus. Ich habe Stimmungen – alle andern werden sie wohl auch haben – wo das tristeste aller Worte: »L'homme machine« mir das einzig Richtige erscheint, und Worte wie Tugend, Entsagung, Pflicht, mir hohl und leer klingen, ein auswendig gelernter Katechismus, da wir ja doch in fünfzig Jahren alle tot sind, und das mit der Menschheit auch nur eine Phrase ist und nur der Mensch – was in diesem Falle *ich* bin, in Betracht kommt, das Wohl und Wehe des Einzelnen. Warum aber immer nur das Wehe?

Ich weiß mit absoluter Sicherheit, meine Natur ist gut. Alles sittlich Häßliche und Gemeine stößt sie ab. Selbst in meinen höllenmäßigsten Augenblicken könnte ich nichts Schlechtes, nichts wirklich Schlechtes thun, aus Instinkt nicht. Bosheit, Ungerechtigkeit, jede Art von Niedertracht empören mich. (Herr Gott, sagte nicht Mephisto Ferlani Ähnliches?)

Und nun ist es doch dieselbe Natur, die mich so zaubergewaltsam hindrängt zu ihm, meinem Sonnengott. Und das ein böser Trieb? eine Schuld, eine Schande?

Was wollen wir denn? in süßer Extase einer des anderen sein? Und Benno? Ach, Unsinn! Ich war nie sein Weib. Wir sollen mit unseren Handlungen unseren Nächsten nicht schädigen. Würde ich Benno schädigen? Er behielte alles, was ich ihm zu geben im stande bin. Die

Ehe heilig? Eine heilige Ehe mit einem so Unheiligen, wie Benno ist! Gott, wie würde es ihn selbst genieren, wenn etwas Heiliges mit ihm zusammenhinge. Er würde gar nicht mehr wagen, unter dem Siegel der Verschwiegenheit unanständige Anekdoten zu erzählen. Ich kann die Ehe mit ihm nicht ernsthaft nehmen, da ich doch den ganzen Menschen nicht ernsthaft nehme. Warum ich ihn geheiratet habe? Vom Schuljungen bis hinauf zum greisen Philosophen weiß es doch ein jeder, daß die Ehe unser Beruf ist. Fand sich in meiner Mädchenzeit einmal Herz zu Herzen, so sprach doch die Vernunft des ausschlaggebenden männlichen Teils, wegen mangelnder Mitgift, immer dagegen. Da nahm ich – um meinen Beruf zu erfüllen – was sich mir bot. Ich konnte ja auch Deinen Benno recht gut leiden.

Ehebruch! Breche ich denn eine Ehe? eine wahre Ehe?

Kennst Du das schöne Wort Nietzsches, das wie ein Psalm klingt: »Ehe, so heiße ich den Willen zu zweien, das Eine zu schaffen, das mehr ist, als die es schufen. Ehrfurcht vor einander nenne ich Ehe als vor den Wollenden eines solchen Willens.«

Ja, das wäre vielleicht eine Ehe. Eine solche Ehe, ich und Benno? Wer lacht? ich.

Ob man nicht in hundert Jahren vielleicht unsere Auffassung der Ehe, die das Weib zu lebenslänglicher Hingabe an ein bestimmtes Individuum verpflichtet, als schamlos, als eine Vergewaltigung der Natur brandmarken und als einen Nonsens verlachen wird? und ob Physiologen nicht entdecken werden, daß die solchen Zwangsehen entsprossenen Kinder inferior organisiert sein müssen? Und ob nicht die Anschauung, daß junge, starke und blühende Liebestriebe guter und wissender Menschen zu unterdrücken seien, dem Spott verfallen wird, wie jetzt etwa die Meinung, als dürfe man den physischen Durst nur mit einem bestimmten Getränk löschen, etwa mit Weißbier, das mir vielleicht widersteht, besonders wenn Champagner daneben steht.

Der gute und intelligente Mensch weiß in seinen besten Momenten vollkommen, was er darf und was er nicht darf. Und ich darf, Mutti, ich darf. (Gott, das sind ja wieder Ferlanis Gedanken. Denke ich ihm etwa nach, dem Mephisto?)

Und habe ich denn auch wirklich jetzt gerade meine besten, intelligentesten Momente? Ich merke schon, ich thu's gewiß wieder nicht. Ich weiß ja, ich komme niemals an die Reihe. Um gegen den Strom zu schwimmen, muß man stark sein, Muskeln von Stahl haben. Und die meinen? – Zwirnsfäden sind's. Ich käme bei solchen Schwimmversuchen immer gleich auf den Grund. Ach – und da ist auch wieder mein Gespenst: Ella Ried. Daß sie mir doch immer – – aber Mutti, ich sage ja nicht, »in die Suppe spuckt«, ich begnüge mich mit einem klassischen Citat – – da ist das Citat meinem Gedächtnis entfallen, aber es war aus Faust.

Alle Philosophen bestätigen die Unfreiheit des menschlichen Willens. Es wird also wohl ein Schicksalsmuß sein daß ich immer hübsch philisterhaft auf der Landstraße bleibe. Und links ab winkt Waldesgrün und Vogelsang, und rechts ein poetischer See mit Wasserrosen. Immer vorüber – auf der Landstraße Alles in mir sträubt sich gegen dieses Müssen. Nun gerade nicht! wie die Kinder sagen, wenn sie trotzig sind. Ich will mir selbst beweisen, daß mein Wille frei ist. Als ich meine Unehe einging, habe ich doch kein Enthaltsamkeits-Gelübde gethan. 163

Ängstige Dich nicht, Mutti. Was riskiere ich denn? Es ist keiner da, der mich hinterher umbrächte.

Abends um 11. Ich nehme noch einmal die Feder. Ich werde die Gedanken nicht los, die blassen. Verschiedene innere Stimmen in mir liegen sich – um ein passendes Bild zu gebrauchen – in den Haaren. Ganz Gretchen im Faust. *Erste Stimme* (tief und kirchenglockenartig). Nur keine Untreue! Sünde ist's, Seelentod. *Zweite Stimme (hoch und kichernd)*: Ach was! Treue oder Untreue! über allem Zauber – Liebe. *Dritte Stimme (müde und ernst)*: Und also spricht die Vernunft: Alles Unsinn! In fünfzig Jahren sind wir alle tot. Und eher man nicht den Tod aus der Welt schafft, ist alles andere Blech! Blech! Blech! Nur der Schlaf ist nicht Blech, den ich jetzt schlafen werde. Gute Nacht, süße Mutter.

Mitternacht. Ich bin wieder aufgestanden, ich kann nicht schlafen. Cartesius stellt den Satz auf: »ich denke«, das heißt »ich bin.« Ich möchte umgekehrt sagen: »ich denke«, das heißt »ich bin nicht.« Vor dem Denken, dem wirklichen, wurzelhaften, verschwindet meine Persönlichkeit wie in eine Versenkung. Ich denke mich fort aus meiner Haut, aus meinem sündigen Leib, und mein Ich treibt hinab in den großen Ozean, in den alles mündet, und darüber schwebt als einsamer Stern: das Denken. 164

So lange ich denke, lebe ich nicht bewußt genießend, und lebe ich, so denke ich – leider – meistens nicht. Habe ich nicht gestern gelebt? ein paar Minuten – intensiv – in wahrer Seelenseligkeit gelebt?

Meine Freunde, und meine Feinde erst recht, bemühen sich immer mit so viel Witz und Phantasie, mich zu definieren. Die selbstverständliche Sphynx reicht wegen ihrer Abgedroschenheit für diesen Zweck nicht aus.

Ferlanis Definition: Sibilla hat Eigenschaften wie die Zweige eines Baumes in Indien, die polypenartig alles festhalten, was sie ergriffen haben, darum thut man gut, in einem weiten Bogen um den Baum herumzugehen.

Gregori: Sibilla ist eine Pflanze mit einer Fülle von Blüten auf einem dünnen Stengel und einer kranken Wurzel. Darum fallen die Blüten ab, ehe sie Früchte angesetzt.

Timäa: Sibilla ist eine Danaide mit dem bekannten lecken Faß; die schöpft und schöpft, und das Faß bleibt leer.

Es ist alles, alles nicht wahr. Ich bin ein mittagheller Verstand mit einer verwaschenen, dämmernd romantischen Seele, das bin ich. Das heißt: eigentlich bin ich gar nichts. Nichts Romantisches, nichts Schwingendes und Klingendes ist in mir, wie in den Generationen, die vor mir waren und die für Byron und Schiller schwärmten, nichts von der sublimen Nüchternheit und Einfachheit, die vielleicht im 20. Jahrhundert sein wird. Gallertartig fließe ich auseinander. Ein tristes Übergangsgeschöpf bin ich. Ich weiß eigentlich auch immer ganz gut, was ich zu thun und zu lassen habe. Ich thue aber das Eine nicht, und das Andere lasse ich nicht. Warum? Weil ich Sibilla Dalmar bin, weil Du meine Mutter bist und Franz Dalmar mein Vater war. Du weißt ja das alles von der Erblichkeit, Erziehung u.s.w.

Ich bin ein passiv indolenter Mensch mit dem Temperament der Aktiven. Alles ist intermittierend bei mir: der Hochsinn, der Blödsinn, die Intelligenz, die Dummheit, die Tugend, das Laster. Eine Bohémienne des Geistes bin ich. Ob morgen das Laster, das sogenannte, an die Reihe kommen wird? Ich bin selber am neugierigsten.

Daß einem die einfachsten Dinge doch ewig unmöglich sind. Ich denke oft darüber nach, ob wir Menschen im allgemeinen, und Sibilla Dalmar im speziellen nicht faustdicke Narren sind, die das Leben mit lauter Fesseln so verbarrikadieren, bis jede spontane Bewegung unmöglich wird. Wer leicht ist, kommt auch leicht über einen Sumpf. Ich bin nicht leicht genug, schleppe so viel Gedanken mit, schwere, lastende. Mutti, Nachdenken hilft ja kein bißchen, und frischer Mut ist tausendmal mehr wert, als die feinste Philosophie.

Ferlani hat recht. Ein freiwilliger Tantalus ist beinahe komisch. »Was Du von der Minute ausgeschlagen, bringt keine Ewigkeit zurück.« Die scheußliche Schlange auf dem wildsüßen Stuckschen Bilde ist ein malerischer Effekt, nichts mehr.

166

O, Mutti, nicht so traurig blicken. Du hast's ja nie gekannt, dies drängende, irre, wilde Sehnen, das jede Fiber schwellt. – Er ist so sonnenhaft schön. Fürchte nichts. Ich bin nicht Hero, er nicht Leander, und die Wasser sind nicht tief, im Gegenteil flach – flach.

Mutter, liebe Mutter, ich will mir auch einmal was zu liebe thun. Meine Seele soll nicht wissen, was meine Sinne, was mein Herz thun, wie beim Wohlthun die Linke nicht wissen soll, was die Rechte thut. Was geht das mich – mich als Seele gedacht – eigentlich an, was Körper und Sinne thun? Daß Seele und Leib verschiedene Wege gehen, ich kann nicht dafür. Still, liebe Seele, still, ich habe schon so viel für Dich gethan, und ich will später noch viel mehr für Dich thun. Aber nur morgen quäle mich nicht, nur morgen nicht. Laß den Sinnen ihren Festtag. Mitternacht! Huh! Zu Bett! Diese Selbstgespräche werden Dir schwerlich jemals zu Gesicht kommen.

30. Oktober. So, liebe Mutter. Vorüber ist er, der kritische Tag. Die gestrigen Gedanken noch einmal denkend, zog ich mich in der Dämmerstunde zweckentsprechend an. Braunwollenes Gewand, dichter Schleier, düstere, herzklopfende Entschlossenheit. Ich gehe zu dem nächsten Droschkenstand, nehme einen Wagen, sage dem Kutscher Straße und Hausnummer, und drücke mich in die Wagenecke. Wie der Kutscher schon auf dem Bock sitzt, beugt er sich noch einmal nach dem Wagenfenster herunter, und ersucht das drinsitzende Fräule, ihm noch einmal Straße und Nummer zu nennen, aber a bißle lauter, er höre schwer.

167

Einige andere Kutscher und eine Gruppe von Leuten standen in Hörweite. Ich sollte die Adresse herausschreien! Nicht um alles in der Welt. »Nach dem englischen Garten« stieß ich zornig hervor. Am Eingang des Parks stieg ich aus und schlug meinen Lieblingsweg ein, am Opheliabach entlang. Ein Thränchen hing in meinen Wimpern. War es Enttäuschung, Zorn, Rührung oder allgemeine Wehmut über alles und nichts – ich weiß es selbst nicht. So hatte ich nun doch gemußt! nämlich tugendhaft bleiben.

Wäre der Kutscher nicht schwerhörig gewesen, ich läge jetzt in seinen Armen. Das eintönige, sanftwiegende Läuten der Abendglocken klang zu mir herüber, so klarer Frieden, so labende Frische um mich her. Auf einer Bank saß eine arme Frau mit einem Kinde, das sie an sich preßte. Ganz elend und verhutzelt sah sie aus. Ich ging achtlos an ihr vorüber.

Als ich später noch einmal an der Bank vorüberkam, bestrahlte die untergehende Sonne das Gesicht der Frau. Nun hob sie sich wie in Glorie getaucht vom dunklen Grün der Bäume ab: Eine Mater dolorosa. Überrascht blieb ich stehen. Ich gab ihr alles Geld, das ich bei mir hatte.

Der Goldglanz der untergehenden Sonne funkelte an den Fensterscheiben der Häuser, und aus dem wallenden, leise verglimmenden Feuer am Horizont ragte ein schwarzes Kreuz in die Luft – es stand auf dem Turm einer Kirche.

Es ging in mir etwas vor – wie soll ich sagen, etwas wie Gebet – Kindergebet. In immer weiterer Ferne verlor sich Raphael. Und wie ich so dahinschritt, kam allmählich eine milde Wohligkeit über mich. Wie gut es war, daß ich mich jetzt am kühlen Bach erholen konnte von all den inneren Kämpfen, die ich um seinetwillen ausgestanden. O des beseligenden Gefühls, rein geblieben zu sein! – Wie? Und das sage ich? denke ich? die Gattin meines Gatten? Ich bin gerade so dumm, wie die Zeitbegriffe selbst den Klügsten machen. Aber Du bist nun froh, Mutti? Um Deinetwillen ist meine Freude echt.

Der weiße Mond stieg hinter den Häusern auf, als ich heimging.

Sei sicher, ich wiederhole diesen Versuch nicht, nie. Davon gefahren ist Helios in seinem Sonnenwagen, für immer! immer!

Ich fühl' mich Dein Kind, ganz Dein Kind, meine Mutter.

Sibilla.

3. November. So, Mutti, da wären wir nun also in den Schoß der zwar nicht seligmachenden, aber doch bequemen Tugend zurückgekehrt. Raphael habe ich nicht wiedergesehen. Ich blieb zwei bis drei Tage zu Hause, und ließ mich an den ersten beiden Tagen viermal hintereinander vor ihm verleugnen. Da merkte er, daß es sein Abschied war. Acht Tage darauf war er nach Italien abgereist. Ade! ade, mein Phöbus Du!

Ob ich es später einmal bereuen werde? *chi lo sa!*

Um in meinem Tugend-Eldorado unangefochten zu bleiben, habe ich beschlossen, der »*monde*« den Rücken zu kehren, und teils gar nicht mit Menschen, teils nur mit einfachen, braven Leuten, wie Zeltingers und ähnlichen zu verkehren, und nebenbei die Intimität mit Jolante zu pflegen.

Übrigens mehren sich die Zeichen der Zeit, daß nächstens ein Umschwung in der ethischen Welt bevorsteht. Augenblicklich ist zwar äußerste Dekolletiertheit, Frivolität und das so sehr verschrieene Trüffelmus noch im Flor! Aber wer weiß, vielleicht schon in wenigen Jahren sind Einfachheit, Keuschheit und Suppenrindfleisch (wenn es Rinderbrust ist, habe ich nichts dagegen) Mode.

In England gilt seit jeher Religiosität für vornehm, darum bemüht sich alle Welt, religiös zu thun, auch die dekadenteste, und der fetteste Bourgeois geht Sonntags mit dem Gebetbuch zur Kirche.

Aber Moden sind nur auswendig; sie beeinflussen nur die Formen der Moral oder Unmoral, und Tartüffe schlägt ebenso über die Stränge wie Don Juan.

Ich aber möchte mich von innen heraus umformen.

Siehst Du, Mutti, mit einem Male habe ich eine Sehnsucht nach Altmodischem, nach Reinem und Kleinem, von aller Moderne Unbelecktem.

Ich glaube ja eigentlich von ganzem Herzen an eine wahre, schöne Ehe. Ich möchte einen Mann haben mit klaren, blauen Augen und ohne Bart. In schöne goldene Bärte verliebt man sich so leicht. Sein Haar 170 müßte etwas lang geschnitten sein, wie auf den Christusbildern. Und Professor müßte er sein, ein sehr gelehrter. Und sanft von Gemüt und naiv wie ein Kind will ich ihn, einen Menschen will ich, dem ich die Hände küssen möchte. Von Politik und allem Parteihader weiß er nichts. Er lebt im großen Weltall. Berlin oder München ist ihm viel zu klein.

In einer kleinen Stadt, in Thüringen etwa, würden wir wohnen, in einem Häuschen vor dem Thore, mit einem Garten und einer breiten Linde vor den Fenstern. Die Möbel: dunkles Mahagoni, grüne Vorhänge vor den Bücherschränken, und von der Decke hängt eine Ampel auf den runden Tisch nieder. Vor den Fenstern – Blumen. Über den Blumen ein Dompfäffchen. Und morgens, während das Dompfäffchen dazu pfeift, tränken wir an dem runden Tisch unsern Kaffee aus einer Kaffeemaschine, obwohl der Kaffee aus einer Maschine nicht schmeckt, es macht sich aber so gemütlich. Und ich hege und pflege mein Kind von Mann, bin nichts als eine sorgende Hausfrau. Er dürfte sogar ein Pfeifchen schmauchen, das ich sonst nicht ertrage.

So ein fröhliches, ernstes, reines Leben in feiner Stille, das möchte ich leben, mit einem Hauch von Wehmut darüber.

Ob ich den Mann je finden werde, dem ich die Hände küssen möchte?

Also eine biedere und gediegene Geselligkeit wollte ich. Den Professor

Krusen hatte ich nie aufgefordert seine Frau bei mir einzuführen. Ich kenne sie von der Straße her. Sie hat eine miserable Schneiderin. Jetzt machte ich ihr zuerst einen Besuch. Sie erwiderte ihn umgehend, und einige Tage darauf erhielten wir ein Billetchen, das uns zu einem Diner einlud. Sie habe nicht mit Karten eingeladen, erklärte mir die Frau Professor später, weil die Gäste dann Fisch erwarteten. – Allerliebst, solche *bonmots*, nicht?

Wir trafen bei Krusens einige Professoren, Künstler, Beamte und lauter Damen in hoher, schwarzer Seide, mit großen Brochen und Uhrketten. Fast alles Leute ohne Welt und Routine. Aber, mein Gott, was thut denn das? Schwarze Messer und Gabel und Kalbsbraten, so recht gemütlich einfach. Mit den Männern habe ich mich gut unterhalten. Die Damen freilich – aber mein Gott, eine Unterhaltung über Dienstboten, Fleischpreise, Kinderernährung u.s.w. kann doch menschlich und nationalökonomisch ganz interessant sein.

Das Mädchen, das servierte, kicherte über diese Geschichten, benahm sich aber sehr freundlich, indem es mit einem: »Ich bitt' schön« die Gäste zu reichlichem Zugreifen animierte, und sie auf die besten Stücke aufmerksam machte. Ganz amüsant war es auch, als nach Tisch eine Frau Geheimrätin sich mir gegenüber sehr mißbilligend darüber aussprach, daß eine ebenfalls anwesende, aber einfache Frau Rätin sich

Meißner Porzellan – echtes – angeschafft habe, was doch für ihren Stand nicht passe, während sie selbst – die Geheimrätin – sich erst seit ganz kurzer Zeit ein Meißner Service bezähmt habe. Auch besäße diese Nichtgeheime einen Waschtisch mit Marmorplatte, während sie, die Geheime, mit einer Platte von gestrichenem Holz, die allerdings wie Marmor aussähe, vorlieb nähme.

Benno behauptete, im Pudding wäre ein faules Ei gewesen.

Und wenn schon.

Mir ist jetzt immer, als hätte ich Dir nichts mitzuteilen, Mutti. Eine gewisse Leere gähnt in mir. Gute Nacht denn.

13. November. Heut, liebe Mutter, hatte ich über Tolstoi gelesen. Ich legte das Buch fort, ging in den Garten, nahm den Spaten und fing an zu hacken und zu graben. Ich wollte auch arbeiten, ich wollte auch froh und stark werden wie er; denn, sagte ich mir, die moralische Läuterung muß Hand in Hand gehen mit der hygienischen.

Der Gärtner kam dazu. Er war unzufrieden mit meiner Graberei; ich machte ihm nur doppelte Arbeit. Da hast Du's. Sich mit Seele und Körper brav verhalten und dadurch Schaden anstiften, das geht doch auch nicht.

Eine große musikalische Soirée bei Zeltingers. Sie hatten nach der Verheiratung ihrer Tochter eine kleinere Wohnung genommen. Die hatten sie nun für die Gesellschaft ganz ausgeräumt, und anstatt der Möbel sechsundvierzig Personen hineingezwängt. »Von achtundvierzig Einladungen nur zwei Absagen«, klagte mir Frau Zeltinger.

Benno wird Protz. Er erzählte nachher Timäa, daß eine Fülle der unbekanntesten Menschen dort gewesen, und eine Hitze und eine Luft in den drei kleinen Löchern! In dem einen Loch hätten auf einem steifen Renaissancesofa an der Mittelwand lauter schwarzseidene Damen ge-thront, wie eine Art entschleierten Fehmgerichts: eine Geheimrätin, eine Reichsrätin und eine Medizinalrätin. Die Schülerinnen des Professor Zeltinger hätten, in rosa und himmelblau, mit kreischigen Stimmen und obligater Leidenschaft (sie wollen meistens zum Theater) teils süße, teils wildbewegte Lieder gesungen, und ein Herr hätte einen selbst kompo-nierten Gesang vorgetragen mit sehr ausdrucksvollen Backenknochen und der Versicherung, daß das Lied noch nicht einmal niedergeschrieben sei, was seinen Wert jedenfalls erhöhen sollte.

Nach Tisch wurden allerhand harmlose Scherze getrieben; z.B. mußte sich ein Herr behuf eines Experiments auf eine Flasche setzen, die leider unter ihm zerbrach. Er gab aber gleich die beruhigende Versicherung, daß er sich keine edleren Teile verletzt habe.

Mutti, soll ich es Dir gestehen, neulich, bei einem Abendessen in diesen Kreisen, überkam mich plötzlich eine förmliche Sehnsucht nach etwas Weltlichem, Flottem, Pikantem, ich möchte beinahe sagen Unsäu-berlichem. Das sind so Rückschläge, werde sie schon überwinden.

Deshalb fuhr ich auch gestern zu Jolante.

Sie lag mit einer leichten Influenza im Bett. Ich traf eine Vorstands-Dame des Wohlthätigkeits-Vereins bei ihr, die eben im Begriff war, ei-nige Recherchen bei armen Leuten vorzunehmen. Schnell entschlossen, bot ich mich an mitzugehen.

Wir fuhren mit der Pferdebahn – ich fahre sonst nie in Pferdebah-nen – in eine weitentlegene Straße, deren Namen ich nie gehört habe. Die Familie, der unser Besuch galt, bestand aus einer von ihrem Manne verlassenen Frau und drei Kindern. Meine Begleiterin hatte über die Frau allerlei Verdächtiges in Erfahrung gebracht.

Durch den Thorweg eines vielstöckigen, tristen, armseligen Hauses traten wir in einen von Seiten- und Hintergebäuden eingeschlossenen engen Hof. Die Familie, um die es sich handelte, wohnte im Keller. Die Kellerfenster waren in halber Höhe, wohl zum Schutze gegen den eindringenden Regen, mit einer Holzbarriere versehen. Wir stiegen mehrere Stufen in den Kellerraum hinab. Eine dumpffeuchte Luft schlug uns entgegen. So dunkel war es in dem ziemlich großen Raum, daß ich einige Zeit brauchte, ehe ich die Gegenstände unterscheiden konnte. Alles war ordentlich aufgeräumt, bis auf ein Bett, das mit seinen durcheinandergeworfenen Kissen aussah, als hätte sich eben jemand daraus erhoben Eine bleiche, junge Frau kämmte einem etwa zehnjährigen Mädchen das Haar. Kein »Grüß Gott« empfing uns.

Die Frau hatte uns augenblicklich über den Hof kommen sehen und empfand unsern Besuch als Belästigung. Auf die Frage meiner Begleiterin
nach ihrem Befinden, antwortete sie unwirsch: »Nicht gut.«

Etwas Feindseliges blitzte dabei in ihren Augen auf. Noch zwei andere Kinder befanden sich im Zimmer. Alle drei sahen skrofulös aus, und die Gesichter trugen einen stumpfen, griesgrämigen Ausdruck. Das eine hatte verbundene Ohren.

»Sie sind wohl eben erst aufgestanden?« fragte etwas scharf meine Begleiterin. Ein kaum hörbares »Ja« kam von den Lippen der Frau; auf alle weiteren Fragen antwortete sie mit einer ärgerlichen Ungeduld und einem Ausdruck, als wünschte sie uns zum Teufel.

Plötzlich vernahmen wir vom Bett her einen leisen, wimmernden Ton. Eine dunkle Röte ergoß sich über das Gesicht der jungen Frau. Die Dame trat schnell an das Bett heran und schob die Kissen beiseite. Ein Kindchen, kaum vierzehn Tage alt, kam zum Vorschein, ein hübsches Kind mit rosigen Bäckchen und blauen Augen.

Mit einem ironischen »Ach so«, wendete sich meine Begleiterin zu der zitternden Frau. Daß sie selbstverständlich jetzt auf keine Unterstützung mehr rechnen könne, dürfte ihr bekannt sein. Einen unmoralischen Lebenswandel noch förmlich zu belohnen, sei gegen die Statuten. Auch würde sie dafür Sorge tragen, daß man die älteste Tochter dem schlechten Einfluß der Mutter entzöge, und sie in einem Waisenhause unterbringe.

Die arme Frau bezähmte mühsam ihre Wut und zischte zwischen den Zähnen: sie könne sich und ihre Kinder nicht allein ernähren, darum habe sie es gethan, darum – er gäbe doch etwas zum Leben zu. 176

Ich drückte ihr, als wir gingen, heimlich zehn Mark in die Hand – »gegen die Statuten«. Privatwohlthätigkeit wird nicht gern gesehen. Man soll das Geld den Vereinen geben.

Nur widerwillig folgte ich meiner Gefährtin in eine andere Wohnung. Hier kletterten wir vom Hof aus vier Stiegen empor und traten in ein enges Stübchen. Ein abgezehrter Mann lag auf einem Strohsack im Bett. In seinen besten Stunden, erfuhr ich, ging er mit Streichhölzern hausierend in den Kneipen umher. Zwei welke, kleine Mädchen spielten in dem schmutzigen Raume. Das größere wäre wohl im stande gewesen, die Kammer auszukehren. Die Frau hatte einen Schaden am Bein. Sie stand vor dem eisernen Öfchen, das eine wahnsinnige Hitze verbreitete, und kochte einen Kohl, das Mittagessen der Familie. Und in dieser gräßlichen Luft leben vier Menschen Tag und Nacht. Sie öffnen das Fenster nicht, um die Wärme zu konservieren, den Schmutz beseitigen sie nicht, weil er sie nicht belästigt.

Mann und Frau waren ganz demütige Unterwürfigkeit uns gegenüber. Die kleine vierjährige Marie, mit einem süßen Gesicht und großen blauen Augen, mußte als Zeichen ihrer Bravheit ein frommes Gedicht herunterleiern. Bei der zweiten Strophe fing das Kind bitterlich an zu weinen, ich weiß nicht, warum. In der Folge starrte sie mich immer an, und einmal kam sie dicht zu mir heran, streichelte meinen Pelz, legte das Bäckchen darauf und sagte: »so sön, so sön« und fragte, ob das Ännchen jetzt auch einen so schönen Pelz im Himmel habe. 177

Das Ännchen, eine Schwester, war vor drei Wochen im Krankenhause an der Abzehrung gestorben.

Mit Mühe bekämpfte ich während der zehn Minuten, die wir da oben blieben, ein Unwohlsein. Als wir die schmale Treppe zur Hälfte hinabgestiegen waren, sah ich mich noch einmal um. Und da stand auf der obersten Stufe das Kind und starrte mir nach. Ein Schreck durchfuhr mich. Die Blicke des Kindes klammerten sich förmlich an mich, eine so tödliche Bangigkeit, eine so furchtbare Traurigkeit lag darin. Es war, als ginge ein Befehl von diesen Augen aus. Ich stand einen Augenblick unschlüssig. Dann ging ich zurück und drückte dem Kinde ein Goldstück in die Hand. Es entfiel dem halbgeöffneten Händchen und rollte mir nach mit einem so dumpfen eigentümlichen Klang.

Nein, diese Form der Wohlthätigkeit ist gewiß nicht die richtige. Almosen, das die Empfänger erniedrigt und verheuchelt und den Gebenden ein böses Gewissen macht. Ich werde diese inbrünstig sich anklammernden Blicke der kleinen Marie nicht so bald vergessen. Sie gehen mir nach wie ein stummes Drohen. Gute Nacht für heut.

20. November. So, Mutti, nun hätte ich auch eine brave, gediegene Gesellschaft in meinem eigenen Hause hinter mir. Ich mußte mich doch für die vielen Einladungen, die ich erhalten und angenommen, revanchieren. Eigentlich hatte ich mich vor dieser Gesellschaft etwas gefürchtet. Ich dachte, sie würde gräßlich werden, muß aber zu ihrem Lobe sagen, daß sie nicht viel gräßlicher verlief, als ich erwartet hatte. Von den Gästen behaupteten zwar viele, es wäre zu nett gewesen. Aber der Gast ist lügnerisch. Die jungen Mädchen waren nicht hübsch. Und dann Frau Krusen, die ich nicht leiden kann, und einige andere, die ich auch nicht mag, und eine jüngere Dame, die böse war, weil sie neben den alten Zeltinger placiert war, und eine ältere Dame, die auch böse war, weil sie nicht neben Professor Krusen saß. Und er, Zeltinger, der, als eine junge Dame sang, fragte, ob das eine Ziehharmonika sei; und eine ältliche Respektstante, die sitzen blieb. Ich hatte alles vorausgesehen. Und Krusens, die einen Wagen bestellt hatten, aber erst – um ein Uhr. Das hätte beinahe dem Faß den Boden ausgeschlagen. Aber erst eine Ohnmacht, die mich am anderen Abend in einer anderen Gesellschaft anwandelte, schlug ihn wirklich aus. Was die Ohnmacht veranlaßte? Erstickend heiße Gaßluft und Langeweile.

Mutter, liebe Mutter, mein Experiment ist mißglückt. Ich kehre reuig in den Schoß meiner »*monde*« zurück, wenn ich auch weiß, daß es dort auch nichts sein wird, erst recht nichts.

Ich weiß nicht, ob der Mensch aus Gemeinem gemacht ist, das aber weiß ich, daß er die Gewohnheit seine Amme nennt. Nein, Mutti, auch in diesen soliden bürgerlichen Kreisen kennt man Herzenseinfalt, Natürlichkeit und Seelenhaftigkeit nicht. Markt der Eitelkeit hier wie dort! Nur fehlt hier der *entrain*, der Esprit, wenigstens bei den Frauen, und alles ist spießrig.

Mir ist wie einem Fischlein, das längere Zeit im Trocknen gezappelt hat und nun wieder in seinem Element munter weiter schwimmt.

Liebe Mutter, ich kann nun einmal in meinen Kreisen nicht anders leben als die andern. Nur wer mitraucht, kann ein Zimmer voll Cigarrendampf vertragen. Und ich rauche mit, ich dampfe, ich qualme, ich ersticke. Übrigens habe ich mir das Ersticken viel unangenehmer gedacht. Nach der langen Gesellschaftssperre amüsiere ich mich wieder. Taumel, Rausch, Gesellschaft auf Gesellschaft, Kostüm auf Kostüm, und selbstverständlich der Triumphwagen wieder vollbespannt, alles in dem alten Geleise.

Weit hinter mir liegen die schwarzen Messer und Gabeln, die falschen Hasen, die alten Herren, die einem auf die Schulter klopfen und die öde, courmacherlose Zeit.

Ferlani ist wieder da und Born und alle die andern auch.

5. Dezember. Gestern stürzt Timäa ganz verzweifelt zu mir herein. Sie giebt eine Riesensoirée, hundert Personen, und sie findet es geradezu haarsträubend, was für Zusagen einlaufen. Leute, die ihrer Meinung nach in tiefer Trauer sind, Leute, die Welt und Gesellschaft hassen, Leute, die eigentlich gar nichts zum Anziehen haben, alles kommt. Und sie hatte so auf die Decimierung durch die Influenza gerechnet, die hier 180 jetzt in Blüte steht. Und dazu hat sie täglich Komiteesitzung. Es wird wieder eine ungeheure Radau-Bazarsache in Scene gesetzt, im Kostüm. Ich mußte lachen, als sie mir schilderte, wie der Kakao den Platz vorm Thee haben wollte, und der Thee spitzig erklärte, was für den Kakao nicht gut genug sei, wolle er auch nicht, worauf der Kakao mit innerer Erregung und sehr blitzenden Augen um seine Entlassung bat.

Ich sollte mich durchaus am Bazar beteiligen. Ich refüsierte. Dazu, Ihr lieben Leute, bin ich zu eitel und zu friedliebend. Weiß ich doch von früher her, welchen Anblick diese Damen allabendlich nach ihrem Achtstundentag schwerer Arbeit gewähren: grau, übernächtig, schweißtriefend, mit ausgegangenen Locken. Und halb München pflegt dann am Tage nach der Schließung des Bazars mit Migräne im Bett zu legen, und – verzankt zu sein. Denn bei dieser Schlacht auf dem Jahrmarkt der Eitelkeit giebt es immer viel Verwundete, und wohl auch ein paar Tote.

Übrigens eine Absage von Bedeutung hatte Timäa doch zu verzeichnen: Frau Bürgens. Sie ist in Trauer, natürlich in sehr kleidsamer. Ihre Schneiderin, die auch die meinige ist, hat mir anvertraut, Frau Bürgens hätte sich für das Trauerkleid auf einen bestimmten Schnitt kapriziert, der ihre Figur möglichst straff heraus modelliere.

Sie hatte ihren kränkelnden Mann nach Wien geschleppt, anstatt an die Riviera, wie die Ärzte es verlangten. Wien lag ihr aber am Herzen. 181 Dort wollte sie ihre Tochter mit irgend jemand – irgend jemand war natürlich Graf – verheiraten. Der arme Bürgens ist in Wien gestorben und, was das Betrübendste ist, vergebens gestorben. Der gräfliche Schwiegersohn war inzwischen wegen Nahrungssorgen nach Kamerun gegangen.

Die Witwe trauert tief, es ist gar nicht zu sagen, wie tief. Thürklinken schwarz umwickelt, Kutscher rabenschwarz, Pferde große schwarze Kokarden, Schleier undurchdringlicher Krepp. Sie läßt sich zum Essen zwingen oder wenigstens die Nachricht dieser erzwungenen Mahlzeiten verbreiten.

Ich muß zur Schneiderin. In diesen Kreisen gehen alle Damen immer ausgeschnitten – und wie tief! Ich muß mir, weiß Gott, noch ein altes Kleid ein bißchen unanständiger richten lassen, sonst halten sie mich für unerlaubt anständig – und das will man doch auch nicht.

10. Dezember. Das Fest bei Timäa war, wie solche Massenzusammen-künfte zu sein pflegen: Toilettenpracht, Schmuck, Puder, Kerzenglanz, Hyazinthenduft, Flirt und Gedränge am Büffet, buntes Allerlei.

Entsetzen erregte die Gehrt, die außer einem Schönheitspfläsisterchen gar wenig anhatte und ein ungeheuer liebevolles Wesen entwickelte. Die lade ich nie mehr ein. Nicht wegen der etwas welken Nacktheit, sondern – überhaupt. Ich mag sie nicht, sie paßt mir nicht, und ich sehe nicht ein, warum ich mit den Leuten umgehen soll, bloß weil *sie* wollen.

Einmal mußten wir aber doch wieder über sie lachen. Es fragte sie jemand, ob sie Kinder habe. »Ja, ein Töchterchen.« – »Nur eins?« bedau-erte man. Die Gehrt: »Natürlich, man verheiratet sich doch nicht, um Kinder zu kriegen.«

Köstlich das Wort, nicht? Und allen diesen Damen aus der Seele ge-sprochen.

Frau Charling, die elegante, komtessenhafte wienerische Pariserin, war nicht eingeladen worden. Denke Dir, Mutti, diese Charling, die erst nach längerer Beanstandung von uns acceptiert worden ist, nimmt sich heraus, erst eine zusammengewürfelte Packgesellschaft – zu der auch wir gehörten – zu geben, und zwei Tage später eine feine Aristokraten-Gesellschaft. Die Packgesellschaft strikte zum großen Teil, ich auch. Wenn ich mich amüsiere, dann bin ich gar nicht so. Aber, wenn ich mich noch obendrein langweile, nein, dann mache ich die sittliche Entrüstung mit.

Bei Timäa wurde mir ein interessanter junger Livländer vorgestellt, Hely von Helmström, uraltes Adelsgeschlecht, eleganter Weltmann,

Gelehrter, ich glaube Historiker. Reizende Mischung. Verwöhnter Liebling aller *Haut-goût*-Damen. Sollte ich ihn einmal näher kennen lernen, so wird sein Zauber wohl auch vor meiner unheilvollen, um nicht zu sagen verfluchten, Kritik verschwinden.

15. Dezember. Nein, Mutti, nein, ich bin nicht gut, Du irrst. Wenn alles geht wie ich will, wenn ich geliebt, umworben werde, wenn ich keine Kopfschmerzen habe und die Köchin nichts verdirbt, dann bin 183 ich liebenswürdig, von einem universellen Wohlwollen für die Menschheit durchdrungen. Erfahre ich aber der Seele oder dem Leib Zuwideres, so werde ich hart, herb, hochmütig und habe eine förmliche Sucht, diejenigen zu kränken, die ich liebe. Tyrannentrieb. Und kaum habe ich meine Opfer in die Flucht gejagt, so locke ich die Fliehenden zurück mit einem Blick, einem lieben Billetchen. Warum thu' ich das? weil man von seinen Gewohnheiten nicht loskommt. Ich mag meinen Thee nicht allein trinken.

Ich bilde mir manchmal ein, daß ich für Einsamkeit schwärme. Ich liebe sie, aber nur *en passant*. Es scheint, ich genieße alles nur *en passant*: die Natur, die Liebe, Bücher, Geselligkeit, überhaupt das ganze Leben.

Heut war ich nach Tisch ein wenig eingeschlummert, als plötzlich der Donnerruf mich weckte: »Brutus, Du schläfst!« Ich schlage die Augen auf: Jolante.

»Welchem Cäsar soll ich denn zu Leibe gehen?« frage ich die Grimme, die mit einem hochgeschwungenen Zeitungsblatt vor mir steht.

»Afrika«, stammelt sie, »solche Greuel!«

O Mutti, sie verlangte weiter nichts als eine Frau, die noch einmal Toms Hütte schreiben sollte, und machte mir bittere Vorwürfe, daß ich keine Beecher-Stowe sei.

Um sie auf andere Gedanken zu bringen, bat ich sie, abends mit mir in Lohengrin zu fahren. Da kam ich schön an. 184

– Jawohl, in die seligste Romantik hinüberduseln, unter Lichtfluten, während im dunkeln Erdteil Menschen, sage Menschen, zu Klops und Beefsteaks zerhackt würden? Anstatt ins Opernhaus sollten sich die Gralsritter nach Afrika scheren, und den Pfarrer Kneipp gleich mitnehmen, um die Tropenkollerigen zu kurieren.

Ich muß immer lächeln über die gelegentlichen rauhen Derbheiten in Jolantes Ausdrucksweise, weil ich weiß, daß sie nur eine halb absichtlich dick aufgetragene Farbe sind; immer schimmert die Himmelsbläue ihrer Seele lieblich durch das schwere Wettergewölk ihres Grimms. Ich hatte sie in einer vertraulichen Stunde einmal gefragt, ob sie denn seit jeher immer nur alle geliebt und nie einen einzelnen, mit der Liebe des Weibes?

Ein melancholisches Lächeln war über ihre Züge geglitten. »So unwahrscheinlich es klingt«, hatte sie geantwortet, »ich war verlobt, mit einem Theologen, *long, long ago.*«

– »Und warum – –« ich wagte nicht weiter zu fragen.

Sie drehte sacht den Kopf nach hinten, so daß ihr gesenkter Blick ihre Schulter streifte, der Blick einer verwundeten Taube, und sagte: »Man hat ihn einmal Kamelführer genannt, da hielt er nicht stand.«

Arme Jolante, wärest Du inwendig ganz voll von Höckern und hättest nur das einzige winzige auswendige Höckerchen nicht, wie würde man Dich begehren und lieben!

Aus dem Treubruch des Theologen war ihr philanthropischer Hang erwachsen. Was Niedriggeartete erbittert, wird für schöne Seelen zur Himmelsleiter.

Eine schöne Seele sein! ach ja!

Gestern brannte es gegenüber von unserem Hause. Die Feuerwehr kam. Die qualmenden, dampfenden Fackeln mit ihrer dämonischen Glut, das tobende Gepfeif und Gerassel – aufregend war's. Ich habe nie ein brennendes Haus gesehen. Ich stand am Fenster und wartete auf die Flamme, auf ein Flammenmeer wartete ich. Ich schmachtete nach einer Feuersbrunst.

Nur ein Schornsteinbrand war's. Die Feuerwehr rasselte bald davon. An den Schreck und die Angst der Bewohner des brennenden Hauses hatte ich nicht einen Augenblick gedacht. So ist man, wenn man *keine* schöne Seele ist.

2. Januar. Mir ist oft alles so verleidet, Mutti, ich bin so stumpf. Dieses ewige Einerlei, das ist wie ein Wurm, um nicht zu sagen ein Totenwurm, der uns aushöhlt, zerbröckelt. Täglich immer dasselbe thun, um dieselbe Stunde, an demselben Ort. Um neun Uhr aufstehen, ein Bad nehmen, mich anziehen, frühstücken, mit der Köchin das Menü besprechen, die Zeitung lesen, der Spaziergang u.s.w. Ich könnte darüber zur Selbstmörderin werden, daß ich mich jeden Morgen waschen muß. Wüst, befremdlich, diese Monotonie. Ich spähe nach einer Oase aus, wo frische Quellen rauschen, Wunderblumen wachsen, und – – aber ich weiß schon, die Wunderblumen sind immer blutrot, und die Quellen rauschen – Liebe.

All die treibenden, drängenden Kräfte in mir, teils verbrauche ich sie zum Sinnen und Grübeln, teils sperre ich sie ein. Das sind dann die Poltergeister, die Rumor machen und auf Frevel verfallen, Frevel, wie der verflossene Raphael. Gott, wenn man schon etwas erlebt, merkt man erst, wie gut es ist, wenn man nichts erlebt.

Könntest Du mir nicht ein großes Talent schenken, Mutti? oder einen Trieb zur Arbeit, oder irgend einen Glauben, und wäre es auch nur der Glauben an mich selbst.

Ich beneide diejenigen, die etwas Bestimmtes wollen, die einen einzigen großen Ehrgeiz haben, und wäre es auch nur der Ehrgeiz, Vorstandsdame eines Wohlthätigkeitsvereins zu werden, oder durch originelle Toiletten und raffinierte Menüs zu verblüffen, oder eine Tochter zu verheiraten.

Was sollte ich denn wohl wollen? etwa eine erste Rolle in der Gesellschaft spielen? Die Mittel sind so vulgär. Und spielte ich nun wirklich eine erste Rolle, was käme dabei heraus? noch mehr Besuche machen und empfangen, noch mehr Damen, die meine Toiletten imitieren, noch mehr Verehrer? Ich stürbe ja vor Anstrengung und Langerweile.

Die ganze Nüchternheit meiner Existenz macht mich zuweilen rasend. Ich beneide Traute Riedling, Hilde Engelhart, die sind an einer schönen, schönen Oase gelandet, sie haben das Wunderland des Spiritismus entdeckt. Ich begreife diesen Drang zur vierten Dimension. Nur heraus aus den drei langweiligen, abgenutzten Dimensionen! Diese immergleichen Schranken reizen mich oft zu einer wilden Lust, mit einem Sprung – und wäre es ein *salto mortale* – über die Schranken zu setzen, aber wohin? wüßte ich nur, ob jenseits nicht auch eine Leere gähnt! In die vierte Dimension bin ich verliebt, trotzdem ich einen so scharfen Verstand haben soll. Ich möchte da gern mitthun, aber ach, mir fehlt der Glaube, der Glaube an alles, an Spiritismus, an Tugend, an Sünde, an Engel und Teufel, und hauptsächlich der Glaube an mich selber, und das ist das Verhängnisvollste. Alle, alle glauben an irgend etwas, an den Himmel oder die Hölle, an Bismarck oder den Sänger Alvary, an die Geister der Verstorbenen, an den Antisemitismus oder an Marx. Ich glaube an nichts. Und mir fehlt auch die süperbe Sicherheit des Nichtglaubens, der doch auch seine Befriedigungen abwirft. Ich halte ja Geister, geflügelte Menschen, Astraleiber, Perisprits, singende, klingende Tische, Fernsehen, Hellsehen, alles, alles halte ich für möglich. Zu dem tiefeindringenden Studium aber, das allein Resultate liefern könnte, fehlt mir die Vorbildung, die Erziehung zum Studium. Fluch der allgemeinen Mädchenerziehung!

Ja, an der Wiege jedes begabten weiblichen Geschöpfes steht eine böse Fee, die alle Gaben der guten Feen unnütz macht.

188

Süße Mutti, Du kannst ja nichts dafür. Wer weiß, ob in Dir, Du Willensschwache, Knochenlose, nicht auch ein Kraftgenie auf Auslösung gelauert hat. Mir fällt ein, Du hast mir einmal Gedichte vorgelesen – von einer verstorbenen Schwester sagtest Du – die verstorbene Schwester bist Du gewesen. Leugne nicht, Liebe, Einzige!

10. Januar. Betrübe Dich nur nicht, Mutti, daß ich so kopfhängerisch bin. Es ist nur auswendig, korporell, wie die Gehrt sagen würde. Ich habe auch Stunden, wo ich erhobenen Hauptes, kräftigen Schrittes im englischen Garten promeniere, voll frohen Übermuts und reinen Herzens, am strömenden Bach entlang, wo die Weidenbäume stehen, und ich lausche, was die Isar rauscht.

Freilich, neulich im Park, mitten in meiner kraftfreudigen Stimmung, sehe ich von fern her einen Menschen herankommen, zerlumpt, einen Knotenstock in der Hand, mit rollenden Augen. Noch hatte er mich nicht gesehen. Gerade an der Stelle war's, wo erst kürzlich ein harmloser Priester ermordet wurde. Mein Haar sträubte sich vor Schrecken, und ich lief, lief und hielt erst ein, als ich einer Gruppe von Leuten ansichtig wurde. Und da packte mich wieder der Menschheit ganzer Jammer an.

Im Sommer will ich auf einen hohen, hohen Berg gehen, auf den Rigi – nein, da kommen zu viel Fremde hinauf – auf den Chimborasso oder dahin, wo es nur Sennhütten und Kühe giebt. Und die besten Bücher, die je geschrieben wurden, will ich mit auf die Berge nehmen. Frei will ich werden von Menschen, vom Staube der Heerstraßen und auf vier Wochen vergessen, daß es Barone und Grafen und Clowns, daß es »die Gesellschaft« giebt.

189

15. Januar. Gestern im Theater sah ich ein mittelmäßiges Stück. Meine Gedanken und Augen schweiften abseits. Letztere fielen ins Parquet, das heißt, auf lange Reihen kahler, glänzender Schädel. Was für ein merkwürdiges Geschlecht sind doch die Männer! Alle haben Glatzen, sobald sie das Jünglingsalter hinter sich haben. Und überhaupt, mit einem Mal kamen mir die da unten mit ihren struppigen Bärten, den kahlen Köpfen und den gräulichen Röcken mit den steifen Kragen so tierverwandt vor. Und jeder dieser Männer hat ein Weib, das ihn liebt. Merkwürdige Weiber!

Ob die Männer wohl in tausend Jahren noch diese gräßlichen Bärte und Glatzen haben werden?

Ich gelte für intolerant, aber weißt Du, Mutti, ich bin noch viel intoleranter als jemand ahnt. Ich habe so eine Weltraum, Ewigkeit und die ganze Menschheit umfassende Intoleranz, natürlich inclusive Sibilla Dalmar, um nicht zu sagen Sibilla Raphalo.

Oft, plötzlich in einer Gesellschaft oder im Theater kommt mir alles so fastnachtsmäßig, so unmöglich vor. Was soll das alles? Das dumme unnatürliche Stück, wo das Publikum vor Lachen wiehert, wenn sich einer aus Zerstreutheit eine kupferne Kasserolle auf den Kopf stülpt, und die heiße, stickige Luft, die Schauspieler, die vor Anstrengung schwitzen.

Wenn ich Menschen lachen sehe, und ich kann nicht mitlachen, so erscheint es mir widerwärtig, wie sie den Mund aufreißen, die Augen zusammenkneifen, die Gesichtsmuskeln verzerren. Oder wenn sie essen. Wäre es Sitte, daß jeder bei verschlossenen Thüren seine Mahlzeiten einnähme, würden wir uns nicht vor dem ungewohnten Anblick solcher Fütterung entsetzen? Und ist es nicht ähnlich in der sittlichen Welt? Wüßten wir nicht – und wir wissen es doch, Mutti, – daß die Ehe etwas Heiliges ist, würden wir uns vielleicht auch – davor entsetzen?

Ich wage kaum, mir selbst zu gestehen, wie radikal ich denke. Manchmal erschrecke ich vor meinen eigenen Gedanken, wie man sich scheut, nackt zu Bett zu gehen, obwohl einen niemand sieht. Sie sind so blutig rot meine Gedanken oder so gleißend weiß. Auch das geschriebene Wort ist noch zu laut. Du verstehst ja so gut zwischen den Zeilen zu lesen, Mutti. Man ist so feige, so feige.

Ich kenne hier überzeugte Spiritisten. Sie verschließen ihre Überzeugung im tiefsten Herzensschrein, damit man sie nicht etwa für geisteskrank halte. Ich selbst bin von der Notwendigkeit einer neuen Sittenlehre, die im Widerspruch steht mit allem, was bisher für sittlich galt, felsenfest überzeugt. Aus Furcht, für unsittlich gehalten zu werden, schweige ich. Nur Dir und Jolante gegenüber öffne ich zuweilen meine Lippen und sage – so ziemlich was ich denke.

25. Januar. Sage mir, sage mir, Mutti, warum ich so elendiglich unzufrieden bin. »Ich habe Diamanten und Perlen, und alles, was Menschenbegehr und habe – einem *on dit* zufolge – die schönsten Augen, sag' Liebchen, was willst Du noch mehr?«

Ich möchte eine Indierin sein in einer Hängematte oder eine Südamerikanerin unter Sykamoren, oder auf einem wilden Pferde über Prairien hin – Löwenritte!

Oder, wäre ich die Frau eines Botschafters, da säße ich an der Quelle der Weltgeschichte und sähe aus nächster Nähe das Riesenrad rollen, könnte vielleicht ein bißchen mitrollen helfen.

Immer nur reden – reden – über Litteratur und Kunst und Toilette, immer nur die Welt ganz im Kleinen. Ich will sie im Großen, in wildwüchsiger Freiheit, oder auf den Höhen, den höchsten Höhen!

Lächerlich, daß ich die Frau eines Banquiers bin, – nein – noch lächerlicher, daß ich dies schreibe, als ob ein Banquier unter Umständen nicht tausendmal klüger und wissender sein könnte, als ein Minister oder ein Botschafter. Unter Umständen!

Ich unterliege einem grüblerischen Hang der Zeit: das Suchen nach sich selber. Nietzsche mit seiner Umwertung aller Werte, der Spiritismus mit seinem Ich jenseits der Schwelle des Bewußtseins, sind die großen Anreger dieses tiefen und düsteren Hanges.

Und hätte ich nun wirklich die Goldader meines Ich's aus den umhüllenden Schlacken herausgeschält, ich hätte doch nicht die Kraft mich durchzusetzen, um einen philosophischen Ausdruck zu gebrauchen. Aller weiblichen Kreatur werden von früh an die Flügel gestutzt. Und dann zuckt man die Achseln über die Flügellahmen, die nur bis auf den nächsten Zaun fliegen können, wie die Hühner und – Gänse. Dein Gänschen muß jetzt schnell Toilette machen für das Odeonskonzert. Gute Nacht, Du Mutter der Misanthropin.

2. Februar. Neulich habe ich die nähere Bekanntschaft des Deutschrussen Hely von Helmström gemacht. Er will hier deutsches Leben und deutsche Verhältnisse kennen lernen. Er ist ein Vetter von Eva Broddin, und diese Verwandtschaft mag wohl der Antrieb gewesen sein, der ihn gerade München zum Aufenthalt wählen ließ. Hier und da hatte ich schon in Gesellschaft ein paar flüchtige Worte mit ihm gewechselt. Vor einiger Zeit gab er Karten bei uns ab. Daraufhin lud ich ihn zu einem kleineren Diner ein. Am Morgen des Dinertages fühlte ich mich krank. Der Diener mußte Absagen zu den Eingeladenen tragen. Abends erholte ich mich. Ich verließ das Bett und lag lesend, in meinem pikanten Morgenkleid von rosaschillerndem Sammet auf der Chaiselongue, als mir Herr von Helmström gemeldet wurde. Ich wunderte mich über diesen Besuch, und in der Meinung, daß er mir vielleicht irgend eine Botschaft von Timäa bringe, nahm ich ihn an.

Er war im elegantesten Gesellschaftsanzug: Frack, weiße Binde, *chapeau claque.*

Ganz erstaunt und verwirrt blickte er um sich. Es stellte sich heraus, daß er die Absage nicht erhalten oder nicht gelesen hatte. Spät nach Hause gekommen, hatte er gerade nur noch Zeit gehabt eiligst Toilette zu machen.

Helmström ist eine vollendet distinguierte Erscheinung. Schlank, ziemlich groß, blond, zierliches Bärtchen, Gesichtszüge von edelstem Schnitt, kleine aristokratische Hände und Füße. In Haltung und Bewegung die Grazie selbst.

Er wollte gleich wieder gehen, blieb aber dann auf meine Aufforderung, und wir plauderten einige Stunden sehr gut. Er liest und weiß alles. Hat ganz bestimmte Ansichten. Keine Spur von Frivolität.

Als das Gespräch sich den politischen und sozialen Zeitfragen zuwandte, stellte es sich heraus, daß er konservativ gesinnt war. Mit sympathischer Wärme sprach er von seinem Vaterlande, mit Schmerz und Abscheu von der schonungslosen Russificierung, die dort im Werke war. Eine hohe Stellung, die ihm die Regierung angeboten, habe er refüsiert. Der Adel habe in den Ostseeprovinzen die heilige Mission, deutsche Kultur und Gesittung vor dem Ansturm der Barbaren zu schützen.

Ich erfuhr, daß der livländische Adel der echteste, wenn nicht der alleinige Adel Europas sei. Er sei die Aristokratie Rußlands, Aristokratie bis in die kleinsten Einzelheiten, bis in die Spitzen der Finger. (In der That sind die seinigen spitz, rosig und durchsichtig.) Kein Junkertum, kein Agrariertum, kein Abwenden von dem Volk – –

»Und dem Zaren gegenüber kein Frondieren?« fragte ich.

Nein. Der Adel beuge sich den Geboten des Zaren und antworte auf die Unterdrückung mit unbeugsamem Stolz, indem er heilig halte was unterdrückt werden solle. Dem Adel leiste das Volk Heerfolge, nicht dem Zaren.

Ich wunderte mich über seine feudalen Ansichten. Er suchte sie mir historisch zu begründen, und er that es mit Geist.

Allmählich wurde die Unterhaltung persönlicher. Ich schloß aus einigen flüchtig hingeworfenen Worten, daß die Neigung zu einem jungen bürgerlichen Mädchen im Zusammenhange mit seinem Aufenthalt in München stehe. Er bestätigte es. Er habe sich selbst verbannt, um eine

Neigung im Keime zu ersticken, die mit seinen sozialen Pflichten im Widerspruch gestanden.

– »Hätten Sie ebenso gehandelt, wenn eine große Leidenschaft im Spiele gewesen wäre?«

»Auch dann.«

»Wo wir sind ist Livland«, sei der Wappenspruch seines Geschlechts.

Wir plauderten noch eine Weile Leichtes und Weltliches, und dabei kam es zur Sprache, daß er eine große Vorliebe für den Tanz hat. Er versäumt keine Ballettaufführung. Wie wenig das zu seinem sonstigen Wesen paßt! Merkwürdige Widersprüche doch in jedem Menschen.

Wir trennten uns, ich glaube, gegenseitig sehr zufrieden mit einander.

Als er fort war, versank ich in Träumerei. Ein reiner, harmonischer, ganzer Mensch. Gerade kein Charakter aus Eisen oder Granit. Ob nur Alabaster? Nein, mehr.

Wenn ich diesen Livländer jetzt in Gesellschaft treffe – und man trifft sich oft – unterhalten wir uns stets auf das angeregteste, aber noch angeregter streiten wir mit einander. Er hat die lebhaftesten künstlerischen, litterarischen und wissenschaftlichen Interessen, aber alle weisen ebenso sehr nach rechts, wie die meinigen nach links. Natürlich sagt er nicht Ungebildetheiten und Dummheiten, wie man sie hier so oft von ganz gescheuten Leuten hört, die Sozialisten und Anarchisten in einen Topf werfen, und die einen wie die andern für eine Bande von Beutelschneidern halten, die dem, der was hat, das Geld aus der Tasche nehmen wollen, um es in die eigene zu stecken. Manchmal begreife ich nicht, wie ich nur mit so ungebildeten Leuten umgehen mag.

5. Februar. Als ich vor einigen Tagen Traute besuchte, traf ich Helmström bei ihr. Sie saß in einem kleinen merkwürdigen Kabinett, das sie wohl eigens als Folie für ihre originelle Schönheit hat herrichten lassen. Groteske chinesische Vorhänge allerhand Skulpturfratzen. Um sie herum ein toller Wirrwarr von Pagoden, Fächern, chinesischen und japanischen Spielereien, alles so bunt wie möglich. Sie selbst war ganz in graue, schleierartige Gewänder gehüllt und ruhte in einem Fauteuil, unter der grinsenden Büste eines mit Weinlaub gekränzten Satyrs. Ihr kleines Füßchen hatte sie in den Rachen eines Wolfsfells, das am Boden lag, gesteckt. Reizend sah sie aus, wie ein aus dem Geisterreich herauf materalisiertes Kind.

Höchst pikant in Traute das Gemisch von flottester Weltlichkeit und dem Hang und Drang zur Mystik, zu spiritistischen Geheimnissen.

Sie sprach gerade, als ich eintrat, von der Süße des Todes an Chloral oder Morphium.

Herr von Helmström war offenbar bewegt.

Ich kam mir ihr gegenüber reizlos vor, und als dürfe man nur klein und mystisch sein, um zu gefallen, wenigstens um diesen Livländer zu gefallen.

Ob Traute ein Auge auf ihn geworfen hat? Timäa hat's sicher gethan. Ihr Herz steht seit einiger Zeit – wegen Verheiratung des letzten Freundes – verwaist. Sie hat Umschau im Heerlager liebedürftiger Männer gehalten, und ihre Wahl, um die Lücke – eine klaffende Lücke – auszufüllen, ist auf Helmström gefallen. Bin ich prädestiniert, die Dritte in diesem Bunde zu sein? Er gäbe mir ja doch den Apfel nicht. Timäa, die ist in Gesellschaft viel dekolletierter als ich, und Traute ist pikanter und origineller. Ich habe allerdings mehr Geist, daraus machen sich aber die bösen Männer meist weniger. Gegen den unlauteren Wettbewerb auf dem Gebiet der Liebe giebt es leider noch keine Umsturzparagraphen.

Eva Broddin betrachtet ihren interessanten russischen Vetter gar nicht. Es hat fast den Anschein, als ob sie ihn absichtlich ignoriere. Diese Eva – ein reizendes Gemisch von Schlange, Sphinx und Gazelle, verbindet Pfiffigkeit mit Engelsallüren. Letztere nur obenauf; in der 197 Tiefe gährt's bei ihr. Zuweilen gäbe ein kleiner geflügelter Dämon, der beinah wie ein Genius aussähe, seine Visitenkarte bei ihr ab, meinte Ferlani. Ob Helmström sie schon hat tanzen sehen? Sie tanzt wundervoll. Traute übrigens auch. Ich nur so so.

Raphael war viel schöner, wirkte viel sensationeller als dieser Livländer. Der aber hat etwas zart Lockendes, still Gefährliches.

Als ich von Traute heim kam, nahm ich vor dem Spiegel ein Examen mit mir vor. Ist der Mensch in seinem Wahn wirklich das Schrecklichste der Schrecken? Es kommt doch auf den Wahn an. Meist scheint er mir recht beglückend. Hätte ich nur einen Gran von dem Wahn der Bürgens, Isoldens und vieler anderer, flugs bildete ich mir ein, ich würde alle Tage schöner, wie viele meiner Bekannten, wenn sie mich einige Zeit nicht gesehen haben, so höflich behaupteten.

Ich habe diesen Gran nicht, und ich sehe haarscharf, wie es mit meiner Schönheit langsam, langsam bergab geht. Ich bemerke das leise Entstehen kleiner Fältchen um die Augen, ich verfolge ihre Fortschritte, wie sie länger, breiter werden, sich vertiefen.

Ich kenne häßlich und alt Gewordene, den naiven Glauben aber an ihre Schönheit haben sie konserviert, und sie genießen ihre vermeintlichen Reize wie früher ihre wirklichen. Und merkwürdig – habe Du den starken, festen Glauben an Deine Schönheit oder Deinen Geist, Du suggerierst ihn den anderen. Das erklärt den Erfolg, den z.B. Isoldchen mit ihren süffisant und naiv vorgebrachten Niaiserien hat.

Es scheint wirklich, als bestimmte die Meinung, die wir von uns selbst haben, unser Schicksal.

Ich könnte mir z.B. einbilden, daß ich das Zeug hätte, einen Salon à la Rambouillet mit seinem politischen und litterarischen Zeiteinfluß in Scene zu setzen. Vielleicht reüssierte ich mit einem solchen Salon und käme dann später als berühmte Zeitgenossin in die Geschichtsbücher.

Ich aber im Gegentheil, ich habe ein so feines leises Mißtrauen, ich fühle schon im voraus das leiseste Abwenden von mir, oft noch ehe der Betreffende selbst davon weiß. Ferlani ist abgekühlt. Er kommt fast so oft wie früher, aber ich begegne ihm nicht mehr auf der Straße. Wie viel bequemer und angenehmer ist das jetzt – und doch – –

Bin ich reizlos geworden? Der Spiegel ist vorläufig dieser Meinung nicht. Aber – ich habe entschieden auf Hely Helmström keinen sonderlichen Eindruck gemacht.

10. Februar. Gestern ein Wohlthätigkeitskonzert. Wegen der Wohlthätigkeit zeigte sich Frau Bürgens seit der Trauer zum ersten Mal wieder dem Publikum, das heißt, nur zum Teil. Ein dichter, dichter, langer langer, schwarzer schwarzer Kreppschleier über dem sicher gramzerstörten Antlitz, entzog dieses Antlitz profanen Blicken. Die betrübte Wittwe hatte wenigstens den Trauertriumph, daß die Kleider einiger vor ihr sitzenden Prinzessinnen miserabel saßen, während das ihrige – *first rate* – war.

Hely Helmström war auch da. Er hat nur Augen für Traute Riedling.

12. Februar. Ich bin eine müde Seele, wie Arne Garborg einen seiner Romane tituliert. Ich greife nach allem, was wie ein Heilmittel meiner Müdigkeit aussieht. Ich lese jetzt Herzkas Buch. Bald tragen mich hochgehende Wogen in weite, herrliche Fernen. Dann Windstille. Alles trübe, stagnierend, fast ekel, ohne Willen aus dem Sumpf herauszukommen.

Da – ein Buch, ein Gespräch, ein Gewitter. Ich bin frisch. Ich raffe mich auf. Zum Hause hinaus. Wohin? Zur Schneiderin. Reizend das neue Kleid. Heute Abend, bei Riedlings wird es Furore machen. Kindische Weiber. Ich mittenmang.

13. Februar. Ja, Mutti, zuweilen habe ich schon den Wunsch, mitzukämpfen in den Geisterschlachten, die jetzt geschlagen werden. Du liebe Verblendete führst mir ja immer zu Gemüt, da ich doch nun einmal das schöne Talent hätte, sollte ich es auch verwerten, alldieweilen man mir doch schon in der Schule den »Blaustrumpf« angehängt hätte.

Mir sagte einmal ein Weltkluger: »Thue nie selber, was andere für Dich thun können.« Ich veredle diese egoistische Äußerung und sage: »Thue nie etwas, was andere besser machen können, als Du.«

Bücher schreiben! ich! Wird noch nicht genug gedruckt gelogen? Ich würde ja doch nie wagen zu sagen, was ich denke.

Ja früher, als die »Moderne« noch nicht aufgekommen war, da legte man seine kühnen oder frechen oder radikalen, die Welt aus den Fugen reißenwollenden Gedanken alten Römern, Griechen, Persern, Abderiten oder sonstigen entlegenen Kulturmenschen in den Mund, und die Schauplätze waren Babylon, China, der Olymp, die Hölle u.s.w.

An dem Zwischendenzeilenlesen findet man heute keinen Geschmack mehr. Man soll Farbe bekennen, und entsetzt sich dann, wenn die Farbe blutrot ist.

Wenn ich für den Druck schreiben wollte das käme mir vor, als wollte mein mittelmäßiger Maler einen genialen Dichter porträtieren. Er würde nie ein gutes Bild von ihm liefern.

Meine Ideen wollen fliegen, hoch bis zur Sonne oder wenigstens bis zu den Gipfeln der Schneeberge; mit meiner Feder, als Bergstock, könnte ich nur Hügelchen erkriechen.

Darin hast Du recht, Mutti, ehrgeizig bin ich nicht, nein, gar nicht. Würde ich wirklich auf ein paar Monate oder ein paar Jahrzehnte berühmt, ich wäre dabei nicht einmal in guter Gesellschaft. Kreti und Pleti ist ja berühmt. Und dann – auch Ruhm ist Lärm, und ich hasse Lärm in jeder Gestalt. Der echte, wahre Ruhm, der kommt auch fast immer erst nach dem Tode, und ich bin nicht Spiritistin genug, um mir daraus etwas zu machen. Gott, und wie lästig muß Berühmtheit sein, sie verpflichtet zu so viel Grimassen und Posen, es wäre gewiß beinahe so arg, wie Prinzessin sein.

Es ist auch dafür gesorgt, daß eine Frau nicht so leicht auf einen Lorbeerzweig kommt. Uns fehlen die Arbeitsmittel, die dem Manne zu Gebote stehen: Wissen, Kenntnisse, hauptsächlich die Kenntnisse irgend

200

201

welcher realen Lebensgebiete. Ich z.B. weiß ungefähr, wie es in der eleganten Gesellschaft zugeht, was man da spricht, ißt, trinkt und denkt. Von den weiten Gebieten der Politik, des wirtschaftlichen Lebens, der sozialen Zustände, von Arbeiter und Künstlertum habe ich keinen Schimmer. Sollen wir wie die Seidenraupen alles immer aus uns selber spinnen? Ach, dabei spännen wir keine Seide, höchstens Kattun oder ein plundriges Ballkleid.

Und spänne ich selbst auf dem Gebiete des reinen Denkens köstliche Seidenfäden, Ideen werden diskreditiert, wenn Frauen sie aussprechen, ihr Blütenstaub wird zur Befruchtung nicht weiter getragen Man schweigt sie tot, weil man gar nicht an ihre Echtheit glaubt.

Aber die Frauen würden daran glauben? Ach, Mutti, die denken auch heimlich, der Mann macht's besser.

Talent! Daraus mache ich mir nichts. Entweder man verschwindet so in dem großen Strom von Mittelmäßigkeiten für ein billiges Honorar, welches letztere ich ja nicht brauche, oder man ist ein Genie und geht dann – nach Lombroso – meist im Irrenhause oder sonst wie unter, was entschieden für den Hörer oder Leser interessanter klingt, als es für den Insassen der gepolsterten Zelle ist.

Und doch – gieb mir einen Hauch von Wahnsinn, Mutter, etwas brausend Wildes, das Thaten zeugt. Ich will Visionen, Hallucinationen, Hellsehen, Fernsehen. Ich möchte furchtbar gern ein bißchen genial und ein bißchen wahnwitzig sein, und ich bin doch nur gescheut und kritisch und empfange meine Gäste – wie man sagt – reizend.

Ob dieser Wahnsinn, der mir fehlt, vielleicht nur das Nichtglaubenkönnen an meine geistige Erlauchtigkeit ist?

15. Februar. Siehst Du, Mutti, mitunter neige ich zu dem alten Kinderoder Köhlerglauben, daß unsere Seele etwas für sich sei, ein Flämmchen, ein Fluidum, für das unser Körper nur die Wohnung abgiebt, und die Bedingung des Glücklichseins wäre, daß Körper und Seele schön harmonisch ineinander gewachsen sind.

Wenn aber ein Riese in einer niedrigen Lehmhütte wohnte und er schritte darin auf und ab, würde nicht die Hütte in ein bedrohliches Wackeln geraten? Ein ungemütlicher Zustand? nicht? Lachst Du über meine Riesenseele? Nein, an und für sich ist sie nichts weniger als groß, sie ist es nur im Verhältnis zu meinem armen Blut und meinen morschen Nerven. Und sie – die Seele – drängt und drängt gegen die dünnen Wände, daß alles Blut ins Gehirn steigt und daher – – ja, ich habe Fieber.

Zuweilen höre ich förmlich das Rufen der Seele, angstvolles oder frohlockendes, ich höre es wie den Ruf eines unter der Erde Verschütteten, der über sich das Arbeiten der Befreier hört. 203

Unsinn das – Mutti! Geschwollener Unsinn! Das sind so Gedanken, die gar keine Gedanken sind, anempfundener geistiger Firlefanz. An diesen ärmlichen Grübeleien ermesse ich die Distanze zwischen mir und einer wirklichen geistigen Capacität.

Kein Genie sein, dürfte heute beinahe ein Vorzug sein, wenigstens entgeht man dadurch dem Verdacht, ein Dekadent, Neurastheniker, Tollhäusler zu sein, mit welchen Kosenamen Max Nordau alle, die auf Parnassen wohnen oder auf Pegasussen reiten, heimsucht. Nach diesem geharnischten Ritter der Kritik wäre ich ein Prachtexemplar der Menschheit – immer auf der breiten Heerstraße, vernünftig – vernünftig – vernünftig. Schaff' mir die Vernunft vom Halse, Mutter!

20. Februar. Das ist ein Merkmal unserer Zeit, der Widerwille gegen uns selbst. Woher kommt der? Vielleicht von dem Kontrast zwischen dem, was wir wissen und erkennen, und was wir – verschweigen. Das Lügenmüssen, der gedemütigte Stolz, das böse Gewissen, und daß wir uns bücken müssen, wenn wir durch das niedrige Thor wollen, das dahin führt, wo die Lebensfreuden winken. Nimm irgend ein Buch der jungen und jüngeren Schriftsteller zur Hand, auf jeder zehnten Seite findest Du das Wort Ekel, oft affektiert, oft aber auch aus überzeugtem Herzen kommend. Der Ekel liegt in der Zeitatmosphäre vorzugsweise in der Frauenatmosphäre. Wir sind der ewigen Liebeleien müde, auch der 204 Heuchelei, als ob Kindererziehung und Gattinnenpflicht unser Dasein ausfüllen. Wir verschmachten nach vollem, ernstem Dasein; nach allen Richtungen hin wollen wir auswachsen, ins Große, Weite. Was ich habe und haben kann, hat mich nicht.

Mein Beruf wäre gewesen zu denken, nichts weiter. Als männliches Geschöpf geboren wäre ich vielleicht Spencer oder Stuart Mill oder Nietzsche geworden. (Sokrates oder Plato keinesfalls.) Und wäre ich vor 2000 Jahren als etwas Weibliches zur Welt gekommen, ich hätte mich vielleicht zu einer Pythia oder Aspasia ausgewachsen. Phryne ist wohl zu hart? Aber wer weiß! Ich traue mir alles zu, nur nicht Dich bis auf den Tod zu kränken. Sei zärtlich umarmt von

Deiner *Sibilla*.

25. Februar. Mutter, liebe Mutter, der Zeitgeist hat mich beim Wickel. Sein Gift gährt in mir. Du kennst ja die Stichworte: Erschöpfung, Neurasthenie, Decadence – oder Vererbung?

Ja, Du Knospenhaft-nie-erblühte, Du hast keinen Charakter, o Mutti, und der Vater … was für drängend sehnsüchtige, üppig wilde Lieder hat er komponiert, und einige so dithyrambisch hinreißende. Sind das die Gewalten, die mit mir ihr Wesen treiben? Du der Zügel, der mich zurück hält, der Vater die Peitsche, die mich antreibt. Und da werde ich zugleich gezügelt und gepeitscht, und ich stehe schäumend, zitternd, ich kann nicht rück- nicht vorwärts – schauderhaft! höchst schauderhaft!

Aber ich glaube ja gar nicht in diesem Sinne an Vererbung. An Erziehung glaube ich. Hätte ich eine Erziehung gehabt, wie ich sie brauchte, eine spartanische oder Rousseausche: Natur, Kraft, Turnen, Schwimmen, Jagen (pfui, nein Jagen nicht), aber Bergsteigen, Wandern, Wandern das soll ja eine Lust sein, über Berg und Thal, zu Schiff, zu Roß! und kaltes Wasser! Kneip, und *last not least*: Arbeit! Arbeit! Und statt dessen von früh an – Toilette, Flirt, Klatsch, ein bißchen Lektüre und Klavierklimpern und andere Klimper- und Stümpereien, und das in einem Lebensalter, in dem jeder begabte Jüngling ein Titanide ist, der mit Göttern oder Götzen kämpft.

Ach ja, wir armen, um ein paar Jahrzehnt zu früh geborenen Mädchen.

Hineingeboren bin ich zwischen Morgengrauen und Tag. Ich bin doch schuldlos daran, daß ich zwischen zwei Kulturen geklemmt bin, daß ich nicht rückwärts kann zu den spinnenden, strickenden Hausfrauen, nicht vorwärts zu den freien Geschlechtern, die nach mir kommen werden. In dem rauhen Vorfrühling der Frauenfreiheit gehen wir armen Schneeglöckchen zugrunde. »Es fällt ein Reif in der Frühlingsnacht.« Wir Frauen unserer Zeit sind wie die eingefrorenen Töne in Münchhausens Trompete. Aber wenn die Zeit des Auftauens, wenn die Sonne da ist, sind wir nicht mehr.

Ich will die Sonne aufgehen sehen. »Gieb mir die Sonne, Mutter!«

Oswald Alving war noch bei Verstande, als er die Sonne verlangte. Das reinste Malheur, vor Sonnenaufgang geboren zu sein.

1. März. Mein Puls geht so schnell, meine Gedanken auch. Krank? fällt mir nicht ein. Ich will nicht. Ich bin nur nervengereizt, ärgere mich über alles, über einen Pickel auf Bennos Nase, über einen dummen Aufsatz in der Zeitung, einen schlechten Roman, daß die Milch zum

Kaffee nicht heiß genug war, über die knallgelbe Feder auf dem Hut meiner Jungfer. Ich lasse mich nachmittags verleugnen, weil ich einige Ekel fürchte, kommen ein paar liebe Menschen, um die ich mich nun gebracht habe. Um durch einen schönen Sonnenuntergang meinen gesunkenen Lebensmut zu heben, fahre ich in den englischen Garten, da geht die Sonne gar nicht unter oder kaum. Und nach all dieser Aufregung kann ich Nachts nicht schlafen. Da, als die Glocke zwölf schlägt – ein Gedanke – Baldriantropfen. Ich finde den Knopf der elektrischen Lampe nicht und komme endlich auf den geistreichen Gedanken, durch den Geruchssinn die Tropfen unter anderen Flaschen herauszuschnüffeln. Sie haben nichts geholfen.

2. März. Nun ist es wieder Abend. Ich habe tags über viel hingedämmert und geschlummert, dazwischen Erregendes phantasiert. Oft erschüttern mich das Stürmen und Drängen, das Frohlocken und die Schlachtklänge, das schmetternde Hotojoho der neuen Menschen. Ruft es Götter oder Teufel?

207

Ich höre das dumpfe Rollen, das einem vulkanischen Ausbruch vorausgeht, ich höre Wirbelwinde, die Gewitter künden. Und überhaupt, ich kann mir's nicht länger verhehlen, ich habe Fieber, Gliederschmerzen, mein Kopf brennt, meine Pulse jagen. Ich dachte, wenn ich so thäte, als fehlte mir nichts und ruhig weiter schriebe, läse und ausginge, so würde es vergehen. Ist nicht vergangen. Benno hat zum Arzt geschickt. Er muß bald hier sein. Adieu, Mutti, ich lege mich ein bißchen auf die Chaiselongue.

Da bin ich wieder. Ich kann nicht ruhig liegen. Es ist alles so seltsam um mich her. Die Bilder – alles verschwimmt. Die Baumstämme auf dem Böcklin sehen wie Säulen aus, und um die Säulen winden sich – nein, Kränze sind es nicht. Schwarze Fahnen wehen. Und auf dem Fabeltier mit den verzückten Augen sitze ich, und der tropfende Mondschein fließt an mir auf und nieder. Und ich weiß, ich weiß, mein Gesicht ist ganz weiß, ich habe weiße, bleiche Augäpfel ohne Sterne darin, marmorne Augen. Wäre ich nur erst wieder heraus aus dem Walde – da ist Morgenrot – nein, es ist Feuer.

Zu dumm! das Feuer ist ja in mir und davon sind meine Fingerspitzen so rot – wie in Blut getaucht. –

Ich habe wieder lange im Fauteuil gelegen. Ich habe gehorcht, gespannt gehorcht. Ich wußte, es würde etwas geschehen, und – richtig – von oben winkte eine Hand. Ich wollte nicht hin. Ein Meer wogte dazwischen, die Wogen brausende Orgelklänge, oder waren es weiße Vögel, die kreischten, kreischten. Und was da alles aus dem Wasser stieg, Mutti: Ungeheuerliches – Ungeheuerliches. Und alles hatte Augen, die nach mir blickten, und Ohren, die nach mir hinhörten. Ich muß leise, ganz leise sprechen. Und zuletzt kam auf einem kohlschwarzen Roß jemand geritten. Sein Gesicht sah ich nicht, aber ich kannte ihn doch aus dem Stuckschen Bild: der Tod! Wenn er sich nur nicht in mich verliebt! gewiß, Mutti, er verliebt sich in mich. Und wenn er sich umwendet – er wird die Augen der kleinen Marie haben, ich weiß es. Ich gehe morgen zur kleinen Marie, ganz bestimmt, Mutti, ich thu's.

Da ist wieder die Hand – da oben, eine Riesenhand – sie will mich packen – ins Herz packt sie mich – ach –

Nur noch zwei Worte. Mir ist viel besser. Der Arzt war da. Ich habe starke Influenza. Ich muß zu Bett. Wie lange werde ich Dir nicht schreiben können! Vielleicht nie mehr! Ich küsse Dich zärtlich, meine Mutter.

Dein krankes Kind.

Berchtesgaden, 1. Juni. Du liebste Mutter, wenn ich an die überstandene Influenza zurückdenke, beschleicht mich still sehnsüchtige Wehmut. In meiner Erinnerung gehört Ihr zusammen, Du und die Influenza. Unter Deinen lieben pflegenden Händen, und Deinen noch lieberen, guten, zärtlichen Worten und Blicken verlor die Krankheit all ihre Schrecken.

Nun bist Du fort, und ich freue mich kaum über meine täglich zunehmenden Kräfte, da Du nicht mehr die Mitfreude daran hast.

Bennos Angst und Sorge thaten mir auch wohl. Ich lasse mich gern lieben, besonders wenn keine Gegendienste verlangt werden. Der gute Benno, er besucht mich fast in jeder Woche auf ein paar Tage.

Habe ich Dich recht gequält, Du Einzige? Könnte ich Dir doch all Deine Liebe vergelten!

Ich höre Deine Antwort: »Du kannst's! Werde glücklich!« O, Mutti, ich bin ja schon wieder auf der Jagd nach dem Glück. Ob ich Beute heimbringe? Wenn es an der Zeit ist, erfährst Du's.

Ich kann mir noch gar nicht vorstellen, wie ich mich in das alte Leben zurückgewöhnen soll. Wird sich schon von selbst machen. Vorläufig herrscht noch Stille in meiner Villa auf der Höhe, aber wie lange wird's dauern, dann halten verschiedene meiner Intimen ihren Einzug in das Thal des Friedens.

Ich unternehme schon täglich kurze Spaziergänge. Man lebt sich so liebevoll ein in diese grünsaftigen, hochansteigenden, von Bergen umrahmten Matten. Wie anmutig ist der kleine Marktflecken mit seinen vornehmen Villen, seiner leuchtenden Sauberkeit in die frische herrliche Natur hineingebaut. Zuweilen wird man schon an den Süden gemahnt, durch den heftigen Katholicismus. Die Glocken, die läuten und läuten, und die alten Häuser mit ihren Heiligenbildern, weißen Mauern und 210 Blumen und Blättergerank strömen einen weihrauchartigen Duft aus.

Gott sei Dank hat Berchtesgaden gar nichts von einem Badeort mit der dazu gehörigen gespreizten Eleganz. Das spitze Berggestein würde auch feinen Sohlen, Spitzen und Seide übel mitspielen. Hier im Gegenteil ist Ruppigkeit Mode: Ein kurzer derber Lodenrock, nägelbeschlagene Stiefel, Tyrolerhut, je verschossener und verkniffter, je chiker und – teuer. Naive Eitelkeit der Kinder-Menschen, die den vergilbten verrunjenierten Hut teurer als den neuen bezahlen, um ihren Nebenmenschen als kühne gewiegte Bergfexe zu imponieren.

In Berchtesgaden giebt es keine offiziellen Spaziergänge, wo die Damenwelt für ihre süd- oder norddeutschen Schneiderinnen Reklame macht, kein Kurhaus mit Lästeralleen. Ein anderer, neuer Ehrgeiz beherrscht hier den Städter, besonders den norddeutschen: Gipfel erklimmen.

Wie forsch er den schweren Bergstock balanciert und seinen Rucksack aufbuckelt, wie wuchtig er mit den Nägelbeschlagenen emporstapft. Nur die nackten Kniee riskiert er in den seltensten Fällen. Aber jodeln und juchzen thut er wie der eingeborenste Tyroler, ein Beweis von dem Anpassungsbedürfnis des Menschen an die jeweilige Örtlichkeit. Würde jemand in Heringsdorf oder Ostende einen Juchzer riskieren? Wenn nicht zuweilen die roten Westen und blanken Knöpfe der Lakaien, die in einem Fürstensitz nebenan bedienstet sind, aufblitzten, man könnte glauben, hier wirklich einmal dem unverfälschten Busen der Natur nahe 211 zu sein.

6. Juni. Ich schlafe bei offenem Fenster. Wenn ich morgens die Augen aufschlage, kann ich vom Bett aus in die Landschaft sehen. Eine Pracht! Und jeden Morgen anders. Gestern war das Thal in Nebel gehüllt, ein wallend glitzerndes Meer, das mir entgegenschimmerte, und die Kirchenglocken klangen zu mir herauf wie aus einer im Meer versunkenen Stadt.

Heut sah ich in der Morgenfrühe Wolken im Schoß der Berge ziehen, wallende, wogende; die Sonne durchschoß sie mit goldenen Pfeilen (genieren Dich die goldenen Pfeile, so streiche sie aus), bis sie in leuchtend schimmernden flimmernden Dunst zerflossen, und die starren Felsen sich in der zarten silbrigen Umarmung weich zu lösen und dahinzufluten schienen mit den fahrenden Wolken.

Eine zauberhafte Riesendekoration, die Berge, die der Coulissenschieber Wind hin und her schob, und derselbe Wind wehte mir Blüten aufs Bett. Rosig schön, lauter Sonne und Wonne.

Und in aller Frühe höre ich den Hammerschlag aus dem Thal, und ich höre den Ton der Sensen. Wie sie alle arbeiten, Tag für Tag, Stunde für Stunde, Jahr für Jahr, als lebte jeder einzelne Jahrtausende. Und nicht nur die, die arbeiten müssen, um zu leben, die anderen auch; alle arbeiten, immer – alle.

Ich habe einen Aufsatz von Tolstoi gelesen: »Nichtthun«, in dem er sich mit dem chinesischen Philosophen (Namen vergessen) einverstanden erklärt, der das Nichtthun für die Bedingung alles Glücks und aller Wahrheit hält.

Arbeit, meint Tolstoi, mache nicht gut, sondern grausam. Sie sei keine Tugend, weil der Mensch arbeite, wie das Böcklein springe, aus Naturnotwendigkeit.

Der Aufsatz hat mich nachdenklich gemacht.

Nachmittags wandle ich meist zum Schlössel hinaus. Das ist eine Gastwirtschaft, die auf einem breiten blumigen Wiesenhügel steht. Da sitze ich gegen Sonnenuntergang auf einer Bank. Über dem Hügel die kahlen Berge, Schnee in ihrem Schoß, und über Granit und Stein die luftigen Wolkengebilde, und über allem der Gedanke des Menschen. Da sitze ich, so nahe der Erde, unser aller Grab, und meiner Seele Flug überholt die Wolken, die Berge, den Himmel und verliert sich im Äther – in eine undefinierbare Unendlichkeit.

Immer aufs neue entzückt es mich, wenn diese Berge, die tagsüber tot und kalt sind, im Abendsonnenlicht anfangen zu leben und zu leuchten: Die Geisterstunde der Berge. Eine Stunde nur.

Von diesen Seelenflügen bin ich vielleicht so müde, und es ist kaum zehn Uhr. Gute Nacht, Du herzige Mutter.

Sibilla.

10. Juni. Da bin ich wieder, schön ausgeschlafen. Jeden Morgen dehnt sich mein Spaziergang weiter aus. Mit vollen Lungen atme ich den würzigen, reinen Waldmorgen.

In der Frühe ist's immer noch wie ein Zwinkern in den schlaftrunkenen Augen der Landschaft. Erst sind es nur die Kirchtürme und Dächer, die aus dem zarten nebligen Schleier herausblitzen. Und wohin ich mich wende, immer schimmert der mildverträumte bläuliche Dunst durch das Grün der Wiesen und der Bäume, bis die große Weckerin, die Sonne, höher steigt und mit goldenem Finger (nicht zu verwechseln mit den goldenen Pfeilen des vorigen Briefes) die Schleier hebt. 213

Ich habe den Tolstoischen Aufsatz noch einmal gelesen.

Wenn ich in meiner Lektüre auf originelle Weltanschauungen stoße, gleich taucht der Wunsch in mir auf, mein Leben darnach einzurichten.

Wie dieser Aufsatz mich wohlthuend angemutet hat.

Ja, Nichtthun! Die Vorstellung durchzuckte mich mit solchem Frohsinn. Tolstoi hat recht, tausendmal recht. Ich versuche es mit dem Nichtthun, und das eben, Mutti, ist die Glücksbeute, auf die ich Jagd mache.

Genau weiß ich allerdings nicht, was Nichtthun ist.

Auch nicht denken? Nicht lesen? Keine Zwie- und Selbstgespräche halten? Nur an Blume und Baum, an Ton und Farbe sich anranken? Vielleicht – ja.

Was soll man auch denken! Das ewige: wieso, warum, wozu und ähnliche Menschen- und Geisterrätsel sind so abgedroschen.

Und was man auch denken mag, es wird ja doch widerrufen, wie die Vererbung, das Tuberkulin, der Sündenfall, die Arche Noah u.s.w. 214

Und die neueste Idee, der neueste Glaube wird doch auch über Nacht alt, ja meist bekommen wir die neuesten Ideen schon alt, nur auf neu aufgearbeitet.

Siehst Du, Mutti, ich möchte etwas recht Tiefsinniges aushecken. Und ich wette, wenn ich glaube, recht tief gedacht zu haben, gelange ich zu irgend einem Gedanken, den Plato oder Sokrates oder Eugen Dühring, Marx oder der Chinese Fufu schon gehabt haben, und der längst antiquiert ist.

Und ich möchte originell sein. Auch wieder dumm. Ich meine, man wird erst dann originell, wenn man alle Originalgeister, die vor uns waren, in sich durchgearbeitet hat. Heine braucht einmal das treffliche Bild, daß ein Zwerg auf den Schultern des Riesen weiter sähe als der

Riese selbst. Ich habe den Anschluß an den Riesen verfehlt. Ich fühle mich Zwerg.

Aber ich wollte ja vom Nichtthun sprechen.

Ich habe mich für das Nichtlesen und Nichtdenken entschieden. Nichtthun – Unsinn, wenn man das Denken nicht hindern kann. Denken, nicht die größte Arbeit? die entnervendste oder erregendste oder schicksalvollste?

Thun wir also, sagte ich mir, absolut nichts – was mir ja leichter werden muß, wie vielen andern, da der Abstand zwischen meinem bisherigen Thun und dem Nichtthun nicht gar so groß ist – und lauschen wir, was die Vögel singen und die Winde rauschen. Ideen, Bilder, Stimmungen, Sensationen, ich will sie nicht rufen, ich will sie aufnehmen, wie sie kommen, sie nicht halten, wenn sie fort wollen.

Hat mich denn das Lesen klüger gemacht? Ein wenig vielleicht. Heißt klüger werden, glücklicher werden? Nein. Während ich Stunde um Stunde lese, versäume ich Gott weiß was für Natur- und Seelenoffenbarungen, ich versäume Morgen- und Abendröten, ich versäume mich selbst.

Menschen und Bücher lügen so. Immer zwischen den Zeilen lesen, immer hinter den Grimassen das wahre Gesicht suchen, man wird so müde davon.

Also: Menschen fort! Bücher fort! Alles fort! Nur meine Chaiselongue nicht, die brauche ich zum Nichtthun, wie das liebe Brot. Mein einzig Thun in den nächsten Tagen soll der Brief sein, den ich an Dich schreiben werde.

Eigentlich ist mir die winzige idyllische Villa, die ich bewohne, nicht schön, nicht phantastisch genug für das Nichtthun. Ich möchte in einem Schloß am Meer wohnen, ein Meer, das sich an Marmormauern bricht, hohe Cypressen, wilder roter Wein, verwitterte Säulen, geheimnisvolle Treppen, große wundersame Blumen – alles düster, phantastisch.

Zärtliche Grüße vom Lotterbett aus sendet Dir

Deine *Sibilla.*

20. Juni. Da liege ich nun auf meiner schönen Veranda, bei wundervollem Wetter. Ich habe mir ein Tischchen vor die Chaiselongue setzen lassen, und meine etwas müden Finger ergreifen die etwas schwere Feder, um Dich *au courant* meines *dolce farniente* zu halten.

Der Anfang war vielversprechend. Nach Sonnenuntergang. Ein letzter roter Schimmer auf den Tannen. Ich blickte mit der verträumten, angenehmen Müdigkeit eines eben Genesenen von meinem weichen Pfühl empor zu den weiten Gefilden da oben, hinein in das sonnendurchglühte rosige Rot auf dem zarten Azur und wartete der Dinge, die da kommen sollten. Ich sah die Menschen auf den Wiesen in dämmerndem Abendschein untertauchen, und ich selbst fühlte mich in Ton, in Farbe und Duft leise verschwimmen. Die Tannen dufteten und auch schon die Rosen, und in der Ferne blies jemand ein Horn. Die Töne trugen mich in meine ferne Jugend und Unschuld zurück, und eine mildsüße Thräne zitterte in meiner Wimper.

Ist nicht auf Bildern, auf Landschaften zumal, die Stimmung des Bildes sein eigentlicher Inhalt, seine Poesie? Und könnte nicht so auch unser Leben nur Stimmung sein, Stimmung ohne Schicksale, ohne Kämpfe, ohne all' das verzehrende Wollen und Denken?

Ist es wohl denkbar, Mutti, daß die Menschheit – wie Schopenhauer und Tolstoi es für möglich halten – sich, wie der Skorpion in seinen eigenen Stachel stürzend, durch Abstinenz von der Zeugung vom Erdball verschwinden wird? Diese Ungeduld! Das Absterben wird ja ganz von selbst kommen, an Altersschwäche oder durch irgend eine Naturkraft, wie den einzelnen etwa ein Ziegel, der vom Dach fällt, zerschmettert.

Ach, wie ich mich dehne und recke! Und wie dieses Nichtthun unter Rosen- und Tannenduft üppig ist, südlich, äquatorhaft.

Ich will's aber gestehen, ab und zu lese ich ein lyrisches Gedicht; das, meine ich, passiert beim Nichtthun, wie etwa ein Ei bei den Vegetariern. Ich bin schon müde. Nachher schreibe ich weiter.

Abend. Am Nachmittag regte sich mit einem Male der Selbsterhaltungstrieb meines Denkorgans, und sie kam mir ganz kindisch vor, diese Vorstellung des Nichtthuns. Ich machte mir klar, was für Kämpfe gekämpft und was für ungeheure Arbeit die Menschheit hatte leisten müssen, damit ein Tolstoi oder jener Chinese ihre Gedanken denken, damit überhaupt irgend ein Mensch sich dem Nichtthun hingeben konnte, ohne von seinen Mitgeschöpfen, seien es Bestien oder Menschen, unliebsam gestört, wo nicht gar aufgefressen zu werden.

Wenn das Nichtthun ein Instinkt des Menschen wäre, dem er von jeher gefröhnt, was für eine naiv-brutale Physiognomie würde die Menschheit haben, was für eine schaurig dunkle Höhle müßte der Erdball sein?

Denkst, Mutti, ich werfe die Flinte ins Korn? Noch lange nicht. Auf der Chaiselongue wird geblieben, das Nichtthun wird fortgesetzt.

Entfurche Dich, Denkerstirn! Singt, Ihr Vögelein, rinnt, Ihr Bächlein. Rauscht, Ihr Winde!

Wetter wundervoll. Nur zu viel Duft. Akazien und Rosen! Mit müden, aber lächelnden Lippen küsse ich Dich.

Sibilla.

1. Juli. Mutti, Mutti! ich habe das absolute Nichtthun aufgegeben. Was? idealistisch, nirvanahaft das Nichtthun? Aber gar nicht, gar nicht, *au contraire*: erschaffenwollend, zeugenwollend ist's.

Noch einen ganzen Tag habe ich gelauscht, was die Vögel sangen, was die Winde rauschten. Ich habe so feine, feine Ohren. Ach, Mutti, die Vögel sangen nimmer: träume, – schlafe! Sie sangen von Lust und Liebe. Und nimmer rauschten die Winde seligen Frieden, sie rauschten Trutz und Kampf. All das Blühen und Sprossen, das Singen und Klingen, das vollsaftig treibende Leben um mich her, es durchdrang mich, es schwellte meine Adern.

Spät am Nachmittag war's. Ich sprang auf von der Chaiselongue, mich durstete nach einem Feuertrank. Ich lief in den Garten bis ans Ende, wo er sich in den Wald verläuft. Im dichten Gebüsch warf ich mich nieder – *l'heure bleue*? nein *l'heure rouge, rouge!* Ich begriff das Excentrischste. Die Finken schlugen anders als sonst, so wild lockend, mit flammend roter Sehnsucht, so dröhnend, daß es mir die Brust verletzte. Giebt es ein schmerzliches Feuer, Mutti? es war in mir. Wogen von Duft und Farbe und Ton, sie schlugen über mir zusammen.

Ich streckte die Arme empor wie ein Ertrinkender und rief – rief – Raphael! rief ich, Raphael!

Was stieg aus dem Urgrund meiner Seele? Die nackte Natur? Venus aus dem Schlamm – – Messalinengelüste? O, Mutti, radiere schnell das Wort wieder aus.

Warum schaudern wir bei der Vorstellung einer Messalina? und warum schaudern wir nicht bei der Vorstellung eines Don Juan?

In Dramen freilich, da holen ihn die Teufel zur Hölle, im Leben aber holen ihn die schönen Frauen in den Himmel. Und wir – –

Gott sei Dank, ein wolkenbruchartiger Regen ging nieder und regulierte die wilden Schläge meines Herzens.

Mag dieser schwüle Drang auch ein Stück Natur sein, wie die elektrische Spannung, die dem Gewitter vorausgeht, ich empfand eine Stunde später einen intensiven Abscheu vor dieser Stimmung. Nie wieder!

Darum fort mit dem Nichtthun! Mit dem faulen Chaiselongue- und Lotterleben. Auf die Berge! Hinauf! bis hoch in die Gipfel!

Gleich morgen! Heut küsse ich Dich nicht, meine Lippen sind entweiht. In Deinen Schoß möchte ich mein Antlitz drücken. Ich schäme mich vor Dir.

3. Juli. Da bin ich wieder. Von Bergeshöhen komme ich. Und Ozon bringe ich mit. Von einem Menschen kommt es. Ich habe etwas erlebt, etwas Großes.

Einen Menschen habe ich erlebt. Ich bin zwar hundemüde von der Partie, mein Geist aber ist fröhlich, und ich schreibe Dir auf frischer That.

Also gegen ein Uhr – es war noch etwas warm – fand der Auszug auf die Berge statt, handschuhlos, mit grobem Lodenrock, Kattunbluse, nägelbeschlagenen Stiefeln, verknifftem Tyrolerhut, wie sich's gehört. Und die Hauptsache: allein, mutterseelen allein, zum ersten Mal auf einer Bergtour allein. Ich muß wirklich sehr echt, bis zum strolchhaften ausgesehen haben, denn ein paar arme Handwerksburschen baten mich nicht einmal um einen Zehrpfennig zur Reise.

Um durch meine Reize niemand, der etwa des Weges kam, zu einer unliebsamen Annäherung zu verführen, hatte ich meine auffallende Mähne bis auf die kleinste Stirnlocke unter den pyramidalen Tyroler gezwängt.

Ich war *sans phrase* häßlich.

Eine Kapelle, zwei und eine halbe Stunde von meiner Villa entfernt, war das Ziel meiner Wallfahrt. Ich riskierte ja nichts. Auf halbem Wege lag eine Gastwirtschaft. Ermüdete ich, so konnte ich da rasten und umkehren.

Es sind noch nicht viel Fremde in Berchtesgaden. Ich begegnete nur ab und zu einem kniefreien Eingeborenen, der mir ein »Gott grüß« zurief. Erst ging es über breite, mit Gras und Blumen bewachsene Hügel, zur Seite die Waldberge und hoch über den Waldbergen das granitne Gestein, der Göll, der Watzmann, der Untersberg. Scharen schwarzer Vögel flogen über die Gipfel in den lichtblauen Himmel hinein. Dann der Wald; ein ernster, dichter Föhrenwald. Zaghaft stand ich anfangs vor dieser düsteren Pforte, schwankend, ob ich mich hinein wagen sollte. Die Sonne sagte: Geh nur, ich gehe ja mit, und durch die hohen schlanken Stämme, die aus weichem, welligem Moos hoch empor streben, liebäugelte sie mit mir und winkte mir zu einer Lichtung hin, und als ich in die Lichtung trat, lachte sie hell und lustig auf: Siehst Du, da bin ich.

Ich und die Sonne, wir verstehen uns.

Nun hatte ich Mut und schritt immer tiefer und tiefer in den Wald hinein. Wunderschön, diese Einsamkeit in dem Föhrenwald, und doch beklemmend.

Nur einen kleinen Raum umfaßt unser Auge. Was ist hinter diesem Baum? hinter jenem? Wie viel verschiedene Geräusche, es summt, säuselt, es schwirrt. Der Waldspecht, der Schlag eines Finken, alle diese Töne klingen ineinander, oft seltsam. Geheimnisvoll, unheimlich das Waldweben. Allmählich wurden die Tannen niedriger, dichter, zuletzt ganz niedrig und dicht, gestrüppartig, ein Gnomenwald von zwerghafter Wildheit. Der Boden dicht mit Nadeln und trockenen Zweigen bedeckt, kein Sonnenlächeln mehr, kein Vogelsingen, ein fernes feines Getön von Herdenglocken der einzige Laut. Etwas Verzaubertes war in dieser Lautlosigkeit. Ich fing an mich zu fürchten. Früher fürchtete man sich in der Einsamkeit der Wälder vor wilden Tieren, jetzt vor wilden Menschen. Wann endlich wird man auch diese ausrotten? Legendenhaft wird künftigen Jahrhunderten die Furcht vor Menschen erscheinen.

Da diese künftigen Jahrhunderte aber noch in weiter Ferne sind, fing ich an zu laufen und atmete erst auf als ich aus dem Zauberwald heraustrat. Und nun begann der Aufstieg auf die Berge.

In diesem allmählichen Aufsteigen ist etwas Rhythmisches, die Nerven Beruhigendes. Wohl eine halbe Stunde stieg ich frohgemut empor. Wie es dann kam, daß ich, vom Hauptweg abirrend, in einen Waldweg geriet, weiß ich nicht mehr. Thatsache: ich verirrte mich regelrecht. Und wieder umfing mich blasse Furcht. Ich stand ratlos, das Weinen war mir nahe, und dazu kam – Hunger, wirklicher, ordinärer Hunger. Ich hatte auf halbem Wege in der Gastwirtschaft etwas essen wollen und nun den Weg verfehlt.

Ich war im Begriff, aufs Geratewohl irgend wohin meine Schritte zu lenken, als ich in der Ferne eines Menschen ansichtig wurde. Er hatte bedeckte Knie; das war mir nicht recht. So zuwider mir sonst die nackten Knie sind, zu ihren Besitzern habe ich mehr Vertrauen als zu denen mit langen Beinkleidern.

Ehe ich einen Entschluß fassen konnte, ob fliehen ob bleiben, hatte er mich schon erblickt. Je näher er kam, je beruhigter fühlte ich mich, und als er vor mir stand, meinte ich, nie eine vertraueneinflößendere Physiognomie gesehen zu haben. Es war ein auffallend großer und kräftiger Mann mit klaren blauen Augen und starkem blonden Kraushaar. Er trug Rucksack, Joppe und Tyrolerhut und sah wie ein Förster oder Forstgehilfe aus.

Getrost fragte ich ihn nach dem Wege zur Kapelle.

Auch er wolle da hinauf; er bot mir seine Begleitung an.   223

Wir schritten nun frisch nebeneinander her, und bald plauderten wir flott und gemütlich miteinander. Die Sicherheit und Einfachheit seines Wesens wirkte anheimelnd. Überdies: exceptionelle Situationen schaffen immer gleich exceptionelle Beziehungen. Eine einzige Stunde brachte mich diesem Fremden näher, als es wahrscheinlich ein jahrelanger gesellschaftlicher Verkehr mit ihm in München gethan hätte.

Daß wir augenscheinlich eine gleich intensive Freude an der Natur hatten, trug viel dazu bei.

Wer und was mochte er sein? Zur eleganten Welt gehörte er sicher nicht. Es fehlte ihm jedes Parfüm der Nobligkeit. Ein Ritter von Geist? Eher. Ein Lehrer etwa? Dazu war er zu frei, frisch und gar nicht fromm.

Er fand es recht und tüchtig von mir, daß ich mich so allein in die Berge wagte. Vom bayrischen Volk sei nichts zu fürchten, brav und kernig sei es. Und er sprach von den Eigenschaften seines Volksstammes, von seinen Gebräuchen, den örtlichen Verhältnissen u.s.w. Es war unschwer herauszufinden, daß ich es mit einem ungewöhnlich gebildeten und intelligenten Mann zu thun hatte.

Immer vertrauter wurden wir. Wir verschmolzen unsere Stimmen zu den kühnsten Juchzern und Jodelrufen, wir sangen zweistimmige Volkslieder, von denen ich gar nicht wußte, daß sie noch in der Tiefe meiner Erinnerung lebten. Z.B. »Wer will unter die Soldaten –« und »Wer hat dich du schöner Wald« u.s.w.   224

Es marschierte sich wunderbar dabei und immer mehr Blumen steckte er auf meinen Hut.

Ab und zu rasteten wir, und saßen dann wie gute alte Bekannte neben einander im Moose, kurze Bemerkungen über die Schönheit der Landschaft austauschend, oder irgend eine Reflexion daran knüpfend. Er fand einmal, daß die Liebe zur Natur eigentlich eine unglückliche Leidenschaft sei, da wir ja immer nur an ihr vorüber gingen, immer

Trennung, immer neue Liebe ohne Treue. Und sie widme uns auch keine Gegenliebe. Sie lebe für sich, nicht für uns. Wir sähen den Himmel, die Berge, den Wald, sie sähen uns nicht.

»Na«, bemerkte ich bescheiden, »sie verlieren vielleicht nicht viel daran.«

»So?« meinte er, »sind unsere Gedanken nicht höher als die Berge, tiefer wie der See, klarer wie die Sterne, und« – er machte eine Pause und blickte mich so herzerfrischend heiter an, »die Berge und der Himmel und die Erde sehen Sie nicht!«

Mutti, nie hat mir eine Schmeichelei so viel Vergnügen gemacht wie diese. Mich hübsch zu finden trotz meines kupferrot echauffierten Teints, trotz meines greulichen Tyrolers und meiner nägelbeschlagenen Plumpheit – das war ein Kunststück.

Einmal fragte er mich geradeaus: »Ich meine, Sie sind eine norddeutsche Lehrerin?«

»Wenn ich nun eine verkleidete Fürstin wäre? Es wohnen ja so viele in Berchtesgaden.«

Er lachte. »Eine Fürstin, allein, führerlos in den Bergen?«

»Führerlos und proviantlos.« Ich warf einen sehnsüchtigen Seitenblick nach seinem Rucksack.

Eilig entledigte er sich des Sackes und entnahm ihm ein weidengeflochtenes Körbchen. Er machte mir unter einer schönen Tanne einen weichen Moossitz zurecht und reichte mir den Inhalt des Körbchens hin: Kirschen, Brot und Käse und eine Feldflasche mit Wasser und Wein gefüllt.

Käse? ich rümpfte ein wenig die Nase.

– »Am Ende doch Fürstin?« sagte er lächelnd.

– »Nur ihre Kammerjungfer.« Ich bemühte mich, als ich das sagte, recht ehrlich auszusehen.

Und denke Dir, Mutti, der Unhold schien von meiner Mitteilung gar nicht impressioniert, er glaubte mir aufs Wort, was mich natürlich einigermaßen verdroß, so daß ich nicht umhin konnte hinzuzufügen: »Außerhalb des Waldes wäre Ihnen gewiß ein Mädchen in meiner Position zu gering, um mit ihr zu plaudern?«

Er sah mich groß und ernst an. »Sie würden diese Frage nicht an mich gerichtet haben, wenn Sie wüßten – –«

»Daß auch Sie Kammerdiener sind?« fiel ich ein.

– »Daß ich Redakteur eines sozialistischen Journals bin. Sie brauchen aber Ihrer Fürstin nicht zu sagen, daß Grünhütchen im Walde dem Wolf begegnet ist.«

Wie konnte ich nur nicht gleich darauf kommen, daß er Schriftsteller ist. Was hätte er anders sein sollen!

Ich war einverstanden damit, und biß tapfer in das Käsebrot. Wir tranken aus derselben Feldflasche – – Mutti, er ist ja morgen über allen Bergen. Er ist nämlich auf einer Bergtour begriffen und kommt nicht nach Berchtesgaden zurück. Er hat es mir selbst gesagt.

Eine wohlige, übermütige Stunde, durch nichts Vergangenes und Zukünftiges getrübt – Er hatte Erdbeeren entdeckt, sammelte sie auf ein Blatt, kniete dann vor mir, und während er sie mir in den Mund steckte, sang er die der Situation entsprechende Stelle aus Hansel und Gretel: »Schluck, schluck, schluck« u.s.w.

Eine allerliebste, funkelnagelneue Situation. Von da an nannte er mich Gretel und ich ihn Hansel! Und demgemäß betrugen wir uns ganz hänsel- und gretelhaft, kindisch-vergnügt.

Es stimmte noch manches andere zu »Hans und Gretel«: der märchenhafte Wald, die goldene Brücke, auf der Genien auf- und niederschwebten (unter Genien die lieben reinen Gemütstöne verstanden, die in meiner Seele geschlummert und nun erwachten). Ein Gefühl so herzlicher Kameradschaft zwischen Mann und Frau hätte ich kaum für möglich gehalten.

Wenn er wüßte, Mutti! wenn er wüßte! Was? Natürlich, daß ich über dreißig Jahre alt bin. Ich feire meine Geburtstage nicht mehr, ganz Vogel Strauß, der bekanntlich seinen Kopf in den Sand steckt, um nicht gesehen zu werden.

In anderthalb Stunden waren wir auf der Höhe. Wir setzten uns in eine für die Fremden hergerichtete kleine tempelartige Laube. Die Sonne neigte zum Untergang. Mit großen verschlingenden Augen sahen wir hinaus in die Pracht der Landschaft.

In zarter schattenhafter Verträumtheit lagen die Berge vor uns, von schier sagenhaftem Flimmer umwoben, der in den leuchtenden Spitzen des Schnees endete. Die Färbung, ein zärtliches Zerflimmern und Verdämmern von Rosen und Lilien. In ihrem leisen Ineinanderfließen nahmen sich die Berge aus wie selige, von Genien bewohnte Wolken, oder leuchtende Schatten von Götterburgen, Walhallen, phantastisch hoch über allem Irdischen, hinreißend in ihrer traumhaften Schönheit.

Wir waren eins in Entzücken. Wir standen Hand in Hand. Ich weiß nicht, wie das kam, aber es kam so.

»Auf der Höhe!« sagte er, und innig und fest preßte er meine Hand. Wir standen da, erlöst vom Damen- und Herrentum, zwei Menschen, die sich gefunden, sobald sie sich begegnet – Geschwister-Seelen.

Der Himmel erblaßte allmählich.

»Wie heißt das Gretel?« fragte er, als wir uns langsam zum Gehen wandten.

»Sibilla! Und der Hansel?«

228 »Albert Kunz!«

Wirst Du es begreifen, Mutti, der Name ernüchterte mich etwas. Ich habe von jeher den Namen Albert nicht gemocht.

Vom nahe gelegenen Wirtshaus kamen Guitarretöne. Hand in Hand gingen wir zur Kapelle.

Warum sind alte Kirchen und Kapellen so eindrucksvoll, selbst auf das Gemüt absoluter Atheisten?

Hansel meinte, es sei nur der malerische Effekt.

Ich glaube, es ist mehr. Die Pforten der Welt schließen sich hinter uns, wenn die Thüren der Kirchen sich öffnen. Wir sind in der Vorhalle eines Jenseits.

Die Tiaren, die weißen Lilien, die blutigen Thränen und goldenen Kronen, Blumen und Dornen, Miserere und Jauchzen, Halleluja und Requiem, Verzückung und Martyrium, das alles zusammen erzeugt eine von heiligen Geheimnissen umzitterte Atmosphäre, die einer idealen Sehnsucht unseres Gemütslebens entspricht.

Albert Kunz nannte es Rausch. Er fand die bunte Glasmalerei der Kirchenfenster, die das Verblichene, Rohe und Verfallene in eine mystische Beleuchtung rücken, fein und klug ersonnen. Öffne man diese großen Fenster und lasse Sonne und Licht hinein, so erscheine an Stelle der weihräucherlichen Mystik, Gerümpel, Staub, Spinnweben – Plunder.

Es scheint, unsere Geschwister-Seelen sind doch nicht ganz auf denselben Accord gestimmt.

Den Rückweg legten wir schweigend zurück. Da es allmählich ziemlich 229 dunkel wurde, nahm er meinen Arm und gab acht, daß ich nicht fehltrat.

Ich war so herzreich in dieser Stunde, daß ich allen Dingen um mich her davon abgeben konnte, den Wiesenblumen, den Gräsern, den zirpenden Heimchen, den rinnenden Wassern. So seelenfriedlich, so milchstraßenfreundlich, fern ab von der Welt, als hätte ich alles beisammen, was mir not thut. Das war wirklich *l'heure bleue*. Wie anders, anders als die gestrige *heure rouge*.

Nichts fehlte mir, als Du, liebe Mutter, und unwillkürlich mußte ich an die Abende denken, wo ich vor Deinem Bett knieend, Dir mein ganzes Herze sagte.

Als wir kaum noch hundert Schritte von meiner Villa entfernt waren, sah ich eine Lampe auf meiner Veranda und meine Jungfer, die ängstlich hinausspähte. Ich zog meinen Arm aus dem meines Begleiters und zeigte auf die Villa. »Da wohne ich; Gott zum Gruß, lieber Hansel.«

Er wußte, daß er nicht weiter mitgehen durfte.

»Gretel!«

Plötzlich hatte er mich umschlungen und geküßt, herzhaft auf die Wange geküßt.

Na – morgen ist er ja über allen Bergen. Und überhaupt, ich finde es nicht so entsetzlich, wenn ein Mann aus herzliebem Gefühl, ohne den Beigeschmack der Sinnlichkeit, eine Seelenschwester küßt.

Hebe diesen Brief auf, Mutti, wie ein Blatt aus Arkadien, das ich vielleicht später einmal, in Stunden öder Weltlichkeit mit Rührung lesen werde.

4. Juli. Liebe Mutti, es kommt doch immer ganz anders, als man denkt. Gestern war ich von der riesigen Bergtour an allen Gliedern wie 230 zerschlagen. Ich blieb den ganzen Tag zu Hause. Am Nachmittag lag ich auf der Chaiselongue. Ich hatte das weiße Kleid von dem zarten indischen, mit seidenen Blumen durchwebten Stoff an, an dem Dir die Silberborte an dem kleinen, viereckigen Ausschnitt immer so gut gefallen hat. Das Haar leicht aufgesteckt. Als ich in den Spiegel blickte, mußte ich lächeln über den Kontrast, den meine heutige Erscheinung zu der gestrigen bot.

Ich wollte lesen, aber meine Gedanken schweiften von dem Buch ab, hin zu Albert Kunz. Daß er sich so leicht und so gleich wieder von mir frei gemacht hatte, verdroß mich beinahe.

In den Nebenzimmern wurden Thüren auf und zu gemacht. Das Geräusch irritierte mich. Ich erhob mich, um meiner Jungfer zu klingeln. Ehe ich aber zur Klingel kam, öffnete sich die Thür meines Salons und vor mir stand – Albert Kunz, und vor ihm stand ich, in der Pracht meiner funkelnden Ringe und meines ganzen Toilettenzaubers.

Denke Dir, Mutti, denke Dir, er erkannte mich im ersten Augenblick nicht. Er prallte zurück. Blendete ich ihn? Er stammelte ein paar Worte der Entschuldigung, wußte augenscheinlich nicht, was er sagte, und seine Blicke saugten sich förmlich an meinem Gesicht fest, leidenschaftlich suchende, angstvoll lauernde Blicke.

»So sind Sie nicht über allen Bergen?«

Da erkannte er mich an der Stimme.

Eine dunkle Röte übergoß sein Gesicht. Verwirrung und Abwehr drückte es aus.

»Doch Fürstin?«

Ein so bitterböser Vorwurf lag in seinem Ton, daß ich laut lachen mußte.

»Nein, nur Sibilla Raphalo, die Gattin eines ebenso einfachen wie reichen Mannes.«

Er schien nur das Wort Gattin gehört zu haben, denn er wiederholte mehrere Male, halb erstaunt, halb geringschätzig: »Gattin! Gattin!« Gewölk jagte über seine Stirn, Blitze zuckten drüber hin.

»Hansel!« Dieses Hansel war mehr als leichtfertig von mir. Es fixierte, was ein flüchtiges Momentbild hätte sein sollen, verwandelte ein heiter belangloses kleines Abenteuer in ein ernstes Erlebnis.

Aber ich wollte auf alle Fälle die Situation ihres theatercoupmäßigen Charakters entkleiden. Ich hasse die Scenen, unter die man »tableau« zu schreiben pflegt.

Die Wolken auf seiner Stirn verteilten sich, die Blitze hörten auf zu zucken.

»Es wäre besser gewesen, ich hätte dem Verlangen, Sie wiederzusehen, nicht nachgegeben. Ich wollte zum Gretel – 's Gretel ist fort. Wirklich, ich hätte längst über allen Bergen sein sollen.«

»Bei den sieben Zwergen, wo das Schneewittchen wohnt.«

»Das Königskind.« – Er sagte es mit einer eigentümlichen Traurigkeit in der Stimme.

»Erlösen Sie es doch von der Königskindschaft, Sie Redakteur eines sozialistischen Journals. Übrigens ich kenne Ihr Journal, ich lese es und – ich teile Ihre Weltanschauung.«

Die letzte Wolke verzog sich. Himmelsbläue, eitel Sonnenschein auf seinem Gesicht.

Seine Befangenheit löste sich nun zwar, doch so recht fand er sich noch nicht in die neue Situation. Er sah mich immer an, mit einem naiv bewundernden Erstaunen, und noch ein paarmal sagte er: »'s Gretel ist fort.«

»Hat Ihnen denn das Gretel besser gefallen als Sibilla?«

»Es stimmt mich traurig, daß Sibilla so kränklich blaß, so lilienweiß ist. Gretel war so frisch rot.«

»Sagen wir, wenn wir aufrichtig sein wollen, rotblau, welche Färbung Sie ja von neuem genießen können, wenn Sie noch einen Tag in Berchtesgaden bleiben und mich auf den Göll begleiten wollen.«

Ja, er wollte noch einen Tag bleiben, aber nur einen einzigen, um mich auf den Göll zu begleiten.

Natürlich denke ich gar nicht daran, den Göll zu besteigen, der ist mir viel zu hoch. Aber die Langeweile verscheuche ich gern.

Es kam zu keiner rechten Unterhaltung mehr. Er war unruhig und ging bald.

Wie deutest Du seine Unruhe, Mutti? Meine nächsten Briefe werden wohl alle von Albert Kunz handeln. Sei geküßt, Du Liebste, von

Deinem Beichtkind.

10. Juli. Liebe Mutti, der Albert Kunz denkt natürlich gar nicht mehr ans Abreisen. Wir machen täglich längere oder kürzere Spaziergänge, und wenn es nicht zu steil bergan geht, sind wir immer dabei, soziale Fragen zu lösen.

Auf diesen Wanderungen sind wir nach wie vor Hansel und Gretel und in besonders animierter Stimmung, sogar »Du«, z.B. »Siehst Hansel, das Gretel ist doch nicht fort.«

»Aber verkleidet bleibt's doch, ich spüre immer die Märchenprinzessin hindurch, trotz Lodenrock und Rucksack.«

Ich bin zu ihm immer dieselbe, er zu mir nicht ganz derselbe. Eine neue Note ist in sein Wesen gekommen. Bei ihm klingt und schwingt eine Saite, die bei mir nicht wiederklingt. Ich sag's Dir gleich: der Hansel hat sich ins Gretel verliebt. Nein, doch nicht ins Gretel, sondern in Sibilla. So ein Sozialist! Ins Gretel hätte er sich verlieben müssen.

Neulich habe ich ihm erklärt, ich würde seine Namen umstellen. Der Vorname Albert mißfiele mir. Er würde von jetzt an Kunz Albert heißen. Kunz, das klänge ans Romantische an: Kunz von der Rosen. – – Oder Kunz von der Lilien, sagte er, da er doch der Ritter einer weißen Lilie sei.

Er machte aber doch ein bedenkliches Gesicht zu meiner Kaprice. Ist er nicht willig, so brauche ich zwar nicht Gewalt, aber ich sage: »Hansel!« Da wird er zahm und frißt mir aus der Hand. Hansel, Hansel, ich

233

234

fürchte, mit der Nachgiebigkeit in Betreff Deines Namens fängt Dein Unglück an.

Für mich fürchte nichts, Mutti. Ich verliebe mich nie in ihn. Warum nicht? Ja, siehst Du, meine Nerven korrespondieren nicht mit den seinen. Kunz sagt alles, was er denkt, so brüsk heraus. Wie seiner Stimme, so fehlt auch seinem ganzen Wesen das Piano, der Mondschein. Sein Schritt ist so fest und bestimmt, ich höre ihn schon immer von weitem. Er reizt keine Neugierde. Er ist immer ganz da. Mittagshelle. Und man ruht doch gern zuweilen in weichdämmerndem Abendschatten aus.

Er ist der Sohn eines bayerischen Gastwirts. Und ich bin Deine Tochter, Du Feine, Du Zarte, Du in dämmerndem Zwielicht so melodisch Verschwimmende, Verklingende.

Deine Sibilla.

15. Juli. Benno war einige Tage hier. Kunz, der mit ihm wie mit allen Menschen sich einfach, natürlich und teilnehmend zeigte, hat ihm sehr gefallen, und keine Spur von Eifersucht bei ihm erregt.

Es war mir lieb, daß Kunz ihn kennen lernte. So hat er sich nun selbst ein Urteil über ihn und unsere Ehe bilden können, ohne daß ich ein Wort darüber zu äußern brauchte. Die Art und Weise, wie ich mit Benno verkehrte, that ihm augenscheinlich wohl.

Die Partien, die wir zu dreien machten, fast immer zu Wagen, erlitten durch Benno keinen Abbruch an Gemütlichkeit. Nur traten in der Unterhaltung an Stelle der sozialen Fragen Bennos Anekdoten, über die Kunz herzlich lachte; war er doch in diesen Tagen ganz übermütig froh gestimmt. Ob darüber, daß Benno gerade so ist, wie er ist?

Wir fuhren auch über den Königsee, den ich zum ersten Mal sah. Benno war lebhaft wie Quecksilber und anekdotenreicher als je.

Meine und Kunzes Blicke flogen über das Wasser, es war nur wie ein Überschlag der Genüsse, die wir haben würden, wenn wir einmal zu zweien hier im Kahn säßen. Unsere Blicke begegneten sich in der Vorfreude einer solchen Fahrt.

Benno und Kunz sind als gute Freunde von einander geschieden, und mein lieber Mann hat Kunz ans Herz gelegt, mich ja gut zu chaperonnieren.

Und wie vorher, so wurde nachher Bennos zwischen mir und Kunz nie gedacht.

16. Juli. Hier wurde ich gestern durch Besuche unterbrochen.

Sie sind da, meine Intimen, Borns, Riedlings, Eva Broddin mit Tante und verschiedene andere, die Dich nicht interessieren. Einer von diesen verschiedenen andern, eine in München sehr beliebte Persönlichkeit, gehörte zu den Besuchern. Ein fader Geselle. Nicht einmal einen neuen Klatsch brachte er mit, nur den alten, aufgewärmten.

So lange man mitten in der Gesellschaft lebt, sieht und hört man die Menschen mit den Augen und Ohren der andern, gleichsam mit geliehenen Augen und Ohren.

Hier sehe ich sie, wie sie sind. Man steigt nicht ungestraft aus der kleinen Welt der Salons in die große Welt stolzer Bergnatur. Das ist eine Entlarvung der seelischen und leiblichen Engbrüstigkeit der faden Gesellen.

Wer weiß, ob ich nicht in meinem Münchner Salon Kunz Albert ignoriert, und an dem geistreichen Jargon des Barönchens Gefallen gefunden hätte.

Siehst Du, Mutti, das ist der immense Vorzug der Einsamkeit in der Natur: die Emanzipation von den andern.

Ich habe aber doch schon verschiedentliche Besuche mit den andern ausgetauscht und ihnen sehr harmlos, aber sehr schlau von Kunz Albert, dem Sozialisten, den ich als Bergführer acquiriert, erzählt. Es kann sein, daß ich dem Ton, mit dem ich von ihm sprach, eine kleine, feine scherzhafte Nüance beimischte, nur damit ihnen keine Hintergedanken kommen sollten. Perfide, nicht? So ist man. Kaum hat man wieder Fühlung mit der »Gesellschaft«, so heult man mit den Wölfen, oder wenn die Wölfe zu protzig klingen sollten, man wird zum Schaf, das dem Leithammel folgt.

Sie haben sich allmählich gegenseitig kennen gelernt, Kunz und meine Münchner, und sie beurteilen ihn, jeder von einem andern, das heißt, jeder von seinem Standpunkt aus. Riedling schätzt ihn eminent vom Standpunkt des Malers – als Modell. Die Damen finden ihn als Acquisition für ihren Salon ganz acceptabel, da in einem Salon auch die heftigsten Ultras und Antis chic sind, wäre es auch nur, wie Timäa sich ausdrückte, um Leben in die Bude zu bringen.

Timäa, die auf einige Tage bei Eva Broddin zu Gast ist, sieht in Kunz nur den Mann, und findet ihn als solchen ersten Ranges. Wer sich nicht schnurstraks in diesen jungen Herkules verliebe, sei keine unverfälschte Weibnatur.

Sie zeigt ihm ihr Wohlwollen unverhohlen, während die feine Eva sich mit heimlicher Neugierde und dem schmachtenden Blinzeln ihrer geschlitzten japanischen Augen an ihn schlängelt.

Schade, er ist nicht mehr so harmlos froh, seitdem ich meine Münchener Welt wieder um mich habe. Ein herberer, zuweilen mentorhafter Ton ist in seine Gespräche gekommen. Mit der vergnügten Kindschaft scheint es aus. Und ich auch, ach Gott, ich bin wieder über dreißig Jahr alt.

Glücklicherweise besuchen mich meine Münchener in den Abendstunden fast nie. Der Berg, auf dem ich wohne, ist ihnen zu hoch. Diese Stunden gehören Kunz Albert und Dir, meine Mutter.

20. Juli. In dem Hof einer eleganten Villa hat ein kleiner Bazar stattgefunden. Eine hocharistokratische Klique, Villenbesitzer aus dem Ort, hatten ihn, um den Bau einer evangelischen Kapelle auf die Beine zu bringen, inszeniert. Ich und Traute, wir beschlossen hinzugehen, und Kunz, der nicht wollte, mußte mit.

Ich hatte mir eine feine Nüance für diesen Wettkampf mit der Aristokratie ausgedacht, einen Anzug, so armselig wie ihn nur irgend meine Jungfer in der Eile hatte herstellen können. Tyroler Werkeltags-Kostüm von derbstem, billigstem Kattun, meine wallende Mähne aber ließ ich königsmantelgleich unter meinem vergilbten Tyroler niederfließßen.

Ich kann mir nicht verhehlen, ich wirkte sensationell, überall hatte ich »das G'schau«, wie der Bayer sagt und selbst die Erlauchten, denen doch Neugierde nicht ansteht, spähten verstohlen nach mir.

Allerliebst war der Hofraum hergerichtet mit wehenden Fahnen, stilvollen Decken, die Buden mit Blumen, Tannen und Eichenlaub geschmückt, auf einigen Tischen dampfende silberne Theekessel, und alles mit Musik. Die Verkäuferinnen aus der *crême* der *crême*. Bemerkenswert eine Gräfin Olandri. So ungeniert häßlich zu sein, erlaubt sich nur eine Aristokratin. Mit der hängenden blauen Unterlippe, den kleinen, triefenden, schlauen Äuglein, der klobigen Nase, den unzähligen graugesprenkelten Ringellöckchen unter dem mit schwarzen Beeren aufgeputzten Tyrolerhut, würde sie den Eindruck eines groben, pfiffigen alten Bauern gemacht haben, wenn man ihr nicht an ihrer absoluten, unbeirrbaren Sicherheit auf hundert Schritt die Aristokratin angesehen hätte.

Klein und dicklich in der Gesellschaft war nur eine ältliche, geschmacklos und spießbürgerlich gekleidete Fürstin. Wie eine Landrätin in Wichs

238

sah sie aus, kraft ihres Ranges aber fühlte sie sich zu einer graziösen Lebhaftigkeit verpflichtet, und bildete, bald sitzend, bald stehend, Cercle.

Zwei kleine Komtessen in Berchtesgadener Tracht – natürlich ins Ideale, in Seide und Spitzen übersetzt, küßten der Dicklichen devotest die Hände. Ihre steifleinene Haltung und ihre kleinen, hochmütigen Mienen hatten sie wohl nur aus Angst, man könnte sie für wirkliche Bauernmädel halten, aufgesteckt. Eine junge niedliche Prinzessin erregte Entzücken, weil sie nett und freundlich und gar nicht kronen- und scepterhaft sich benahm; eine andere aber, häßlich, mit spitzem bösem Gesicht, war gar nicht freundlich, erregte aber natürlich auch hohes Interesse. Ich betrachtete sie eine Weile und dachte: Wärst Du, Prinzessin, ein häßliches, ältliches Fräulein Schulz oder Müller und noch dazu hochnasig, alles andere würdest Du eher erregen als Interesse.

Ich gönne ihr aber das Glück, Fürstin zu sein, das einzige, das ihr je geblüht hat und je blühen wird.

Ich machte mir den Spaß, die unfreundliche Fürstin nach dem Preis eines einzelnen Bisquits zu fragen. Unbeschreiblich, Mutti, die Betonung, mit der sie, in die Luft sehend, sagte: »Zehn Pfennig«, als ob sie noch nie so gemeine zehn Pfennige in den Mund genommen hätte.

Ist mir zu teuer, sagte ich, ging an den Tisch der freundlichen Fürstin, kaufte sehr viel teuren Thee und Kuchen, und an einem reizend gedeckten Tischchen trank ich mit Kunz und Traute meinen Thee, starken, guten Thee.

Leider hatte der Ruf der exklusiven Vornehmheit dieses Bazars seine Schatten ins Thal geworfen, und nur wenige Fremdlinge hatten sich hinaufgewagt, und nachdem sie aus hohen Händen für 2–3 Mark eine Tasse Thee in Empfang genommen, drückten sie sich still vor den Hundertmark-Vasen, Aquarellen und sonstigen ebenso kostspieligen, als unbrauchbaren Herrlichkeiten.

Ich machte in halber Neckerei Kunz auf die schönen Gestalten der Aristokraten aufmerksam, wie diese Blaublütigen, selbst in hohem Alter, ihre Schlankheit und Elasticität bewahrten, was doch nur in seltenen Fällen dem Bourgeois gelänge.

Kunz reckte seine Hünengestalt, damit man merken sollte, er spräche nicht *pro domo*.

Ein Vorzug, meinte er, dessen sie sich nicht zu rühmen hätten. Wem verdankten sie diese kraftvolle, körperliche Entwickelung? Dem Volk, das Jahrhunderte lang für sie frohndete, damit sie im Schoß des Wohllebens, auf Burgen und Schlössern sich in Freiheit und Ritterlichkeiten tummeln konnten.

Habe ihre Intelligenz Schritt gehalten mit ihrer Körperlänge? Durchaus nicht. Ein behaglich eingerichtetes Kämmerlein sei ihm lieber als leere Prachtsäle mit Spinnweben in allen Winkeln und Ecken. Übrigens stehe es noch dahin, ob Größe ein Vorzug sei, ob nicht möglicherweise das Riesenmaß der Glieder bei fortschreitender Kultur zu Gunsten des Gehirns oder einer Seelensubstanz abnehmen werde. Die kleinen Japaner seien intelligenter als die längeren Chinesen. Nur der Physiologe habe – so weit die Wissenschaft ihm eine Handhabe böte – eine Berechtigung über den Wert des Blutes zu entscheiden.

Hier mußte Kunz niesen, und damit nicht genug, schnaubte er sich auch – hörbar – sehr hörbar.

Traute, die als geborene Baronesse sich durch Kunzes Äußerungen verletzt fühlte, rühmte mit einer gewissen Absichtlichkeit die den Aristokraten angeborenen sicher feinen Formen, die im Verkehr mit ihnen so behaglich anmuteten.

Kunz machte uns auf einen Menschen in Livree aufmerksam, den, für einen Lakaien zu halten ich mich lange nicht entschließen konnte; vielmehr war ich der Ansicht gewesen, daß seine Livree eine ausländische Uniform bedeute, so hochherrschaftlich, so *seigneurale* war seine Haltung.

Die Art, wie er, von Tisch zu Tisch gehend, seine Einkäufe machte, die eingekauften Sachen mit nonchalanter Grazie umherzeigte, wie er am Büffet seiner Gebieterin, der freundlichen Prinzessin, eine Tasse Thee trank, ohne Spur von Gêne oder Unterwürfigkeit, das war geradezu feudal.

»Sie sehen«, sagte Kunz lächelnd, »wie diese Formen erworben werden.«

Traute antwortete nicht. Sie zeigte sich schon seit einiger Zeit unruhig. Ab und zu sah sie nach der Uhr. Ob sie jemand erwarte, fragte ich.

Ja, sie erwarte jemand, der heut morgen erst angekommen sei, und der versprochen habe, sie von hier zu Eva Broddin zu begleiten, wo man musizieren wolle. Wer es sei, verrate sie nicht. Ich sollte auch überrascht werden.

Ihre Unruhe steckte mich an.

Mit einem Mal rief sie: »Da ist er!« und ich sah Hely Helmström auf uns zukommen. Ein Gefühl, zwischen peinlichem Mißbehagen und beklemmender Erregung überkam mich. Ich schämte mich meines Kostüms und verlor alle Fassung, als er mich mit einem Ausdruck kühlen Befremdens grüßte. Ich stellte die Herren einander vor, und einen Augenblick schämte ich mich auch meines lieben Kameraden, der nicht recht *gentlemanlike* aussah, beinahe etwas bäurisch. Jetzt erst bemerkte ich, daß er auf der Sohle des einen Stiefels einen Riester hatte. Ich ängstigte mich förmlich, Herr von Helmström würde diesen Riester bemerken. Mein grober Kattun war nur Maske, Kunzes versohlter Stiefel – echt.

Zum ersten Mal hatte ich in meinem Herzen den Hansel verleugnet. Ich war mir dessen sofort bewußt und litt unter meiner Niedrigkeit.

Man wechselte einige nichtssagende Worte. Herr von Helmström brachte mir eine Einladung von Eva Broddin für den Musikabend. Ich lehnte kurz ab.

Er begrüßte dann einige der anwesenden aristokratischen Familien, und nach einer kleinen Viertelstunde brach er mit Traute auf. Einen Moment hatte sein Auge forschend und nicht gerade wohlwollend auf Kunz geruht.

Ich kam nach Hause, unzufrieden mit aller Welt, besonders mit dem Wetter. Es regnete. Nichts kann man dauernd genießen, die Natur nun schon gar nicht, und die Menschen auch nicht.

243

Ach Gott ja, Kunz ist ein reiner edler Charakter, aber warum schnaubt er sich überhaupt in meiner Gegenwart? Und auf einem feinen Bazar braucht er nicht versohlte Stiefel zu tragen. –

Ich weiß, ich weiß, Mutti, ich bin von krankhafter Sensitivität, in einfaches Deutsch übersetzt: ich bin kleinlich, erbärmlich, dämlich.

Am andern Tag besuchte mich Hely. Wir plauderten wie immer, recht gut, recht geistreich, nur einen Ton frostiger als sonst. Mir ganz recht. Was soll mir dieser Hely, der Traute liebt, von Timäa begehrt wird und vielleicht an der feinen, feinen Eva hängen bleibt. Nur wäre es mir nicht recht, wenn er dächte, daß Kunz – – ach, wäre mir auch gleichgültig. Alles ist mir gleichgültig. Wärst Du doch bei mir geblieben, Du Allerliebste!

Hely reist übrigens in den nächsten Tagen wieder ab. Möglicherweise werde ich ihn erst in München wiedersehen oder gar nicht. Nicht nur Traute hat er vor mir besucht, *cela va sans dire*, aber auch Eva Broddin.

Sonntag. Kunz ist heut allein in den Bergen. Ich blieb zu Hause auf der Chaiselongue mit ein wenig Migräne, und las Nietzsche und konnte zu lesen gar nicht aufhören. Vieles, was er sagt, weiß ich ja längst, längst.

Kommt da einer mit einem feurigen Schwert in der Rechten und redet
mit Engelzungen aus purpurnen Wolken, und redet dasselbe, was Du
gedacht. O Mutti, das ist eine Festfreude, eine lautere Wonne, eine
Rührung, daß man es so herrlich weit gebracht hat.

Größenwahn? kann sein. Ach, wer sich an Nietzsches Flügel hängt,
der gelangt sicher nicht nach Arkadien oder nach einem sonstigen
frommen Eiland, o nein, vielleicht auf einen hohen, hohen Berg, weißer,
weißer Schnee auf seinen Gipfeln, oder auf ein weites, weites Meer, oder
in eine feurige, feurige Hölle. –

Habe ich denn wirklich Migräne? Dachte ich etwa, Hely würde
kommen? Ich – ein solches Backfischmanöver? Mir ist alles zuzutrauen.

Er ist auch gar nicht gekommen.

23. Juli. Kunz Albert suggeriert mir ein lebhaftes Interesse für das
bayrische Volk. Am letzten Sonntag ließ ich mich bereden, mit ihm eine
Waldschenke zu besuchen, wo das Volk seinem Nationaltanz, dem
Schuhplattler, obliegt.

An langen Holztischen saßen die Bauern und tranken. Die ganze
Gegend roch nach Käse, Bier und ledernen Hosen. Kunz redete frei und
kameradschaftlich mit den Bauern in ihrem Dialekt, den ich nicht verstand.

Als sie mit dem Bier fertig waren, wischten sie sich mit dem
Handrücken den Mund, und es ging los.

Ein Harmonikaspieler, dem das nasse Haar an den Schläfen klebte,
besorgte die Musik. Er hatte den grünen Hut zurückgeschoben, und
mit halbgeschlossenen Augen und einem bierbacchantischen Zug in
seinem Gesicht wiegte er sich hin und her.

Und der Tanz selbst! Ein wahrer Wildentanz. Wie Feuerländer
hupften und sprangen sie mit den nackten Knieen juchzend und klap-
send umher, Riesenheuschrecken, nur schrecken sie nicht das Heu,
sondern feinnervige Menschen. Und alle trieften. Wer am tollsten
springt, ist König. Dieses Sonntagsvergnügen des bayrischen Volkes
kostet sicher mehr Schweißtropfen als ihre Wochentagsarbeit.

Die Tänzerinnen, meist häßlich und nicht jung, hatten ein bescheide-
nes, passives Wesen, eine Korallenkette um den Hals, und von Temperament und Grazie keine Spur. Mit ihren wassersträhnigen, fadblonden
Haaren, ihren verschossenen Röcken, schwarzwollenen Jacken und un-
kleidsamen grünen Hüten tragen sie nicht zur Verschönerung von
Oberbayern bei.

Auf dem Rückweg gingen wir, ich und Kunz, etwas verstimmt nebeneinander her. Um ihn nicht zu verletzen, sagte ich gar nichts, was immer verstimmender wirkt, als wenn man zu viel sagt. Schließlich brach er das Schweigen.

»Der Schuhplattler hat nicht Gretels Beifall gefunden?«

»Nein.«

»Als echte Aristokratin (die ich doch gar nicht bin), perhorresciert sie die sonntägliche Menge, die staubt und schwitzt – –«

Ich gab es zu. »Aber Kunz, man kann doch die Liebe zum Volk nicht so *en détail*, so handgreiflich materiell nehmen, als müsse man nun jedes einzelne Exemplar dieser Gattung mit einer ganz persönlichen Zärtlichkeit umfassen. Ich möchte unter Menschenliebe nur eine bestimmte Geistesrichtung, eine zarte und tiefe Grundstimmung verstanden wissen, die all unseren Handlungen Ton und Farbe giebt. Man liebt die Menschen vielleicht am meisten, wenn man fern von ihnen in Einsamkeit lebt, wo diese zarte Grundstimmung nicht durch Zuwideres, das uns im Verkehr mit den Proletariern abstößt, getrübt wird. Die Veredlung der Menschen ist doch eben der Zweck Eurer sozialen Bestrebungen. Aber vor der Veredlung, nicht eine Liebe – *in suspenso*?«

»'s Gretel bleibt halt immer an der Oberfläche kleben.«

»Sie haben mich also gewogen und zu leicht befunden?«

Er schwieg. Das reizte mich, und ich pries die Oberflächlichkeit als eine schöne Gottesgabe, wobei wenigstens für uns belanglose Frauen allerhand emotionelle Lustbarkeiten abfielen. Ich hätte auch einmal ernst und tief sein wollen, als ich 17 Lenze zählte. Da wäre ich in einen jungen Dozenten verliebt gewesen, und trotz meiner Talentlosigkeit für das Hausfrauenfach hätte ich kochen, schneidern, sparen, Lampen putzen und ähnliches lernen wollen, gerade wie es meine Freundin Camilla that, die deshalb von aller Welt gelobt wurde, ihr sittlicher Ernst, und daß sie so gar nicht oberflächlich sei. Daß ich diesen sittlichen Ernst bald wieder aufgegeben, hätte an dem jungen Dozenten gelegen, der – abschnappte.

Kunz maß mich mit einem seiner unausstehlichen Mentorblicke.

»Ich muß mich erheitern«, sagte ich verdrießlich, »wenigstens eine Tasse Thee trinken.«

Eva Broddins Villa lag fast auf unserm Weg. Sie hatte Kunz verschiedentlich aufgefordert, sie zu besuchen. Ich schlug vor, bei ihr vorzusprechen. Er zögerte.

»Aber Hansel!«

Natürlich kam er mit. Eine Art verzaubertes Bauernhäuschen, diese Villa, romantisch, von blühender Anmut. Kleine viereckige Fensterchen mit einem zierlichen Drahtgitter, die in der Mitte ein goldenes Herz haben, und zwischen Glas und Gitterwerk eine Fülle von Blumen, Nelken, Rosen, Oleander, die ihre Blüten und Düfte durch die Gitter hinausdrängen. Über dem Eingang eine Nische mit einem Heiligen, darüber die Inschrift: – nun habe ich sie doch vergessen – zur Seite ein Becken mit rinnendem Wasser.

Und die Zimmerchen, auch wie verzaubert, wie für ein Schneewittchen oder Dornröschen, jedenfalls für ein »chen«. Alles *en miniature*. Ein unbeschreiblicher Wirrwarr von reizenden Dingen, orientalischen, japanischen, exotischen.

Timäa nennt die Wohnung einen bizarren Käfig für einen Kolibri. Eva hat ja etwas vom Kolibri, aber mehr noch von einer Schlange; nicht eine üppige Sündenschlange, wie auf dem Stuckschen Bilde, nein, eine feingliedrige, zartschillernde, mit schmalem roten Giftzüngelein, das Züngelein ein flammender Pfeil.

Wir trafen Eva mit der Tante und einigen Gästen in dem parkartigen Garten. Unter den Gästen Timäa, die sich von einem jungen Mann in himmelblauer Krawatte und süßduftenden Juchtenstiefeln den Hof machen ließ.

Was für ein Gegensatz die Scenerie hier zu dem Schuhplattler. Alles im herrschaftlichsten Stil. Thee, stark, mit Samowar, silberne Kanne, graziöse Tassen; unter einem baldachinartigen Zelt eine gepolsterte Ruhebank, und lauter schöne, stattliche Menschen. Einige junge Mädchen in altbayrischem Nationalkostüm, etwas zu seidig, zu watteauhaftschäferlich. Eine junge Dame ritt auf einem Ponny durch den Park.

Eva empfing uns mit bezaubernder Liebenswürdigkeit, konnte es aber nicht unterlassen, alsbald auf Timäa herumzuhacken.

Es giebt Menschen von furchtbarer Subjektivität. Weil ein Jude sie gekränkt, werden sie Antisemiten und möchten die ganze Rasse zermalmen. Weil ein Weib ihnen übel mitgespielt, verachten und beschimpfen sie das ganze Geschlecht. So haßt Eva Broddin alle Berlinerinnen, weil Timäa ihr vor Jahren den Gregori abspenstig gemacht hat. Sie war nahe daran gewesen, die schüchterne Werbung des Malers zu acceptieren, spielte aber in ihrer Art noch ein wenig Katze und Maus mit ihm, als Timäa einen Moment, wo der Tiefverletzte sich verschmäht glaubte,

benutzte, ihm Trost zu spenden, woraus sich dann naturgemäß alles
Weitere entwickelte.

Mich kann sie auch verstohlenerweise nicht leiden. Ich habe immer
das Gefühl, als hielte sie ein Netz bereit, um es mir bei der ersten besten
Gelegenheit – von hinten – über den Kopf zu werfen.

Man sieht sie fast nie ohne Fächer. Auf dem, den sie jetzt in der Hand
hielt, waren blonde Engelsköpfchen gemalt, über denen sich ihr dunkles,
schmachtend pikantes Köpfchen bezaubernd ausnahm. Die Grazie ihrer
Gebärden mildert ihre gelegentlichen Bosheiten. Als kichernder Puck
streut sie sie aus.

Als ich nach Traute fragte, antwortete sie ungewöhnlich laut, so daß
Timäa es hören mußte: »Traute, ja, die wollte auch kommen, ich vermute
aber, Hely Helmström occupiert sie.«

Timäa ließ sofort von dem mit der himmelblauen Kravatte ab, und
trat zu uns heran.

»Hely Helmström, sagen Sie? Ich denke, der ist gestern Abend schon
abgereist?«

»Nein, er reist erst morgen Abend.«

»Da reisen wir ja zusammen!« rief sie mit einer plötzlichen Eingebung.
Sie stürzte ein paar Tassen Thee hinunter, wollte schnell noch von
Traute Abschied nehmen und – fort war sie.

Eva sah ihr mit ihrem kichernden Pucklachen nach:

»Vergebene Liebesmühe, sie ist nicht sein Genre.«

»Aber Traute?«

Statt der Antwort seufzte sie: »Arme Traute, sie ist Morphinistin, sie
schwindet dahin.«

Borns erschienen auf der Bildfläche. Sie kamen aus Nizza. Die seligste
Isolde schwebte heran, in einem sehr allerliebsten, sehr feschen Kleide,
das für eine Sechzehnjährige gerade recht gewesen wäre: rot- und
blaugestreift, mit Matrosenkrägelchen und Schleife, und ganz kurz, dazu
ein riesiger Hut auf dem lichten Gelock, alles sehr reizend und sehr
praktisch, nur für ihr Alter und ihre Erscheinung eben ein wenig – zu
reizend.

Ich weiß, daß sie sich hier mordsmäßig langweilt. Aber nein, i Gott
bewahre, sie amüsiert sich himmlisch. So viel Besuche empfängt sie,
und alle muß sie erwiedern. In Nizza freilich, da wär's schrecklich gewesen. Nein, diese Franzosen! Sechs Wochen lang habe sie immer das
Gefühl gehabt, als tanze sie auf einem Vulkan. Den Hut habe sie sich,

so unkleidsam das sei, immer tief in die Stirn gedrückt, um sich durch ihre Blondheit nicht als Deutsche zu verraten.

Und wenn die Franzosen erst dahinter gekommen wären, daß ihr Ewald jetzt ganz im Deutschtum, um nicht zu sagen, Teutonentum, aufginge!

Und Ewald nickte zu den Worten seiner Gattin.

Und er deklamierte von deutschem Sinn und deutscher Größe, und sang von Manfred und Konradin und Albrecht dem Bären und Otto von Wittelsbach. Nur sei er noch nicht einig mit sich, ob er die Hohenzollern, die Hohenstaufen oder die Wittelsbacher auf den Schild erheben solle.

Isoldchen war für die Wittelsbacher, da sie nun doch einmal in Bayern
lebten.

Eva verdächtigte Frau Isolde, auf den persönlichen Adel zu fahnden, den für bajuvarische Thaten zu spenden, üblich sei.

Der Baron mit den süßduftenden Juchtenstiefeln fand, daß der persönliche Adel nichts wert sei. Nur der erbliche sei wirklicher Adel.

»Da wir ja aber keine Kinder haben – –«

»Aber Ewald!« unterbrach ihn Isoldchen. Sie war sehr rot geworden und machte eine abwehrende schämige Gebärde.

Mit ihren 45 Jahren wartet sie noch immer auf das Wunderbare: das Kind. Sie hat die Schwäche, wenn sie eine Wohnung mietet, immer zuerst nach der Kinderstube zu fragen, und nie eine Wohnung zu nehmen, die nicht Raum für einen oder mehrere Stammhalter böte.

Es sollte wieder so recht kindlich naiv sein, als sie plötzlich, ganz aus dem Stegreif, sich mit der Frage an Kunz wandte: »Ist es wahr, daß Sie Sozialist sind?«

»Was sollte ich sonst sein?« antwortete er ernst.

Mit einem niedlichen kleinen Schauder zog Isoldchen das Köpfchen zwischen die Schultern und sagte neckisch: »Wir fürchten uns nicht vor dem schwarzen Mann, besonders wenn er so hübsch germanisch blond ist. Na, und bis an den Rand der Petroleumkanne werden Sie hoffentlich unsere teure Frau Sibilla nicht locken.« Und dabei paffte sie ihr Cigarrettchen, trank den starken Thee mit dicker Sahne, und wiegte sich in
einem Schaukelstuhl.

Kunzes Replik fiel etwas zu rhetorisch aus. Er konnte sich dabei einiger Seitenhiebe auf die Besitzenden, so da im Schoße des Glücks säßen, nicht erwehren.

Eva bestritt lebhaft den Causalnexus zwischen Besitz und dem Schoß des Glücks. Sie erinnerte an die Seelennöte all jener Schriftsteller und Künstler, die ihre Federn und Pinsel in Morgen- und Abendröten, in Blut oder in Äther tauchen möchten, und weil ihnen das nicht gelänge, litten sie Qualen, und je feiner ihre Nerven, je intensiver ihre Intelligenz, je größer ihre Seelenpein.

Kunz, der, möglicherweise aus Gleichgültigkeit gegen Frauenraisonnements das Gespräch nicht fortsetzen wollte, murmelte etwas von den anwesenden schönen Frauen, die doch sicher alle mit dem Monopol des Glücks auf die Welt gekommen wären.

»Aber Kunz«, fuhr ich ihn an, »seit wann reden Sie denn Banalitäten! Wir Frauen, das heißt die Begabten unter uns, kommen *au contraire* als Pechvögel auf die Welt, und unser Geschick ist einfach tragisch.«

»Tragisch? Wieso?«

»Entweder wir wollen und wir können nicht, oder wir könnten, aber wir dürfen nicht. Folgen wir dem Zug unseres Herzens oder den Instinkten unserer Natur – merkwürdigerweise tragen die meist einen ketzerischen Charakter – so sperrt uns die Gesellschaft als Schwefelbande aus, und folgen wir ihnen aus angelernter Bravheit nicht, so äschert heimliches Feuer unsere Seelen ein.«

Und ich citierte meinen Brahmanenspruch: »Und so soll ich die Brahmane, Mit dem Haupt im Himmel weilend, Fühlen, Paria dieser Erde, Niederziehende Gewalt.« Wenn ich vor Ihnen sterben sollte, Kunz, was ich vorläufig nicht beabsichtige, so lassen Sie diese Inschrift auf meinen Grabstein setzen.«

»Aber in Diamantschrift«, sagte der böse Kunz mit einem Blick auf meine Ringe, die gerade so schön in der Sonne funkelten.

Eva tippte ihn mit dem Fächer an. »Was wollen Sie denn eigentlich von uns? Sollen wir etwa in sozialistische Vereine gehen und agitatorische Reden halten, mit der Polizei auf den Fersen, und am andern Tag unsere Namen in der Zeitung?«

»Und wohl gar ins Gefängnis kommen«, stimmte ich Eva bei. »Das hielte ich nicht 24 Stunden aus. Gott sei Dank, daß ich eine Frau bin. Als couragierter Mann käme ich aus dem Gefängnis gar nicht heraus, ja ich würde am Ende sogar noch hingerichtet und könnte dann nie mehr den herrlichen Sonnenuntergang genießen, der uns jetzt auf dem Calvarienberg winkt. Wer kommt mit?«

Niemand kam mit, außer Kunz.

253

Auf dem Weg nach dem Calvarienberg kamen wir an dem Gärtchen vorbei, das zu der von Traute bewohnten Villa gehört. Ein merkwürdiges Gärtchen: kein Baum, kein Strauch, nur Blumen, nichts als Blumen, eine Überfülle von Blumen, ganze Gebüsche von Blumen. Inmitten eines riesigen Rosengebüsches ein Kruzifix. Und zwischen diesen Blumen wandelte Traute, so bleich, so schattenhaft, mit Hely. In dem schwarzen Florkleid, an dem die Ärmel wie Schmetterlingsflügel saßen, glich sie dem Engel des Todes.

Ja, sie schwindet dahin.

Kaum zwanzig Schritt von dem Gärtchen, hinter einem großen Baum versteckt, bemerkte ich Timäa, die brennenden Augen auf das Paar gerichtet.

Unser Weg führte uns eigentlich an dem Baum vorbei. Ich wählte einen Umweg, um ihr eine Beschämung zu ersparen.

1. August. Ich und Kunz, wir sitzen abends oft zusammen auf der Bank vor dem Tempelchen, mit dem der Calvarienberg endet. In dem Tempelchen ist Christus am Kreuze mit den beiden Schächern zur Seite und den leidtragenden Frauen dargestellt. Unterhalb des Gekreuzigten, in einem kellerartigen, vergitterten Raum, die Hölle. Auf rot angemalten Kohlen sechs nackte Gestalten. Statt des Feigenblatts, den Anstand wahrende, lodernde Flammen.

Mich rühren immer solche naiven Schildereien mit ihrer ramponierten Plastik, wo hier ein Finger, da ein Stück Strahlenglorie oder Himmelsbläue abgebröckelt, ein paar goldene Sterne heruntergefallen sind, und welke Kränze und Blumen so wehmütig mit dem Verfall harmonieren. Selbst in der blutenden Brustwunde des Heilands steckte ein welkes Sträußchen.

»Alle Kunst des Bildners«, sagte ich zu Kunz, »könnte vielleicht nicht die Wirkung dieser tölpelhaften Schildereien in all ihrer Hilflosigkeit und Häßlichkeit hervorbringen. Ist es nicht damit, wie mit dem Gebet. Ob es gestammelt wird, oder schwungvoll gesprochen, wenn es nur aus dem Herzen kommt.«

Kunz war nicht meiner Meinung. Für das Volk sei, wie für die Kinder, gerade das Beste gut genug. Darum keine Proletarier-Religion mit Blutdunst und frömmelndem Gruseln. Die Leute, die anbetend vor diesen plump angetünchten Holz- oder Pappfiguren in die Kniee sänken, würden kalt und verständnislos vor den Christusdarstellungen der größten Meister stehen.

»Sehen Sie nur diese scheußlichen Fratzen der Schächer und die Köpfe der Heiligen, als entstammten sie der Puppenfabrikation einer archaistischen Zeit. Und das ekelhafte Blutgerinsel, die fingerdicken roten Thränen. Wahrhaftig, eine Hintertreppen-Religion, die mit brutalen Hammerschlägen die Nerven notzüchtigt.«

Widerwärtig oft seine Ausdrucksweise.

»Und nun«, fuhr er fort, »blicken Sie in die Berge, über die blumigen Hügel, in all die Pracht der Natur – wo ist Gott?«

»Ja wo? Wenn nun selbst Ihr Gott nirgends wäre, Kunz?«

»Bei Ihren Münchner Freunden sicher nicht.«

»Und es war doch da alles so schön und anmutig, der Garten, die weißen Kleider, das reizende Mädchen auf dem Pony. Sage mir, Hansel, wird in Eurem sozialen Staat jedermann reiten und fahren können, oder keiner? Wird jeder eine so entzückende Villa haben, wie Eva Broddin, mit rieselnden Brünnlein und Marschal Niel- und Dijonrosen in solcher 256 Fülle? Und weil es nicht alle haben können, soll es keiner haben? Sollen sie vom Erdboden verschwinden, die poetischen Schlösser, die Parks mit Götterstatuen, mit zierlichen Kähnen an blinkenden Seen, poetischen Fontainen u.s.w., und jeder hat nur ein winzig Häuslein und ein Gärtchen mit blauen Kohlköpfchen, Radieschen, Spinat und einem Apfelbäumchen?«

Ich blinzelte ihn, wie ich meinte, schmelmisch an und erwartete ein Eingehen auf meine scherzhafte, wenigstens halbscherzhafte Rede.

Ach, er versteht keinen halben und keinen ganzen Scherz. Immer nur unverbrüchlicher Ernst, zuweilen ein blitzeschleudernder Zeus.

Er wollte wieder etwas Zeushaftes sagen, ich ließ ihn nicht zu Worte kommen.

»Ich weiß, was Du sagen willst: kindisch, geradezu kindisch. Nicht wahr, es wird in Zukunft noch viel poetischere Paläste geben, mit viel herrlicheren Statuen, viel grünerem Rasen und noch viel schöneren Rosensorten, Rosen à la Bebel, Liebknecht, Auer oder Singer, nur wird das allen gehören. Siehst Du, Kunz, ich würde aber an der Versämtlichung dieser Besitztümer keine Freude haben, ich brauche Einsamkeit, tiefe, purpurne Einsamkeit, um meines Ichs habhaft und froh zu werden.«

Er wollte wieder sprechen. Ich legte meine Finger auf seinen Mund: »Nicht unterbrechen, Kunz« Nicht nur, daß er unnötigerweise meine 257

Finger küßte, er sagte auch: »Keine Gefahr, so lange ich Ihre süße Stimme höre.«

Siehst Du, Mutti, so antworten selbst diejenigen, die die Gleichheit der Geschlechter wollen.

»Du willst einwenden«, setzte ich trotzdem meine Rede fort, »eine ganz neue Erziehung wird auch ganz neue Menschen aus uns machen, mit einem neuen Geschmack, einer neuen Einsamkeit, einer neuen Schönheit, und wir werden vielleicht die Kunst lernen, unter Tausenden einsam zu sein, sei es durch Drillung unserer Nerven, sei es durch Verschlußerfindungen für unsere Ohren und durch eine Art Scheuklappen für unsere Augen, so daß wir nicht zu hören und zu sehen brauchen, was wir nicht hören und nicht sehen wollen, oder – ach es giebt so viele Oder's – –«

Den Augenblick, wo ich Atem schöpfte, benutzte Kunz nun doch, um mich aus dem Sattel meiner schönen Rede zu heben.

»Und das eine Oder ist immer thörichter als das andere. Und wenn wirklich die Gärten – das heißt die Zäune – verschwänden, ewig bliebe die Urschönheit der Natur, die über alle Kunst ist, und die, romantisch oder erhaben, idyllisch oder ergreifend, jedem Schönheitsdrang Rechnung trägt.«

»Sehr richtig«, sagte ich, nur liegen die romantischen Höhen und die idyllischen Thäler, die Prairien und das Meer nicht immer in unmittelbarer Nähe der großen und kleinen Städte, und um z.B. von München auf den Rigi zu kommen – –«

– »Dürfte in Zukunft keine Schwierigkeit haben, ganz abgesehen davon, daß es in Zukunft vielleicht gar keine großen und kleinen Städte mehr geben wird. Wie lange wird's dauern, und ein Jeder hat vor seiner Thür ein Luftschiffchen stehen, oder im Schranke sein Flügelpaar hängen, und – husch, im Fluge durch die Welt, mit einem paar Büchschen irgend eines Speiseextrakts in der Tasche, der für Monate ausreicht.«

»Ich zweifle ja gar nicht daran«, sagte ich etwas verdrießlich. »Aber alles immer in fünfzig oder in hundert oder in tausend Jahren. Ja, wenn wir die Zeit an der Ewigkeit, den Raum an der Unendlichkeit messen, dann können wir rosig in die Zukunft sehen. Mir gehören aber kaum noch ein paar Jahrzehnte. Warum soll ich denn gerade Märtyrerin für eine Gesellschaft der Zukunft sein? Vorläufig werden wir noch alle in den zähen Massenteig mit hinein verarbeitet und unsere etwaigen Flügel kleben darin fest wie die der Fliegen am Leimstock. Und wie viele zappeln sich zu Tode. Soll ich's auch? Garantiere mir Unsterblichkeit von Religions oder Spiritismus wegen, und ich schwöre bedingungslos zu Deiner Fahne. Da wir aber in fünfzig Jahren alle tot sind, sogar mausetot, so will ich meine paar Jahre leben, heute, morgen, übermorgen will ich Rosen pflücken. Ich kann nicht warten – –«

Hier wurde ich durch den Anblick eines Krüppels unterbrochen, der sich mühsam auf die Anhöhe hinaufschleppte. Er bettelte nicht, ich gab ihm aber doch Geld. Er sank in die Kniee, betete vor dem Kreuz und 259 humpelte weiter.

»Was empfinden Sie, Sibilla, wenn Sie Almosen geben?«

»Dasselbe wohl, was der Empfänger fühlt: Befriedigung, aber ich gebe zu, sie hat einen bitteren Nachgeschmack, daß es nur ein Sekundenbild der Freude ist, nachher ist alles wieder dasselbe.«

»So ist's. Und darum sind *wir* da, die Messiasidee, daß wir alle Brüder sind, zu realisieren.«

»Und Schwestern.«

»Und Schwestern. Unser Werk hat auch ein künstlerisches Moment, Sibilla, die Freude des Künstlers, aus rohem Stoff ein herrliches Bildwerk emporwachsen zu lassen, den idealen Menschen in seiner Schönheit und Güte.«

Liebe Mutter, er sprach nun so furchtbar ernst mit so glühender Beredsamkeit von den Zielen des Sozialismus, und zuletzt war ein fast feierlicher Accent in seiner Stimme: »– Bekennen Sie sich offen zu uns, Sibilla, da Sie ja in Ihrem Denken längst zu uns gehören.«

»Weiß ich denn das letztere so genau, lieber Freund? Ich bin eine Banausin an Unwissenheit und jetzt so müde – –«

»Nein, das Gretel ist nicht müde. Es ist nur faul und will nicht Rede und Antwort stehen.«

Er hatte sich zu mir niedergebeugt, ich fühlte seine Augen wie Sterne über mir. Ich lehnte meinen Kopf an seinen Arm. Mir war so wohl, so 260 sicher, so warm.

So saßen war eine Weile versunken in der Schönheit des Sonnenunterganges.

Dann fing er wieder mit etwas schwankender Stimme sehr sanft an: »Sibilla, könnten Sie nicht den Reichtum von sich werfen?«

»Ich habe ja daran gedacht, Hansel, er ist auch oft so lästig, Du glaubst es gar nicht. Ich weiß ja, es ist Unrecht, daß ich zwölf Kinder (es können auch mehr sein) besitze, während es Menschen giebt, die ihre Blöße nicht decken können. Ich weiß, es ist Unrecht, wenn ich ein einziges überflüssiges Zimmer besitze, während es Menschen giebt, die im Asyl für Obdachlose oder im Freien nächtigen. Ich kann doch aber dem ersten besten Obdachlosen nicht meine Chaiselongue mit den silbernen Lilien auf himmelblauem Sammet als Schlafstelle anbieten! So Knall und Fall alles Überflüssige über Bord werfen, nein – wirklich, es geht nicht. Es ist soviel unästhetisches und unhygienisches dabei, wenn man kein Geld hat. Was man da alles essen muß! Ich würde ja krank werden von Linsen und Speck oder Schwarzbrot mit Blutwurst. Ich kann nicht einmal Gaslicht oder eine Petroleumlampe vertragen. Gleich Kopfschmerzen.«

»Man braucht doch nicht gleich Speck und Blutwurst zu essen, wenn man nicht reich ist. Sibilla, wirft Ihnen wirklich Ihr Luxus so exquisite Genüsse ab?«

»Weißt, Hansel, es sind halt tausend kleine Fäden, die mich in diesem Leben des Luxus festhalten, die täglichen Gewohnheiten: mein Bad morgens neben dem Schlafzimmer samt seiner Marmoreinfassung, das Riechfläschchen im Salon (kostet freilich fünfzig Mark), die orientalischen Teppiche und Felle unter meinen Füßen. Ich muß reiten, soll ich nicht geistig und körperlich erschlaffen. Ich brauche elektrisches Licht, schwere, sammetne Vorhänge, Gobelins, Paravents, Blumen, gemalte Glasfenster, Bilder und Statuetten, mit einem Wort: Poesie, Romantik, Farben, Träume, das alles brauche ich wie das liebe Brot. Und soll ich etwa Bücher aus der Leihbibliothek lesen? Sagt nicht Schiller schon: ›Gegen die Gewohnheit kämpfen Götter selbst vergebens.‹«

»Er sagt nur, daß wir die Gewohnheit unsere Amme nennen. Der Amme entwächst man.«

»Höre, ich bin – unter unseren vier Augen – vierunddreißig Jahre alt – für die Welt im allgemeinen neunundzwanzig. (Du allein, Mutti, weißt, daß ich – Gott steh mir bei – schon sechsunddreißig Lenze zähle.) Ich bin von schwächlicher Konstitution, bin in der eleganten Welt aufgewachsen, man hat mich verwöhnt wie eine Prinzessin – und nun gar seit meiner Verheiratung –«

»Entwöhne Dich, Gretel.«

»Ein paar Fragen, Hansel: Wie alt bist Du?«

»Zweiunddreißig Jahr.«

»Wo und wie bist Du aufgewachsen?«

»Du weißt es ja. In einer Dorfschenke.«

»Und wovon hast Du Dich genährt?«

»Hauptsächlich von Kartoffeln, Hülsenfrüchten, Milch, Brot, Obst.«

»Und Sonntags Speckeierkuchen.«

»Ja wohl.«

»Und das hat Dir alles gut geschmeckt?«

»Ausgezeichnet.«

»Na – also. Das Tabakrauchen sich nicht angewöhnen ist sehr leicht, es sich abgewöhnen, sehr schwer. Jedes einzelne der kleinen Fädchen, von denen ich sprach, mag leicht zu zerreißen sein. Aber ein Tau besteht auch nur aus einzelnen Fäden und ist so stark, fast unzerreißbar.«

»Und können Sie es nicht zerreißen, so – –«

»Nun kommt der Alexander mit dem gordischen Knoten. Lassen wir den vorläufig. Sage, Hansel, kann jemand hingebender, begeisterter für die sozialistischen Ideen kämpfen, als es Lassalle gethan hat? Und er lebte wie ein Seigneur. Hätte er trotz entgegengesetzter Erziehung und Gewöhnung wie ein Proletarier gelebt, die Arbeit der Anpassung würde vielleicht seine besten Kräfte absorbiert haben. (Vielleicht auch nicht, dachte ich bei mir.)

Bei uns Menschen einer Übergangsepoche muß man ein Auge zudrücken, wenn unser Denken mit unserer Lebensweise nicht immer übereinstimmt. Läuft nicht bei diesem gewaltsamen Niederzwingen unserer Gewohnheiten ein bißchen Renommage, Prinzipienreiterei, um nicht zu sagen unfruchtbares Märtyrertum mitunter? – Siehst Du ein, Hansel, daß ich keine subjektive Schuld habe? Gewohnheit und Erziehung lassen sich doch nicht rückgängig machen. Sie konstruieren uns Seele und Körper, und schaffen uns eine zweite Natur, die stärker ist als die erste, angeborene.«

»Es giebt auch eine zweite Erziehung, Sibilla, – die Selbsterziehung – –«

»Ach ja, es giebt, – es giebt – es giebt auch Engel, sogar Erzengel, es giebt auch Heilige, sogar Säulenheilige, es giebt Catos, Sokratesse, – ich aber bin ein simpler Mensch« – –

Ich stolperte über eine Baumwurzel in der tiefen Dämmerung – wir waren schon auf dem Rückwege. Er umfing mich mit seinen Armen. Seine Augen flammten durch die Dunkelheit. Ein Zittern ging durch seinen Körper. Er preßte mich einen Augenblick an sich. – »Warum liebe ich Sie so über alles Maß hinaus, Sibilla?«

Warum sagte er mir, was ich wußte. Er versteht mich nicht. Er ist zu robust in allem, zu sehr Natur, zu wenig künstlerisch nüanciert.

263

Es war mir aufgefallen, daß er mich in besonders zärtlichen Momenten immer Sibilla, niemals Gretel nannte. Ich wollte dem Gespräch wieder eine nüchterne Wendung geben.

»Hansel, ist es eigentlich vom sozialistischen Standpunkt aus in der Ordnung, daß Du Dich in die sehr elegante, sehr weltliche und ziemlich degenerierte Sibilla verliebt hast, anstatt ins Gretel, in die unhübsche, kupferrote, mit grobem Zeug angethane Lehrerin?«

»Nicht vielleicht um der Degenerierten zu einer Wiedergeburt zu verhelfen? Ich glaube an eine Wiedergeburt, Sibilla.«

»Ich auch, teilweis wenigstens, wenn nur der Körper nicht dazu gehörte. Ja, könnte ich aus meinem allzu festen Fleisch (das war etwas renommiert, Mutter) den Astraleib extrahieren; ich bin aber keine Sensitive, überhaupt bin ich jetzt todmüde, ohne jeden Drang zur Wiedergeburt. Eher im Gegenteil zum Schlaf, dem Bruder des Todes. Vielleicht fühle ich mich morgen früh, nach einer guten Nacht, wie neugeboren.«

Er schwieg zu diesem faden Scherz und sah in den Sternenhimmel. Als wir uns trennten, sagte er: »Ich werde Sie morgen früh um sechs Uhr auf der Anhöhe hinter Ihrem Hause erwarten. Es wird eine herrlicher Morgen werden. Wir steigen zum Lockstein empor.«

»Und frühstücken dort oben in der Wirtschaft.«

Morgen, meine Mutti, schreibe ich Dir, ob der Thee dort oben trinkbar war.

2. August. Respekt vor mir, Mutti, wahr und wahrhaftig bin ich gestern um fünf Uhr aufgestanden. Um halb sechs war ich fertig, zehn Minuten später auf der Anhöhe, dem Ort unseres Rendezvous. Ich wollte ihn überraschen, vor ihm da sein.

Ein starker Nebel ruhte auf der Landschaft. Als ich auf die Höhe kam, war er dicht und undurchdringlich geworden. Ich konnte gerade nur den Weg vor mir und ein kleines Stückchen Rasen, wie mit feinem Reif bedeckt, sehen. Ich hatte das Gefühl halber Erblindung, als wäre der Nebel in meinen Augen. Die Bäume und die grünen Hügel, die Felsmassen mit dem Schnee in ihrem Schoß, alles, alles fort, in weichem Flaum gebettet, in tiefem Morgentraum ruhend. Die schlafbefangene Landschaft blinzelte ab und zu, aber gleich fielen ihr wieder die Augen zu.

Der Nebel fängt an zu leuchten, immer leuchtender wird er, die Konturen einer weißen Riesensonne werden sichtbar; aber gleich verdichten sich wieder die Schleier und alles ist eine einzige, weiche, weiße Monotonie. Wo Bäume stehen, erscheinen die Nebel um eine Nüance dunkler. Die Sonne ein blasser Mond. Er verschwindet. Er kommt wieder. Und nun beginnt der Kampf des Nebels mit der Sonne. Hingerissen von dem Schauspiel vor mir, bemerkte ich Kunz erst, als er dicht neben mir stand. »Schön, nicht?«

Er nickte. Die vorher lautlosen Sträucher und Bäume fingen an, sich zu rühren, ganz, ganz leise, dann lebhafter. Immer blendender wurde der Nebel, noch blendender die weißen Strahlen der blassen Sonne, ich konnte nicht mehr hineinsehen in das schwimmende Lichtmeer. Halb öffnet die Landschaft die Augen. Da blitzt es auf. Ein Baum, den ein Strahl getroffen, beginnt zu funkeln, sich herauszuringen aus dem weißen Mantel. Keine Mittagssonne am klarsten Himmel kommt der blendenden Leuchtkraft dieses Dunstes gleich, ein Dunst, wie schwimmender, lebendiger Schnee.

266

Und nun kommt Leben in den Dunst, er wallt, er hebt sich, er fliegt, ein Genius scheint die Schleier von den Bäumen zu ziehen. Hui, wie die Nebel fliegen! Anfangs verschwimmt alles noch in mattem Glanz weich ineinander. Die Berge noch unsichtbar. Ein Stückchen Himmel zeigt sich in zarter Bläue. Die vorderen Baumreihen treten klarer und klarer hervor, zart verhängt sind noch die fernerstehenden. Dieses zarte Licht, das hier eine Baumgruppe trifft und eine andere noch im Dämmer läßt, wirkt wie Mondschein bei Tage.

Wie sie dampfen, aufdampfen, die Nebel – ich atme sie wie Weihrauch – immer schneller, schneller, der Sonnengott ist ihnen auf den Fersen mit seinen glühenden Rädern. Es ist eine Flucht, eine wilde, atemlose. Die Sonne siegt! Die Sonne!

Ich und Kunz, wir sahen uns hell in die Augen, zwei Menschen, die in einem gemeinsamen, reinen Genuß fröhlich geworden waren.

Das Schauspiel war zu Ende. Wir schritten kräftig bergan. Nach einer Weile begann er:

»Auch in Ihnen, Sibilla, ist die zitternde Unruhe des Sichherausarbeitenwollens aus Nebelschleiern, und immer wieder versinken Sie in Dunst und Nebel.«

»Und Sie möchten der Morgenwind sein, der die Nebel verjagt, wie Sie gestern Alexander waren oder sein wollten?«

»Am liebsten wäre ich gleich die Sonne selber.«

»Ach Kunz«, rief ich halb ärgerlich, halb lachend, »müssen Sie denn aus allem eine Moral ziehen? noch dazu, wenn es so mühsam bergauf geht, und ich einen solchen Theedurst habe.«

267

Ein weißes Häuschen mit grünen Jalousien grüßte uns gastlich auf der Höhe. Ebereschenbäume hoben sich hier und da heiter von dem Mauerwerk ab. Auf der Altane Blumentöpfe. Zwischen Georginen und Sonnenblumen ließen wir uns in dem kleinen Gärtchen nieder, dicht neben einem Christus von Holz auf blauem Grunde; um das Kreuz rankte sich wilder Wein, der anfing rot zu werden. Das melodische Schellengeläut der Kühe heimelte uns an.

So gesund, in goldener Frische, in kühler Anmut lag die Landschaft vor uns, die weiten, weiten, sonnengetränkten Wiesen. So recht alles, um aus voller Brust zu atmen, Nerven und Lungen zu erquicken.

So urmenschlich froh und gut und so ganz unpolitisch war uns zu Sinn. Wir dachten beide nicht daran, das Gespräch vom vorigen Tage wieder aufzunehmen. Thee gab es natürlich nicht, dagegen Schwarzbrot mit Butter und frische Milch. Und denke Dir, Mutti, es schmeckte mir so gut, daß ich Angst hatte, Kunz würde an meinen Appetit für das Schwarzbrot Bemerkungen über den gestrigen Speck und die Linsen knüpfen, und Sprichwörter, wie etwa: »Appetit ist der beste Koch« u.s.w. Dieser Kelch ging zwar glücklich an mir vorüber, die Wiedergeburt aber vom Tage vorher hatte er leider im Gedächtnis behalten. Er wollte mir durchaus dazu verhelfen – auf einem Umwege, nämlich: ich sollte mich um seinetwillen von meinem Scheingatten trennen.

»Und wir würden uns dann heiraten, Hansel?«

Er zögerte einen Augenblick.

»Wäre das nötig?« sagte er leise.

»Aha, freie Liebe!« Ich betonte die »Freie Liebe« etwas verächtlich. Mein Ton hatte ihn verletzt.

»Sibilla! Immer Kulturpapagei.«

Ich wurde zornig, warf – warum, weiß ich nicht – das Schwarzbrot weithin über die Wiese, und blickte hochmütig über ihn weg in die Schneeberge.

Er glitt von der Bank zu Boden, legte meine Hand auf seinen blonden Krauskopf und blickte mir in die Augen – taufrisch, sonnig, mit einem bittenden Lächeln.

Ich zauste ihn ein wenig.

»Sie Umstürzler wollen doch nicht etwa die Ehe mit Stumpf und Stiel ausrotten?«

Die einzige wahre, echte Ehe, meinte er, wäre da, wo es gar keiner niet- und nagelfesten Formen bedürfe. Die Ehegemeinschaft zweier, innerlich zusammengehöriger Menschen würde fast immer bis ans Ende dauern, ob mit, ob ohne die Spielerei des Ringewechselns, ob mit oder ohne den Standesbeamten in Frack und weißer Binde. Wer die Symbolik der Kirchenglocken und des Priesterornats wolle, möge sie haben.

Selbst bei der jetzigen Form der Ehe würde es eine große sittliche Veredelung bedeuten, wenn diejenigen, die nicht in der Ehe bleiben wollen und können, den Weg zum Standesamt zum zweiten Mal gehen dürften, und dem Beamten sagen: Nimm den Ring zurück, wir gehören nicht zu einander. Wir haben uns geschieden. Damit wäre ziemlich dasselbe erreicht, was die »Freie Liebe« will: »Abschaffung der Zwangsehe.«

»Und die Kinder?«

Darauf antwortete er einfach: Der freie und sittlich veredelte Mensch würde auch seine Kinder besser lieben und besser als jetzt für ihr geistiges und leibliches Wohl sorgen. Nicht die getrennte Ehe – die unglückliche Ehe schaffe unglückliche Kinder. Wer bekümmere sich denn heutigen Tages um die unzähligen Proletarierkinder, die zu Grunde gingen?

Ich bemerkte, daß die Scheidung bei unseren sozialen Zuständen doch nicht nur das Loslösen aus einer unglücklichen Ehe, sondern auch aus unserer gesellschaftlichen Stellung bedeute. Der Mann giebt uns unseren Lebensunterhalt, er giebt uns die Lebensatmosphäre, in die wir uns allmählich eingewöhnen und in vielen Fällen Wurzel schlagen, so daß –

Ich schwieg. Er sah mich so bitter ernst an.

»Haben Sie Wurzel geschlagen, Sibilla?«

»Weiß ich's!«

»Denken Sie darüber nach.«

Wir hatten uns auf den Heimweg gemacht. Ich klagte über die Hitze. Er nahm meinen Arm und führte mich langsam und sorglich. Nun war er wieder ganz Liebender und gar nicht mehr Sozialist.

Als wir uns vor der Thür meines Hauses trennten, sagte er – es klang wehmütig und traurig –:

»Gretel weiß alles. Sibilla will nichts wissen.«

Weiß ich wirklich alles, Mutti? Ja. Aber Wissen und Wissenanwenden ist zweierlei. Das erstere, wenn man die Verstandesmittel dazu hat, ist leicht, das letztere, ach so schwer – für Willenskranke. Über so viele Dinge sind so viele Menschen und Kreise einig, wie z.B. gerade über die Unsittlichkeit unserer Zwangsehe. Aber sie mucksen nicht. Warum für andere die Kastanien aus dem Feuer holen? Uns genieren ja die üblichen Eheformen nicht sonderlich. Wir kennen die Hinterthüren, die ins Freie führen, die Notausgänge der Natur bei Feuersgefahr. Ein bißchen Jesuitismus und – *all right*.

Ein von seiner Partei hochgeschätzter Professor und Publizist sagt in einer seiner Schriften kurz und bündig: »Was über die volle und unauflösliche Lebensgemeinschaft von Mann und Weib hinausstrebt, verfällt einfach dem sittlichen Schmutz, so die bekannte ›Freie Liebe‹ der Sozialisten.«

Ich kehre kurz und bündig den Satz um und sage: jede Ehe, in der das Weib sich ohne Liebe und Willen zur Umarmung dem Manne hingeben muß, verfällt dem sittlichen Schmutz. Das Wort Schmutz paßt nicht ganz, ich übernehme es nur von dem Herrn Professor. Und dauern diese unsittlichen ehelichen Beziehungen das ganze Leben hindurch, um so abscheulicher. Über das, was Frauen in dieser Situation empfinden, kann der Mann absolut nicht urteilen, er kann es nun und nimmer. Wir verbieten es ihm, wir verlachen ihn.

Kein Mann umarmt ein Weib, wenn er es nicht wenigstens in der Stunde der Umarmung liebt. Das Weib aber – ob ihre Vergewaltigung legitim ist oder nicht, sie bleibt vergewaltigt; ob sie in das Opfer einwilligt oder nicht, es bleibt ein Opfer.

Weißt Du, Mutti, worüber ich oft erstaunt bin? Daß Morde im Ehebette nur aus Eifersucht begangen werden.

Selten erfährt ein Mann Wahres über die geschlechtlichen Empfindungen der Frau. Nie spricht eine Schwester mit dem Bruder, nie eine Mutter mit dem Sohne über diese Empfindungen, fast nie die Gattin mit ihrem Gatten. Nur die Geliebte spricht mit ihm darüber, und die lügt gewöhnlich.

Ich brauche über die Ehe- und Liebefrage nicht nachzudenken. Meine Nerven geben der Vernunft die Schlüssel zur Lösung der Frage. Ich habe die Gabe, durch Bretter zu sehen, unter Brettern sämtliche Anerzogenheiten und Denk-Angewohnheiten verstanden. Die Wahrhaftigkeit meiner Natur ist unverbrüchlich. Nur viel Staub ist darauf gefallen. Ich weiß, ohne viel nachzudenken, daß auf dem Gebiete der geschlechtlichen Beziehungen fast uneingeschränkt die Phrase herrscht.

Bin ich ganz sicher, daß die Meinung der Bestgesinnten: daß die Liebe das Geschlechtsleben ethisiere, nicht auch Phrase ist?

Liebe – ja – was ist das? Nicht in den meisten Fällen nur ein Begehren des Blutes, ein Drängen von Nervenkräften, die sich bethätigen wollen? Und die Vereinigung von Mann und Weib am Ende nichts als ein natürlicher und rechtmäßiger Vorgang, der mit der Ethik nichts zu thun hat?

Wird die Aufnahme von Speise und Trank durch den Hunger ethisiert? Geht nicht die allgemeine Meinung dahin, daß der Zweck der Geschlechtsliebe die Erhaltung der Art sei?

Die Richtigkeit dieser Meinung angenommen, wäre dann nicht offenbar diejenige Vereinigung von Mann und Weib die zweckentsprechendste, die die beste und reinste Erhaltung der Art verbürgte? Und würde von diesem Gesichtspunkt aus unsere jetzige Ehe nicht durchaus unzweckmäßig sein? Und selbst die Liebe, käme sie nicht dabei ins Hintertreffen? Müßten nicht bei dieser Anschauung einzig und allein die geistigen und körperlichen Beschaffenheiten der Gatten maßgebend sein? denn von diesen Beschaffenheiten würde ja die Wesensart des Kindes, das erzeugt werden soll, abhängen.

Liebe Mutter, wäre es dann nicht am sittlich reinsten, das Kind zu empfangen, ob mit, ob ohne Liebe, nur um des Kindes willen? nur ein Gefäß sein wollen für einen köstlichen Inhalt? Wie, wenn zwei der besten und intelligentesten Menschen verschiedenen Geschlechts sich zu einer – verzeihe das Wort – Idealzüchtung vereinigten, zur Schöpfung eines neuen Menschen?

»Ehe, so heiße ich den Willen zu Zweien, das Eine zu schaffen, das mehr ist, als die es schufen. Ehrfurcht vor einander nenne ich Ehe als vor den Wollenden eines solchen Willens.« (Nietzsche sagt es.)

Wäre das nicht höchste Selbstverleugnung von Seiten des Weibes? schwärmerischer Altruismus? Bliebe ihre Keuschheit dabei nicht intakt? ja, ich möchte sagen ihre Jungfräulichkeit?

Geschah nicht etwas ähnliches in Sparta, oder hätte es bloß geschehen können? Meine Geschichtskenntnis ist nicht weit her.

Ob es Frauen gäbe, die solcher Selbstverleugnung fähig wären?

Mütterlein fein, Mütterlein fein, nur Dir sage ich so meine geheimsten Gedanken, nur Dir allein.

Ob es meine wirklichen Gedanken sind? Alles, was ich denke, hat ja gewöhnlich einen *lendemain*, an dem ich es widerrufe.

273

Übermorgen reist Kunz nach München zurück. Mit einer Fahrt über den Königssee wollen wir in den Wermutsbecher des Abschieds etwas Honig träufeln.

6. August. O Mutti, war das schön auf dem Königssee. Beinahe wäre die Fahrt eine Schicksalsfahrt geworden, und wir wären auf einem Eiland gelandet, das – – Eine Klippe war da, ich kam nicht vorüber.

Als wir vom Lande abstießen, stand die in leichten Dunst gehüllte Sonne schon ziemlich tief. Der Ton des Sees war von feinem Blaugrau, süß und mild, und die Bewegung des Wassers so leicht, wie wenn eine Hand liebkosend über Atlas streicht. Die Berge in ihren sanften, wellenartigen Bildungen stimmten zu dem wiegenden, singenden Glockenläuten, das aus einer Kapelle über den See hinklang. In träumerischer Versunkenheit hoben sich Berg und See von dem kräftigen, klaren, dunkeln Grün des Ufers ab. In träumerischer Versunkenheit saßen auch wir im Kahn, Trennungswehmut im Herzen. Lange schwiegen wir. Seine Blicke ruhten intensiv auf mir.

»Sibilla!«

»Was, Kunz?«

»Haben Sie nachgedacht über das, wovon wir gestern sprachen?«

»Es war nicht nötig, Kunz. Mein kleiner Finger hat mir alles verraten.«

»Auch, daß Herr Benno Raphalo Sie absolut nichts angeht, dieser Herr, den Sie aus konventionellem Schlendrian geheiratet haben, und aus demselben Grunde und noch einigen Gründen mehr beibehalten.«

»Das stimmt.«

»Ein Mann, von dem Sie kein Kind haben – das Kind gehört zur Ehe, Sibilla. Ein Kind muß sein.«

»Ein Kind! Thäte es nicht ein fremdes?«

Die Erinnerung an jenes Proletarierkind mit dem seltsamen Ausdruck in den langbewimperten Augen tauchte in mir auf, und zugleich Gewissensbisse darüber, daß ich mich nicht mehr um die Kleine gekümmert.

Ich erzählte Kunz von dem Kinde. Ob er mir raten würde, es zu adoptieren.

»Wenn Sie kein eigenes haben könnten – ja. Im eigenen Kinde fänden Sie den Grund und Boden schon vorbereitet für die Auferziehung eines erlesenen Geschöpfes. Ob Sie das genial-pädagogische Talent haben würden, auf einem, Ihrer Kultur wahrscheinlich widerstrebenden Boden edle Frucht zu ernten, bezweifle ich.«

Eine Pause.

»Sibilla!«

»Was?«

»Dein eigenes Kind, Sibilla.«

Schauderhaft seine Deutlichkeit. Und nun hatte er mich zum ersten Mal Sibilla und Du genannt. Bisher stand er nur mit Gretel auf Du und Du.

Er hielt in seiner bebenden Hand die meine. In seinem Blick flammendes Begehren.

Ich wandte mich mit innerem Widerstreben ab. Mutti, ich will nicht, daß man mich begehrt mit robustem Mannestrieb, ich will nicht Material sein für ein Feuer, das brennen würde, gleichviel von welchem Stoff es sich nährt.

Sein Verlangen beleidigte mich. Das heißt, es beleidigte meine Nerven, meinen Geschmack. Meine Vernunft? nein. Die findet das ganz in der Ordnung. Sie schilt sogar die prüden Nerven. Psyche und Sphynx sind Nahverwandte.

Er ließ meine Hand los und sah hochatmend ins Wasser.

Die Sonne sank tiefer. Vor ihrer Glorie wich die Dunsthülle. Eine berauschende Farbe breitete sich über das Wasser, zu zart, um sie mit Feuer, zu feurig, um sie mit Rosenkelchen zu vergleichen, ein lebendiges, stilles, mildes Glühen, wie ein Traum von Feuer, Rosen, Liebe.

In dieser holden Pracht fanden wir die Stimmung wieder. Unsere Hände schlangen sich ineinander. Wieder eine Verwandlung der Farbe. Die rosig helle Glut floß in einem schillernden, schmelzend verklärten Regenbogen auseinander, eine einzige, schimmernde, selige Lieblichkeit. Und allmählich löste sich auch der Regenbogen auf, und ein dunkel schwärzlicher Purpur breitete sich im Westen über die Wasserfläche, während im Osten der See in stahlblauer Klarheit, wie in feierlicher Unberührtheit dalag.

Und über uns die Pracht des grünbläulichen Himmels. Da fühlt' ich es im tiefsten Innern, Mutti, Schönheit, Güte und Liebe sind eins. Mein Kopf sank auf seine Schulter. Er küßte mir die Augen. Die Zusammengehörigkeit von Mann und Weib fühlte ich in reiner Inbrunst.

Wir sprachen nicht mehr. Gott im Herzen, die Welt weit ab. Unser ganzes Wesen Musik; himmlische? Oder doch vielleicht eine Note Wagner darin?

Als wir landeten, schwebte über der hinströmenden Zartheit des dunkel-rosigen Dämmers, der weiße Mond.

War das Sibillas Brautfahrt, Mutti? Bin ich sein? Verlasse ich den guten Benno? Vielleicht – vielleicht auch nicht.

20. August. Seit meinem letzten Briefe sind vierzehn Tage vergangen. Noch habe ich mich ganz beisammen. Ich bin froh und wohl. Ich gehe allein in die Berge. Klar und frisch sind seine Briefe. Sie erhalten mich in braven, mutigen Entschlüssen. Ich will auch gesund und stark werden. Darum trinke ich viel Milch, lese Kneip und plansche viel mit kaltem Wasser, schwimmend und auch sonst. Teils sind meine Münchener schon südwärts gezogen, teils ziehe ich mich von ihnen zurück.

In wenigen Wochen breche ich auch mein Zelt hier ab. Vielleicht erhältst Du den nächsten Brief schon aus München.

Was wird nur werden, Mutti? Hätte ich nur nicht solche Abneigung, etwas zu thun, was *irréparable* ist, und wüßte ich nicht immer voraus, wie es hinterher kommen wird.

Ja, wenn ich so zu ihm hinübergleiten könnte, wie von selbst, ohne Staub aufzuwirbeln, ohne den Saum meines Kleides zu beschmutzen.

Nein, lieber die geltenden kleinen Unsittlichkeiten mitmachen, als an großer Originalsittlichkeit zu Grunde gehen. Geteilte, mit der ganzen Gesellschaft geteilte Unsittlichkeit, ist nicht halbe, nicht viertels Unsittlichkeit; sie ist gar keine Unsittlichkeit, viel eher eine Tugend, wenigstens eine lokale, eine Zeittugend, wie z.B. das Verbleiben in der Zwangsehe.

Du weißt gar nicht, Mutti, wie erbärmlich kleinlicher Vorstellungen Deine Tochter fähig ist. Ich dachte auch an den Haushalt mit Kunz.
Und der Mittagstisch mit dem billigen Porzellan (wenn nicht etwa gar Steingut) tauchte in meinem Geist auf, und es würde gewiß manchmal Bouletten oder falschen Hasen geben, wo mir doch schon der echte Hase nicht schmeckt.

Ach, Mutti, zur Liebe, scheint es, habe ich kein Talent, wie Goethe keins zum Zeichnen hatte. Und doch zeichnete er so leidenschaftlich gern, und ich möchte so rasend gern lieben, da ich doch sonst nichts Rechtes gelernt habe. Es kommt aber immer nur eine Stümperei heraus.

Die Asras sterben, wenn sie lieben. Viele Frauen sterben, wenn und weil sie *nicht* lieben. Gehöre ich dazu? Ich, von der Timäa sagt, daß sie kalt ist wie eine Hundeschnauze!

Abwarten und Thee trinken. Da bringt ihn mir gerade die Jungfer.

Adieu, süße Mutter.

Deine Sibilla.

28. September. Meine Karten, liebste Mutter, haben Dich von meiner Reise, meinem Wohlbefinden etc. *au courant* gehalten. Heut der erste Brief aus München. Schon vierzehn Tage hier. Es könnte ja nun alles im alten Geleise fortgehen. Es soll aber nicht.

Noch habe ich niemandem meine Rückkehr angezeigt, noch keinen einzigen Besuch gemacht. Nur Lektüre und weite, weite Spaziergänge mit Kunz. Wir haben uns gleich wieder ineinander gefunden, wenn auch nicht ganz so, wie er es nach unserer letzten Fahrt auf dem Königssee erwartete. Keine Bräutlichkeit auf meiner Seite. Ich habe ihm vorgestellt, daß man Schicksalsfragen nicht übers Knie brechen dürfe, daß es bergan (zu ihm hinauf) immer langsamer gehe als bergab. Ich wollte doch nicht erschöpft zu ihm kommen, wie auf einer Flucht.

Wenn ich nicht ganz ehrlich bin, nehme ich gern Bilder zu Hilfe.

Ihn näher kennen lernen, heißt ihn mehr schätzen. Alles, was an Intrige streift, politische Schleichwege, Geheimniskrämereien sind ihm zuwider. Festgefügt ist er an Leib und Seele, von starkem Willen, naiv an Gemüt und völlig frei von Egoismus. Nur giebt er sich zu wuchtig. Seine Denk- und Gefühlsweise hat – ich möchte sagen – einen religiösen Fond. Es ist in seiner Gesinnung so viel Glauben. Selbst die Art, wie er die Schönheit der Natur genießt, ist gebetartig. Ist er besonders davon ergriffen, so faltet er unwillkürlich die Hände.

Er brüskiert die herkömmlichen Formen oft absichtlich. Wenn ich ihm einmal eine Taktlosigkeit vorwerfe, so antwortet er: Takt? was ist Takt? Das, was die oberen Zehntausend so nennen, z.B. daß man in Gegenwart von Wucherern nicht von der Abscheulichkeit des Wuchers sprechen darf.

Ach! und sein grauer Filz und die schon erwähnten Rister auf den Stiefeln! Auf eine zarte Risteranspielung meinerseits beruhigte er mich damit, daß der Flicken von ebenso gutem, solidem Leder sei, wie der übrige Stiefel. Ich kann schon das Wort Stiefel nicht leiden.

Alles in allem ist er mir viel. Ein frischer Luftstrom geht von ihm aus. Es ist auch so wohlthuend, daß jemand an meine angeborene Güte glaubt. Professor Vogel hat zwar schon in der Schule mein Gemüt entdeckt, aber seitdem sind Nord- und Südstürme darüber gebraust.

Ich lese viel historische, sozialistische, philosophische Bücher. Ich will wachsen, wachsen. Daß ich nicht gleich in den Himmel wachsen werde, dafür sorgt meine Zwiespältigkeit.

Ich möchte schon, etwa wie Nietzsche, in der wildschönen Einsamkeit von Sils-Maria philosophieren und denken, aber mit Pausen, um mich nebenher ein bißchen weltlich zu amüsieren, wie die Götter ja auch zuweilen, wenn es ihnen im Olymp zu himmlisch wurde, zu den Irdischen niederstiegen. Überhaupt das Heidentum! Das wäre etwas für meinen Gaumen gewesen.

Fast komisch war der Eindruck, den Kunz von unserem Hause empfing. Befremden, fast Schreck drückte seine Mienen aus. Er hatte eine Weile um sich geschaut und dann ein mißbilligendes »Hm! Hm!« hören lassen.

»Ist mein Haus nicht reizend, Kunz?«

»Hm! ja – so recht etwas für ein sozialistisches Gemüt. Ich schätze diese bescheidene Kemenate auf 100,000 Mark.« Und er sank in das weiche Polster eines prachtvollen Fauteuil *Henri quatre*.

»Ungefähr so. Die Häuser können doch nicht bloß aus Mansarden bestehen. Wer sollte denn in den Bel-Etagen wohnen?«

Ein Wort gab das andere, und da waren wir denn richtig wieder beim Tanz um das goldene Kalb und beim Stichwort vom Moloch des Kapitalismus.

Du liebe, anspruchsvolle Mutter, immer noch bin ich Dir nicht ausführlich genug in meinen Briefen. Für die Genauigkeit jedes Worts kann ich freilich nicht einstehen, aber den Kern von allem, und wenn er auch wurmstichig ist, erfährst Du immer. Soll ich Dir unsere Gespräche dramatisch, so als förmliche Dialoge vorführen?

Also: *Ich*: Sage Kunz, giebt es einen Menschen, den Besitz nicht freut? Ich kenne keinen. Der Unbemittelte, der ein klein winzig Häuschen mit einem klein winzigen Gärtchen hat, ihn freut jedes Pflänzchen darin; wäre es auch nur eine Mohrrübe oder ein Radieschen, weil es *seine* Mohrrübe, *sein* Radieschen ist. Und sein Stübchen, sein Bildchen, sein Tischchen, sein Stühlchen, er liebt das alles, weil es sein ist. Den Apfel von seinem Baume ißt er in weihevoller Stimmung, weil es *sein* saurer Apfel ist. Wer noch so wenig hat, hat doch etwas, und wäre es auch nur eine Kaffeekanne oder ein Stückchen Teppich, und er hängt daran mit zäherer Zärtlichkeit, als der Reiche an seinem Prunk und seinen Wertpapieren. Die Anschaffung einer Lampe oder einer Schüssel ist in der Hütte ein freudigeres Ereignis, als im Palast etwa die Erwerbung einer antiken Originalstatue.

Er: Weil der Arme sich über das Nötigste freut, glaubst Du ein Recht an dem Überflüssigen zu haben? Sibilla, Du stehst auf einer Grenzscheide. Entweder lüge und schwelge weiter, oder –

Ich (ihn unterbrechend): Sei mein Weib.

Er: Du wirst es sein, weil ich es will. Noch sinnst Du darüber: Wie kann ich mich recht weit hinauswagen in das Reich, wo Freiheit und reines Menschentum, wo Liebe und Güte herrschen, und doch immer auf meinen Platz zurückkehren, das heißt, in meinen Palast mit den vergoldeten Plafonds, den von Kunstmalern ausgemalten Veranden, den geistreichelnden Freunden und allem übrigen.

Ich: Der Mensch lebt doch nicht allein von jeglichem Wort, das aus dem Munde Gottes kommt (womit ich Dir nicht etwa schmeicheln will, Hansel), sondern auch von Brot – –

Er: Oder Kuchen.

Ich: Ja, meinetwegen Kuchen. Wenn man nichts *sein* kann, so ist es zuweilen vergnüglich, wenigstens etwas vorzustellen. Und siehst Du, Kunz, wenn ich so abends in Gesellschaften, in Perlen- und Diamantenpracht strahle und den Weihrauch atme, den meine Vasallen mir streuen, so trage ich gewissermaßen Scepter und Krone. Ich sage Dir, es ist ein königliches Gefühl, wenn ich in meiner weißen Atlasschleppe oder in rosenrotem Sammet durch den Saal rausche und teils Bewunderung, teils Neid errege. Auch Erwachsene mögen Märchen gern, und das sind *meine* Märchen, *meine* Feenträume.

»Freilich« – setzte ich beschwichtigend hinzu, indem ich ihn auf die Finger schlug, die er zu fest auf meinen Arm preßte, »wenn ich dann gegen Sonnenuntergang am Opheliabach mein besseres Ich spazieren führe oder abends ein gutes Buch lese, dann schäme ich mich der Vergeudung meiner Nachtruhe in Gesellschaften – –«

Er: Und vergeude sie jede Nacht aufs neue.

Ich: Ach Kunz, ich habe nun einmal kein Talent zu einer Hütte und einem Herzen.

Er haßt es, wenn ich unseren Gesprächen durch scherzhafte Wendungen eine Würze zu geben suche, und faßt dann immer gleich den Entschluß einer ewigen Trennung. Die Ewigkeit dauert aber selten länger als einen halben Tag. So nahm er auch jetzt seinen Hut.

Ein bißchen halte ich ihn – obgleich ich noch weniger von der Julia habe, als er von Romeo hat »wie das Vögelchen am seidenen Faden«.

»Ich bin ja eine Kranke, Kunz, eine Blut- und Knochenlose, eine Entartete. Hilf mir doch!«

Sofort gab er die für Ewigkeiten geplante Trennung auf und legte seinen Hut fort.

»Das will ich ja, das will ich von ganzem Herzen. Aber sieh, Sibilla, es ist doch nicht genug, daß Du das Richtige erkennst, würdigst. Dein Blut muß in Aufruhr geraten, Dein Wille wie ein sprudelnd heißer Quell hervorbrechen und Thaten zeugen. Du hast ja nicht einmal den Mut, eine unserer Versammlungen zu besuchen, weil die Baronin X. oder Y. Glossen darüber machen könnte.«

Ich: Nicht deshalb, Kunz. Diese Ixen und Ypsilons, was gehen sie mich an? Sie sind alle, alle *de trop*. Aber Eure Redekämpfe, sie sind so voll Lärm und Getöse, und Lärm ist für mich wie schlechtes Wetter, bei dem ich nicht ausgehe! Eine geschriene Gesinnung, mag sie vortrefflich sein, ist mir unsympathischer – –

Er (mich unterbrechend): – als eine melodisch geflötete Niedrigkeit.

Ich: Übertreibe nicht. Warum soll ich anderen Leuten wehe thun, ohne Nutzen zu stiften? Mein guter Benno würde aus der Haut fahren, wenn ich *urbi et orbi* kund thun wollte, daß ich eine seiner Thätigkeit conträre Gesinnung hege! In meinem Salon nehme ich ja kein Blatt vor den Mund – –

Er (spöttisch): Jawohl, weil Du weißt, daß man Deine Ansichten nicht ernsthaft nimmt, daß man sich darüber amüsiert. Du bringst, wenn Du radikale Ideen verteidigst, nur eine pikante Nüance in die »Causerien *au coin du feu*«, – so sagt Ihr ja wohl – und selbst ein Edelster von Helmström würde um dieses kleidsamen Rots willen, das Du auflegst, nicht einen Deiner *five o'clock teas* (sehr spöttisch) – so sagt Ihr ja wohl – versäumen, um Dich in Deinem neuesten bezaubernden *tea gown* – so sagt Ihr ja wohl – zu bewundern.

Ich: Aber Kunz, ich glaube bestimmt, hätte Luther oder Cromwell, oder Muhamed oder ein anderer großer Zeitumwandler so vibrierende Nerven gehabt wie ich, und so oft Migräne, ihre Ideen hätten auch nicht Thaten gezeugt – –

Er: Vielleicht doch. Im Kern ihres Wesens war ein ewiges Licht, ein Feuer, das sie trieb und das Dir fehlt: Glaube und Gesinnung. Eine hohe Leidenschaft, die einen großen Zweck hat, thut Wunder.

Ich: Ja, wenn man an den großen Zweck glaubt.

Er: Man kann auch glauben wollen. Möchtest Du Dir doch, geliebteste aller Frauen, anstatt dieses rastlosen, vornehmen Vagabondierens eine Lebensaufgabe stellen – –

Ich: Eine Lebenslüge, willst Du sagen. Was sollte ich Degenerierte wohl thun?

Er: Du kokettierst mit Degeneriertheit, etwa, weil Max Nordau alle großen Geister zu den Degenerierten zählt und Du gern dabei sein möchtest?

Ich: Das glaubst Du ja selber nicht. Kann ich dafür, daß es mir nicht beschieden worden ist, als Professor der Philosophie ein Auditorium von Jünglingen durch meine Weisheit und Schönheit – wozu ich Talent gehabt hätte – zu verblüffen und zu fördern? Die notleidende Landwirtschaft kann ich doch nicht retten. Im übrigen schiebe ich meine Impotenz der Gesellschaft gerade ebenso in die Schuhe, wie die Missethäter es mit ihren Verbrechen zu thun pflegen. Warum, Ihr greulichen Männer, sperrt Ihr uns von den Krippen der Wissenschaft ab? Ja, wäre ich mit allem Wissen des Jahrhunderts ausgerüstet, und hätte ich schönes, rotes Blut, und Nerven von Stahl und Muskeln von Eisen! Und weil mir das alles fehlt, darum bin ich nichts! nichts! nichts! 286

Er: Dieser Gedanke ist der Judas unter Deinen Gedanken, der Deine Seele verrät.

Ich: Wenigstens thut er es gratis, ohne den Lohn der Silberlinge. Soll ich etwa, wie man es von einer amerikanischen Miß erzählt, die Affensprache studieren? Vor dem Käfig der Marquise Hautbois hätte ich die schönste Gelegenheit dazu. Siehst Du, Kunz, ich greife ja nach allem, was wie ein Heilmittel meiner Krankheit aussieht.

Er: Und Deine Krankheit?

Ich: Seelenmüdigkeit. »Müde Seelen«. Roman von Arne Garborg. Wovon bin ich nur immer so müde?

Ich träume zuweilen, wir gingen mit einander in Herzkas Xenialand. Schade, daß ich das Volkswirtschaftliche in dem Buch nicht verstehe.

Er: Du verstehst alles, was Du verstehen willst. Erwache doch, Sibilla! Es ist ja Frühling in der Welt.

Ich: Für uns Frauen kaum Vorfrühling.

O Mutti, er hat eine so himmlische Geduld mit mir. Er kniete vor der Chaiselongue, auf der ich lag, und was er sagte, brach wirklich wie ein sprudelnd heißer Quell hervor. Seltsam, wenn er so aus tiefstem Gemüt heraus spricht, weiß ich immer nachher nicht, was er gesagt hat 287 (ob es ihm vielleicht an Tiefe fehlt?), im Augenblick aber durchglüht es mich und bewirkt bei mir die farbigsten, hochschwingendsten Entschlüsse, bis zum hohen A hinauf, oder zum sattesten, frischesten Grün. Darum versprach ich ihm, mich seelisch zu embellieren, das heißt, nicht weniger zu sein, als ich sein könnte, und mit der praktischen Bethätigung sozialistischer Ideen nächstens Ernst zu machen. So trennten wir uns in aller Herzlichkeit.

Gott, er hat ja recht. Ein schöner Sozialist bin ich. Benno suchte heute bei Tische, als die Pute zum zweiten Male herumgereicht wurde, ein Bruststück, fand keines und erklärte entrüstet, Beine gehörten überhaupt nicht auf den Tisch, worüber unser Otto lachte. Ich warf ihm einen Herren-Blick zu, weil es sich doch für einen Diener nicht schickt, über die Witze seiner Herrschaft zu lachen. Da hast Du Deine radikale Tochter. Schon vor einem hergebrachten Dienerreglement versagt ihr Sozialismus. Ich nehme immer ab und zu ganz kleine Miniatur-Selbsterziehungs-Experimente mit mir vor, fahre z.B. mit der Tramway oder dritter Klasse mit der Eisenbahn, wie neulich, als ich Jolante in Tegernsee besuchte, oder ich nehme ein Parkettbillett im Theater.

Strapazen – Mutti! Strapazen!

Und wollte ich auch mit Thaten größeren Stils an meiner Sozialisierung arbeiten, lohnen sich denn solche Kämpfe mit sich selbst? Nicht eine Vergeudung von Kraft? Warum sich die Beine ausreißen für den Sieg einer Idee? Ist es an der Zeit, wird die Idee ja doch Wirklichkeit, bald langsamer, bald schneller, meistens allerdings langsamer. Aber der Sieg kommt, unabänderlich, unaufhaltsam. Erst sind einige wenige dafür, dann viele, dann sehr viele, schließlich die Majorität, und die Sache ist abgemacht.

So lange man zu den einzelnen gehört, ist man Ketzer und wird verbrannt. Dann wird man Majorität, die Ketzereien werden Gesetz, und die inzwischen neuerstandenen einzelnen werden wiederum von den früheren Ketzern verbrannt. Naturgesetz.

Demselben Naturgesetz unterliegen die Moralideen.

Kein Mensch weiß im Grunde, was moralisch und was unmoralisch ist.

Und die Moral von heut?

Denken wir uns Europa einige Jahrhunderte fortgeschritten – aller Wahrscheinlichkeit nach würden Gesetze, Institutionen, Bräuche, die heut kategorische Pflichtgebote sind, als Rückschläge in eine finstere

Barbarei, Gelächter und Staunen erregen. Als Barbarei würde es erscheinen, daß nicht die Wesensart des Menschen über sein Schicksal entscheidet, über seinen Beruf, seine Stellung in der Welt u.s.w., sondern der Zufall, seine Geburt. Als Barbarei, daß ein Untermensch auf dem Thron sitzen, ein Übermensch am Wege Steine klopfen kann. Barbarei, daß möglicherweise ein Gemeindenkender als Richter über einen Edelsten von Gesinnung aburteilen kann. Barbarei, die heutige Zwangsehe, Barbarei, der Krieg u.s.w.

Nicht komisch, daß sich die Menschen immer auf das berufen, was war? Eben weil es war, wird und soll es nicht mehr sein. Mein heutiges Wissen und Erkennen wird der Aberglaube des 20. oder 21. Jahrhunderts sein.

Die Götter vergangener Zeiten sind heut Götzen, und unsere neuen Götter werden wieder Götzen werden. Ewige Götter giebt es nicht. Sie participieren an der universellen Sterblichkeit.

30. September. Jolante ist aus Tegernsee zurück. Gleich am ersten Tag, als sie mich besuchte – natürlich mit Zeitungsabschnitten in ihrem Rehledertäschchen – traf sie mit Kunz zusammen.

Ein Universitätsprofessor war abgesetzt worden, weil er Ideen im Sozialismus gefunden.

Und dieser Hochverräter habe Weib und Kind, von letzterer Sorte sogar sechs Stück.

»Du wirst nächstens noch mit Deinem revolutionären Seelenzustand staatsanwaltreif sein«, warnte ich.

»– Was bin ich?« schrie sie grimmig, »nichts bin ich als ein Mensch, der zu der, wie es scheint, unerlaubten Erkenntnis gekommen ist, daß die andern auch Menschen sind. So lange es Märtyrer der Ehrlichkeit giebt, giebt's auch Tyrannen, giebt's Scheiterhaufen, Foltern! Eine Pfeife, ein Bücherregal, Fachsimpeln, das gehört sich für den gelehrten Stubenhocker, aber ein menschlicher Mensch sein! Ideen im Sozialismus finden! der Schnüffler! Blind ist man da oben, vollkommen blind. Menschen, die berufen sind, Öl in die Wogen der Revolution zu gießen, maßregelt man, anstatt sie in Watte zu wickeln. Wurschtelt nur so weiter und zerbrecht die Sicherheitsschleusen, werdet schon in der Flut –« ja, sie sagte »ersaufen«, worauf sie sich verschnaufte, jetzt erst Herrn Albert Kunz herzlich die Schwesterhand reichte und sich für Seinesgleichen erklärte.

»Was sie für Temperament hat«, sagte Kunz, als sie gegangen war, »und ein so liebes Gesicht. Ihre Augen sind so klar, man könnte Forellen darin fangen. Schade – –«

»Was schade?«

Er schwieg.

3. Oktober. Ferlani und Timäa – sie hatten erfahren, daß ich in München bin – waren bei mir. Ferlani kannte schon – via Timäa – meine Beziehungen zu Kunz und behandelte »meinen Freund« im voraus, ohne ihn zu kennen, mit ironischem Wohlwollen. Er geruhte meine Kameradschaft mit ihm zu billigen, nur dürfe ich, um dieses heiligen Georgs willen, der dem Drachen des Mammonismus hoffentlich nicht sofort den Garaus machen würde, meine alten Freunde nicht vernachlässigen, man könne sonst meinen harmlosen Verkehr mit dem Schwaben mißdeuten.

Timäa pflichtete ihm bei. Von ihr erfuhr ich auch, daß Rietlings mit Helmström aus Venedig zurück seien, das heißt eigentlich nur Helmström und Traute. Traute sei krank. Rietling bleibe einen Teil des Winters in Rom.

Da ich nun vor Ferlani und Timäa meine Thür nicht verschließen konnte, öffnete ich sie auch allen anderen. Nur vor Hely Helmström ließ ich mich bei seinem ersten Besuch verleugnen, ich weiß selbst nicht recht warum.

Am anderen Tag erhielt ich ein Billet von ihm, er müsse mich sprechen und würde sich morgen Nachmittag um die und die Stunde die Ehre geben.

Daraufhin mußte ich ihn wohl oder übel empfangen. Er kam mit einem Auftrag von Traute: ich möchte sie in ihrem Elend nicht verlassen, auf alle anderen verzichte sie gern.

Hely hält Trautes Zustand für hoffnungslos.

Vor seiner echten Trauer hielt der Vorsatz meiner Kälte nicht stand. Er, sonst so diskret und verschlossen, öffnete mir sein Herz.

Nicht eigentlich liebe er Traute. Sie habe ihn angezogen wie ein süßes Rätsel, und er habe sich diesem Zauber willig hingegeben, um einen anderen zu lösen, der ihm verhängnisvoll zu werden drohte.

Während er die letzten Worte fast gleichgültig hinsprach, sah er zu Boden. Warum fing mein dummes Herz an zu klopfen? Als ob er an mich gedacht hätte!

Er wiederholte, was er früher schon einmal ausgesprochen hatte: er hüte sich gleichmäßig vor Leidenschaften des Kopfes und des Herzens; nur in der Harmonie der Kräfte bestände geistige Gesundheit. Klopfe sein Herz zu stark, so greife er nach seinem Manuskript (er schreibt an einer Geschichte der Ostseeprovinzen, deren erster Band fertig ist), oder 292 seinem Talisman.

Er zog eine Kapsel aus seiner Brusttasche. Ein wenig Erde lag darin – Heimatserde.

Wenn er je die Geschichte seines Landes vergessen, jemals sein Geschick von seinem Vaterlande trennen könne, so würde er entwurzelt, dem Antäus gleich, all seine Kraft verlieren. Sein Land brauche Männer von unerschütterlichen Grundsätzen. Darum würde er auch nie eine jener leichtfertigen Liäsons anknüpfen, wie sie in der Gesellschaft üblich seien. Wenn ein Weib sich ihm zu eigen gäbe, so wäre es von diesem Augenblick an *sein* Weib.

Da er einmal im Zug des Vertrauens war, erfuhr ich auch – er berührte die Sache nur andeutungsweise – daß man aus patriotischen und Vernunftgründen eine Heirat zwischen ihm und seiner Cousine Eva Broddin wünsche (wahrscheinlich wie die Souveräne zum Besten ihres Landes heiraten), Eva aber sei eine unvornehme, auf Effekt und Eroberungen ausgehende Natur, und ihm unsympathisch. Er würde sich nicht leicht dazu entschließen.

Ach Mutti, die Charaktere, die wetterfeste Prinzipien haben, die wanken und weichen nicht von dem Platz, auf dem sie stehen, bis die steigende Flut, die sie nicht kommen sehen, sie fortspült. Mit Charakter panzern sie ihr Herz, mit Charakter verschließen sie ihre Gehirnzellen. Gehört die Heiligkeit der Ehe zu ihren Prinzipien, so keuchen sie lieber lebenslang unter dem Joch einer elenden, entwürdigenden Ehe, als daß 293 sie trennen, was nicht zusammen gehört. Sie halten mit felsenfester Treue zur Fahne ihrer Partei, auch in Fragen, die ihrer Überzeugung widerstreiten.

Hely ist so ein Charakter. Aus Prinzip wird er die ungeliebte Cousine heiraten, aus Prinzip wird er Söhne erzeugen, damit sein Geschlecht nicht aussterbe.

Sind nicht die Charakterstarken oft die Vernunftschwachen?

4. Oktober. Ich war bei Traute. Ich fand sie nichts weniger als elend; im Gegenteil toll, übermütig, wunderschön. Wie in Berchtesgaden war sie in schwarzen Flor gekleidet, die zarten Arme und der Ansatz des

Halses entblößt, das Zimmer aber strahlte in den sattesten, brillantesten Farben, Wandschirme, Blumen, Kissen, alles von kreischendem Bunt. Sie lag auf einer Chaiselongue von leuchtendem Seidenplüsch. Ein Papagei hockte über ihr auf einer Stange.

Sie war wie ein Kobold, wechselte fortwährend ihren Platz. Bald sprang sie von der Chaiselongue auf und kauerte sich auf einem großen Fauteuil von gelbem Atlas zusammen, oder sie setzte sich verquer darauf, stützte ihr Kinn auf die Lehne und umloderte Hely mit ihren Blicken.

Die helle Sonne stand noch am Himmel, im Zimmer herrschte halbe Dämmerung. – »Soll ich nicht die Vorhänge zurückziehen, Traute?«

Nein, Tageshelle perhorresciere sie gerade wie nüchterne Verständigkeit.

Und sie fing an, mystisch zu schwärmen, so ins Blaue hinein. Lieber seien ihr Gespenster, die schweigen, als Alltagsmenschen, die schwätzen. Dämmerungen liebe sie und tiefpurpurne Nächte, phantastische Wolkenzüge, durch die der Mond schiffe, große verzückte Traurigkeiten, überhaupt Transcendentales, Jenseitiges – den Tod.

Ich erklärte es für Ziererei, mit dem Tode zu liebäugeln, während man im Schoß lebendigen Glückes säße.

Sie schüttelte betrübt den Kopf.

»Hely, geh einmal ans Fenster.«

Und dann flüsternd zu mir:

»Er liebt mich ja nicht. Er behandelt mich wie ein krankes Kind, und ich möchte als Weib in seinen Armen vergehen. Nachher wird er mich lieben, wenn ich tot bin. Ich werde auch nicht wirklich tot sein, ich materialisiere mich ja.«

»Aber Traute, er liebt Dich doch auch jetzt in all Deiner liebreizenden Leibhaftigkeit.«

Sie legt ihren Mund dicht an mein Ohr:

»Nein, nein, nein! Er liebt mich nicht. Der Mann, der wirklich liebt, der – beweist es – der –«

Sie ließ sich von dem Fauteuil auf das weiße Fell gleiten, lachte krankhaft, ein schluchzendes Lachen, und streckte die mageren, zarten Arme nach ihm aus: »Hely! Hely!«

Er beugte sich zu ihr nieder, nahm sie in seine Arme und legte sie behutsam auf die Chaiselongue zurück. Sie drückte den Mund an seine Brust: »Ich möchte ein Vampyr sein und Dein Blut – nein – Dein Blut ist kalt, mich fröstelt –«

Sie schüttelte sich, wie eine Taube ihr naßgewordenes Gefieder schüttelt.

Allmählich wurde sie ruhiger. Sie hätte einen Wunsch, den müßte ich ihr erfüllen. Noch einmal möchte sie ein schönes, großes, rauschendes Fest mit machen: »Den Polterabend meiner Hochzeit mit dem Tode.« Sie sagte es mit einem herzzerreißenden Lächeln. Ich sollte ihr dazu verhelfen.

Ich machte den Einwand, daß im Oktober sich schwer ein großes Fest arrangieren ließe. Doch fiel mir ein, daß Timäa beabsichtigte, eine neu bezogene Wohnung durch eine kleine Festlichkeit einzuweihen. Vielleicht würde sie sich herbeilassen, um Trautes willen, aus der kleinen Festlichkeit ein größeres Fest zu machen. Das Wetter in Südtyrol und Oberitalien war so schlecht geworden, daß fast *tout Munich* wieder daheim war.

Sie hörte meine letzten Worte nicht mehr. Sie war totenblaß geworden. Sie erhob sich mühsam, schwebte langsam, einer Astarte gleich, immer die Augen auf Hely gerichtet, durch den Salon und verschwand im Nebenzimmer. Ich wollte ihr nach. Hely hielt mich zurück. Sie wolle nicht, daß man ihr folge. In dem Augenblick, wo sie fühle, daß ihre Kräfte erschöpft seien, verschwände sie immer in dieser Weise.

Hely führte mich zum Wagen, der vor der Thür auf mich wartete.

Dieses reizende Geschöpf, dachte ich, als ich im Wagen saß, ist ganz Poesie und Gefühl. Sie hätte gewiß eine hervorragende Malerin werden können. Sie sieht alles malerisch: ihre Liebe, ihre Toilette, ihre Ethik, ihr ganzes Leben, und malerisch wird sie auch sterben. Sie wird noch mit dem Tode kokettieren und in einer entzückenden Pose und Toilette traumengelhaft ins Jenseits hinüberschmachten.

Ob sie stirbt, weil sie liebt – oder ob sie in den Tod verliebt ist? Ich weiß es nicht recht.

15. Oktober. Sobald ich Timäa sprach, legte ich ihr Trautes Wunsch ans Herz. Nach einigem Überlegen und Zögern entschloß sie sich zu dem Fest.

Vorher war ich noch einige Male bei der Kranken, natürlich immer mit Hely zusammen. Zu eigentlichen Unterhaltungen kam es kaum. All ihre Äußerungen, ihre Bewegungen, ihr Mienenspiel waren wie abgerissene Töne einer Geige, wie das zitternde Verklingen von Äolsharfen, zuweilen auch wie ein Blitz aus schwefligen Wolken.

296

Eines Tages fanden wir sie auf ihrer Chaiselongue liegend, ganz mit Astern bedeckt, Astern in allen Farben. Sie trug ein Gewand von zartestem, weißem Musselin über einem weißseidenen Unterkleid. In den Astern lag sie ganz vergraben; über dem Gesicht einen dünnen Schleier, ganz einer Toten gleich. Auf ihrer Brust glühte ein kleines, rotes, elektrisches Licht, dessen Verbindungsschnur geschickt irgendwo verborgen war. (Imitation von Hanneles Himmelfahrt.) Sie spielte Leichenbegängnis. Und während sie so dalag, ohne sich zu rühren, bewegte sie kaum wahrnehmbar die Lippen zu einer Frage:

»Was meint Ihr zu den Astern und dem Glühlicht nach berühmten Mustern? Oder würden Euch weiße Rosen und ein Kruzifix auf der Brust besser gefallen? Hely ist ja leider Protestant, da ist er gewiß nicht für das Kruzifix.«

Und mit einem Mal sprang sie aus den Astern heraus und bombardierte uns mit den Blumen, daß sie im Zimmer umherflogen. Dann sank sie auf den Teppich nieder und schlug die Beine übereinander: »Nun bin ich Scheherazade und erzähle immerzu Märchen, um den Todesengel zu betrügen.« Und so tollte sie weiter. Immer aber steht der Tod im Mittelpunkt ihrer Vorstellungen, bald als Gespenst, bald als ein ernster Erzengel, bald als ein kosend neckischer Spirit.

Zuweilen versucht Hely sie von ihren Todesgedanken abzulenken und sie für irgend eine Tagesfrage zu interessieren. Sie wehrt dann ab: das wäre nichts für sie, Sibilla würde es allenfalls interessieren, besonders, seitdem die sich mit dem Blutroten aus Berchtesgaden eingelassen habe.

»Was sagst Du denn dazu, Hely?«

Er antwortete: Da Sibilla ihn in ihre Intimität aufgenommen habe, müsse er eine Ausnahme unter seinen Genossen sein. Im allgemeinen freilich seien ihm diese Leute, ohne Vaterland, ohne Glauben, ohne Tradition, in ihrer vorurteils- und pietätlosen Art ein Greuel.

Besonders die Glaubenslosigkeit betonte er. Dabei kam es zur Sprache, daß er fromm ist. In der Kirchlichkeit sieht er Vornehmheit. Er bedauert, daß es keine Kreuzzüge nach Jerusalem mehr giebt. Frei und frank that er seinen Glauben an einen persönlichen Gott kund.

»Das hat Ihnen nur noch gefehlt«, rief ich ganz entsetzt.

O Mutti, das Bild ist fertig. Wir sind die reinsten Gegensätze. Fragen, über die ich seit einem Jahrzehnt zur Tagesordnung übergegangen bin, sind für ihn nur deshalb keine Fragen, weil in seiner Gedankenwelt bombenfest steht, was die Marke einiger Jahrhunderte trägt.

Als ich ihm seine Junkerhaftigkeit vorwarf, verteidigte er sich mit großem Ernst. Er könne gar nicht anders denken und fühlen. Es läge ihm im Blut, sei absolutes Gesetz für ihn. Denn, man möge sagen, was man wolle, das Blut sei der wichtigste Faktor im Dasein der Menschheit, das einzige, wovon man sich nicht frei machen könne, nie und nimmer, ohne sich selbst zu verlieren.

Ich antwortete mit hochfahrendem Spott, daß das blaue Blut der Aristokraten mit der Zeit sehr hell geworden sei, fast schon *bleu mourant*.

»Glaube ihm nur nicht alles«, rief Traute von ihrem Fauteuil aus, »er ist gar nicht wie Du denkst, nur rasend eitel auf seinen makellosen Ruf; unter vier Augen aber vergißt er manchmal, daß, ›wo er ist, Livland ist‹, und neulich – (sie duckte sich auf dem Fauteuil zusammen und blinzelte ihn von der Seite an) sieh' mich nur an, ich sag's doch – neulich hat– er – mir – (sie zerrte die Worte auseinander) einen – Kuß – gege- 299 ben.«

Und dabei spitzte sie das Mündchen so kosend schelmisch, als erwarte sie, daß er nun auch unter sechs Augen desgleichen thue.

Dazu schien er nun keineswegs aufgelegt. Im Gegenteil, Trautes Worte hatten ihn augenscheinlich unangenehm berührt. Er wurde steif, ablehnend, öffnete einige Bücher, die auf einem Tisch lagen, und Traute gar nicht mehr beachtend, sprach er, zu mir gewendet, über diese Bücher – wegwerfend. Sie gehörten der jüngsten naturalistischen Schule an.

Traute hielt Helys Bösesein nicht lange aus, und unterbrach unser Gespräch mit einem klagenden: »Aber Hely – aber Hely!« Als Hely nicht darauf reagierte, stieß sie den Papagei an. »Aber Hely – aber Hely!« kreischte er. Hely blieb taub.

Eine schwere Thräne hing in Trautes Wimper. Sie zupfte ihn am Ärmel, und mit einem Mal sang sie das alte Couplet: »Ach, er hat mich ja nur auf die Schulter geküßt« – – und so drollig und lieblich rührend sang sie es, daß er lachen mußte, und sie lachte auch und schmiegte sich an ihn, und es fehlte, glaube ich, wirklich nicht viel, und sie hätten sich unter sechs Augen geküßt, wenigstens sie ihn.

Mit schmeichelnder Anmut fragte sie ihn ganz ernsthaft um Rat, in welcher Gestalt und Tracht sie ihm nach dem Tode als entleibte, wenigstens teilweis entleibte Seele erscheinen sollte? Ob im griechischen Purpurgewand, rosenumgürtet, oder in durchsichtigem indischen Mus- 300 selin mit Silbergürtel und einem Vergißmeinnichtkranz auf dem wallen-den Haar, ganz deutsche Sehnsucht?

»Komm nur mit dem Papagei auf der Schulter«, sagte er lachend, »da erkenne ich Dich gleich. Oder so wie jetzt.«

Sie saß in dem dämmernden Gemach am Fenster, unter Hyazinthen und weißen Blumen, in ihrem schimmernden Gewand, und die weißen Blüten schienen zarte Gesichter, und ihr Antlitz war wie eine Blume.

Ich war eifersüchtig auf ihre magische Schönheit.

Als wir aus dem Hause traten, war mein Wagen noch nicht da. Hely schlug mir einen Spaziergang durch den englischen Garten vor. Ich war einverstanden. Ein herrlicher Oktobertag gegen Sonnenuntergang.

»Mir scheint«, sagte ich – nachdem wir eine Weile schweigend neben-einander hergeschritten waren, »Sie unterschätzen das Glück, von dieser süßen kleinen Fee geliebt zu werden.«

»Wo wir sind, ist Livland.« Sie kennen den Spruch meines Wappens. Ich will es rein erhalten.«

»Und jener Kuß?«

Er errötete wie ein junges Mädchen.

Einen Kuß könne man in seiner ganzen Süße empfinden, und doch die Kraft haben, sich vor dem Bodensatz zu hüten, vor Reue und dem bösen Gewissen. Das alte griechische Maßhalten sei die Wurzel aller Weisheit.

Ach, Sie lieber Russe, dachte ich, Sie sind ja beinahe wie das Kind, das Sonntags, wenn es ein weißes Kleid anhat, nicht zu spielen und zu tollen wagt, aus Furcht, das Kleid zu beschmutzen. Sie halten immer tugendhaft Maß, damit Sie schön zu ihrem Wappen passen.

Ähnliches sagte ich zu ihm.

Nein, selbst wenn es keine Schranken, kein Livland für ihn gäbe, er könnte Traute nie mehr sein, als ein zärtlich sorgender Beschützer.

»Wenn Sie wüßten, Sibilla« – – Pause.

»Wenn Sie wüßten« – – noch längere Pause.

Ich pflückte gelbe und rote Blätter von einem Baum, ich machte einen Strauß daraus.

Wir standen am Rande des Baches. Das Spiegelbild der roten Bäume zeichnete sich tief und klar im Wasser ab. Aus dem Dämmer erglänzte die Häuserreihe der Königinstraße mit ihren erleuchteten Fenstern. Der Hauch einer geheimnisvollen Trunkenheit war in der Farbe dieser Dämmerung: ein sanftes Feuer, wie hingesungen, eine honigsüße, weiche

Glut. Ich stand wie gebannt von dem Zauber des Bildes vor uns. Meine Augen suchten einen Reflex meines Entzückens in den seinen.

»Also doch auch Sie etwas blaue Blume?« lächelte er.

Da hatte richtig wieder einer mein Gemüt auf Kosten meines Verstandes unterschätzt. Ich warf die Blätter in den Strom – im Nu trug sie der Strom fort, weit fort.

»Mit den roten Blättern ist die blaue Blume fortgeschwommen, Herr v. Helmström, und wenn sie wüßten, wie kalt es geworden ist, würden Sie mir schleunigst einen Wagen holen.«

Er fühlte, daß er mich verletzt hatte.

Ich kam nervös aufgeregt nach Hause. Ich ärgerte mich über alles, und dann ärgerte ich mich darüber, daß ich mich ärgerte. Ich verstimmte durch meine Übellaunigkeit das ganze Haus und litt dann unter der maussaden Stimmung um mich her.

Zu dumm.

»Also doch auch Sie etwas blaue Blume.«

Zu dumm.

Der Diener meldete Kunz. Er kam auch in Erregung. Er hatte eben die Journale gelesen, die voll waren von dem Aufstand in Sicilien.

Mit schmerzlicher Erbitterung sprach er (leider schwäbelnd) von der grausamen Verurteilung jenes edlen Führers.

Ich hörte lässig zu, machte sogar einen Versuch, die Regierungsmaßregeln zu verteidigen, nur aus Bosheit, aus Freude an der Opposition.

Er wurde zornig, beinahe grob. Ich herb, trotzig.

Nie wird er die feinen Gefühlsnüancen in einer Frauenseele, die komplizierten Vibrationen subtiler Nervendrähte verstehen, die schon vom Klang einer Stimme, von der schwäbelnden Aussprache eines Wortes irritiert werden. Er hätte sie zärtlich beruhigen müssen, meine Nerven, anstatt sie noch mehr zu reizen.

Die Psyche ist bei ihm immer gestiefelt und gespornt. Hely versteht so fein zu schweigen, so beredt zu blicken. Er folgt den leisesten Schwankungen in mir.

Natürlich langte Kunz wieder nach seinem grauen Filz, und während er ihn schier auseinanderriß, nannte er meine Seele ein Labyrinth.

»Leider ohne Ariadnefaden, Kunz.«

»Hier eine dunkle Höhle mit Schlangen und Abgründen, dort eine Märchengrotte mit glitzerndem Edelgestein, weiterhin ein blühender

Garten mit holdem Vogelgezwitscher – ein Kerker – ein Geisterreich – wüste – weite – öde Strecken, über die der Samum fege – – etc.«

Ach ja, das letzte hauptsächlich, Mutti, wüste, weite, öde Strecken, über die der Samum fegt.

Bei dem Wort Samum hatte er sich den Filz aufgestülpt.

Ich sah ihn an, möglich, daß der Blick etwas kokett ausfiel. Nun wurde er erst recht böse, vielleicht, weil er *malgré lui* den Filz wieder fortlegte.

Wenn man schon die Klinke in der Hand hätte, um der Zuwideren den Rücken zu kehren, spiele sie ihre Rattenfängerweisen und locke die dummen, großen Kinder zurück – ins Netz.

Ich nahm das Netz übel und winkte ihm zu gehen.

Er war schon draußen.

Ich steckte schnell meine Ringe in die Tasche.

304 »Hansel!« rief ich, »Hansel!«

Es klang so weich, schmelzend weich, daß ich unwillkürlich selbst auf den Klang meiner Stimme horchte.

Natürlich kam er zurück. Ich streckte ihm beide Hände entgegen. Er blickte eine Weile auf die Hand, die er in die seinige nahm, und fand diese nackten Finger – Lilienfinger – so rührend. Er war wieder ganz gut und ganz mein.

Jetzt gab ich ihm zu, daß ich ja seine Ansichten über den sicilianischen Aufstand teile, ich hätte nur so gar keine Phantasie, könne mir nicht vorstellen, was so weit – weit von uns geschähe, und mit unseren feurigen Reden und zerrissenen nordischen Seelen könnten wir doch denen da unten im Süden nicht helfen. Und dann – meine Gedanken, die schweiften immer gleich abseits, vom Besonderen hinüber ins Große, Allgemeine, allwo die Philosophen sitzen oder Pythia auf dem Dreifuß, und wo unter mystischen Dünsten – – aber dafür hätte er doch keinen Sinn.

Und ließen sich auch aus den sozialpolitischen Zuständen Grausamkeit und Ungerechtigkeit entfernen, wo anders tauchten sie wieder auf, da, wo sie unbezwinglich, unzerstörbar seien. Natur! Schicksal! »Denk an Jolante. Sie liebt Dich. Du bist prädestiniert, sie zu lieben. ›Zwei Seelen und ein Gedanke.‹ Da kommt das Schicksal in Gestalt eines leicht verbogenen Knöchelchens, und Du, Allzumenschlicher, liebst eine andere, 305 die viel verbogener ist – aber inwendig.«

Mit Geschick benutzte meine Jolante den Augenblick, um unverhofft einzutreten. Er sah sie anders an als sonst, mit einem zärtlichen Mitleiden.

1. November. Ich war einige Male im Theater. Im Residenztheater sah ich eins jener braven, altmodischen Stücke, wie sie dem großen Publikum gefallen. Dem Helmström gefiel es auch. Ich fand's *franchement* langweilig, sogar schauderös. Im Gärtnertheater genoß ich eine zusammengekratzte Lustspielposse. Darf ich »Pfui Deibel!« sagen, Mutti? Flach und schal und öde und unersprießlich. Eine Posse, in der man nicht lachen kann. Giebt's Schlimmeres? Ekelhaft, die Rührszene, dito das Publikum, das sich teils freundlich, teils sogar enthusiastisch verhielt, während es z.B. im »Biberpelz« zischte.

Dagegen wirkte die kindliche Freude Ewald de Borns über ein durchgefallenes, naturalistisches Stück recht erfrischend. Wir gingen nach der Vorstellung ein Stück Weges zusammen, und da sprach er sich begeistert über alle Mängel des Dramas aus, über die schlechte Technik, jeden inkorrekten Satz hatte er sich gemerkt. Ich habe ihn lange nicht so glücklich gesehen.

Er meint es nicht böse. Seine Freude hatte wirklich mehr den Charakter künstlerischer Entrüstung als den des Neides oder der Schadenfreude. Sein ehrlicher Haß ist mir immer noch lieber als das Protzentum, das z.B. neulich die Gehrt, gelegentlich einer Aufführung der »Schmetterlingsschlacht«, dokumentierte.

Ich traf sie im Foyer.

»Amüsieren Sie sich?« fragte sie mich.

»Ja.«

»Begreife ich nicht. Doch entschieden ein Rückschritt gegen die Heimat.«

»Wieso?«

»Nun, das ganze *milieu*, die Gesellschaft, in der es spielt, leider künstlerisch ein großer Rückschritt.«

Auch ein Standpunkt.

Den Standpunkt dieser Herrschaften, wenn von der Frauenfrage die Rede ist, kannst Du Dir vorstellen. Neulich, als Jolante für die Gymnasialbildung der Frau eintrat, meinte ein junges Bürschchen, natürlich Barönchen: »Gott, wenn erst einige junge Damen etwas gelernt hätten, so würden alle meinen, es wäre nicht ›fesch‹, wenn sie nicht auch

Griechisch und Lateinisch lernten, und dann würden alle Mädel Griechisch und Lateinisch lernen und das wäre doch fad.«

»Nicht wahrscheinlich«, antwortete ich ihm, »daß diejenigen, deren Lebensziel ›Feschheit‹ ist, sich dieser immerhin bedeutenden Anstrengung unterziehen würden.«

Isolde stimmte dem Bürschchen lebhaft bei. Die Frau müsse vor allem Frau sein, d.h. weiblich. Und sie brach den Stab über alle velocipedfahrenden, reitenden, lateinischlernenden, wurzelausziehenden, lyceenbesuchenden Damen, schien aber Puder, Cigaretten und Dichtersgattin zu sein, für den Inbegriff der Weiblichkeit zu halten.

Soll ich Dir's gestehen, Mutti, ich kann mich nicht einmal so recht lebhaft für die Frauenfrage interessieren. Von zehn Menschen sagen
307
neun immer die unglaublichsten Niaiserien darüber. Und widerlegst Du sie mit schlagenden Gründen, so sagen sie noch einmal und noch hundertmal genau dasselbe und immer dasselbe, Jahr ein, Jahr aus, bis es einen davor ekelt. Man sollte nur mit seinesgleichen reden, sagt Kunz. Ja, das sollte man wirklich.

Ich lese in den Zeitungen ab und zu Verhandlungen im Reichstag über Vereinsgesetze. Immer wieder die Zusammenstellung von Minderjährigen und Frauen. Keine Frau darf einer Versammlung beiwohnen, wo politische Interessen beraten werden, und nicht bloß politische. Auf dem Katholikentag hier, von dem man die Politik ausschloß, wurde durch besonderen Anschlag (ich glaube, er war von grüner Farbe) den Frauen der Zutritt verboten. Und dann ergehen sich dieselben Männer in Sarkasmen darüber, daß die »Weiblein« in Tand und Liebeleien aufgehen. Förmlich idiotisch!

Mit welcher Süffisance, mit welchem geringschätzigen Lächeln habe ich die Gedanken hochintelligenter Frauen von Männern aburteilen hören, die zeitlebens armselige Schächer im Reiche des Denkens waren.

Nein, Mutti, diesem Zeitalter bin ich entwachsen. Diese Leute sind nicht meinesgleichen. Mit souveräner Geringschätzung blicke ich auf diese Tröpfe herab, ja Tröpfe! Tröpfe! Ich bin ihnen ja hundert Jahr voraus.

Größenwahn von mir? Nein. Es giebt viele, viele, vor denen ich mich
308
beuge, aber diesen, diesen – bei denen, wo das Hirn fehlt, sich der Männerstolz zur rechten Zeit einstellt, gerade wie der dummste Arier, dem klügsten Semiten gegenüber doch wenigstens stolz darauf ist, daß er Arier ist, und sich durch seine Stulp- oder Kartoffelnase als Nichtsemit

ausweisen kann. (Das sage ich nur aus Bosheit, ich kenne schöne griechische und römische Nasen unter den Ariern.)

Ich lese auf Deinen Lippen eine malitiöse Frage, Mutti: »Und Nietzsche? Etwa auch ein Tropf? Taxiert er die Frauen nicht noch niedriger als die borniertesten Professoren es thun?«

Ja der, der ist kein Tropf, trotz alledem.

Ich lese noch immer ab und zu in seinen Werken, und bin jedesmal ergriffen von der Tiefe seiner Ideen, von der machtvollen Poesie seiner Sprache. Er hat uns von der Seelenfeigheit erlöst. Er ist der Pförtner all der Gedanken, die wir im verschwiegenen Busen zu bewahren pflegten. Er hat ihnen Thor und Thür geöffnet, und nun stürzen sie hinaus, jubelnd, toll, voll Zerschmetterungslust, voll Werdelust, in Urkraft.

Und doch – lese ich aufmerksam Seite für Seite in seinen Werken, so frappieren mich hier und da Banalitäten, Einseitigkeiten, paradoxe Aussprüche, wie eben die über die Frauen. Es macht mich auch stutzig, daß er so sehr Mode ist. Seine Ideen werden auf die Gasse geschleppt und verwertet oder verunwertet. Man kann kaum ein modernes Buch in die Hand nehmen, das nicht von seinem Geist getränkt ist. Ist er so banal oder so messiasartig groß, daß er solche Erfolge erzielt? Ist er einer der Johannesse, die dem Messias vorausgehen?

Nicht, Mutti, zahllos die »Vielleichts« in meinen Briefen? Aber ist nicht eigentlich alles nur »vielleicht«?

Heute schwärme ich noch für Nietzsche. Ich habe aber eine Ahnung, daß ich nächstens – weniger für ihn schwärmen werde.

7. November. Nun wäre das schöne Fest bei Timäa auch vorüber. Traute, für die es Timäa hauptsächlich in Szene gesetzt hatte, war in einem feuerroten Zaubergewand erschienen; Jobanniskäferchen – ob wirkliche, ob kunstreich imitierte, war nicht zu erkennen – im Haar und am Kleid. Sie war in der That der Mittelpunkt der Gesellschaft und eclipsierte alle anderen Sterne, auch mich, Mutti.

Und Hely, der kein Auge von ihr verwandte! Liebt er sie doch?

Vergebens suchte Timäa ihn zu kaptivieren. Sie war so gewaltsam, von so sprudelnder Lebhaftigkeit, sie riß die Augen allzu weit auf, lachte allzu silbern, und ihre Toilette war allzu gesucht: schwarzer Sammet, die weiten Ärmel mit rosa Atlas gefüttert, an einer langen Kette von blitzenden Steinen Fächer von rosa Straußenfedern, und um den tief entblößten Hals eine dunkle Pelzrüsche.

Kunz, der erst nicht kommen wollte, hatte schließlich meinem Drängen nachgegeben, und erschien auf eine Stunde.

Es ist mir behaglich, wenn von den Häuptern meiner Lieben kein teures Haupt fehlt, besonders, wenn es das Haupt eines Anbeters ist.

Borns waren auch da. Ihn habe ich eigentlich vergessen, sie amüsiert mich. Er spitzt sich immer mehr auf den Teutonen zu. Kraftmeierisch streckt er die Brust und die Augen heraus, und ein beginnendes Embonpoint verspricht sich der Wucht seiner Seele anzupassen.

Zu komisch, daß ich den einmal, weil Not am Mann war, beinahe geheiratet hätte.

Timäa hatte sich vorgenommen, daß es ungeheuer flott bei ihr zugehen sollte. Es kam aber zu keiner rechten Orgie. Mit verdrießlicher Einförmigkeit trug die Gesellschaft genau den Charakter, wie alle Gesellschaften, die Timäa giebt. Und wieder bekam ich den Ferlani zum Tischnachbar, eine bei Timäa durch Jahre geheiligte Institution. Warum? Damit man glauben solle, es bestehe ein Verhältnis zwischen mir und ihm, und damit nicht etwa Herr von Helmström oder ein anderer ihrer Protégés auf mich reinfalle.

Neuerdings ist sie besonders süßgiftig mit mir wegen Hely, den sie auch liebt. Die Gehrt vertraute mir, neulich wäre Timäa ganz aufgeregt zu ihr gekommen, sie begriffe es nicht, sie könne aufstellen was sie wolle, der Helmström verliebe sich nicht in sie. Er könne doch von ihr nicht verlangen, daß sie, wie Traute, Morphium nähme.

Ob sie mich – Sibilla Raphalo – nicht als Nebenbuhlerin fürchte,
hatte die Gehrt sie gefragt.

Ach, die habe ja an ihrem Triumphwagen schon doppelt angespannt, den Ferlani und den Kunz.

Der Ferlani übrigens fängt wieder an, mir fürchterlich zu werden. Bei Timäa wich er nicht von meiner Seite. Es scheint, daß Kunzes Anbetung die Asche seiner Gefühle wieder angefacht hat. »Schauderhaft, Sibilla«, sagte er bei Tisch zu mir, »wie Sie sich konservieren. In jedem neuen Jahr denk' ich, nun wird es doch mit der Schönheit bei Ihnen bergab gehen Gott bewahre. Der reine Phönix! Immer von neuem jung und schön, immer von neuem einem die ganze Seele fortreißend.«

Ich nahm die Gelegenheit wahr, ihm zu sagen, daß er anfinge, mich ernstlich zu kompromittieren, da er ja doch nun einmal den Ruf eines Don Juans genösse, und ich bäte ihn um ein wenig mehr Zurückhaltung und etwas seltenere Besuche.

Er fühlte sich geschmeichelt und sah ein, daß ich recht hatte.

Merkwürdig, wie sich die Männer immer geschmeichelt fühlen, wenn man sie für sittenlos hält.

Natürlich gilt er gar nicht für einen Don Juan und ist es auch nicht. Mich aber dem Gerede aussetzen und nichts davon haben, so dumm sind wir nicht.

Nach dem Diner, beim Kaffee, saß ich in einer Gruppe von Damen, zu denen auch Timäa gehörte. Es ging über Traute her, die im Nebenzimmer, wo der Tanz beginnen sollte, sich von Hely den Kaffee zuckern ließ. Man wollte bei ihrem blühenden Aussehen nicht an ihr Kranksein glauben.

312

»Sie hält sich vielleicht schon als materialisierter Geist unter uns auf«, scherzte Ferlani, auf ihren Spiritismus anspielend.

Kunz trat zu unserer Gruppe heran, um sich zu verabschieden.

»Wollen wir nicht desinfizieren?« sagte Isolde, als er gegangen war, mit einem geschmacklosen Scherz.

Man protestierte. Ein so bildhübscher blonder Krauskopf, ein junger Herkules! Schade freilich, daß er sich so encanaillire – –

Ich fühlte, wie mir das Blut in den Kopf stieg, und hätte wahrscheinlich etwas Heftiges geantwortet, wenn sich nicht im nächsten Augenblick die Aufmerksamkeit aller auf ein tanzendes Paar koncentriert hätte: Hely und Traute.

Sie schienen ein dithyrambisches Liebesduett zu tanzen. Sie, den Kopf weit hintenüber, das luftige Kleid von ihr fort in den Saal hineinwehend, als wolle sie vor ihm fliehen, er, zu ihr drängend, unwiderstehlich. Und die Johanniskäferchen in ihrem schwarzen Haar glühten, ihre Augen auch. Und der Flimmer des roten Gewandes! alles Licht schien es aufzusaugen; es war, als flössen Ströme davon an ihr nieder, als prasselte Feuer hinter ihr her. Ich dachte: wenn sie nur aufhören möchten, er erreicht sie sonst, er ergreift sie, er – – Und immer schneller spielte der am Flügel, immer schneller wirbelten sie durch den Raum.

Plötzlich geschah etwas unsagbar Trauriges. Mitten im Tanze neigte Traute das Köpfchen zur Seite, ihre Füße schleiften noch einen Augenblick am Boden, dann sank sie zusammen, nicht gerade ohnmächtig, aber wie von einem Zauberstab berührt. Die Unglückliche hatte den Schlag der zwölften Stunde überhört. Glanz und Pracht, die ihr der Zauberer Morphium nur auf Stunden verliehen, erloschen. Die Prinzessin

313

wurde zum Aschenputtel. Alt, krank, ganz verfallen, mit verzerrten Zügen, die Augen voll blöden Starrens, hing sie in Helys Armen.

Schmerz, Schreck, fast Entsetzen, Widerwillen drückte sein Gesicht aus, als er sie mit Timäas Beihilfe hinausführte.

12. November. Traute ist tot, liebe Mutter. Das arme, schöne Weib mußte so jung ins Grab, weil auch sie ein Zwitter-, ein Übergangsgeschöpf am Ausgang des 19. Jahrhunderts war. Und sie hat nicht einmal wie ich das Rauschen des Windes gehört, der der Morgenröte vorangeht. All ihr Seelenreichtum schoß ins Geschlechtsleben und zerstörte sie.

Am Tage nach dem Fest bei Timäa erhielt ich ein Billet von Hely: Traute würde die Nacht nicht überleben, ich möchte kommen.

Ich fand sie im Bett. Das Zimmer raffiniert arrangiert. Betten, Toilette, die Decke, sie selbst, alles in blendend weißer Seide, ihre nackten, mageren Arme kaum bis zum Ellenbogen leicht von weißen Spitzen verhüllt.

Alles weiß, nur sie nicht. Gelblich war ihr Gesicht und faltig, trocken, verfallen. Unheimlich groß und leuchtend die Augen.

Aus einer blitzenden Metallschale neben dem Bett stiegen leichte Dämpfe. Räucherwerk verbrannte darin. Ob es Weihrauch vorstellen sollte?

»Traute ist tot!« kreischte mir der Papagei entgegen. Sie machte eine Gebärde, ich sollte den Vogel bedecken. Ich that so.

»Ich mag den Papagei nicht mehr«, sagte sie mit einem gebrochenen, zitternden Stimmchen, »verschaffe mir doch einen Raben, Sibilla, einen schwarzen, melancholischen Raben. *Nevermore* soll er krächzen, immerfort *nevermore*, wie in den Poe'schen Gedicht. Ja, *nevermore*, Sibilla, *nevermore*! Kein Morphium hilft mehr. Es wird Ernst!«

Sie schwieg vor Erschöpfung. Ich nahm ihre kalten Hände in die meinen und sprach Tröstliches zu ihr. Sie hörte mir offenbar nicht zu.

»Ich habe ihn fortgeschickt«, hob sie von neuem an. »Er war den ganzen Tag bei mir. Er soll mir Orangenblüten holen. Ich liebe sie so.«

Ihre Stimme sank zu einem geheimnisvollen Wispern herab: »Ich lasse ihn nicht – nie, ich komme wieder.«

Und mit einem irren, zuckenden Lächeln fügte sie hinzu: »Ich lade ihn zum *après* ein, zum *après* – nach dem Diesseits.«

Hely trat ein. Er hielt die Orangenblüten in der Hand. Das ganze Zimmer durchdufteten sie hochzeitlich, mit berauschender Süße. Trautes Nasenflügel zitterten, blähten sich, die Lippen öffneten sich. Sie sog den Duft in sich, tief, langsam.

Plötzlich richtete sie sich im Bett hoch auf, streckte die Arme empor, und aufflammend, mit starker Stimme, rief sie: »Richtet mir Scheite – –« Sie sank gleich wieder in die Kissen zurück, den Kopf hintenüber. Sie streckte die Hand nach den Blumen aus, einen Augenblick noch zitterte die Hand in der Luft. Dann war es aus. Ohne einen Seufzer war sie erloschen.

Hely legte die Orangenblüten auf ihre Brust. Dann faltete er die Hände. Er betete.

Im Tode war sie wieder schön und jung; weiß wie ein Marmorbild lag sie da in dem weißen Zimmer unter den Orangenblüten, von leisen Dämpfen umwallt.

Mir war, als hörte ich den säuselnden Flügelschlag des Todesengels. Ich mußte an die Böcklinsche Toteninsel denken, an die erhabene, hellenisierte Romantik dieses Bildes.

»Traute ist tot!« kreischte der Papagei. Entsetzenerregend klangen die wilden und doch gedämpften Laute unter dem Tuch hervor.

Ja, die süße Traute, sie hatte die Flügel eines Engels und den Schnabel eines Papageien.

Ich hätte nicht wie Hely beten können in dieser Atmosphäre von Mystik, Rausch und Orangenblüten, diesem Tode gegenüber, der sich wie eine Vorbereitung der Hochzeit ausnahm.

Wir legten unsere Hände auf Trautes erkaltende Hände. Wir blickten uns lange ernst und traurig in die Augen.

15. November. Eben kommt Dein Brief, Mutti. Mutti, Geliebte, warum betrübst Du mich so mit diesem neuen Ischiasanfall. Ich muß selbst nachsehen. Spätestens übermorgen bin ich bei Dir! Und nicht nur um Deinetwillen, auch um meinetwillen komme ich.

Trautes Tod hat alles Widerspruchsvolle in mir aufgewühlt. Zwischen Leidenschaft und kühler Reflektion werde ich hin- und hergezerrt. Heut möchte ich unter Cypressen Grabschriften enträtseln, morgen rosenbekränzt festlich schwelgen, übermorgen mit Göttern anbinden.

Mutti, ich kann das Leben nicht ernsthaft nehmen, ich kann's nicht, und ich begreife oft nicht, wie andere es können. Von tiefem, schicksalsvollem Ernst erscheint mir nichts als allein der Tod.

Ob ich zum Stamme der Nietzsche gehöre, welche wahnsinnig werden, wenn sie denken? Ich wundere mich zuweilen, daß nicht alle, alle die denken dazu gehören, denn am Ende alles Denkens steht ein ungeheures

Fragezeichen. Und die Antwort? Eisiges Schweigen oder das traurige Lächeln der Resignation.

So werden ja wohl meine Gefühle für Hely auch nicht seriös sein.

O Hely! O Kunz! O Vernunft! O Antivernunft, die man gewöhnlich Herz nennt. Ob ich einen oder keinen von beiden liebe, bei Dir, Mutti, wird es in mir tagen.

Auf Wiedersehen übermorgen, geliebteste aller Mütter.

Deine Sibilla.

3. Januar. Liebe Mutter, es hat nicht in mir getagt. Ein schwankes Rohr kam ich zu Dir, ein schwankendes Rohr bin ich zurückgekommen. Kunz sah ich zuerst. Er holte mich von der Bahn ab, denke Dir, ohne Wagen. Wie ich dann aber Arm in Arm mit ihm durch die dunkeln Straßen dahinschritt, fühlte ich mich so warm, so sicher geborgen, und seine Herzinnigkeit erleichterte mir den Übergang von der Heimat, die immer und einzig nur bei Dir sein wird, zurück in die fremde Stadt, zurück nach München.

Am anderen Tage trafen sie beide bei mir zusammen. Peinliche Situation. Meistens lasse ich mich jetzt, wenn Kunz bei mir ist, vor Hely, und wenn Hely bei mir ist, vor Kunz verleugnen. Immer läßt es sich nicht thun.

Hely spricht nie über Kunz, Kunz aber über Hely; er mißbilligt ihn vom Scheitel bis zur Sohle.

Ich werfe ihm seine Ungerechtigkeit vor. Man müsse sich den Menschen immer erst auf das Milieu hin ansehen, dem er entstammt ist. Und wenn einer in Livland aufgewachsen ist, wo die paar Tausend Deutsche zugleich Kultur und Bildung repräsentieren, so ist sein Aristokratismus zu verstehen.

Vorgestern in meinem Salon lebhafte sozialpolitische Diskussion. Unter anderm war vom *Recht auf Arbeit* die Rede.

Hely stellte die Frage: »Ist Arbeit für alle zu beschaffen? nein.«

Und Kunz: »Ist es möglich zu leben, ohne zu arbeiten? nein! mit Ausnahme der meisten der hier anwesenden Damen natürlich.«

Man lachte über – den guten Witz.

»Verneint man also diese beiden Fragen, so bleibt nichts übrig, als klipp und klar zu erklären: Es ist ein Naturgesetz, daß, wie im kalten Winter die Sperlinge von den Dächern fallen, alljährlich so und so viel Menschen verhungern und erfrieren, oder stehlen und morden, um dieser unangenehmen Eventualität zu entgehen. Wären die Menschen aufrichtig, so würden die meisten dieses Naturgesetz bejahen. Wer aber dieses Naturgesetz nicht anerkennt, muß mit absoluter Notwendigkeit eine neue Welt- und Gesellschaftsordnung anstreben.«

»Aber sagen Sie, meine Herrschaften«, unterbrach hier Benno den Ernst der Diskussion, »was geht uns denn eigentlich die Zukunft an, da sind wir doch nicht mehr.«

Man lachte und war im Begriff, zu einem andern Thema überzugehen, als Ferlani, um Kunz noch eins zu versetzen, sich erlaubte, zwischen den Heiligenscheinen der sozialistischen Drachentöter, die anstatt einem Drachen doch nur einem wehrlosen, wenn auch goldenen Kalbe zu 319 Leibe gingen, und einer Narrenkappe einige Ähnlichkeit zu finden.

Darob nun ergrimmte mein heiliger Georg und that einige ziemlich unverblümte Äußerungen über Narren, die überall nur Närrisches sähen.

Ferlani replizierte, er wisse, daß der sehr geehrte Herr nur allgemeine Weisheit verzapfe und nähme an, daß er dieselbe nicht auf einen einzelnen angewendet wissen wolle.

Es wurde noch einiges hin- und hergemurmelt, was wir andern nicht verstanden, und wobei das halb verbindliche Lächeln Ferlanis dem einigermaßen blutdürstigen Ausdruck widersprach, den sein verquerblickendes Auge auf den neben Kunz stehenden unschuldigen Stuhl schleuderte.

Plötzlich sagte Kunz laut:

»Aha, ein Duell! Ich denke, niemand wird wagen, mir die Roheit eines Duells zuzumuten.«

»O weh, Herr Kunz«, rief Isoldchen entsetzt, »wenn Sie ein Duell ausschlügen, könnten wir Sie ja niemals mehr empfangen.«

Herr Gott, Mutti, ich sah, daß eine vernichtende Antwort auf seinen Lippen schwebte. Schnell sprang ich in die Bresche und schlug mit anmutiger Heiterkeit vor, die Duellfrage doch einmal objektiv in aller Ruhe zu erörtern.

Ich hatte nicht mit Hely gerechnet.

Eine Duellfrage gäbe es nicht, sagte er hochfahrend, sie könne also auch nicht erörtert werden. Die durch Jahrhunderte geheiligte Institution des Duells im Dienst der Ehre sei ebenso selbstverständlich wie unan- 320 tastbar.

Und Kunz:

»Für mich sind Ehre und Totschlag, ob erlaubter oder unerlaubter, unversöhnliche Gegensätze. Viele teilen ja ihre Ansicht, Herr v. Helmström. Mögen diese vielen sich doch untereinander totschlagen.«

Er ging und überließ der abfälligsten Kritik über ihn das weiteste Feld, und – und – Mutti, bete für das Heil meiner Seele, vielmehr Unseele, ich stimmte ein ganz, ganz klein wenig mit ein. Ich sehe es so gern, wenn Helys ruhigblickende Augen aufleuchten. Und sie leuchteten auf.

Miserabel von mir. Schäme Dich Deiner Tochter, aber laß Dich von ihr zärtlich umarmen.

20. Januar. Was ich gestern schrieb, der Verrat an Kunz hat an mir genagt. Heut, während ich am Opheliabach einsam wandelte, habe ich Zwiesprache mit mir gehalten. Schön war um mich her die Winterlandschaft. Weißer Schnee und rote Sonne. Glut und Reinheit gepaart. Eine nordische Rhapsodie.

Auf einem Hintergrund mit Goldgrund malt man mit Vorliebe Engel und Heilige. Aus diesem Gold- und Feuergrund der Natur blühten mir reinste Triebe und Vorstellungen. Ja, in der Schönheit der Natur steckt die tiefste, erweckungsvollste Moral. Sie ist ein Spiegel, in dem man seine eigene Häßlichkeit sieht.

Und das Resultat meiner seelischen Aufrappelung?

Ja, ich wollte meine Unehe mit Benno lösen. Ich wollte Kunzes Weib werden. Ich wollte gut sein, vernünftig sein, Adelsmensch werden, mich vom sittlichen Pöbel lossagen, abthun die Sklaverei üppiger Gewohnheiten. Und ich wollte ihn auch lieben! ihn! Kunz, nicht Hely. Ich will's! ich will's! weil ich's will. Ich liebe seine Gedanken, seine Gesinnung, seine Seele liebe ich. Er ist der Mann, dem ich die Hände küssen möchte; und die Lippen nicht? Himmlische und irdische Liebe, gehören sie nicht untrennbar zusammen? Steht nicht fest.

Ich trug die schöne Erregung von meinem Spaziergang mit heim. Der golden rote Schimmer der untergegangenen Sonne hauchte eine sanfte Glorie über meinen Salon. Eine seltsame, nie gesehene, vielfach gefüllte riesige Sonnenblume, schön wie ein Reflex der Sonne, stand auf meinem Schreibtisch im bronzenen Kübel. Nur von ihm, von Kunz konnte sie kommen, diese goldenklare, duftlose, herrliche Blume.

Und goldenklar wurde es auch in mir, sonnig, rein.

Ja, ich wollte mein Leben mit dem seinen verknüpfen, ich wollte mich ihm hinschenken wie eine Christbescherung. Wie das Christkind die arme Hütte, in die es tritt, mit Glanz erfüllt, so wollte ich sein Leben verklären. Im voraus genoß ich sein Entzücken über das, was, wie ein wenig *malgré moi*, mein zweites und doch wohl besseres Ich für ihn thun wollte.

Es war zur Vesperzeit. Die Abendglocken läuteten. Er kam. Ich legte meine beiden Hände um seinen Arm. Ich schmiegte mich an ihn und sagte: »Kunz, lieber Kunz.«

Er verstand gleich. Er preßte seine eine Hand fest auf die Brust, wie um das Herz darin festzuhalten.

»Ich wußte ja, Sibilla, daß Du mich lieben würdest (so ganz genau konnte er es nun eigentlich nicht wissen), ich wußte ja, daß Du – –«

Er sprach wie im Rausch, abgebrochen, stammelnd, ein bißchen schwäbelnd, wie immer. Mittagsglut war in seinen Worten. Ach ach, Mutti, er sprach zu laut, zu laut! Es klang wie ein Jauchzer. Er war zu groß, zu groß, er war zu stark, zu stark. Und er atmete so laut. Und meine Gedanken schweiften hin zu einem anderen, zu seiner ernsten, leisen Anmut.

Wehe, Mutter, wehe! Wir können, können nicht aus unserer Haut heraus. Es war vorüber, die Glocken verklungen, der letzte Sonnenschimmer versunken. Nur eine Thräne in meiner Wimper zeugte von verschwundener Herzenspracht.

»Wie schön ist Deine Sonnenblume«, sagte ich, mich zu ihm zurückzwingend.

Mutti, sie war gar nicht von ihm.

Er zog mich fest an seine Brust. Es rann etwas durch meine Glieder, was keine Ähnlichkeit mit hingebendem Entzücken hatte.

Mit einem unwillkürlichen Impuls der Abwehr machte ich mich hastig von ihm los und entzündete sämtliche elektrische Flammen.

Die Sonnenblume kam von Hely.

Kunz starrte mich an, fast entsetzt. Er hatte verstanden.

Ehe wir noch ein weiteres Wort wechseln konnten, trat Jolante ein. Sie sah, daß etwas geschehen, daß Kunz fassungslos war. Mit sicherem Takt sprach sie sofort von einem seiner Aufsätze in der letzten Journalnummer, indem sie fein und verständnisvoll auf seine Ideen einging.

Daß sie ihm so wohlthat, wohlthun wollte, irritierte mich. Es fiel mir ein, daß Jolante sich schon seit einiger Zeit anders kleidete als früher. Sie trug jetzt immer ein Kleid von schwarzem Halbsammet, mit einem breiten, pelzbesetzten Kragen, der ihre Mißbildung fast völlig versteckte.

Ihr blondes, reiches Haar, das sie sonst einfach von den Schläfen zurückstrich, umrahmte neuerdings in zwei tiefen Scheiteln das durchsichtig klare Gesicht. So sah sie beinahe schön aus.

»Das schwarze Kleid steht Dir ja wundervoll. Für wen hast Du Dich denn so schön geschmückt?« Ich sagte das mit einem schalkhaften Seitenblick auf Kunz.

Hätte ich die Wirkung meiner Worte ahnen können, ich würde sie nie gesprochen haben. Ich bin überzeugt, daß Jolante sich erst von diesem Augenblicke an ihrer Liebe für Kunz bewußt wurde.

Bis in den Nacken wurde sie mit dunkler Röte übergossen. Ihre Verwirrung war grenzenlos. Hastig strich sie sich das Haar aus der Stirn und warf den Kragen von sich. Es wäre so heiß im Zimmer, und sie wendete ihren Rücken nach der Seite hin, wo Kunz stand, durch ein absichtliches Einziehen des Kopfes zwischen die Schultern den Eindruck des Verwachsenseins verstärkend. Dann sagte sie mit harter Stimme: »Eine Gans bin ich.«

Ich umarmte sie zärtlich, bat sie wegen meiner blöden Neckerei um Verzeihung.

Kunz hatte alles verstanden, auch warum sie den Kragen fallen ließ.

Er beweist ihr von diesem Tage an eine fast zärtliche Sympathie. Auch sie ist anders geworden, zurückhaltender, stiller; ich fühle aber, wie sie, ohne ihn anzusehen, jedes seiner Worte in sich saugt. Nie mehr kommt ein derber Ausdruck über ihre Lippen. Sie trägt seitdem weder Shawl noch Kragen. Sie selbst will keinen Augenblick vergessen, daß sie verwachsen ist, und auch kein anderer soll es.

Die Sonnenblume kam von Hely.

1. Februar. Heute hatte ich Kopfschmerzen, Herzklopfen, ich weiß nicht, was sonst noch alles. Verdrießlich war ich, grundverdrießlich. Bennos beste Anekdote beim Frühstück entlockte mir nicht das leiseste Lächeln. Ein greuliches Matschwetter noch dazu, und die Jungfer war beim Ankleiden in einer Weise ungeschickt – überhaupt ich hasse diese Jungfer, natürlich nur, wenn ich sie sehe, sonst denke ich gar nicht an sie – ein nervöser Haß. Und schelten kann ich sie nicht, sonst kündigt sie gleich, und ich kann sie nicht entbehren. Unsere anderen Leute mag ich auch nicht, bis auf die Anna, das zweite Hausmädchen, gegen die fühle ich ein förmliches Wohlwollen, weil ich mich getraue, sie zu schelten. So komisch ist man. Und da sie mir gerade in den Weg kam, schalt ich sie wirklich.

Es wäre nicht gerade nötig gewesen, daß Kunz dazu kam.

»Siehst Du, Kunz, so bin ich.«

»So bist Du, wenn Du nicht Du bist.«

Er sah mich dabei gräßlich ernsthaft an, so überhebend, tugendstolz. Das reizte mich. Er solle sich nur nicht wieder in eine Toga hüllen, er käme mir darin weniger griechisch als spanisch var, und ich fände, er habe gar kein Recht zu dieser Toga, aber gar keins. Z.B. liebe er ohne jeden ethischen Beigeschmack eine Frau einfach, weil sie hübsch sei. Heuchlerisch aber puffe er diese Frau, die mit ihren Dienstboten zanke, zu einem Ideal, einer Heiligen auf, um seine Anbetung vor sich selber zu rechtfertigen.

Sie wäre keine gewöhnliche hübsche Frau. Alle Elemente zu einem Ideal wären vorhanden, nur ein böser Zauber hielte das Dornröschen in einen lethargischen Schlaf versenkt. Er wolle es wecken.

»Aha? wohl mit einem Kuß, mein Prinz?«

»Erst die Erlösung und dann der Kuß«, antwortete er ernsthaft. »Ich denke gar nicht daran, in Dir nur das schöne Weib zu lieben. Zuerst und vor allem liebe ich im Weibe den Menschen.«

»So liebe doch Jolante.«

Gleich griff er wieder nach dem grauen Filz. Und der Regen klatschte in der beginnenden Dämmerung gegen die Fenster, und das Feuer im Kamin war ausgegangen, und bei dreizehn Grad Wärme im Salon wird man ungütig.

Eine grausame Neugierde überkam mich, seine Liebe auf die Probe zu stellen.

»Bleib, Kunz, ich habe Dir etwas zu sagen. Stelle Dir vor, ich ließe mich einmal von einem großen Zorn fortreißen und thäte etwas Abscheuliches, etwas – –« es fiel mir nicht gleich etwas Abscheuliches ein, und ehe ich mich besinnen konnte, sagte er: »Ich würde Dich trotzdem lieben.«

»Sage, Kunz, bist Du wirklich ein völlig freier Geist, frei von der Meinung der anderen, frei von eigener Selbstsucht, ein Mensch, der es versteht, Gemüts- und Geistesprozesse bis in ihre Wurzel zu verfolgen?«

»Ich glaube es.«

»Und Du liebst mich?«

»Das weißt Du.«

»Trotzdem ich verheiratet bin?«

»Du bist es nicht in meinem Sinn.«

»Trotzdem ich Kinder von ihm hatte?«

»Trotzdem. Es schmerzt mich, daß Du eines ungeliebten Mannes Weib warst. Aber Du warst keine Schuldige, ein Zeitopfer warst Du. Was Du thatest, Du thatest es den andern nach.«

Eine Pause. Ich sah ihm fest in die Augen.

»Kunz, ich habe Hely Helmström geliebt, leidenschaftlich geliebt.«

Sein Auge umflorte sich.

»Sagst Du wieder: trotzdem?«

»Trotzdem.« Es klang gepreßt.

»Kunz, er wollte mich nicht zum Weibe. Ich war seine Geliebte.«

Er wurde blaß wie der Tod. Er wandte sich fort von mir. Er trat ans Fenster. Er öffnete es schnell, als fürchte er zu ersticken. Mit gespannter Neugierde verfolgte ich jede seiner Bewegungen. Ein krampfhaftes Zucken ging durch seinen Körper. Sein Gesicht sah ich nicht. Plötzlich bedeckte er es mit der Hand. Sein Kopf sank auf die Brust. Er weinte.

»Hansel! Mein lieber Hansel.«

Er wandte sich nach mir um. So stark und wild sah er aus mit den feuchtfunkelnden Augen, daß ich mich einen Augenblick vor ihm fürchtete. Er wollte etwas sagen. Es überwältigte ihn, er stammelte nur.

»Wie konntest Du – konntest Du! – Eine Welt trennt Euch ja – meine – meine Sibilla! – Es zerreißt mein Herz – Dein Wahn – – mir gehörst Du von Natur und Rechtswegen, nur mir, mir allein.«

Und mit einer jähen Bewegung riß er mich an sich, als wollte er mich ersticken und bedeckte mich mit wilden Küssen.

Ich stieß ihn zurück. Daß er gleich den Lohn für seinen Pardon wollte, erkältete mich bis ins Mark.

»Es ist nicht wahr, was ich Dir gesagt habe, nie bin ich Helmström's Geliebte gewesen. Es war eine Prüfung, Du hast sie nur halb bestanden.«

Er zweifelte keinen Augenblick an der Wahrheit meiner Worte.

»Eine große, verhängnisvolle Inkonsequenz, daß ich Dich liebe, Du Wilde, Unfruchtbare, Unberechenbare.«

Er stieß die Worte hart und zornig heraus.

»Kannst Du den Fehler der Inkonsequenz nicht wieder gut machen?«

»Ja. Von dem Augenblick an, wo ich Dich nicht mehr lieben will, werde ich Dich nicht mehr lieben.«

Willst Du wissen, Mutti, was für ein Ungeheuer Du geboren?

Daß ich nervös, capriciös, bezaubernd, abstoßend, Vampyr, Sphinx u.s.w. bin, versteht sich eigentlich bei einer Weltdame von selbst. Ich bin von einer feinen, heimlich lauernden, grausamen Neugierde, kapabel, das Herz eines Menschen zu martern, aus Neugierde, was dabei heraus kommen wird. Ein unberechenbares Weib bin ich, von absoluter Nüchternheit und zugleich mit dem Wunderbaren, und über allem Unausgeglichenen der Stern meiner vernunftraubenden Schönheit.

Das sagte Kunz, und – fort war er.

Ach, Mutti, er kommt ja doch wieder. Sie kommen immer wieder, die Männchen zu den Weibchen. Pfui!

Hat er sich nicht recht gewöhnlich benommen, meiner Neugierde ganz unwert? Entweder mußte er klar und ruhig bleiben und sagen: Über Dein Liebesleben hast nur Du zu richten, nur Du allein, nicht ich. Ich liebe Dich, weil Du Sibilla bist. 329

Oder er mußte mit einer großen Gebärde den Staub von seinen Füßen schütteln und von mir gehen – düster krächzend: *Nevermore.*

Aber der besten einer ist er doch. Und ich möchte ihn ja auch so gern lieben. Ich kann's nicht, wenigstens in einem Sinn kann ich's nicht. Ist denn das nötig? Sollen und müssen denn die sinnlichen Beziehungen die Quintessenz der Ehe sein? Wäre eine Ehe nicht denkbar mit Ausschluß der Sinnlichkeit? Es würde doch nur ein Element der Liebe fehlen und zwar ein untergeordnetes. Alle anderen wären da. In so vielen Ehen ist's umgekehrt, nur das eine, niedere Element ist vorhanden, und alle anderen fehlen.

Aber das Kind! ja das Kind!

5. Februar. Bei *Haut-bois* eine außerordentlich distinguierte Gesellschaft. Alles, was nur ein bißchen was ist, war vorhanden, vom Klown an bis zur Prinzessin von Geblüt. Die vom Hof drückten auf die Produktionen der Klowns, indem ihre Gegenwart sie auf ein zu hohes Niveau schraubte. Feine Klowns – ein Unding. Auch Publikum und hoher Adel wagten nicht so herauszuprusten und zu applaudieren, wie es die Gelegenheit erforderte. Erst als mit den Klowns die Prinzessinnen abtraten, wurde es animiert, so animiert, daß Eva Broddin auf allgemeines Verlangen zum Schluß einen japanischen Tanz aufführte, was keine Schwierigkeit bot, da die Marquise ein japanisches Kostüm besaß. Eva 330 singt wie eine Diva. Warum sang sie nicht lieber? Etwa, weil Hely den Tanz über alles liebt? ein Geschmack, der mir bei ihm immer unerklärlich gewesen ist.

Und sie tanzte, tanzte verführerisch, hinreißend. Ihr blinkender, blitzender Fächer tanzte mit, die goldene Schlange um ihren Arm tanzte, ihr Gewand ringelte sich schmeichelnd, schmiegend um ihre biegsam schlanken Glieder, die kleinen funkelnden Dolche im Haar warfen tanzend Funken auf ihr schwarzes Gelock.

Sie war die Inkarnation der Grazie, mit einem Stich ins Bajaderenhafte.

Und daß sie so vor Hely tanzte!

Er stand in einer Fensternische. Ich konnte seine Züge nicht sehen, ich fühlte aber, daß seine Blicke an ihr hingen. Hatte er Traute schon vergessen? Mußte ihn dieser Tanz nicht an Traute's letzten Tanz bei Timäa erinnern? Kaum vier Monat war sie tot.

Eine sonderbare Melancholie überkam mich. Ich glaube nicht an Ahnungen, sonst würde ich glauben, daß dieser Tanz mit meinem Schicksal zusammenhängen wird.

Eine Zeit lang saß ich grübelnd und fast vereinsamt auf einem Fauteuil. Jemand stellte sich hinter mich. Ferlani war's, nur Ferlani.

Er flüsterte mir seine alte und immer neue Anbetung ins Ohr.

»*Vieux jeu, vieux jeu*, lieber Ferlani«, sagte ich, ihm abwinkend, mit einem Blick auf die so reizend tanzende Eva.

Ich wäre ein Unikum, antwortete er, bald Lotosblume, süßen Geheimnisses voll, bald Chrysantheme, duftlos, wild zerfahren, aber perfid lockend. – Überhaupt sei er endlich dahinter gekommen, daß ich ein durchtriebener Racker sei, wie aus einem Gyp'schen Roman entsprungen, wurmstichig etc.

»Ja ja«, nickte ich müde.

Ach Mutti, ich habe Stunden, wo ich keiner Blume gleiche, wo mir der Spiegel ein herbes, unzufriedenes verblühtes Gesicht zeigt, mit scharfen Linien und schmalen blassen Lippen. Das kommt davon, wenn man die teuersten Spiegel kauft. Das sind die schärfsten und gröbsten. Kunz ist für mich auch ein solcher Spiegel. Ach überhaupt – – gute Nacht, Einzige.

Ich habe noch etwas vergessen: Am Tage nach dem japanischen Tanz ist Eva mit ihrer Tante, die sich von einer nur halb überstandenen Influenza nicht erholen kann, nach Baden-Baden abgereist.

10. Februar. War nicht in meinem letzten Brief etwas von verhaltener wüster Eifersucht? Mutti, ich wollte nicht daran glauben, durchaus nicht. Es ist doch! doch! Mein Herz ist krank.

Ich liebe ihn. Ich liebe Hely. Heißt das, wir sind eins im Denken und Fühlen?

Gott bewahre. Es heißt, wenn er in meine Nähe kommt, wenn er mein Kleid streift, erbebe ich vom Scheitel bis zur Sohle in schmerzlicher Wonne.

Alles, was philosophisch in mir ist, rufe ich zum Beistand in mir auf in meiner Herzensnot, und ich monologisiere: Sibilla, besinne Dich, es ist ja reiner Zufall, daß Du gerade diesen liebst. Es hätte ebenso gut ein anderer sein können, wenn Dir einmal das Liebenmüssen im Blut liegt. Wäre er in Rußland geblieben, und Du hättest ihn nie gesehen, Du wärst in Dir nicht reicher, nicht ärmer, nicht froher, nicht trauriger geworden. 332

So wäre jede Neigung Zufall?

Nein, die Liebe nicht, die zwei Gleichgesinnte zu gemeinsamem, idealem Thun vereint. Liebtest Du Kunz, das wäre kein Zufall, das wäre göttliche Bestimmung. Und warum erfüllst Du sie nicht? Frage die Götter.

Das Geheimnis der Liebe! ein psychologisches oder physiologisches? es wird wohl ein psycho-physiologisches sein, das zu enträtseln unsere Zeit nicht reif ist.

Etwa ein auf die Veredelung der menschlichen Race abzielendes Geheimnis?

Kaum. Denn dann müßte ich erst recht Kunz lieben, den jungen Herkules mit den leuchtenden blauen Augen und dem schönen blonden Krauskopf.

Man sollte nur mit Seinesgleichen reden, sagte Kunz. Aber auch nur Seinesgleichen lieben? »Liebe ist, wenn man nicht weiß warum«, eine Äußerung Ferlani's. Hat er recht?

Meine Vernunft, meine Intelligenz leben in den radikalen Anschauungen, die der Zukunft gehören, mein Geschmack und meine Gewohnheiten wurzeln im »Zeitalter des Kapitalismus«, um mit Kunz zu reden. 333

Wie? und etwas so Inferiores wie Geschmack entscheidet über mein Herzens- und Liebesleben?

Warum habe ich zuweilen den vagen Eindruck, als stände Hely und auch andere über Kunz Albert? weil sie besser sitzende Röcke und das Parfüm des Salons an sich tragen, und weil sie keinen schwäbischen Dialekt sprechen, und die Herrenhaltung derer haben, die in morschen Sarkophagen längst vermoderte Ahnen besitzen? Sehe ich, höre ich, urteile ich wie der übrige Salonpöbel?

Nein, ich urteile nicht so, ich denke nicht so, aber in faulen Stunden, und ich habe viele solcher Stunden, denke und urteile ich überhaupt nicht, und neige dann zu dem Glauben, daß ein Mensch, der zu enge oder zu weite Beinkleider trägt, kein edles Gemüt haben kann.

Mein feiner, feiner Geruchssinn wird schon durch die Seife affiziert, mit der Kunz sich wäscht, meine Augen durch seinen ewigen grauen Filz, mein Gehör dadurch, daß er zu laut spricht.

Hely ist nicht Geist von meinem Geist, nicht Herz von meinem Herzen. Wir haben nicht einen gemeinsamen Gedanken. Was er denkt, ist für mich antiquiert, beinahe lächerlich. Und doch – ich liebe ihn, weil er es ist. All meine Reflexionen entfernen mich von ihm. Und doch – ehe ich mich's versehe, reißen meine Gedanken, die ich im Zügel zu haben glaubte, aus, und laufen ihm nach, wie Hündchen ihrem Herrn. Ich kann rufen, locken, drohen, sie kommen nicht zurück. Er erfüllt mich, ich sehe ihn, ich höre ihn, ich warte den ganzen Tag auf ihn, ich hasse alle, die eintreten und die nicht er sind. Wenn er im Gruß leicht meine Hand berührt, vibrieren meine Nerven, und ich leide, leide, daß ich ihm nicht um den Hals fallen darf. Ich verschmachte nach ihm. Sie ist da, Mutti, die große, einzige, leidenschaftliche Liebe.

Phänomenal diese Seelenstimmung? unerklärlich? Ich versuche ja ihr auf den Grund zu kommen. Ob der Grund schlammig ist? ein unlauteres, auf Sinnlichkeit gestelltes Gefühl? Nein, nein! Ich will arm mit ihm sein, mit schwarzen Messern und Gabeln will ich essen, alle meine Toiletten hingeben, sogar das pfirsichfarbene, goldgestickte Sammetgewand. Wäre er krank, ich wiche nicht von seinem Lager. Stürbe er – eisige Schauer schütteln mich bei der Vorstellung. Ich fühle die zarteste, herzinnigste Wonne, wenn er nur neben mir hergeht oder in Gesellschaft mir gegenübersitzt. Äußert sich so Sinnlichkeit? Nein, es ist eine romantisch sublime Erotik mit zartem Geflimmer, mystischem Meeresleuchten, »himmelhochjauchzend, zum Tode betrübt«, mit einem Worte: Liebe.

20. Februar. Oft schon, meine Mutter, hast Du meine Seele, vielleicht mit innerem Erbeben, nackt geschaut. Auch heut – ich schreibe diesen Brief (wenn ich ihn auch hinterher mit Pech und Schwefel vernichten sollte) als eine Beichte. Katholische Frauen vertrauen fremden Männern, den Priestern, ihr geheimstes Denken und Fühlen an, und man findet es in der Ordnung. Du bist mein Priester, geliebte Mutter! Und denke nur nicht, daß die Bußen, die Du mir auferlegst, zu milde sind. Durch die milden Worte hindurch sehe ich Deine Thränen, die fallen auf mein

Herz. Habe nur Geduld, ich bessere mich auch gewiß noch, wenn Gott mich lange genug am Leben erhält.

Ein düsterer, nebliger Tag war's, noch düsterer und nebliger der Abend. Wir waren in die Meistersänger gefahren. Als wir aus dem Opernhaus traten, hatte sich der Nebel unheimlich verdichtet. Die wenigen Wagen, die auf dem Platz hielten, weigerten sich zu fahren, etwas noch nicht Dagewesenes. In der That war dieser Nebel für München phänomenal.

Anfangs sahen wir noch den Weg vor unseren Füßen, je weiter wir aber kamen, je undurchdringlicher wurde der Nebel. Allmählich erlosch der Schein der Laternen.

Eine dichte, graue Mauer umschloß uns. Das Licht verlor die Kraft, sie zu durchdringen. Wir wußten nicht mehr, wo wir waren.

Benno wurde ängstlich. Er meinte, wir könnten kaum fünf Minuten von unserem Hause entfernt sein. Er wollte das Feld rekognoscieren. Ich sollte auf der Stelle, wo ich mich befand, stehen bleiben.

Er verschwand. Einen Augenblick noch hörte ich seine Stimme: »Hierher, hierher!« Ich wollte zu ihm, muß aber wohl die entgegengesetzte Richtung genommen haben. Seine Stimme war verhallt. Ich rief, rief! Keine Antwort.

Eine rasende Angst packte mich, ich würde nicht nach Hause finden. Und dann eine andere Vorstellung, eine noch schrecklichere: Wenn jetzt plötzlich ein Strolch oder auch nur ein Betrunkener mit mir zusammenstieße. Eiseskälte rann durch meine Glieder, mein Haar sträubte sich. Und da – von fern Schritte, sie kamen näher, immer näher. Mein Herz stand still. Ich wollte irgendwohin laufen, selbst auf die Gefahr hin, mir den Kopf an einer Mauer zu zerschellen. Ich konnte nicht. Die Angst hatte mich gelähmt. So muß einem zu Mute sein, der gefesselt sich einer wilden Bestie preisgegeben sieht. Die wilde Bestie aber trällerte, und noch dazu die Melodie aus der Walküre: »Winterstürme wichen« u.s.w., und noch dazu kannte ich die Stimme. Ein Jubelruf meinerseits: »Hely! Hely!« Einen Augenblick später lag ich an seiner Brust. Meine Nerven waren bis zum Zerspringen gespannt. Ein zitterndes Schluchzen stieg mir in die Kehle. Er beruhigte mich mit den zärtlichsten Worten, er preßte meinen Kopf an seine Brust, und dann – –

Es ward Licht! Es ward Licht! Seine Küsse, ich trank sie wie eine Verschmachtende. Wir zwei allein in dieser grauen Wüste. Die Welt versank.

Er war eben auf dem Wege zu unserm Hause gewesen. Vor dem Opernhaus hatte er uns gesucht, und da er uns dort nicht mehr angetroffen, sich versichern wollen, ob wir bei dem phänomenalen Nebel heimgefunden. Wir befänden uns seiner Wohnung gegenüber. Er besitze eine kunstvoll konstruierte Laterne. Ohne diese Laterne getraue er sich nicht, mich nach Hause zu führen. Allein könne er mich nicht lassen. Ich müßte mit zu ihm hinauf.

Er wartete meine Antwort nicht ab. Fest schlang er seinen Arm um mich und zog mich fort. Ich sah, daß die Nebel anfingen sich ein wenig zu lösen. Ob er es auch sah? Ich schloß die Augen. Ich stand in seinem Zimmer. Er drückte mich sanft in einen Fauteuil, steckte ein Licht an und suchte die Laterne.

Die Thür zu einem halbdunkeln Nebenzimmer stand offen. Von daher kam ab und zu ein Luftzug. Die Vorhänge bewegten sich, als stände jemand dahinter, die Wachskerze flackerte. Ich sah, daß seine Hände zitterten, mein Herz zitterte auch.

Im Zimmer konnte ich die Gegenstände nicht deutlich unterscheiden. Aber alles schien in lichten Farben. Eine weiße Büste und die Einbände der Bücher schimmerten im Licht der Kerze.

Er kam zu mir zurück, glitt zu Boden und barg seinen Kopf in meinen Schoß.

»Wie soll ich etwas finden, ich suche, suche und sehe nur Dich, Dich allein.«

Er streifte meinen Pelzmantel ab.

O Mutti, wie zart und leise er mich in seine Zärtlichkeit einspann, bis ich willenlos an seinem Herzen lag, und nichts wollte, und nichts dachte, als ihn. Und wie die Leidenschaft sein feines, edles Gesicht verschönte. Linde Thränen stürzten mir aus den Augen und rannen auf sein Gesicht. Liebe Mutti, ein Glück, das weint, ist kein gemeines Glück. Da sind Götter. Da ist ein Heiligtum. Ein Hauch vom Paradies streift solches Glück. Ja, in jenem Augenblick habe ich es gewußt, daß die Liebe die Urquelle aller Schönheit, aller Güte, aller Wahrheit ist. Ich werde es aber wohl wieder vergessen.

Er hob mich empor in seinen Armen. Er trug mich ins Nebenzimmer. Ein Fenster stand da offen. Huschend, unheimlich kroch der Nebel ins Zimmer. In einer grünen Ampel brannte ein schwaches, feines Licht, wie schüchterner Mondschein. In diesem Licht sah ich auf seinem Nachttisch eine aufgeschlagene Bibel liegen.

Wie an der Seele eines Menschen, der etwa von einem Felsen stürzt, im Moment des Fallens Jahre seines Lebens vorüberziehen, so brauste plötzlich eine wilde Jagd abgerissener Gedanken durch mein Hirn, wirbelwindartig, entblätternd, erkältend.

Thu's nicht! Er ist ja fromm; morgen wird er die Ehebrecherin verachten. Thu's nicht! Er wird die geschiedene Frau des Banquiers nicht heiraten. Sein Vaterland erlaubt's nicht. Thu's nicht! Nie wird er der Geliebte einer verheirateten Frau sein wollen, er verläßt Dich.

Oder kam mir das nur alles, weil mich fror, oder war es das keusche Weib in mir, das widerstrebte – – ach, ich weiß es nicht, Mutti, ich weiß es nicht.

Und das alles, während seine Lippen auf den meinen brannten und ich das laute Schlagen seines Herzens hörte.

Ich löste meine Lippen von den seinigen.

»Hely, mein Geliebter, laß mich, um Deinetwillen.«

Der Zauber war gebrochen. Der Augenblick des Selbstvergessens vorüber. Wir waren nicht mehr eins, wieder er und ich.

Er ließ mich frei, sofort.

»Aber Du frierst ja, Geliebte, Du zitterst.«

Er führte mich zurück in den Salon, er wickelte mich sorglich in den Pelzmantel. Wir suchten nach Worten, um die plötzliche Ernüchterung vor uns selbst zu verbergen.

»Morgen, Hely, morgen«, stammelte ich, »ich schreibe Dir, gewiß, ich schreibe Dir.«

»Ja, schreibe mir, in Deine Hand lege ich unsere Zukunft.«

Noch einmal sank sein Kopf in meinen Schoß, und er flüsterte: »Oder komm' selbst und bleibe bei mir, für immer.«

Dann erhob er sich schnell.

»Ich muß jetzt gehen, Hely. Benno wird rasen.«

»Benno – ja.« Er zuckte zusammen. »Du mußt jetzt gehen.«

Er blickte wirr um sich. Ich sah, er konnte sich noch nicht zurückfinden.

Wir brauchten die Laterne nicht mehr, der Nebel war leichter geworden.

Dicht aneinander geschmiegt, Hand in Hand, legten wir die paar Hundert Schritt bis zu unserem Hause zurück – wortlos. Nur beim Abschied sagte ich: »Auf morgen, Hely.«

»Ja morgen, Sibilla.«

Und er preßte seine brennenden Lippen wieder und wieder auf meine Hände. Heftiges, fast Zorniges war in dieser wilden Liebkosung.

Fast wäre ich auf der Schwelle wieder umgekehrt Es war mir, als lege sich ein schweres Gewicht auf meine Brust, fast ein Entsetzen überkam mich, ein maßloses Trennungsweh, ein Gefühl ewigen Losgerissenseins.

Glücklicherweise brauchte ich Benno nicht mehr Rede zu stehen. Er war mit Diener, Hausmeister und Laterne noch draußen, um mich zu suchen.

Ich schlief die ganze Nacht nicht. Nicht wie damals –, im englischen Garten, nach dem verfehlten Rendezvous mit Raphael, empfand ich eine seelische Befreiung. Nein, diesmal war es eine zerwühlende, marternde Unzufriedenheit mit mir selber, ein inbrünstiges Sehnen, hin zu ihm, und im Hintergrund immer die qualvolle Vorstellung: Du hast in verloren!

Hatte er nicht gesagt: Das Weib, das sich mir einmal hingegeben, ist mein Weib für immer.

Mit einem Ruck richtete ich mich im Bett auf, ich schlug mit der Hand gegen meine Stirn: Aber, Du hast ja eine Dummheit gemacht! eine Dummheit.

Ein feiner Gedanke, Mutti, gelt? Und so fein ausgedrückt! Hättest Du Deine Tochter so niedrig taxiert?

Aber war es denn zu spät? Hatten wir uns nicht mit dem Wort getrennt: morgen!

Wer weiß! wer weiß! Wenn ihm nun über Nacht seine Grundsätze wieder über den Kopf oder vielmehr über das Herz gewachsen sind?

Gegen Morgen erst kam der Schlaf. Es war fast Mittag, als ich erwachte. Natürlich Kopfschmerzen. Und mit Kopfschmerzen über seine Zukunft entscheiden zu müssen! So lange mich die laue Wärme des Bettes umfing, empfand ich nichts als die Wohlthat des Ausruhens. Nach dem Bade und dem Frühstück aber erwachte meine ganze Lebensintensität, das heißt, das Fieber brennender Sehnsucht war wieder da. In fliegender Hast schrieb ich nur wenige Zeilen, leidenschaftliche, unsinnige. Daß ich ihn liebe, daß ich zu ihm wolle für immer. Er solle mich holen, um sechs Uhr würde ich an der Glyptothek auf ihn warten.

Als ich bereit war auszugehen, um den Brief selbst in den Kasten zu werfen, war es schon zu spät. Man rief mich zu Tische.

Benno war bei Tisch wie immer, beweglich, schnurrenerzählend, galant mir gegenüber. Ich beobachtete ihn, seine etwas lange Nase, die roten

Ohren, das dünne, helle Schnurrbärtchen, den etwas schiefen Mund, wenn er lachte. Er kam mir wie ein ganz fremder Mensch vor, und ich konnte mir absolut nicht vorstellen, daß er einmal mein Gatte war. Ich mußte darüber lächeln, daß ich ihn vielleicht gerade jetzt zum letzten Mal sähe. Ich nickte ihm freundlich zu. Er hat mir nie Böses gethan.

Ich teilte ihm beiläufig mit, ich würde gegen Abend Jolante, die nicht wohl war, besuchen, und später vielleicht mit Timäa ins Residenztheater fahren.

Nach Tisch war ich so müde. Nur einen Augenblick wollte ich auf der Chaiselongue ruhen. Im Halbschlaf sah ich, wie die Sonnenstrahlen 342 durch die gemalten Fenster drangen und das Zimmer in einen dämmerndgoldenen Duft tauchten.

Ich schlief ein, und ich schlief bis das Schlagen einer Uhr mich weckte. Ich zählte die Schläge: vier. Tiefe Dämmerung. Ich erschrak. Jetzt oder nie. Eine Angst packte mich, der Brief könnte ihn nicht mehr zu Hause treffen. In wenigen Minuten befand ich mich auf der Straße. Ich sah mich nach einem Dienstmann um, der den Brief besorgen sollte. Keiner da. Auf dem Karlsplatz, das wußte ich, standen immer Dienstleute. Unwillkürlich machte ich einen Umweg. Ich weiß nicht mehr, wie ich in die Maximilianstraße geriet, die weit ab vom Karlsplatz liegt. Es war wieder sehr neblig geworden, wenn auch nicht so beunruhigend, wie am Abend vorher. Das Licht der Laternen brannte gedämpft wie durch Trauerflöre mit rötlich glimmendem Schein. Schwere Wagen fuhren langsam durch die Straße über die breite Brücke, als wär's ein Leichenkondukt. Die Bäume am Wege, in Nebel verhüllt, wirkten wie dunkel gefärbte Rauchwolken oder wie Weihrauch, der in der Luft erstarrt ist. Die riesige Bildsäule des Königs Max, von der man nur die Konturen sah, ragte gespenstisch hoch in den Dunst empor; weiterhin die Standbilder von Schelling, Hegel schienen, losgelöst vom schweren Material, blasse Schemen in den grauen Lüften, einer Leichenfeier aus dem Geisterreich voranzuschweben. Alles nahm, in düster geheimnisvolle Schleier gehüllt, phantastische, märchenhafte Dimensionen an. Ich kam von der Vorstellung nicht los, daß etwas zu Grabe getragen wurde. 343

Träumend ging ich noch eine Weile durch diese Nebel, Ort und Zeit waren wie ausgelöscht; ich wußte kaum, wo ich war, und ebenso mechanisch ging ich zurück bis zum Karlsplatz. Eine Kirchturmuhr schlug fünf. Es war ganz dunkel geworden. Ich winkte einem Dienstmann und gab ihm den Brief. Alles verschwamm im Nebel zu einer grauen, schattenhaften Masse. Schattenhaft die Straße, der Brief, schattenhaft der Dienstmann, schattenhaft alles, was ich that, und ich selbst ein Nebelbild.

Kaum war der Dienstmann fort, fiel mir ein, daß am Ende Hely gar nicht mehr zu Hause sein würde, und ich stände dann an der Glyptothek und wartete vergebens auf ihn. So schnell ich konnte, lief ich Helys Hause zu. Ich sah den Boten hineingehen. Während ich auf seine Rückkehr wartete, lösten sich die Nebel in einen feinen, rieselnden Regen. Eine Gepäckdroschke stand vor seiner Thür. Ich blickte zu den Fenstern empor. Sein Zimmer war erleuchtet. Mit einem Mal sah ich ihn selbst. Seine Silhouette am Fenster zeichnete sich scharf von der Dunkelheit draußen ab. Er wollte augenscheinlich die Jalousie herunterziehen. Den Arm hielt er ausgestreckt, sein Kopf war nach oben gerichtet. Wie deutlich sah ich seine feine Form.

Plötzlich wendete er sich ins Zimmer zurück, als spräche er mit jemand. Im nächsten Moment fiel die Jalousie nieder, mit einem schnarrenden, unangenehmen Geräusch, daß es mir wehe that. Mich fing an zu frieren.

Der Dienstmann kam aus dem Hause. Im nächsten Augenblick stand ich neben ihm. Ob er vielleicht eine Antwort bringe?

Ja. Der Herr sei vor einer Stunde von wegen einer Depesche abgereist. Den Brief würde ihm der Diener gleich nachschicken.

»Gut, gut«, nickte ich und hatte keine andere Vorstellung, als dem Dienstmann möglichst schnell aus dem Gesichtskreis zu kommen. Ich lief beinahe, und als der Mann längst außerhalb meines Gesichtskreises war, lief ich noch immer, jetzt, um das Gefühl des Frierens los zu werden.

Die greuliche Realität kam mir noch nicht recht zum Bewußtsein, nur unter dem allgemeinen Eindruck litt ich, daß der rieselnde Regen, die dunkle Straße und meine eiskalten Füße, daß das alles entsetzlich sei.

Unzusammenhängende Vorstellungen schwirrten durch mein Hirn, weitentlegene, fast gleichgültige. Das Kind in der Schule fiel mir ein, dem die Lehrerin das Käsebrot fortgerissen, und Ella Ried, wie sie sich so über das alte, abgelegte Ballkleid freute. Ich dachte an den Papagei, der kreischte: »Traute ist tot«, und an die kleine Marie dachte ich, wie sie an der Treppe stand mit den flehend drohenden Augen.

Und dann nahmen meine Gedanken den Weg zu Dir, liebe, liebe Mutter. Was Du wohl sagen würdest, wenn Du Deine Tochter, Deine schöne, kluge, vielbegehrte Sibilla jetzt sähest, in Nacht und Regen, 345 frierend, (ich glaube auch hungernd) allein auf der Straße, einem Liebhaber nachlaufend, der von ihr nichts wissen will.

Ich lachte laut auf, vielleicht sogar gellend. Wie mich fror. Ich blickte um mich. Überall erleuchtete Fenster. Ich fühlte fast einen Haß auf all die Leute, die hinter diesen hellen Fenstern behaglich und friedlich in ihrem warmen Nest saßen. Wie unerhört albern man sein kann. Als ob helle Petroleumlampen die Schlangen, die einem am Herzen fressen, verscheuchen könnten. Fraß mir denn eine am Herzen?

Eigentlich war es nur ein dumpfes, kaltes Erstaunen, das ich fühlte.

Plötzlich aber doch ein Schlangenbiß, oder ein Peitschenhieb, daß ich mich aufbäumte unter dem Unerhörten, das mir geschehen. Und gleich darauf ein Hoffnungsstrahl. Wie? wenn der Bote mir nur die Antwort des Dieners gebracht hätte, bevor Hely noch den Brief gelesen, und Hely stände nun an der Glyptothek und wartete auf mich? Das war ja möglich. Erst vor wenigen Minuten hatte es sechs geschlagen. Noch war es Zeit. Atemlos, nicht mehr frierend, kam ich an die Glyptothek. Ich lief eine Viertelstunde auf und ab, auf und ab – Niemand. Nichts. Und nun fraß mir doch eine Schlange am Herzen: Hohn! Hohn gegen mich selbst. Blutiger, greller Hohn, nichts als Hohn. Es war mir recht, ganz recht, was geschehen, so hätte es kommen müssen! Wie dieser Hohn mir am Herzen fraß! 346

So elend kam ich nach Hause, daß ich nichts mehr wollte, nichts mehr ersehnte als guten heißen Thee, Pelzschuh und Kaminfeuer, helles, loderndes. Und als ich das alles hatte, wäre es mir auch recht gewesen, wenn Benno gekommen und mir etwas Lustiges erzählt hätte. Er war nicht da. Es fiel mir ein, daß er jetzt selten zu Hause war. Seit einiger Zeit brachte er mir auch keine Blumen mehr. Ich sammelte meine Gedanken. Ja, er liebte eine kleine Soubrette vom Gärtnertheater. Ich, und auch andere, wir hatten ihn oft damit geneckt. Die Kleine sollte ein hübsches, ziemlich ehrbares, lustiges Geschöpf sein.

Da kam er doch. Ich hörte ihn trällernd im Nebenzimmer. Er öffnete die Thür meines Salons, und schien überrascht, mich anzutreffen.

»Ich dachte, Du wärest mit Timäa im Theater?«

»Mir ist nicht wohl. Da verlor ich die Lust. Wohin gehst Du?«

»Ins Gärtnertheater. Kommst Du mit?«

»Nein. Was wird gegeben?«

Er nannte das Stück. Seine Flamme spielte darin die Hauptrolle.

»Trinkst Du vielleicht nach dem Theater eine Tasse Thee mit mir?«

Er zögerte. Und dann: »Eine Verabredung mit einem Freunde ...«

»Amüsiere Dich.«

Er ging. Ganz in der Ordnung.

Schade, Mutti, schade, daß es noch kein Telephon zwischen München und Berlin giebt. Ich fragte Dich gleich durchs Telephon: Mutter, liebe Mutter, hast Du mich lieb? sehr lieb? Und Du müßtest mir antworten: ungeheuer lieb. Nicht wahr, nicht wahr, ungeheuer lieb?

24. Februar. Liebe einzige Mutti. Seitdem hatte ich niemand sehen wollen. Ich ließ mich wegen Unwohlseins verleugnen, auch vor Kunz. Am dritten Tage kam Jolante. Sie ließ sich nicht abweisen; sie müsse mich notwendig sprechen. Ich ließ sie herein. Denke Dir, Mutti, sie brachte mir einen Brief von ihm, von Hely. An Jolante hatte er geschrieben, er bäte seine gütige und verehrte Freundin, den einliegenden Brief an Frau Sibilla gelangen zu lassen. Sie habe ihm letzthin von einer beabsichtigten Reise nach Berlin gesprochen, und er möchte nicht, daß der Brief in die Irre gehe.

Ich ging mit dem Brief ins Nebenzimmer, um meine Aufregung vor Jolante zu verbergen. Fast mit Zorn riß ich hastig das Couvert ab. Gleich fiel mir mein eigener, uneröffneter Brief in die Hand. Ein befreiender Moment, Mutti!

Er hatte ihn also nicht gelesen. Es war mir, als lösche jemand ein Brandmal von meiner Stirn.

Und was in seinem Brief stand?

Am Morgen nach jenem wunderbaren, unvergeßlichen Abend habe ihn eine Depesche zu seiner schwererkrankten Tante nach Baden-Baden gerufen. Er habe den nächsten, den Blitzzug nicht benutzt, weil er in Verzweiflung und Sehnsucht immer auf ein Lebenszeichen von mir gewartet habe.

Mit dem Abendzug endlich sei er abgereist, hoffnungslos, den Tod im Herzen tragend. (Lügner!) Die Sterbende habe seine und Evas Hand ineinandergelegt. In treuer Liebe zu seinem Vaterlande würde er das Verlöbnis halten. Eine Stunde später – die Kranke hatte eben ihren letzten Seufzer ausgehaucht – habe er meinen Brief erhalten. Er hätte nicht mehr das Recht gehabt, ihn zu öffnen. Hätte er dieses Recht aber gehabt, er würde ihn gelesen haben mit der Todesqual eines Menschen, der in eine schmerzende Wunde ein Messer stößt. Denn er wisse, was in dem Briefe stände. Als ich ihn in jenem Augenblick höchster Seligkeit von mir gestoßen, habe er gewußt, daß er mich verloren – für alle Zeit.

Am Schluß des Briefes noch ein paar schwermütig angehauchte, fromme Resignationsphrasen. Und der ganze Brief eine einzige Lüge.

Und wie fein, wie vornehm gelogen, gelogen, um mir jeden Schimmer von Beschämung zu ersparen. Kavalier vom Scheitel bis zur Sohle.

Er hat gewußt, was in dem Brief stand. Er hat es tausend Mal gewußt. Aber der Schein ist gerettet! Der Schein für ihn und für mich.

Ich weiß alles, was in seiner Seele vorgegangen ist. Auch daran hat er gedacht, daß ich zu alt für ihn bin. Ja, wäre ich Gräfin gewesen oder wenigstens Baronin, sein Vaterland hätte es vielleicht erlaubt. Mutti, ob er sich nur mit Eva verlobt hat, um von mir loszukommen, um nicht die geschiedene Frau eines Börsianers heiraten zu müssen? 349

Ist es nicht komisch, daß der Anfang und das Ende meiner Beziehungen zu ihm durch einen uneröffneten Brief herbeigeführt worden ist? Beinahe ein Possenmotiv.

Ich warf seinen und meinen Brief ins Kaminfeuer. Ich ging in den Salon zurück. Ich sagte Jolante: »Er hat mir seine Verlobung mit Eva Broddin angezeigt. Und ich habe ihn geliebt, Jolante.«

Ich warf mich an ihre Brust, möglich auch, daß ich eine Thräne vergoß.

»Ich wußte es, Sibilla, und ich wußte auch, daß dieser Wahn vorübergehen würde. Nur *ein* Mensch ist Deiner würdig, nur einer liebt Dich wahrhaft. Er verzehrt sich in Sorge um Deinetwillen. Vor Deiner Thür wartet er. Darf ich ihn heraufschicken? Ich habe noch eine Besorgung in der Stadt. In einer halben Stunde bin ich wieder da.«

Sie wollte uns allein lassen. Wie übel, wie übel war sie beraten. Eine Frau, die eben von der Liebe Schmerzlichstes erlitten, verschließt ihr Herz mit Haß gegen die Liebe, wie man nach der Trunkenheit das Getränk, das sie veranlaßt hat, lange Zeit verabscheut.

In pessimistischer, düsterer Stimmung war ich, als er eintrat. Und er, er war auch düster, tiefgekränkt, weil ich mich tagelang vor ihm hatte verleugnen lassen. Er teilte mir mit – wahrscheinlich in der freudigen Voraussicht, mein Herz zu brechen – daß eine schwere Anklage wegen Aufreizung zum Klassenhaß über ihm schwebe. Möglicherweise würde 350 man ihn zu einer längeren Freiheitsstrafe verurteilen.

Und alles, was er nun so leidenschaftlich vorbrachte, war eine Einforderung der Schuld, die ich am Königssee mit ihm kontrahiert hatte. In die Nacht seines Kerkers wollte er die Gewißheit meiner Liebe mit hinübernehmen.

Seine Blicke, seine zuckenden Finger, seine bebenden Lippen, der ganze Mensch eine einzige Flamme, die nach mir züngelte: Mannesbegehren, das mich schon mehr als einmal abgestoßen hatte. Mein Blick fiel auf die rote Zunge der Schlange am Halse des gemalten Weibes. Immer das Weib die Sünde, diese Sünde? Dem Manne halst die Schlange auf! dem Mann!

Kunz, Kunz, einen schlechteren Moment für Deine nicht ganz ideale Forderung hättest Du nicht wählen können. In einer anderen Stimmung vielleicht hätte das Flammenzeichen anders auf mich eingewirkt, jetzt entfesselte es die bekannte Furie in mir.

Und so kam es, daß meine ganze Bitterkeit gegen den Unschuldigen losbrach. Ich warf ihm seine Thorheit vor, sich zweck- und nutzlosen Verfolgungen auszusetzen. Auch für seine radikalsten Forderungen würde ein weiser und gütiger Mensch die vornehme Form finden, die jenseits vom Staatsanwalt liegt. Ich könne über das dämonische Schadenfeuer umstürzlerischer Geister nur lächeln, lächeln über die Wuchtigkeit, mit der er und so viele andere das Lebensgeschäft betrieben. Nach Millionen Jahren würden die Menschen noch immer die Wahrheit und das Glück suchen, immer suchen, suchen, bis der Erdball in seine Atome zerstiebt sei.

Ich sah, wie er kämpfte, seinen Zorn niederzuhalten, und seine Stimme klang heiser, als er mich bat: »Sei lieb, sprich nicht weiter.«

Meine Furie aber schüttelte die Schlangenhaare, und ich sprach doch weiter.

Und seine Liebe! Und die Liebe überhaupt!

Hm! ja, Kinder hielten wohl Tiere, wenn man ihnen einen Heiligenschein anmalt, für verkappte Engel, und Don Quichotes suchten nicht nur, was nicht existiert, sie fänden es sogar, eben – weil sie Don Quichotes wären.

»Schweig, schweig!« schrie er und umklammerte mein Handgelenk so fest, daß es mir wehe that, sehr wehe.

Ich schüttelte zornig seine Hand los und maß ihn mit einem bösen, hochfahrenden Blick. Er erwiderte ihn.

Die Thür öffnete sich: Jolante.

Er ging auf sie zu, in seinen Augen blitzte es auf, sonnig, oder war's schweflig gelb? Er nahm Jolantes Hände fest und innig in die seinen und sagte, zu mir gewendet: »Du hattest neulich recht, Sibilla, als Du meinen blinden Glauben an Dich Götzendienst nanntest. Hier die wahre Heilige. Ich habe das seltenste Kleinod gefunden: ein gütiges Herz habe ich gefunden – Jolante, mein Weib.«

Sie fuhr zitternd zusammen, als ob ein Sturmhauch über sie hinginge. Dann aber – unbeschreiblich, liebe Mutter, der Ausdruck in Jolantes Zügen. Ihre Augen irrten von mir zu Kunz, von Kunz zu mir; sie irrten im Zimmer umher, sie richteten sich aufwärts, indem sie tiefaufatmend die Hände über der Brust zusammenfaltete. Sie öffnete die Lippen und schloß sie wieder. Sie konnte nicht sprechen. Aber weinen konnte sie. Und wie holdselig sie dann durch Thränen lächelte – eine ganz Verklärte. O, Mutti, sie war in diesem Augenblicke schön, viel schöner als ich. Meine Furie empfahl sich. Ich war ganz Rührung. Ich umarmte Jolante zärtlich. Dann reichte ich Kunz herzlich die Hand: »Euch fügt Gott zusammen. Und jetzt hole ich Euch die ersten Schneeglöckchen aus dem Garten. Nebenbei will ich Euch allein lassen. Bleibt mir gut, Ihr meine einzigen und liebsten Freunde auf Erden.«

Wie seltsam der Blick war, mit dem Kunz mir nachsah.

In den Garten ging ich, aber Schneeglöckchen suchte ich nicht. Es gab ja noch gar keine. Das wußte ich. Im raschen Auf- und Abgehen wollte ich mir die neue Situation klar machen. Die Rührung verflog. Die Furie lugte schon wieder aus ihrem Versteck. Und sie schüttelte ein paar Bäume, und wie die Tropfen niederrieselten, hatte ich das beruhigende Gefühl, als hätte ich sie weinen gemacht. Ich warf Steine in den kleinen Teich, und es gefiel mir, wie das Wasser aufspritzte. Es klang fast wie ein Schrei.

Und ich dachte: Dummer Kunz, dummer Kunz! Der Engel ist doch in mir, er ist nur von einigen Teufeln besessen; Du hast nicht verstanden, sie auszutreiben. Doktrinär Du!

Und dann mit einem heimlichen Triumph: Du liebst mich doch! liebst mich doch! Die arme, liebe Jolante, Du wirst sie leiden machen. Konntest Du nicht warten? Mußten sechs Monate genügen, um Sympathie in Liebe umzuwandeln?

Die zarten Sinneswerkzeuge, um die geheimsten Fäden einer Menschenseele zu entwirren, fehlten ihm. Es waren doch Trotz und Schmerz, die aus mir sprachen. Er glaubt immer alles, was ich sage. Das eigentliche, echte Wesen eines Menschen kann er nicht unterscheiden von den Sekundenbildern, die ein krankes Hirn erzeugt.

Als ich ins Haus zurückkam, waren sie eben gegangen. Ich stieg in mein Schlafzimmer hinauf, um ihnen nachzusehen. Ich sah sie nicht mehr. Ich blickte in einen weißlich-bläulichen Himmel hinauf, mit einer fahlen Sonne, die durch leichten Dunst hindurch auf den dünnen Schnee der Häuser und Dächer fiel. Die Steinbilder auf entfernten Gebäuden ragten, zu ätherischer Durchsichtigkeit verklärt, in den Sonnennebel hinein. In der gleichsam durchgeistigten Atmosphäre bildeten die Kirchtürme feine Riesensilhouetten. Und diese dunkeln, in Nebelduft schwimmenden Silhouetten, der Rauch aus den schlanken Schornsteinen, der Schnee und der Himmel und die Steinbilder, die Dächer und die Luft, von der fahlen Sonne durchlächelt, farblos, von silberner, leise schimmernder Schattenhaftigkeit, flossen zu einer zartkalten, unsagbar poetischen Harmonie zusammen.

Sie that mir wohl, diese mildlächelnde Harmonie und wirkte einschläfernd auf das leidenschaftliche Geflimmer in mir. Ich lächelte allmählich auch, fahl natürlich, über meine Aufgeregtheit.

Durch alle Eingeschläfertheit hindurch aber fühlte ich, daß ich mit Kunz mehr verlor als mit Hely. Hely, an den denke ich wohl noch ab und zu, aber kühl und nüchtern, ohne jede Rancüne. Ich habe ihm ja auch nichts vorzuwerfen. Er hat konsequent und vernünftig gehandelt. So eine kleine psychisch-physische Abirrung wie an jenem Nebelabend, ist verzeihlich.

2. März. Liebe Mutter, ich habe Jolante geschrieben, daß sie und Kunz mich in der nächsten Zeit nicht besuchen möchten, weil ich ungestört dem Geschäft, das Gleichgewicht meiner Seele wieder herzustellen, obliegen wolle.

So, Mutti, da wären wir ja nun so ziemlich einsam. Benno im Gärtnertheater. Ferlani ist richtig zu Timäa abgeschwenkt. Nie soll man doch sagen: »Aus diesem Becher trink' ich nicht.«

Und ein Wetter! Anfang März. Bald Regen bald Schnee. Matsch, Schmutz, keine Sonne. Graues Elend.

Ich überlege kühl: Du gute Sibilla, was bleibt Dir denn noch im Leben? Immer wieder über Kunst und Litteratur reden? Toiletten, Kampf mit dem Alter. Warten bis Herzka seine Ansiedelung am Xenia gegründet hat? An den Ufern des Nil schon würde ich mich im Sande verlaufen, *vulgo* umkehren. Und Bellanys Zeitalter? Da bin ich ja schon tausend Jahre tot.

Zuweilen kommt mir der Gedanke zu irgend einem Theaterbesuch oder sonst einer Lustbarkeit. Er wird aber gleich in Unlustgefühlen erstickt. Nicht einmal eine ordentliche Verzweiflung, die à la Sardanapal einen Scheiterhaufen anzündet, nur so eine müde, verschlafene Verdrossenheit. Graues Elend! Graues Elend!

Mir ist manchmal, als wäre ich gar kein Geschöpf von Fleisch und Blut, sondern nur ein Begriff mit einem Zettel im Munde, »das ist ein Stück Geschichte der Frau.«

16. März. Liebe Mutter, seit vierzehn Tagen keine Feder angerührt. Schlechtes Wetter war in mir und auch draußen. Mit einem Mal, über Nacht, ist der Frühling gekommen. Die Sonne ist da und die weichen Lüfte sind da, und ich bin auch wieder da. Und wo noch eine dünne Eiskruste ist, da schmilzt sie dahin, gerade wie meine Welt- und Seelenschmerzen sich in fließende Wehmut lösen.

Wirst Du's glauben, Mutti, an den Hely denke ich gar nicht mehr. *Ergo:* auch diese vermeintliche wirkliche Liebe nichts als ein Nervenwahn, ein Stürmen im Blut, eine Passion *en passant,* ein Abstecher ins Gefilde der Seligen, mit einem Wort: Autosuggestion. *Ben trovato* dieses Wort, Autosuggestion klingt viel aparter als Selbstbetrug, Wahnvorstellung, Schwindel, Einbildung u.s.w., was es doch mehr oder weniger bedeutet.

Die Wehmut, die ich erwähnte, ist eigentlich Sehnsucht, Frühlingssehnsucht, ein großes, unbestimmtes Sehnen, das nach Gestaltung ringt. Ich muß ins Freie. Wohin weiß ich noch nicht. Nachher schreibe ich weiter.

Nachmittag. Da bin ich wieder. Entsetzlich Trauriges habe ich erlebt. Du wirst nie erraten, liebe Mutter, wo ich gewesen bin. Ich weiß selbst nicht, was mich auf den Kirchhof zog, wo meine Zwillinge begraben liegen. Seit vielen Jahren war ich nicht dort gewesen. Pflichtschuldigen Emotionen gehe ich immer aus dem Wege.

Die Trauerweide auf dem Grabe der Kinder war groß und stark geworden. Lange saß ich auf der Bank unter dem Baum. Frühling war auch auf dem Kirchhof. Hier und da noch etwas leicht und weich zerrinnender Schnee. Auch die grünen Tannen hatten noch beschneite Zweige, die sich wie weiße Hände über die Gräber streckten, und von denen es unaufhörlich niedertropfte, als weinten sie über die Gestorbenen. Die goldenen Buchstaben auf den Marmortafeln und den aufgeschlagenen Bibeln funkelten im Sonnenlicht. Zu meinen Füßen die ersten Veilchen. Eine Lerche schlug. Der erste Schimmer von Farbe auf den Sträuchern und Bäumen; alles so werdelustig, verheißungsvoll.

357 Und etwas Frühlingsfeierliches blühte auch in mir auf. Ich dachte kaum an die Kinder, die da unten ruhten, ich dachte an das Kind im allgemeinen. So vieles kenne ich, nur das Kind kenne ich nicht.

Ich dachte an das, was Kunz über das Kind gesagt hat. Erinnerst Du Dich, liebe Mutter?

Das Kind, sagte er, ist das Werk aller Werke. Es setzt den Weg, von dem der Tod Dich abruft, fort, vorwärts, hinauf. Es verwirklicht die Idee der Unsterblichkeit.

Und er sagte weiter: Ein Buch, ein Bild, ein Lied, das Du geschaffen, Du liebst Dein Werk, aber es liebt Dich nicht wieder. Das Kind aber, Dein Kind, liebt seinen Schöpfer. Wer ein Kind am Herzen hält, fühlt die überschwengliche Wonne des Pygmalion, der von seinem eigenen Werk, seiner Galathea, umarmt wird.

Ich sprang auf. Ich blickte in die Sonne empor, die mich nicht blendete. Und hier, an der Stätte der Toten, durchdrang mich die treibende, knospende, sprossende Werdekraft des Frühlings. Sie durchdrang mich wie eine läuternde Taufe, anfangs in feierlich leiser Sehnsucht, die allmählich emporwirbelnd wie Lerchenschlag, in sonnig strahlender Werdewonne aufjauchzte.

Und inmitten dieser Trauerweiden und Kreuze, inmitten dieser Toten that ich in meinem Herzen das Gelübde, das Werk aller Werke zu thun, einen Menschen zu schaffen. Tiefen Geistes und reinen Herzens sollte er sein, einem Apostel gleich. Ja, ein Kind wollte ich haben. Die kleine Marie sollte es sein. Mein Kind, mein Geschöpf, mein Mensch sollte sie

358 werden. Hochklopfenden Herzens, direkt vom Kirchhof fuhr ich in die entlegene Wohnung ihrer Eltern. Leicht flog ich die engen Stiegen empor. In der Kammer fast dasselbe Bild wie vor einem Jahr. Nur sah die Frau noch etwas elender aus, und der Mann auch, und das älteste Töchterchen auch. Und die Luft war noch schlechter, beklemmender, sonderbar. Und der Kohl wurde auch in dem eisernen Ofen gekocht, nein, es waren diesmal Rüben. Unter dem Fenster auf zwei Stühlen lag ein Pakct, mit einem schmutzigen Laken darüber. Ich wunderte mich über ein paar welke rote Blumen auf dem Fußboden.

»Blumen?« fragte ich lächelnd. »War Mariechens Geburtstag? Wo ist denn das Kind?«

»Tot!«

Die Frau sagte es mit stumpfer Gleichgültigkeit und kochte ruhig ihre Rüben weiter.

»Wann?« Unaussprechliches Mitleid schnürte mir das Herz zusammen.

»Gestern Nachmittag.«

Ich blickte entsetzt auf die zwei Stühle unter dem Fenster.

Die Frau sah meinen Blick. Nun lamentierte sie: Sie hätte nicht gewußt, wohin mit der kleinen Leiche. Der Hauswirt hätte keinen Platz dazu hergeben wollen, da hätten sie die Tote halt in der Kammer behalten müssen über Nacht. Heut Abend erst thät man's abholen. Und sie entschuldigte sich wegen der Blumen; sie hätt' sie nicht etwa gekauft, eine Dame im Hause hätte sie aus einem alten Ballbouquet hergegeben, 359 weil's Mariechen doch Blumen so gern gehabt. »Ihr ist nun wohl«, fügte sie hinzu, »sie hat ihre Ruh.« Und ehe ich's verhindern konnte, zog sie das Laken von der Leiche.

Die kleine Tote, mit den langen, schwarzen, finsteren Wimpern auf der weißen Wange, mit dem Zug der Qual um die weißen Lippen und den faden, roten Blumen aus dem Ballbouquet, die man über sie hingestreut, sah nicht aus, als hätte sie ihre Ruh. Eine rote Blume lag unter den Augen als ob unter den schwarzen Wimpern hervor eine blutige Thräne dränge. Ich hatte eine schaudernde Empfindung, als müsse die Tote im nächsten Augenblick die Augen aufschlagen und mit dem flehend drohenden Blick mein Herz treffen. Ich gab den Leuten Geld, und eilte aus der Kammer hinaus mit einem Entsetzen, als hätte ich ein Verbrechen auf dem Gewissen. Warum bin ich nie den Weg gegangen, auf den so oft mich eine innere Stimme rief: hin zu dem schönen Kinde. Nun kann ich mein Unrecht nicht wieder gut machen, nie, nie.

Zu Hause raste ich durch meine Zimmer ganz verzweifelt.

Eben erhalte ich ein Billet von Jolante. Sie muß mich sprechen. Ich habe sie auf morgen Nachmittag bestellt. Es wird Kunz betreffen. Ob er verurteilt ist? Seit zwei Tagen habe ich keine Zeitung gelesen.

18. März. Süße, geliebte Mutter, was ich Dir heut schreibe, nur in die Seele möchte ich's Dir flüstern. Du mußt aber glauben, glauben mußt Du; jedes Wort, das hier steht, ist wahrhaftig. 360

Von der Stunde an, wo ich bei der toten kleinen Marie war, bis zu dem Augenblick, wo Jolante kam, dachte ich mit irrer, leidenschaftlicher Sehnsucht nichts als das Kind. Trotz und Groll liefen mitunter gegen das Schicksal, das jenes Kind hinraffte, gerade als ich es wollte. Wenn mein Blick auf das Stucksche Bild fiel, dachte ich: wenn am Halse dieses gleißend schönen Weibes anstatt der Schlange ein Kind hinge, sie wäre nicht mehr die Sünde. Der menschlich schöne Zweck der Liebe ist doch eben das Kind. Sie hätte ihn erfüllt. Ich ging in die verschiedenen Kunstausstellungen Münchens, und an den schönen Kinderbildern saugten sich meine Augen fest.

Das schönste aller Kinderbilder, ein lebendiges, begegnete mir neulich hinter den Propyläen. Ein Kind mit fast unbewimperten blauen Augen, blau wie der Himmel, und so klar und so tief. Lichtblondes, volles, duftigloses Gelock wie aus Mondschein gesponnen, die Farbe des süßen Gesichts blütenweiß. Ein Kind wie der Traum eines Erzengels oder – einer Mutter.

Wie ich die Mutter beneidete.

19. März. Jolante war bei mir. Bleich und tiefernst kam sie. Ja, sie wollte von Kunz sprechen. Verurteilt war er noch nicht, aber sie zweifelte nicht daran, daß man ihn verurteilen würde.

Sie hätte ihn längst freigegeben. Kaum vierundzwanzig Stunden hätte sie die Lüge ihrer Verlobung aufrecht erhalten. Er liebe mich nach wie vor, mit zehrender Verzweiflung im Herzen. Er schlafe nicht mehr. Er arbeite für drei. Er reibe sich auf. Jolante weinte. »Laß ihn zu Dir kommen«, bat sie, »sprich mit ihm, Du findest wohl das rechte Wort, vielleicht mehr. Er wartet zu Hause in bitterer Angst auf meine Antwort.«

Ich versank in tiefes Nachdenken. Ein Gedanke kam und ging, und kam wieder und ging nicht mehr.

»Spiele das Vorspiel zum Parsifal, Jolante.«

Der Flügel stand im Nebenzimmer. Jolante ging hinein und spielte.

Wie die Musik meinen Leib verseligte! Es klang in meinen Hörselberg hinein wie der Gesang frommer Pilger, läuternd, heilig, gralhaft, mystisch. Hätte ich in diesem Augenblick die Wahl gehabt zwischen Venus und Elisabeth, ich hätte nicht geschwankt: Elisabeth! Aber das Kind! Die blutige Thräne trocknen aus den Wimpern der toten Marie. Sühne!

Ich ließ Jolante am Flügel. Ich ging hinaus in die beginnende Dämmerung. Durch das offene Fenster folgten mir noch eine Weile die Töne.

Ein Flaum von Farbe lag auf den Bäumen an der Königinstraße. Die zarten, frühlingshaften Töne flossen mild ineinander. Der Himmel mit rosigem Gewölk bedeckt, und in den rosigen Äther hinein ragte wieder das schwarze Kreuz der Kirche. Rein und frisch wehte der Wind.

An einer Stelle im Westen verschoben sich die Wolken, und die Sonne, die im Untergehen war, öffnete ein großes goldenes Auge, zarte, flimmernde Dunststreifen schossen empor und umsäumten das Auge wie lange Wimpern, die den Glanz milderten.

Mir war's, als sähe ich das Auge der toten kleinen Marie, nicht mehr drohend – nein winkend – winkend – weiter, vorwärts, ein Leitstern.

Der Geist des Frühlings! Er strahlte aus dem goldenen Auge, aus dem rosigen Äther. Er verklärte das dunkle Kreuz, er quoll geheimnisvoll aus dem Schoß der Erde. Ich war ganz umflossen von ihm. Er war in mir. Und durch meine Seele rauschte das Vorspiel vom Parsifal.

Nie im Leben habe ich reiner empfunden, als da ich nun zu ihm hinaufstieg, im Herzen das herrliche Wort Nietzsches: »Ehe nenne ich den Willen zu zweien, das Eine zu schaffen, das mehr ist, als die es schufen. Ehrfurcht vor einander nenne ich Ehe als vor den Wollenden eines solchen Willens.«

3. April. Nur wenige Worte heut. Ich komme zu Dir, liebste Mutter, auf Monate. Hier ist meines Bleibens nicht. Benno läßt mich gern ziehen. Es scheint, er hat der kleinen Soubrette nicht nur seine Mußestunden, sondern auch sein Herz geschenkt. Der arme Kerl, ich gönne ihm sein Glück. Mit mir, das war das rechte nicht.«

Kunz ist seit gestern im Gefängnis. Mit unendlichem Schmerz ist er von mir gegangen. Der hat die Liebe, er hat sie. Ich habe vielleicht auch, nur anders als er, unpersönlicher. Eine weltenweite, universell menschliche Zärtlichkeit ist in meiner Empfindung für ihn.

Jolante ist auf einer Reise, um sich über Gefängniswesen zu unterrichten. Seitdem Kunz in Haft ist, hat sie nur Sinn dafür. Übermorgen, geliebteste aller Mütter, bin ich bei Dir.

Sibilla.

20. Oktober. Meine liebe, liebe Mutter, gestern bin ich mit Jolante in Rom angekommen. Wir wohnen in der *via sistina.*

Laß Dir noch einmal, noch tausendmal danken, daß ich in der stillen ländlichen Abgeschiedenheit Tyrols so lange bei Dir sein durfte. Wie schön, in Frieden und Liebe, sind diese sieben Monate dahingeflossen, ich ganz erfüllt von *einer* Liebe, *einem* Glauben, *einer* Hoffnung. O, ich begreife jetzt ganz die Seligkeit eines Künstlers, der, einer außer ihm liegenden Aufgabe hingegeben, seine ganze Welt in seinem Werke findet, und mit diesem Werke steht und fällt.

Ein großer Zweck thut Wunder, hat Kunz gesagt. Ich habe jetzt den Zweck, und er hat Wunder an mir gethan. Ich habe einen Glauben – ich glaube an das Kind. Das Kind – meine Wiedergeburt.

Ein Mädchen soll es sein. Johanna wird es heißen wie Du.

Ich will, will mit der ganzen Inbrunst eines excatischen Wollens, daß es potenziert die besten und größten Eigenschaften seiner Eltern erbe, nicht bloß diejenigen, die zu Tage liegen; auch alles was in meiner Individualität sich nicht entwickelt hat, was – um einen Modeausdruck zu gebrauchen – unter der Schwelle des Bewußtseins geblieben ist – das alles soll dem Kinde werden. Giebt es dem Embryo gegenüber keine Suggestion.

Du hast davon gehört, Mutti, daß bei Sensitiven von inbrünstiger Gläubigkeit, wenn all ihre Vorstellungen von den Leiden Christi, und seinen Wundenmalen beherrscht werden, sich das Stigma an ihrem Leibe zeigt. So will ich meinem Kinde ein seelisches Stigma einverleiben. Und an einem Sonntag soll es geboren werden. *Voluntas regia*: Das ist mein königlicher Wille.

Gelt, meine geliebte Mutter, Du bist nicht mehr betrübt, daß ich nicht bis zuletzt bei Dir bleiben wollte! Du bist ja so schwach wie ein Windhauch, ich konnte Dir das nicht aufbürden.

Jolante, die kraftvolle, mutige, zu allem so freudig bereite, die bei mir ist, liebt mich ja beinahe, wie Du mich liebst; sie liebt in mir zugleich Kunz und das Kind.

Habe ich Dir nicht alle Falten von der Stirn geküßt, auch die, in denen kleine Weltlichkeiten nisten? Kunz will, was ich will, und ich will – was Dir keinen Kummer macht. Du weißt, was ich meine.

Eine mystische Regung nanntest Du es, daß ich mein Kind in Rom zur Welt bringen wollte? Vielleicht ja, ist es mystisch empfunden, daß mein Kind die Augen aufschlagen sollte inmitten einer Welt, die voll feierlichen Pathos in Stein und Erz die Geschichte von Jahrtausenden entrollt. Alle Zeiten, Völker und Religionen überschauend, soll es an diesen grandiosen Weltbildern, aus dem Verständnis der Vergangenheit, einen Maßstab für alles Werdende finden. Und dazu die Natur hier von klassischer Schönheit, die in erhabensten Rythmen das Welt-Epos begleitet.

Das ist die Gabe, die ich dem Kinde in die Wiege lege. Keine böse Fee wird sie mit ihrem Fluch ihm rauben können.

Und wenn das Kind nicht in Rom bleibt? Mein Blut ist sein Blut. Und was ich geschaut, was ich empfunden, wird haften bleiben in seinem Blut.

Aberglauben? Meinetwegen. Aberglauben der ganze Glauben an das Kind? Willkommener Aberglauben, der solche Wonnen schafft.

1. November. Liebe Mutter, ich schreibe Dir nicht wie sonst lange Briefe. Ich denke hier nur in Aphorismen, ich fühle in Ausrufen, ich schaue in Bildern. Ich sehe Rom nicht wie ein Fremder mit Spannung und Wißbegierde. Ich sehe es nur wie einen Rahmen für ein herrliches Bild – mein Kind.

In Rom nehme ich gewissermaßen das Abendmahl, die Befreiung von Allzuirdischem, ehe ich in den Bund der Mütter trete. Mir ist mitunter, als wäre ich das erste Weib, das Mutter wird, mein Kind, das erste Kind, das geboren werden soll.

Um seinetwillen suche ich Weihe und Entzückungen Schönheit und Andacht. Alle häßlichen Eindrücke vermeide ich.

Nur die grandiose Gesamtstimmung Roms lasse ich auf mich wirken.

Ich bin viel in den Kirchen. Oft höre ich die Nonnen in der Kirche auf dem *monte pincio* nahe unserem Hause, singen. Ein Gesang, still und heilig, voll süßer Innigkeit, wie Bilder Fiesoles. Ich höre das Miserere in St. Peter, und die Töne umschmeicheln mich wie Duft, der aus Lilienkelchen schwebt, wie Wellen, die sich im Mondschein brechen, wie Äolsharfen, die der Hauch Gottes bewegt.

Ich atme den phantastischen Zauber aus diesem Weihrauch und antiken Säulen, aus diesen blinkenden Gefäßen, uraltem Sammet, düsterprächtigen Farben, aus diesen blutigen Kreuzen und schimmerndem Marmor und spinne mich ein in die Welt tiefsinniger Rätsel.

Ich fahre durch die Campagna, aus der es mir wie ein Requiem für tote Götter entgegentönt. Ich wandle durch die Ruinenwelt, durch diese antik blühende Wildnis, diese Vegetation von Trümmern, wo alles wieder eins geworden ist mit der Natur, immer beseelt von der *einen* Vorstellung: was mein ist, wird des Kindes werden.

Oft stehe ich mit Jolante auf einem der Hügel Roms, und der heiligmystische Charakter, der tiefe, feierliche Ernst dieses Weltpanoramas durchschauert mich mit seiner unergründlichen geheimnisvollen Poesie. Und diese Farben von überirdischer Lauterkeit und Glut, die über Nähen und Fernen fluten, über die blauen Berge Albaniens, über Pinien und Cypressen, über düstere Steinmassen, über Kuppeln und Paläste, vor ihrer überschwänglichen Schönheit falte ich unwillkürlich die Hände, wie Kunz es oft thut, und die gefalteten Hände presse ich an die Brust meines Kindes: Du, empfange die Schönheit!

10. November. Nie hat Jolante blühender ausgesehen. Sie schwelgt in der edelsten aller Seligkeiten: sich aufzuopfern. Still und klug schafft sie neben mir. Sie begreift nicht mehr, wie sie sich früher über jede ungerechte Notiz in der Zeitung so maßlos aufregen konnte. In Rom liest sie keine Zeitungen mehr. Alles Kleine und Nichtige hat sie in diesen herrlichen Riesensarkophag Rom gebettet. Wo die Schatten von Jahrtausenden umgehen, stumpft sich das Interesse für das letzte Jahrzehnt ab, wo alle Völker der Erde reden, verhallen die Stimmen einzelner.

Die liebe, liebe Jolante, sie zweifelt keinen Augenblick daran, daß wir, ich und Kunz, fürs Leben zusammengehören. So wird es wohl werden.

Nur zuweilen, Mutter, beschleicht mich von neuem eine große, universelle Melancholie, und leise Zweifel beschleichen mich. Und aus dem gigantischen Verfall heraus gellt mir durch Mark und Bein ein Wort wie Posaunenton: Fatum. Und ich fühle mich wieder verloren in einer weiten, traurigen Einöde, und ich schwimme, schwimme mit dem großen Strom, der hinuntertreibt zu der Riesen-Mündung, dem alles verschlingenden Ocean, dem Nichtsein. Ich kämpfe dagegen an. Die Strömung ist so stark, und ich komme nicht hinweg über die vielen, vielen, die vor mir und hinter mir schwimmen.

Und dann? Eine leise zuckende Bewegung des Kindes, und alle Weltverlorenheit und Seelenzerfahrenheit löst sich in läuternde Zärtlich-keit für das Ungeborene, daß die Zukunft sein wird, eine Zärtlichkeit, die leuchtet, die über mir ist, wie der helle Stern, der über Bethlehem aufging.

1. Dezember. Mutter, liebe Mutter, da bin ich! Freust Du Dich? Jolante sitzt hinter einem Schirm und nickt ein wenig. Viele Nächte hat sie nicht geschlafen, immer für mich gewacht; todmüde muß sie sein, und sie weiß gewiß nicht einmal, daß sie schläft.

Wie gut, daß ich immer in meinem Nachttisch Bleistift und Papier habe. Da will ich Dir nun ab und zu, wenn ich mich kräftig genug fühle, ein paar Worte hinkritzeln. Jolante darf es nicht wissen. Der kleine goldene Bleistift ist von Hely. Wieviel Tote ich schon begraben habe.

Ich habe starkes Fieber gehabt. Nun ist es vorbei. Meine Hände sind kühl. Es dürfe nicht wiederkommen, das Fieber, hat der Arzt gesagt. Ich werde mich schon in acht nehmen.

Was hast Du gesagt, daß es nun doch ein Knabe ist. Ich wollte doch ein Mädchen! Aufgeregt war ich darüber, betrübt.

Die paar gekritzelten Worte hatten mich ermüdet. Ich habe wieder eine Stunde geruht. Jolante war inzwischen bei mir. Nun schläft sie wieder.

Wie schön doch die Welt sein kann, liebe Mutter. Blauer, lachender Himmel. Das Fenster steht offen – die Luft – ich spüre Engelsfittiche. Osterglocken! Auferstehung! Aber nein, es ist ja Herbst, nicht Auferstehung, der Winter kommt, der Schlaf. Ich bin müde. Und Osterglocken sind's auch nicht. Ein schwüler, sonderbarer Rythmus! Bimbam! Bimbam! Schwere einzelne Schläge, die langsam mit schauerlicher Monotonie aufeinander folgen. Bimbam! Sterbeglocken sind's.

Sterben! Sonderbar, liebe Mutter, nicht, wenn ich jetzt sterben müßte? Was ist der Tod? Etwa ein Regenbogen über einem Sumpf? Eigentlich wäre es interessanter zu wissen, was das Leben ist. Etwa die Geschichte von dem kleinen Bübchen, das fortwährend nach seiner Kinderfrau schreit, erst leise, dann immer lauter, dann wie in Verzweiflung. Die Kinderfrau kommt: »Was ist denn los? Was willst Du, Hänschen?«

»Nichts.« Und das Kind legt sich auf die andere Seite und schläft ein.

Nichts! Nichts? Das Spiel eines Schattens an der Wand, mein Dasein? Und Du, geliebteste Mutter, Du hättest ein so schönes, eigenes Leben haben können und hast Dich an *mich* geklammert. Zwei, die an einer so dürftigen Existenz zehrten.

Und nun habe ich Dir nicht einmal eine Enkelin geschenkt. Nur ein Knabe. Ich wollte doch keinen Knaben! Den hat so bald die Welt, und ich werde ihn auch nicht verstehen, wenn er erwachsen sein wird. Ich verstehe nur das Weib. Das kenne ich. Ich weiß, was es will, und was ihm fehlt, besonders was ihm fehlt.

Der Knabe – – es regt mich auf. Ich will schlafen.

Ich habe gewiß lange geschlafen. Ich weiß nicht wie lange. Das hat mich gestärkt. Ich bin ganz wach. Durch meine Adern strömt Leben, übervolles. Ich bin beinahe gesund. Tausend Gedanken und Bilder kommen und gehen, wie mit dem Blitzzug, so schnell. Den lieben Vater, ich sehe ihn vor mir, so jung und lebensfreudig, und wie er dann so sacht und betrübt zusammenklappte. Und meine jungen Mädchenjahre, so brausend, fieberhaft. Der komische Ewald de Born und der schöne Arthur, und daß ich den Benno heiratete! Ach Gott!

Und ich suche, suche in meiner Erinnerung den Augenblick, zu dem ich hätte sagen mögen: »Verweile doch, Du bist so schön.«

Ich bin nur immer von denen geliebt worden, die ich nicht wieder lieben konnte.

Fatum! Das Wort verfolgt mich, seitdem ich in Rom bin.

Ach ja, liebe Mutter, ich habe in dem kalten, bläulichen Licht der Morgendämmerung gelebt. Wie gern hätte ich die Sonne aufgehen sehen! (Wieder Ibsens Gespenster.)

Ich bin etwas unruhig. Wohl doch ein wenig Fieber, aber lange nicht so arg, wie bei der Influenza. Damals verschwammen hundert Töne, unheimliche, grausige ineinander. Jetzt höre ich nur einen einzigen Ton – – was denn für einen? Ein großes Rauschen! Vielleicht das Rauschen des Windes, das der Morgenröte vorausgeht? Es muß bald Morgen sein. Noch ein wenig schlafen.

Habe geschlafen. Heller Tag. Noch immer Musik. Kirchenmusik? Zu dumm! Es ist ja ein Leierkasten, gerade einer, wie auf unserem Hof in Berlin. Horch! Ja – er spielt: »Im Grunewald ist Holzauktion.« Also ein deutscher Leierkasten.

Mir gehen die Augen über von der Holzauktion! Heimweh! Nach Dir! Die Heimat im Leierkasten! Ich muß weinen! weinen!

Ich habe so bitterlich geweint und dann wieder lange im Halbschlaf gelegen. Ich habe geträumt. Mir war's, als flüstere der Arzt mit Jolante, und als hörte ich das Wort: hoffnungslos. Und dann ein leises Weinen. Aber wirklich nur ein Traum. Sie war ja ganz lächelnde Heiterkeit, die liebe Jolante, als sie an mein Bett kam.

Ich sterben! Lächerlich! Unmöglich. Stark fühle ich mich, unsterblich stark. Ein Strom von Leben braust mir durch das Blut. Feuerzauber, Walkürenritt! Hojotoho! Hojotoho!

Wenn es aber doch der Tod wäre, der so wild und stürmisch bei mir anklopft? Ich glaube es nicht! Ich glaube es nicht! Ich weiß aber doch – – nichts weiß ich, nichts.

Traute, die starb so selig, so poetisch mit einer großen Illusion und einem großen Glauben. Ich stürbe so gewöhnlich, selbst im Sterben ohne jede Originalität. Am Kindbettfieber, von einem Leierkasten accompagniert. Und wäre das ein Trost, liebe Mutter, daß ich nun doch nicht wie Ella Ried draufginge. Was war das für ein dummes Schreckgespenst. Das ganze Leben ist voll von solchen Gespenstern, Phantomen, wachen Träumen.

»Und selbst die Träume sind ein Traum.« Calderon, nicht? Und im Traum zerronnen auch mein großer Glaube, der Glaube an das Kind. Ich wollte doch keinen Knaben! Mutter, liebe Mutter, ich habe ja gar nicht wirklich an das Kind geglaubt. Ich habe nur daran glauben wollen. Und müßte ich jetzt sterben, ich stürbe für einen Aberglauben, für das Kind, für den kleinen Gott, den ich mir selbst fabriziert habe. Und nun – *nevermore* – *nevermore!*

Und morgen kommt Kunz. Ich habe ihn lieb. Es hätte keinen Sinn, wenn ich jetzt stürbe, keinen Sinn! Hatte es denn einen Sinn, daß ich lebte?

Aber ich will leben!

Wieder geschlafen. Das Rauschen! das große Rauschen! von fern her, von fern hör' ich's klingen – Memnonssäulen?

Kennst Du die Inschrift über dem Tempel der Isis?

»Ich bin alles, was da ist, was da war und was da sein wird, und meinen Schleier hat kein Sterblicher aufgedeckt.«

Ist das vielleicht jeder Mensch? Ich auch? Und meinen Schleier – – fort damit! Er macht die Augen trübe. In die Sonne will ich sehen. Feuerzauber! Walkürenritt! Hojotoho!

Ich will leben! leben – – *voluntas regia* – das ist mein königlicher – –

Jolante an Frau Dalmar.

Geliebte Mutter unserer Sibilla, nur wenige Worte schicke ich der Depesche nach. Fast mit diesen Zeilen zugleich bringen wir Ihnen die Asche der holdesten und unglückseligsten aller Frauen.

Biographie

1831 *20. September:* Hedwig Marianne Adelaide Schlesinger wird in Berlin als viertes von 18 Kindern des Tabakfabrikanten Gustav Adolph Schlesinger, eines zum Christentum konvertierten Juden, und der Henriette Wilhelmine, geb. Jülich, geboren. Die Eltern heiraten erst mehrere Jahre später, nach der Geburt ihres zehnten Kindes.

1848 Im Alter von 15 Jahren muß sie ihre Schulausbildung beenden.

1851 Beginn einer Ausbildung als Lehrerin, die sie 1852 mit dem Examen beendet.

1852 Heirat mit dem zwölf Jahre älteren Ernst Dohm, dem Begründer und Redakteur der satirischen Zeitschrift »Kladderadatsch«. Aus der Ehe gehen ein Sohn und vier Töchter hervor, darunter die Tochter Hedwig (die Mutter von Thomas Manns Ehefrau Katja Pringsheim).
Durch ihren Ehemann kommt sie in Kontakt mit den intellektuellen Zirkeln Berlins und lernt u.a. Ferdinand Lassalle, Alexander von Humboldt, Karl August Varnhagen von Ense, Theodor Fontane und Fanny Lewald kennen.

1869 Langer Aufenthalt in Rom bei ihrer Schwester, der Malerin Anna Schleh (bis 1870).

1872 »Was die Pastoren von den Frauen denken« (Essay). Beginn des publizistischen Engagement für die Gleichstellung der Frau in allen Bereichen des gesellschaftlichen Lebens.

1873 In ihrer Kampfschrift »Der Jesuitismus im Hausstande. Ein Beitrag zur Frauenfrage« erhebt Hedwig Dohm als erste in Deutschland die Forderung nach dem Stimmrecht für Frauen.

1874 »Die wissenschaftliche Emancipation der Frau« (Essay).

1876 »Der Frauen Natur und Recht. Zur Frauenfrage zwei Abhandlungen über Eigenschaften und Stimmrecht der Frauen« (Streitschrift).
»Vom Stamme der Asra« (Komödie).
»Der Seelenretter« (Komödie).

1883 *5. Februar:* Tod des Ehemannes.
Hedwig Dohm zieht in das Haus ihres Schwiegersohnes Rosenberg, des Mannes ihrer zweiten Tochter Else. Beginn der inten-

siven schriftstellerischen Arbeit an zahlreichen Romanen und Novellen.

1894   »Wie Frauen werden. Werde, die du bist« (Novellen).

1897   »Sibilla Dalmar« (Roman).

1899   »Schicksale einer Seele« (Roman).
Beginn der Mitarbeit an der von Minna Cauer herausgegebenen Zeitschrift »Die Frauenbewegung«.

1902   »Christa Ruland« (Roman).
»Die Antifeministen. Ein Buch der Verteidigung« (Essays).

1909   »Sommerlieben« (Novellen).

1915   Ihr leidenschaftliches Plädoyer für den Pazifismus »Der Mißbrauch des Todes. Senile Impressionen« entsteht (gedruckt 1917).

1919   *1. Juni:* Hedwig Dohm stirbt im Alter von 87 Jahren in Berlin an einer Lungenentzündung.